本书由内蒙古大学一流学科建设经费资助出版

元代少数民族作家汉文诗歌的用韵特点

王冲 著

中国社会科学出版社

图书在版编目(CIP)数据

元代少数民族作家汉文诗歌的用韵特点/王冲著. —北京：中国社会科学出版社，2020.9
ISBN 978-7-5203-7189-6

Ⅰ.①元… Ⅱ.①王… Ⅲ.①古典诗歌—诗歌研究—中国—元代 Ⅳ.①I207.22

中国版本图书馆 CIP 数据核字(2020)第 169364 号

出 版 人	赵剑英
责任编辑	郭晓鸿
特约编辑	张金涛
责任校对	师敏革
责任印制	戴 宽

出　　版	中国社会科学出版社
社　　址	北京鼓楼西大街甲 158 号
邮　　编	100720
网　　址	http://www.csspw.cn
发 行 部	010-84083685
门 市 部	010-84029450
经　　销	新华书店及其他书店
印　　刷	北京明恒达印务有限公司
装　　订	廊坊市广阳区广增装订厂
版　　次	2020 年 9 月第 1 版
印　　次	2020 年 9 月第 1 次印刷
开　　本	710×1000　1/16
印　　张	22.25
插　　页	2
字　　数	287 千字
定　　价	128.00 元

凡购买中国社会科学出版社图书，如有质量问题请与本社营销中心联系调换
电话：010-84083683
版权所有　侵权必究

目 录

第一章 绪论 …………………………………………………（1）
 第一节 研究的动机和意义 ……………………………（1）
 第二节 前人研究概况 …………………………………（5）
 第三节 研究的方法 ……………………………………（11）

第二章 各民族作家汇总 ……………………………………（16）
 第一节 蒙古族诗人 ……………………………………（16）
 第二节 回回族诗人 ……………………………………（23）
 第三节 畏兀儿族诗人 …………………………………（26）
 第四节 契丹族诗人 ……………………………………（28）
 第五节 白族诗人 ………………………………………（29）
 第六节 党项族诗人 ……………………………………（30）
 第七节 女真族诗人 ……………………………………（31）

第三章 利用数理统计法划分的韵部 ………………………（33）
 第一节 统计表格的说明 ………………………………（33）
 第二节 韵部的统计总表 ………………………………（35）

1

第四章 近体诗音系特点 ······ (91)
第一节 蒙古族 ······ (93)
第二节 回回族 ······ (100)
第三节 畏兀儿族 ······ (107)
第四节 契丹族 ······ (109)
第五节 白族 ······ (119)
第六节 党项族 ······ (119)
第七节 女真族 ······ (121)
第八节 比较表格 ······ (123)
第九节 各民族近体诗特点总结 ······ (124)

第五章 古体诗音系特点 ······ (128)
第一节 蒙古族 ······ (128)
第二节 回回族 ······ (140)
第三节 畏兀儿族 ······ (147)
第四节 契丹族 ······ (157)
第五节 白族 ······ (170)
第六节 党项族 ······ (171)
第七节 女真族 ······ (176)
第八节 比较表格 ······ (178)
第九节 各民族古体诗特点总结 ······ (181)
第十节 古体诗韵母系统的音值构拟 ······ (192)

第六章 韵谱 ······ (197)
第一节 韵谱说明 ······ (197)
第二节 蒙古族诗文韵谱 ······ (199)

第三节　回回族诗文韵谱 ·················· (232)

第四节　畏兀儿族诗文韵谱 ················ (277)

第五节　契丹族诗文韵谱 ·················· (290)

第六节　白族诗文韵谱 ···················· (331)

第七节　党项族诗文韵谱 ·················· (332)

第八节　女真族诗文韵谱 ·················· (340)

参考文献 ································ (343)

致谢 ···································· (350)

第一章 绪论

第一节 研究的动机和意义

元朝是中国历史上首个大一统的少数民族王朝。1271年元世祖忽必烈定国号为"元",其前身是成吉思汗所建立的大蒙古国。蒙古人入主中原建立元朝,使得元一代疆域空前扩大,各民族间的正常交往空前活跃。而在民族文化上,元朝采用了相对宽松的多元化政策,即尊重中国各个民族的文化和宗教,并鼓励中国国内各个民族进行文化交流和融合。在这种社会背景下,以蒙古族为代表的北方草原游牧文化与中原农业文化相互交流、融合,掀起了第一次蒙汉文化交流的高潮。元代特殊的社会结构和发达的城市经济哺育了一批用汉文写作的少数民族作家,他们以独特的风姿,登上中华民族的文坛,并以特殊而优异的创作成就充实了我国古典文学宝库。

元代少数民族汉文诗歌在中国文学史上占据着不可或缺的重要地位。众多才华横溢的少数民族诗文作家,带着自己特有的生命气质和鲜活的艺术思维,进行着卓有成效的汉文诗歌创作活动,他们那些充满时代精神和民族风貌的诗文佳篇,存在着永久的艺术魅力和不朽的美学价值。

一 研究内容——元代诗歌

对元代的诗文创作，人们往往有一种轻视的态度，缺乏应有的观察和研究。在元代文学各体裁中，人们总是把目光落在杂剧和散曲方面，对于诗歌的成就却不太关注，从而使这方面的研究成了一个软肋。明清时的一些诗论家就多鄙薄元代诗文，认为其成就远不如元曲。其实，元诗也有其重要的地位和成就，应给予更多的了解和研究。元诗是元代文学的重要组成部分，作为一代诗歌，元诗同样有其发生发展的独特规律，有其时代赋予的亮点，有其引以为荣的诗人与诗作，是中国诗史上不可缺少的重要一环。就这一意义而言，元诗与唐宋诗并无不同之处，研究本身也并无高下之分，因此，元诗在元代文学中的地位，其实是不该有争议的。况且，相对于唐、宋、明、清的诗歌，元诗的位置也显而易见，对于前代诗歌的内容与形式，元诗既有多方继承，同时也有理性的审视和批判，而对于明清诗歌的走向，元诗也有着深刻影响。

另外，从汉语语音发展的时间段来看，元代汉语是近代汉语官话发展、成形的重要阶段，元代也是由中古音向近代音演变的重要时期，如平分阴阳、全浊清化等现象都已产生，全浊上变去、入声消变等现象还正在发生。通过对元代汉语音系及其相关问题的系统研究，可以增加我们对语音演变规律的了解，从而进一步揭示元代汉语语音状况，厘清近代汉语官话语音的发展脉络，以此来丰富汉语语音史的研究，为勾勒元代汉语语音的发展史提供更为翔实的材料。

二 创作主体——元代少数民族诗人

元代的少数民族文人接受了儒家文化，同时又保留了本民族率真爽朗的性格，以其朴质、贞刚、奔放的审美趣味影响着元代文坛，使得各体文学中的少数民族因素大大增加，将勃勃生机注入了中原文化。由于元代在民族文化上实行相对宽松的多元化政策，这一时期的少数民族作家比前朝任何时期都多，涉及的少数民族数量也最多，诸如蒙古族、契丹族、畏兀儿族、回回族、唐兀氏族、女真族等少数民族。学界至今对元代诗歌仍研究甚少，对元代少数民族诗歌无论是宏观研究还是微观研究更是十分薄弱，可以说元代少数民族诗歌是元代文学史上最为薄弱的研究环节，而关于这个时期的绝大多数少数民族文人的诗歌用韵考察还是一片空白。这不但严重影响了元代文学研究的学术水准，也影响了我们对元代文学和元代语言的整体把握。除了蒙古族、契丹族这两个创作主体在元代少数民族中有着重要的研究价值，其他少数民族在汉文诗歌创作方面也作出了重要的贡献。畏兀儿族、回回族、唐兀氏族、女真族等少数民族保留下来的作家作品虽不如蒙古族、契丹族的多，但他们的创作却也有其自身特点，是元代少数民族诗人中不容忽视的组成部分，有着重要的研究意义。

三 文学体裁——汉文诗歌

元代少数民族诗人的创作成就是中华民族文学遗产中不可分割的部分。由于各民族间空前活跃的交流、融合以及统治者对汉文化的提倡和学习，元代少数民族文人开始用汉文写作大量的诗歌及散文，其汉文诗歌创作对中国古典诗歌传统和汉文化精神有着多元继承，与此同时又融入了本民族的精神和气质，并保存了他们的原创性思维，使得作品中体现了其民族性格特征、民族精神风貌、民族风情特色以及民族审美习惯，因而具有独特的意境和风格，这也使元诗整体上在中国古典文学的长河中呈现出一片奇异壮观的景象。这个时期的少数民族诗人如群星璀璨，有萨都剌、马祖常、丁鹤年、乃贤、泰不华等众多的少数民族诗人。具体来说，元代初期的少数民族汉文诗歌创作艺术手法虽略显质朴，但内容充实，气魄宏大，与同时代汉族文人的诗作有着明显的区别，民族身份使他们与汉族诗人进行了换位思维，因此给中国文学注入了新的发展动力，使之产生了新的精彩，并且丰富了元代诗坛，为诗坛增添了新的活力。而元代的重要诗人，大都集中于元代中期，由于那时许多少数民族文人已久居汉地，通晓汉文化中的诗、书、礼、乐，因此他们创作的汉文诗歌已可与同时期的汉族诗人相媲美。到了元代中后期，汉语已经成为第一思维语言，在汉文化熏陶下成长起来的少数民族诗人此时已经把中原视为自己的家园，他们用汉语创作诗歌倾吐自己的心声，而且题材非常丰富，或描写山川景物，或反映社会现实，或描写忠诚的爱情，等等，为元代诗坛的繁荣同样做出了不小的贡献。元代少数民族诗人的汉文诗歌创作的特点充分表明，元代少数民族诗人的汉文诗歌对汉文化既有一定的继承，又有其自身特色。

四 研究角度——用韵

　　宋元时代的语音研究虽然早已拉开了帷幕，但是通过元代诗歌用韵考察当时语音的实际情况，却仍然属于薄弱环节。且长久以来，对这几个时期韵系的考察都是以元散曲、元杂剧、诸宫调的用韵情况作为研究的对象，而少数民族作家诗歌韵语的系统仍未引起人们的重视，人们主要通过元代韵书以及元曲的用韵去了解有元一代的语音面貌。因此，对元代少数民族作家诗歌的探究不但可以为韵语研究另辟蹊径，而且可以通过探究元代少数民族作家的汉文诗歌的音系与同时期韵书的差异之处，从而更全面地验证和补充其他用韵的不足。故而，对元代少数民族作家汉文诗歌的韵语进行系统的研究是完全必要且行之有效的。此外，尽管目前人们对《中原音韵》等韵书的研究已经达到了相当的高度，但是对一些具体问题的认识，分歧还很大，如入声韵尾是否存在等问题。而研究少数民族诗人用韵可以为此提供重要的语言事实材料，帮助我们更深入地了解《中原音韵》《蒙古字韵》等相关韵书所反映的语音情况。

元代少数民族作家人数众多，汉文诗歌数量也很多，但到目前为止，其中许多的作家及其作品尚未得到进一步的考证和整理，这些诗歌的资料有待系统化和完善化。对元代少数民族的汉文诗歌用韵进行研究，其中重要的一步就是收集整理这一时期的所有相关诗人以及诗歌资料。因此对元代少数民族诗文的珍善本进行搜集、整理和研究，将有助于对元代少数民族的传统文学和文化加以保护和传承。

第二节 前人研究概况

元代少数民族作家汉文创作的繁荣，不仅为我们留下了丰厚的文学遗产，更为我们对诗歌的用韵研究留下了宝贵的资源。对于元代少数民族作家汉文创作的研究，我国在元代已经开始有了这样的自觉。比如说元代遗民戴良的《九灵山房集》及其《补编》，清代顾嗣立的《元诗选》各集。现代以来少数民族文学的研究、收集、整理工作，是以20世纪初陈垣先生的《元西域人华化考》（1934）为开端的。此书开华化西域研究之先例，着重研究了"华化"这一中国特有的历史现象。详细论述了突厥、波斯、大食、叙利亚各国受到汉族儒学和佛老思想而逐渐汉化的情况。对于民族关系和民族发展史的研究具有重要的参考价值。但是由于作者编写该书的动机在于反对"全面西化"，严格来说，他是要拨正汉族中心。表现在论著中就是侧重汉族对于少数民族的影响，不能从少数民族本体的眼光出发看待文化的交流与融合，未免遗憾。

从20世纪80年代开始，我国蒙古文学界把汉文创作看成蒙古文学作家的组成部分，研究内容和角度更为多样、灵活。除此以外，这个时期出现了相当数量的研究人员。80年代初主要是目录整理工作，例如朱永邦先生的《元明清以来蒙古族汉文著作家简介》（1980）。此时，还出现了不少作品选注，如王叔磐主编的《元代少数民族诗选》（1981）收录了七十位作家的三百一十多首诗。1984年王叔磐与孙玉溱合编的《古代蒙古族汉文诗选》其中选注了八十八位蒙古族作家的三百三十多首诗。之后，博彦在此基础上编写了《元代蒙古族汉文诗选》（1994），收录了蒙古族作家四十五人的一百六十多首诗。再有，鲜于煌选注的《中国历代少数民族汉文诗选》（1988）、祝注先的《诗林别派：中国古代民族诗论》（1989）。80年代元代人物传记也有较大发展，如：白·特木尔根的《中国蒙古族作家传》（1986）、谢启晃的《中国少数民族历史人物志》（1989）。90年代，人物传记主要有赵相璧先生的《历代蒙古族作家述略》（1990）。同时，学者们开始通过前人的资料和研究成果重新解读和梳理文化历史。如云峰的《蒙汉文化交流侧面观——蒙古族汉文创作史》（1992）以及之后出版的《蒙汉文学关系史》（1997）。冯继钦等人的《契丹族文化史》。此外，与前期相比，90年代的学者们研究的角度更为深入和精细，如：云峰编写的《耶律楚材》（1993）、萨兆沩编写的诗人考证《萨都剌考》（1997）。单个诗人的诗歌编辑，有孙玉溱编写的《那逊兰保诗集三种》（1991）。90年代还发表了大量的期刊文章，如李锡厚的《辽金时期契丹及女真族社会性质的演变》（1994）、桂栖鹏的《元代蒙古族状元拜住事迹考略》（1997）、阎福玲的《耶律铸边塞诗论析》（1997）、白·特木尔巴根的《论古代蒙古族作家汉文创作的社会历史背景》（1999）、白朝晖的《萨都剌生年新考》（1999）。进入21世纪以后，研究的角度更为丰富多样，代表性的期刊文章有：郭亚宾的《耶律楚材诗歌特质论》（2002）、牧兰的《元代蒙古族汉文诗歌创作的社会历史背景》（2007）、包晓华的《论元代蒙古族汉文创作中的民族文化情结》（2010）、段海蓉的《萨都剌籍贯新考》（2011）等。综上可知，我国元代少数民族作家汉文诗歌创作研究起步较晚，这种情况下，不可避免会出现资料利用不充分、研究不够深入的缺憾，但少数民族文学创作学术研究的繁荣趋势已现端倪，为今后与此相关的各方面研究奠定了基础。

从20世纪30年代初到90年代末，六十多年的跨度，时间不可谓之短，但是就在这六十多年的时间里，关于少数民族汉文诗歌创作的研究却是十分有限，更不用说元代少数民族的汉文诗歌创作在诗歌用韵方面的研究了。之所以产生这样的局面，原因既有历史的也有现实的。首先，长期存在的"大汉族"心理使然。中国是诗的国度，"诗"这种体裁从先秦两汉开始就是由汉族不断完善和发展的。所以，人们不免会认为汉族的诗歌才是"正统"，汉族用韵也更为精准，与这些少数民族的汉文诗歌创作相比更具有典型性和研究价值，这就导致了学者们对于元代少数民族汉文诗歌创作群体的出现缺乏应有的敏感。其次，近代大学者王国维先生在《宋元戏曲考》中称："凡一代有一代之文学……唐之诗、宋之词、元之曲，皆所谓一代之文学，而后世莫能继焉者也。"这成为20世纪文学研究中最重要的学术命题，深刻地影响了中国文学研究的格局与走向。必须承认的是，王国维先生的论断肯定了每个朝代文学的创新性，但是，随着时间的推移它也表现出了自己的弊端。其一，这样的论述易让人忽略文学的多元性。在元代文学研究中，学者的重点是对戏曲和散曲的各方面特点的研究，而元代蒙古、契丹等少数民族汉文诗歌的研究相对就会弱一些，对于他们诗歌的用韵研究更是少之又少。其二，这样的论述容易让人认为文学的发展是"取代性"的，无视文学各体裁与时俱进、不断完善的客观事实。从这一角度看,少数民族所创作的汉文诗歌与前代相比是有其进步性的,应该给予应有的重视。

对宋代的语音研究早已拉开了帷幕。从20世纪60年代开始,鲁国尧先生就开始发表有关宋、金词用韵研究的系列论文,他奠定了宋代实际语音研究的坚实基础。同时,明清阶段也有诸多诗词曲的用韵研究,如杜爱英的《"临川四梦"用韵考》(2001)、邓兴峰的《升庵词用韵考》(1997),等等。与宋代相比,元代汉语语音的演变更为复杂,它既符合语音发展规律的一般变化,同时也和少数民族以诗歌为代表的文学创作紧密相关。对于元代语音系统的研究,大多数学者还是以元杂剧为主要研究材料。林端编写的《历代诗韵沿革:外一篇》(2004)从历史的纵向维度反映历朝历代文学作品中表现出来的音韵的变化,作者把历代诗韵发展划分为上古(先秦)、中古(唐宋)、近代(元明)、现代(五四运动以来)。书中的近代部分主要以关汉卿、郑光祖、马致远、白朴的散曲、小令、杂剧为例。而笔者将少数民族诗人及其作品进行汇总,从各少数民族汉文诗歌创作入手研究韵律的演变规律。

元代语音属于近代语音的范畴。对于元代语音的研究,就主流而言包含两支。其一,以周德清的《中原音韵》为主要研究对象,以此来研究元代音系,涌现出了大量的研究成果。如罗常培的《中原音韵声类考》(1987)、赵荫棠的《中原音韵研究》(1936)、陆志韦的《释〈中原音韵〉》(1946)、周维培的《论中原音韵》(1990)等。其二,通过《古今韵会举要》和《蒙古字韵》来研究元代语音,也取得了重要成果。如竺家宁的《古今韵会举要的语音系统》(1986)、宁继福的《古今韵会举要及相关韵书》(1997)、花登正宏的《古今韵会举要研究》(1997)等。通过对二者的综合、分析,出现了很多极具参考价值的论著。如蒋绍愚的《近代汉语研究概况》(1994)、蒋冀骋的《近代汉语纲要》(1997)、陈年高的《近代汉语语音研究简史》(2005)。

近些年来，有诸多硕士学位论文对少数民族的汉文诗歌也进行了用韵研究。例如，重庆师范大学胡蓉的《元代少数民族诗人耶律楚材、萨都剌诗歌用韵研究》（2005）中，运用穷尽式的系联、归纳方法等对耶律楚材和萨都剌两位诗人1490首诗、1893个韵段进行考察，从而勾勒出元代语音发展史的轮廓。云南民族大学傅丽在《白族古代汉文诗歌韵脚字的语音研究》（2015）中按年代从唐至清的汉文诗歌进行整理，并对诗歌韵脚字用国际音标进行标注，制作韵脚字表，依照韵摄、韵部等进行分类，这对探究白语的古音、了解白族文学的特质，学习云南历史等有重要意义。

此外，更多的学者对清代的少数民族作家进行了深入的研究和探索。对清代诗人的诗歌用韵近几年也有学者进行研究。例如耶磊、刘明在《商洛学院学报》上发表的《冀宣明诗用韵研究》（2010年第24卷第3期），作者对康乾时期商洛籍诗人冀宣明的85首诗进行穷尽式考辨，得出其用韵涉及22部，除个别有出韵、换韵以及元部、先部偶有通押现象外，其用韵较为规整，这为深入研究冀宣明诗以及商洛文化的发展提供了重要的参考价值。再如钱毅在《中南大学学报》上发表的《魏源诗歌用韵研究》（2014年第20卷第3期）中，对魏源的诗歌进行了研究，这不仅有助于揭示晚晴湖南方言的特点，而且对推动湖南方音史甚至汉语方音史的研究都有着突出的贡献。

港澳台学者也有对元清两代文学作品的用韵研究，尤以台湾学者居多。台湾东海大学中文系向丽频在《东海中文学报》发表的《清代台南诗人施琼芳近体诗用韵考察》（2001年第13期），以诗人施琼芳的《石兰山馆遗稿》为主，参考《诗韵集成》和《汇音妙语》对施琼芳近体诗的用韵情况进行考察。再如，台湾中山大学中国文学系研究所研究生廖才仪的论文《〈全台诗〉用韵研究——以清领时期（1683—1895）台湾本土文人为对象》（2010），通过文献分析法分析诗韵，考察清代

元代少数民族作家汉文诗歌的用韵特点

台湾地区文士的语音现象,并结合地方韵书,如泉州音系《汇音妙语》、漳州音系《汇集雅俗通十五音》,做共时比较,同时运用方言调查报告,做历时比较。试图观察清代台湾地区文士诗文用韵情况,进而归纳出清代台湾地区诗韵的十九韵部系统,与台闽语的方音特色,并就其现象与区域性移民的分布做了观察。

以古籍为着眼点确是研究元代音韵的有效途径之一,但是这样的研究方法仍存在局限。元代韵书是古人根据当时、当地的情况总结得来的,是根据自己的所见所闻然后归纳总结创作而成的。且不说作者本人会受到地域的限制,作为个体很难穷尽整个元朝地域语音的认识,即使他穷尽了元朝整个地域的认识,那也是一时之地的认识。从时间跨度上说,语音在元代这一时间段内所发生的微妙变化是很难通过一个作者的一本韵书就能概括完备的。当然,笔者并非要否认这样的研究是有用的。相反,笔者通过这些元代语音的研究成果,从大的方向上把握了元代语音的发展脉络和演变的基本规律,在此基础上做少数民族的汉文诗歌音韵研究,就可以将研究进一步深化和细化。

以上论述皆表明学界已经开始将更多的目光投放在少数民族语言文学当中,但我们不难发现,对元代少数民族作家的汉文诗歌用韵方面的考察研究目前还是不成系统的。我们必须承认的是,在我国学术界,就目前而言,对于元代用韵实际情况的考察,仍然属于薄弱环节。本书涉及的元代诗人,横跨元代整个时期,在诗人主体上涉及蒙古族、契丹族、女真族、回回族、畏兀儿族等少数民族。以元代少数民族诗人汉文诗歌为研究对象,通过诗歌这一元代文学体裁语音的研究与元代韵书对比,以此讨论元代少数民族使用汉语时的音系问题,同时研究元代语音系统内部存在的诸多问题。

第一章 绪论

第三节 研究的方法

　　数理统计法，始于陆志韦对《广韵》声类研究时所采用的概率方法，随后朱晓农的《北宋中原韵辙考》利用数理统计法对北宋时期的韵辙进行了更为深入的整理。麦耘在《隋代押韵材料的数理分析》(《语言研究》1999 年第 2 期) 中也运用朱晓农的数理统计法对隋代的韵部进行了分类，并且还将其公式制成了计算机软件，大大地方便了后代学人的研究，功不可没。白一平的卡方检验法，又将音韵学中的数理统计推进了一步。

一　数理统计法的优点

　　数理统计方法更为精密。在划分韵部分合的同时，我们还可以看出各韵部之间通押关系的数据，这有利于我们对各个历史时期的诗文通押特点达到量化的认识，运用数理统计法可以帮助我们更直观地看清其面貌，并接受读者的检验。同时为划分韵部提出了一个具体的、可操作的准则，最大化地去除了系联法的人为因素干扰。可以解决韵脚的分歧所造成的影响。数理统计法都是用字次、韵次作为统计单位，这可以使我们不再考虑是否换韵的情况，可以避免因韵例的不同所带来的分部的麻烦。

二　数理统计法的局限

　　数理统计法在处理出现频率较低的韵时把握不大。麦耘先生也说过："在一般情况下，这样的统计可以相当精确地指出辙与辙之间、韵与韵之间的分合和疏密关系。不过，由于概率统计本是针对大量随机现象的,如果原始数据太小,就会造成统计结果的波动,那就不能太相信它。"① 这是由于材料本身的不充足造成的。

三 数理统计法的操作步骤

1. 统计单位

韵次,相邻的两个韵脚押一次作为一个韵次,用 Y 来表示。假如一个韵段押的是 L 辙,该辙包括 A、B、C 三个韵,其韵脚如下:a1、b1、a2、a3、b2、c1、a4、b3。a1、a2、a3、a4 表示 A 韵的字,b1、b2、b3 表示 B 韵的字,c1 表示 C 韵的字。那么,a1 和 b1 押一次,即 1 韵次;b1 和 a2 押一次,也是 1 韵次,那么这个韵段就有 7 个韵次。其中(aa)1 韵次(即 a2 和 a3 相押);(ab)4 韵次(a1 和 b1、b1 和 a2、a3 和 b2、a4 和 b3);(ac)(bc)各 1 韵次。

2. 离合指数

离合指数就是两韵实际相押比值与理论上相押概率之比。当上面的 L 辙的字次和韵次统计完之后,就可以用概率计算结果了,其结果就是离合指数,它可以显示 L 辙的内部差异情况,即 ab、ac、bc 之间的离合程度。所以就有了"韵离合指数公式",它包括理论概率公式和实际概率公式。

(1) 当离合指数 $I \geq 100$ 时,两韵已经合并,即指主要元音和韵尾相同,而不涉及介音。

(2) 当 $0 < I < 100$ 时,I 值越大,两韵关系越近;I 值越小,两韵关系越远。

(3) 当 $I \geq 90$ 时,可以认为两韵合并。

---

① 麦耘:《隋代押韵材料的数理分析》,《语言研究》1999 年第 2 期。

(4) 当 I < 50 时，可以认为尚未合并。

(5) 当 50 ≤ I < 90 时，我们就无法确定此两韵的分合，这时如果只是依靠经验的话，就显得很主观了，无法使人信服，那么此时我们就需要引入一个新的公式来解决这个问题，即"卡方检验"。

3. 卡方检验法

卡方检验的用途就是比较实际次数与期望次数之间是否有显著的差异。适合性检验为单样本的卡方检验，它只涉及一个变量，但数据要分成若干相互排斥的组。其目的就是检验实际次数与期望次数是否吻合。

χ^2 计算公式（皮尔逊公式）如下：

$$\chi^2 = \sum_{i=1}^{k} \frac{(O_i - E_i)^2}{E_i}$$

本文将检验水平定为 α = 0.025、α = 0.05 或 α = 0.10，共三个检验水平。

χ^2 分布临界值表。本文将基本上使用这三个临界值，拿它同计算所得的 χ^2 值做比较，从而作出判断：

当 χ^2 > 7.378、5.991 以及 4.605 时，两韵分立；

当 χ^2 < 7.378、5.991 以及 4.605 时，两韵合并。

四 统计法小结

统计法只能反映韵与韵之间的类别关系，它并不能反映韵字与韵部的转移关系。而且统计法也不能直接帮助我们构拟音系，然而它却是我们进行定量分析的一个最佳工具。统计只能作为一种手段，它只是对收集到的材料进行计算，提供分析的依据，重要的是收集整理语音材料以及分析结论的过程中必须正确地运用音韵学的原理和方法。因此我们不可对统计法有过多的迷信和依赖，在运用统计法的同时，还要借助音韵学的其他传统方法，这样才能使结论更加真实可信。

五　划分韵部的其他方法

1. 韵脚字归纳法

韵脚字归纳法，也被称作"系联法"，它是通过考察诗词歌赋等各种韵文的用韵情况，总结出某一个时代的韵部系统的一种方法。这种方法在先秦两汉以及魏晋时期，成为研究韵部的最重要的方法之一。由于本文主要使用的是数理统计法，因此系联法只是作为一种辅助手段。

2. 阴阳对转法

利用阴阳对转，以邻部合韵的数目多少来考察韵部的分合，这就是根据音系的结构规律和语音发展的规律来研究古音、判断音类分合的方法。我们可以凭借阴声韵、阳声韵、入声韵三者的相配关系来考察韵部的分合。凡是能够对转的韵字，都具有相同或相近的主要元音，韵尾又都是属于同一个发音部位的，在其结构上有对应的平行关系，这样如果已知其中的几个韵，推求其相匹配的韵就显得很容易了。假如有些阴声韵和阳声韵是分为两部的，那么其相匹配的入声韵也同样应分为两部。反过来说，阴声韵和阳声韵如果合为一个韵部，那么其入声韵也应合为一个韵部，即阴、阳、入就一般而言是要发生平行变化的。

3. 合韵法

利用诗文研究韵部，经常会碰到一些不正常的用韵。所谓"不正常的用韵"，就是指非同一韵部的韵字相押的现象。我们把这种现象称为"合韵"。这个方法是研究诗文用韵时常用的一种方法。假如有两个韵部发生合韵，就意味着，这两个韵部的"韵腹＋韵尾"的读音接近。因此划分韵部或者构拟音值时多用此方法。合韵的趋势可以作为分部的参照，但不能单独用作分部的根据。只有相邻两部既有明显的分用迹象，又互相牵连而界限模糊时，才可以参考它们与另外的韵部的合韵情形来判断其分合。

合韵的韵段首先应该是音近的韵段。合韵对音近通押作出了合理而规律性的解释和说明，它是以语音的相近性为基础的，并沿着一定的轨道有规律地运行着。同时，合韵还包括方言因素和临近的韵相押和偶然相押的情况。再者，次数太少的合韵的例子也有可能是文字上的问题，也有韵字传写讹误，颠倒错置之误，这也可能造成合韵现象的产生。

4. 类比法

所谓的类比，它包括与中古音与近古音的互较、不同民族的互较、不同韵书的互较。只有通过不同时间、不同层次的比较，才能更清晰地了解韵系的分部情况、各部中的韵母情况、各个韵部和韵母的来历以及其发展，才可以看出少数民族作家用韵特点在整个元代音系中的地位。

第二章　各民族作家汇总

本书尽可能搜集元代少数民族诗人所有的汉文诗作，同时列出诗人的生平，从现存典籍和元代诗文集中搜索材料，搜集的重点放在其汉学的养成，及与其诗文关系较为密切的事迹上。透过对其家世背景与师承的了解，可以探知其汉化的过程。元代少数民族诗人的数量会有一定的变动，主要是因为对跨朝代诗人归属的判断有着诸多不同的观点。本书采用的标准是：凡仕于元朝的，归于元朝；凡在明朝而以遗民自居的，归于元朝；今存的诗歌创作于元朝的，归于元朝。

第一节　蒙古族诗人

元代是蒙汉文化交流融合的典型时期，这一时期出现了一批蒙古族汉文创作群体。这些作家虽然受汉文化的浸染较深，但身为蒙古人，来自大漠草原的豪迈之气业已根深蒂固，这种审美情结在他们创作的作品中凸显出来，其作品中流露出明显的蒙古民族的文化情结，即刚健的英雄主义情结、地域情结等，尤其是在元前期的作品中表现得尤为明显。蒙古族汉文诗歌创作者们在这种文化心理的驱使下，创作出了大量以大漠草原、游牧习俗为主题的作品，这些作品以民族气质的眼睛观察审视社会人生，实为蒙汉民族文化交流的产物。

元代蒙古族汉文诗歌在艺术表现方面，语言通俗、自然，叙事、写人、写景、写物多用白描，近体诗的格律未至娴熟，有的不大讲究声律。但这是元代蒙古族诗人学习汉语创作的自然现象，从另一个角度来看，这也恰恰是蒙古族汉文诗人的优点，那就是不受传统束缚，不因袭前人，较少受到当时诗坛模仿风气的影响，敢于创新，这对南宋后期诗词片面追求格律辞藻而流于晦涩的遗风无疑是一种革新。

一 皇帝

1. 孛儿只斤·忽必烈。1271年建立元朝，成为元朝首位皇帝。（存诗1首）

2. 元文宗，本名图帖睦尔。早年出居海南琼州，泰定帝即位，封怀王，泰定二年出居建康（今江苏南京），又徙江陵（今属湖北）。致和元年即皇帝位，改元天历。文宗本人精通汉语汉文，讲授儒学，纂修《经世大典》，大力提倡汉文化。《御选元诗》《元诗选》《元诗纪事》等集均有其诗。（存诗4首）

3. 元顺帝，本名妥懽帖睦尔。《御选元诗》卷一、《元诗选·初集》卷首、《元诗纪事》卷一，均有其诗。（存诗2首）

4. 元昭宗，孛儿只斤·爱猷识里达腊，原名阿尤希热达热。《新月诗》是他的唯一诗作。（存诗1首）

二 贵族

1. 崔斌，字仲文，蒙古名燕帖木儿，马邑（今山西朔州）人。存诗见《元诗选·癸集》乙集、《元诗纪事》卷四、《诗渊》。（存诗3首）

2. 伯颜，蒙古八邻部人，长于西域。元世祖至元初年奉使入朝，官至中书左丞相。《元史》有传。（存诗4首）

3. 郝天挺，字晋卿。元朝大臣、学者。原系蒙古朵鲁别族人。郝天挺著述有《云南实录》五卷，其诗留存仅两首：七律《麻姑山》、五律《寄李道复平章》。（存诗2首）

4. 月鲁，大德三年，以奉直大夫迁岭南广西道肃政廉访司佥事。（存诗1首）

5. 萨都剌，字天锡，别号直斋。本答失蛮氏，祖父以世勋镇守云代，遂为雁门人。著作有《雁门集》14卷，又《武夷诗集序》文1篇。日本永和刻本《萨天锡杂诗》，较之国内现存的各种版本如《雁门集》（八卷）明成化二十年张习刻本、《雁门集》（六卷）清康熙年间萨氏刻本和《萨天锡诗集》（五卷）明弘治十六年李举刻本等，起码要早一百年。无疑，此刻本为研究萨都剌及其作品增补了大量的第一手资料。

萨都剌的族属问题久已成为学术研究的一个悬案，众说纷纭，莫衷一是。大致有蒙古人、色目人、回纥人、汉人诸说，近来的争论主要集中在蒙古族和回族这两种观点上。本文遵循白·特木尔巴根先生的观点[①]。作者在考证元代诗人萨都剌的族属问题时，援引的材料来自两个方面：其一是蒙元时期的社会历史背景，特别是哈剌鲁等色目部落次第融于蒙古的史实，同时又观照到清代诸儒对萨都剌族属的认定；其二是萨都剌诗歌创作本身。萨都剌敢于将皇家内部的残酷争斗发为诗歌，痛下针砭，与其族属不无关系。此外，近年出版的《辞源》、夏承焘主编的《宋金元词》等权威辞书和诗歌选本都认定萨都剌为蒙古人。因此

---

① 白·特木尔巴根：《元代诗坛巨匠萨都剌族属考略》，《内蒙古师范大学学报》（哲学社会科学版）2002年第4期。

本文将萨都剌的族属断为蒙古族。（存诗1039首）

6. 回回，字子渊，号时斋，康里人，故又称康里回回。不忽木之子，巎巎之兄。《御选元诗》与《元诗选·癸集》各有其诗1首。生平事迹见宋濂撰神道碑铭（《宋文宪集》卷四一）、《元史》卷一四三、《元西域人华化考》卷二、卷五。（存诗2首）

7. 童童，号南谷，蒙古兀良合台氏。籍贯河南。《元诗选·癸集》存诗3首。生平事迹见《元诗选·癸集》丁集小传、《元史》卷三〇、卷三五等。（存诗3首）

8. 巎巎，字子山，号正斋，又号恕叟、蓬累叟，入居中原后定居于大都（今北京市）。又称康里巎巎，或康里子山，不忽木之子，回回之弟。诗文曾结集行世，但罕见传本。（存诗6首）

9. 达溥化，字仲囦（或作仲渊），号鳌海。以茫城为籍贯。有诗集《笙鹤清音》，但未见传本。达溥化今存《鳌海诗人集》，录其诗14首。清钱熙彦的《元诗选补遗》录其诗十六首。生平事迹见虞集《笙鹤清音序》、钱熙彦《元诗选补遗》小传。（存诗16首）

10. 月忽难，字明德，生于元后期。存诗有《游茅山》《和刘伯温》。（存诗2首）

11. 同同，字同初，居真定（今河北正定）。同同之祖为玉速歹儿，他的父亲是玉速帖木儿。属蒙古部族那歹氏。生平事迹见《元统元年进士录》及杨维桢的《西湖竹枝集》。（存诗1首）

12. 伯颜贴木尔，登进士第，著有《待分司游金城开福寺》。《元诗选·癸集》存诗一首。（存诗1首）

13. 不花帖木儿，字德新，怯烈氏，居延王孙。（存诗2首）

14. 察罕不花，官肃政廉访使，今留有七律《千佛崖》1首，收入《元诗选·癸集》。（存诗1首）

15. 泰不华，初名达普化，字兼善，号白野。元文宗改赐此名，元人诗中常称他为"达兼善"。父塔不台为台州录事判官，遂定居台州（今浙江临海）。关于其族属尚有色目之说，故此处有说明的必要。说他是"色目"的，主要以清人钱大昕的《元史氏族表》和陈垣的《元西域人华化考》为代表。其主要依据是认为泰不华为"钦察伯牙吾台氏"。其实，元代蒙古、钦察、康里均有伯牙吾台氏，泰不华属蒙古伯牙吾台氏，故其为蒙古人无疑。而且泰不华是右榜进士的状元，按元代科举考试的有关规定，只有蒙古生员才能得为右榜状元。《元诗选·庚集》录其诗，题作《顾北集》。生平事迹见《元史》卷一四三、《宋元学案》卷八二、《蒙兀儿史记》卷一三一、《新元史》卷二一七。（存诗24首）

16. 察伋，字士安，号海东樵者（或东海樵者），蒙古族塔塔儿氏，居莱州掖县（今属山东）。《元诗选·癸集》辑入诗三首，此外《元诗纪事》、偶桓《乾坤清气》等录其诗。生平事迹见《元统元年进士录》《元诗选·癸集》《元史氏族表》。（存诗9首）

17. 伯颜九成，曾官湖南行台监察御史，工诗。《元诗选》载其诗二首。（存诗2首）

18. 拔实，字彦卿，蒙古凯烈（克烈）氏，故又名"凯烈拔实"，定居大都。《元诗选·癸集》录入诗六首。生平事迹见黄溍撰神道碑《黄金华集》卷二五、《书史会要》卷七、《元诗选·癸集》戊集下。（存诗6首）

19. 月鲁不花，字彦明，号芝轩，居绍兴（今属浙江）。月鲁不花有《芝轩集》，载于《元诗选》三集，收诗11首。生平事迹见《元史》卷一四五、《元史类编》卷三八、《元史新编》卷四九、《元书》卷三一、《元诗选·三集》小传等。（存诗11首）

20. 僧嘉讷（僧家奴），名钧，字符卿，沼兀列亦惕（歹）氏。有《崞山诗集》，今不传。散句见《元诗纪事》。（存诗1首）

21. 亦速歹（台），字鼎实，号西垌，蒙古札只剌歹氏，居龙兴（今江西南昌）。生平事迹见《元统元年进士录》、释来复《澹游集》卷上。（存诗2首）

22. 完泽，字兰谷，月鲁不花之弟。曾任湖广行省左丞，工诗。（存诗2首）

23. 夏拜不花，诗见《元诗选·癸集》。（存诗1首）

24. 奚漠伯颜，湖南行台侍御史。工诗善文。《元诗选·癸集》收其诗三首。（存诗3首）

25. 笃列图，字敬夫，蒙古捏古氏，燕山（今属河北）人。《元诗选·癸集》录其诗。（存诗2首）

26. 答禄与权，字道夫，晚号洛上翁。著有《答禄与权文集》十卷，结集于明初，惜未流传至今，但在《永乐大典》残帙等文献中保存着答禄与权的诗篇近60首。（存诗56首）

27. 燕不花，字孟初，元甘州（今甘肃省张掖）人。其作品仅《元诗选·癸集》存有一首七绝《西湖竹枝词》。（存诗1首）

28. 埜喇，官至右丞相，罢官后游云南。所作诗传世的只有《华藏寺》一首，收入《元诗选·癸集》。（存诗1首）

29. 巴匝拉瓦尔密，成吉思汗后裔。元顺帝时封为梁王，镇守云南，以鄯阐（今昆明市）为王都。（存诗1首）

30. 八礼台，生平事迹不详，《元诗选·癸集》中见其七律《题梅花道人〈墨菜图〉》一首。（存诗1首）

31. 塔不歹，字彦辉（辉，一作犟），河南人，举进士。元英宗至治间，任湖南安乡县达鲁花赤，终西台御史。诗见《元诗选》。（存诗5首）

32. 买闾，字世杰，蒙古斡罗纳台氏，元惠宗元统元年登进士第，官礼仪院太祝。（存诗2首）

33. 老撒，翟胜健的《我国古代蒙古族文艺家简介》将其收入《元

代蒙古族文艺家》之列，故从之。于山东沂州为官，《沂州志》载其诗《艾山怀古》一首。（存诗1首）

34. 朵只，婺州江山县（在今浙江西部）达鲁花赤。《元诗选》载其诗。（存诗1首）

35. 达不花，元惠宗至正年间曾为大司农，所作宫词十数首，皆不见。《元诗纪事》载其诗一首。（存诗1首）

36. 达实帖木儿（达识帖睦迩），字九成，康里氏人，其父为康里脱脱。《元诗选·癸集》录其诗。（存诗2首）

37. 阿盖，孛儿只斤氏，梁王巴匝拉瓦尔密之女，大理九代总管段功之妻。存《悲愤诗》。另杨慎的《南诏野史》载有其《金指环歌》诗。（存诗2首）

38. 达鲁花赤（达鲁花迟），达鲁花赤在蒙古语中意为"镇守者"，元朝设各级监治官皆名为"达鲁花赤"，元代蒙古人曾借以为名字。诗存《元诗选·癸集》戊集下、《西天目山志》等。（存诗2首）

39. 达实帖木儿（达实帖穆尔），字君寿，蒙古塔塔儿氏。《元诗选·癸集》存其《溪山晚春》七律诗一首。（存诗1首）

40. 拜住，曾为国子生，状元及第。（存诗1首）

41. 聂镛，字茂先（一作茂宣），号太拙生，蓟丘（今北京市）人。诗存于《玉山名胜集》。生平事迹见《西湖竹枝集》、《元诗选·癸集》辛集小传、《御选元诗》卷首小传。（存诗8首）

42. 帖木儿（帖木耳），元惠宗至正间，官居福建行中书省参知政事。《元诗选·癸集》收其诗《游鼓山大顶峰》一首。（存诗1首）

43. 靰鞑哑，居晋阳，官御史。（存诗1首）

44. 哲里野台，元泰定帝时官居吴中（苏吴县）。（存诗1首）

第二节 回回族诗人

作为中国少数民族之一的回族，是中国信仰伊斯兰教最悠久而且分布最广的使用汉语言的民族。他们勤劳智慧，同其他穆斯林民族一起，在华夏大地播种和发展了伊斯兰文化，使之成为中华民族文化的重要组成部分。他们在开拓边疆地区和促进中外经济、文化交流以及继承和发扬中华民族的优秀文化方面，都作出了自己的重要贡献。元代的回回人，就是今天回族的主要构成部分。

唐、宋时期，"回回"作为民族的专有名词并未被中国人广泛地使用，它首见于沈括的《梦溪笔谈·边兵凯歌》（卷五乐律）："旗队浑如锦绣堆，银装背嵬打回回。先教净扫安西路，待向河源饮马来。"回回族最初泛指回鹘以及中亚其他突厥族，在元世祖时则专指信奉伊斯兰教的中亚人、西亚人，而把唐宋时的回纥、回鹘称为畏兀儿人。当时新疆地区大部分信奉佛教，直到公元10世纪后半期新疆西部等地区的畏兀儿人才信奉伊斯兰教，他们在元代一般被称作"回回人"。

元代"回回"的概念经历着一个由宗教文化群体概念向民族概念转化的过程。作为文化意义上的群体概念时，"回回"等同于穆斯林；而作为一个民族概念时，"回回"并不完全等同于穆斯林。一些来自伊斯兰地区的人或其后裔，在汉文化氛围的影响之下，脱离了原先的文化背景，他们不再是穆斯林，但仍然是回回。白寿彝先生也指出："元代，回族开始在形成中。这时的'回回'绝大部分可相信为穆斯林，但也并非所有的回回都是穆斯林……此后，在回族的形成和发展中，伊斯兰教也在回回中有所发展，但不信仰伊斯兰教的回回仍是存在的……一个回回，很可能是穆斯林，但也不一定就是穆

元代少数民族作家汉文诗歌的用韵特点

斯林。"① 回回的含义在元代很丰富，本书所用的是它的狭义概念，即指元代所有信奉伊斯兰教的西域人，今天即为回族。

元代是一个东西文化相碰撞的时期，元代回回诗人在这一特殊的时代采取了兼容并蓄的态度，面对中国传统文化与伊斯兰文化的双向文化抉择中，回族诗人以中国传统文化为价值尺度，以伊斯兰文化作为对待生活的标准，来创建本民族自己的文化。回族文学自从萌生以后，就将中华传统文学的各种体裁作为自己民族的文学体裁加以运用，并汇入中国文学发展的主流中，为我国古代诗歌的持续发展添加了生机和活力，为元代文学增添异彩。

1. 高克恭，字彦敬，西域回回，籍贯房山（今属北京）。有诗文别集《房山集》（一名《高文简集》），但未流传至今。《元诗选·二集》之中的《房山集》选录其诗。（存诗23首）

2. 马九皋，原名薛超吾（薛超吾尔、薛遮吾尔），字昂夫，号九皋，汉姓马，故称其为马九皋、马昂夫、薛昂夫等。马九皋生于怀孟（今河南省沁阳市），长于龙兴（今江西省南昌市）。曾有《薛昂夫诗集》《九皋诗集》行于世，后亡佚。（存诗6首）

3. 马祖常，字伯庸，西域回回，光州人。著有诗集《石田先生文集》。（存诗796首）

4. 买闾，字兼善，元末明初诗人，籍贯会稽，居于上虞（今属浙江）。买闾的诗歌作品存于《大雅集》《文翰类选大成》。（存诗8首）

5. 掌机沙，字密卿，西域阿鲁温氏。阿鲁温，又作阿鲁浑、阿尔温、阿儿浑等，是突厥语部族，信奉伊斯兰教。掌机沙为哈散之孙，也应为回族。《主诗纪事》卷二十四录其诗，今存诗仅《西湖竹枝词》一

---

① 白寿彝：《关于回族史的几个问题》，载《白寿彝民族宗教论集》，北京师范大学出版社1992年版，第176—177页。

首。(存诗 1 首)

6. 仉机沙,《元诗选·癸集》有其小传。他与掌机沙并非同一个人。其诗作见《元诗选·癸集》之辛集。(存诗 4 首)

7. 别里沙,《元诗选·癸集》有其小传。有《西湖竹枝词》存于《元诗选·癸集》之丁集。(存诗 2 首)

8. 哲马鲁丁,字师鲁。其诗歌仅见于《元诗选·癸集》之丙集,存诗一首。(存诗 1 首)

9. 廼贤,字易之,也名纳新、乃贤,别号河朔外史,为葛逻禄氏,属回回人,祖籍郏县(今属河南)。廼贤为元末著名诗人,著有《金台集》。(存诗 242 首)

10. 沙班,字子中,西域回回人,寓居杭州。诗存《元诗选·癸集》之丁集等。生平事迹见《元诗选·癸集》之丁集、陈垣的《元西域人华化考》卷二。(存诗 2 首)

11. 丁鹤年,字以行,一字永庚,生长于鄂州武昌(今属湖北)。他生当元末乱世,诗作内容颇多国破家亡之悲,以近体诗为工。以至正二十八年为界,丁鹤年在元朝生活 33 年,在明朝则是 57 年。今存有诗集《丁鹤年诗集》。(存诗 275 首)

12. 吉雅谟丁,汉姓马,字符德,西域回回人,丁鹤年从兄。《丁鹤年诗集·附录》有其小传。今存诗九首,附于《丁鹤年诗集》后。(存诗 9 首)

13. 爱理沙,字允中,西域回回。丁鹤年次兄。《元诗选·初集》录其诗三首。(存诗 3 首)

14. 吴惟善,樊川人,丁鹤年表兄。(存诗 5 首)

15. 伯笃鲁丁,又名鲁至道,元朝进士,定居金陵。(存诗 5 首)

16. 马世德,字元臣,也里可温。籍贯浚仪,马祖常从弟。生平事迹见《元诗选·癸集》丁集小传、《元西域人华化考》卷四。(存诗 1 首)

25

第三节　畏兀儿族诗人

畏兀儿，或畏兀、瑰古、伟吾尔，为唐代回鹘后裔，与现代维吾尔族有着十分密切的渊源关系。维吾尔族在《旧唐书》中称"回纥"，该族最初是在突厥的统治之下，至隋代独立，后隶属于唐。唐德宗时改称"回鹘"。公元744年，回鹘首领骨力裴罗自立为可汗，建立回鹘政权。公元840年，回鹘受到其他部族的侵扰，西迁中亚，陆续占据了天山南北与河西走廊西部。西州回鹘又向西发展，以高昌为中心，建立了高昌回鹘政权。西州回鹘后来改称为"畏兀儿"。尽管我们不能将元代的畏兀儿人与今天的维吾尔族等同看待，但不应否认他们之间存在着一定的渊源关系。

蒙元时代"畏兀儿"一词有着多种含义。从狭义上讲，"畏兀儿"仅指高昌回鹘人的后裔；从广义上讲，指的是高昌回鹘以及居住于原喀喇汗王朝境内及河西走廊的回鹘遗民，同时也包括蒙元时代迁往内地的回鹘人。大量畏兀儿人入仕元朝，积极参政议政，是元朝政治史上的一个鲜明特征，一些畏兀儿政治家在其职位上表现出来的杰出的政治才干，对于元代政治的统一安定，经济、文化的恢复和发展起到了重要的推进作用。同时，元代是畏兀儿族文学发展的重要时期。在这一时期，涌现出一批精通汉语、用汉语写作的畏兀儿诗人、作家。经过几代人的不懈努力和潜移默化的传承教诲，元朝中后期，在畏兀儿人中出现一个造诣颇深、出类拔萃的文学家群体，他们都用汉文创作，对儒家典籍的掌握和汉文化的了解以及使用已经达到了炉火纯青、出神入化的程度。他们的文学活动极大地丰富了元代文学的思想和内容，在中国文学史上留下深远的影响。

1. 廉恒，字公达。明代的《诗渊》中存有以"廉公达"署名的诗

作。（存诗 41 首）

2. 廉惇，字公迈。祖籍北庭（今新疆吉木萨尔县），入中原后占籍大都。廉希宪之子。著有《廉文靖集》，但流传不广。《永乐大典》残帙和《诗渊》等书之中，存有廉惇诗百首以上。生平事迹见《元史》卷一二六。（存诗 160 首）

3. 释鲁山，有《鲁山诗集》行于世，明初亡佚不存，《诗渊》与《永乐大典》今存佚诗数十首。（存诗 22 首）

4. 贯云石，原名小云石海涯，因父名贯只哥，遂以贯为姓，生于大都。其诗文集《酸斋集》久佚。《元诗选》共辑贯云石诗二十余首。（存诗 26 首）

5. 偰玉立，字世玉，号止堂（一作止庵）。世代为高昌回鹘贵族。《元诗选·三集》有偰玉立的《世玉集》，存诗十三首。偰玉立的诗作还被收入《永乐大典》《全金元诗》中。（存诗 14 首）

6. 边鲁，字至愚，号鲁生，西域北庭（今新疆吉木萨尔县）人。大约生活在元顺帝年间。（存诗 2 首）

7. 伯颜不花，号苍岩，高昌回鹘王国王族。《元诗选·癸集》收入其诗。（存诗 1 首）

8. 偰哲笃，字世南，籍贯溧阳（今属江苏）。偰玉立之弟。《元诗选·三集》收其诗。生平事迹见于《元史》卷一九三。（存诗 3 首）

9. 三宝柱，字廷珪。《元诗选·癸集》存其诗。（存诗 3 首）

10. 全普，字子仁，原名全普庵撒里，阿鲁浑撒里之孙。（存诗 2 首）

11. 王嘉闾，字云升，晚字景善，号竹梅翁，籍贯余姚。生平见《元诗选·癸集》。（存诗 1 首）

12. 脱脱木儿，字时敏，号松轩。（存诗 10 首）

13. 偰逊，原名偰伯僚（又作偰百辽），字公远。偰哲笃长子，寓居溧阳（今属江苏）。《明诗综》录其诗。（存诗 2 首）

14. 伯颜子中，字子中。父辈在江西做官，定居江西进贤。曾编成《伯颜子中诗集》，惜其作品大多已散佚。《元诗选·二集》，选入其诗十四首，作《子中集》。（存诗14首）

15. 不花帖木儿，字德新，西域畏兀儿人，祖籍高昌。（存诗2首）

16. 廉惠山海牙，字公亮。廉希宪从子。诗文散见于元代文献。（存诗2首）

第四节　契丹族诗人

元朝时，在汉文化的强势渗透下，契丹发生了深远的变化。契丹族吸取汉文化、学习用汉文创作的进程，同时也是创造本民族精神文明的历史。汉民族的行为习惯、思维方式、情感表达方式，都融入了契丹民族的血液，使契丹族文化水平得到大大的提高，使之步入文明民族之列。在民族文化融合的背景下，耶律家族文学的水平、特质尽管随着历史的推移而不断有所变化，但其民族的意识、感情、文化心态和审美观念仍保持了相对的稳定性，极其突出地显示了自己的民族个性。

1. 耶律楚材，字晋卿，号湛然居士。中书省都事宗仲亨辑录的《湛然居士文集》成于1233年，共九卷，后人又补辑了一些作品，再成五卷，合为十四卷。《四库全书》收入的就是这十四卷本。（存诗709首）

2. 耶律铸，字成仲，号双溪，耶律楚材之子。清人修《四库全书》，从《永乐大典》中辑出耶律铸诗集数种，编为《双溪醉隐集》六卷。生平事迹见《元史》卷一四六、《新元史》卷一二七、《元诗纪事》卷三。（存诗1036首）

3. 张孔孙，字梦符，号寓轩，隆安（今吉林农安）人。（存诗2首）

4. 耶律希逸，字羲甫，一作义甫，号柳溪，又号梅轩。耶律铸第九子。明初《顺天府志》卷一四《昌平县·关隘》收其诗。（存诗5首）

5. 石抹良辅，契丹华族述律氏，即萧氏，大宁（今辽宁凌源）人。有《节斋集》《抱膝吟》《世美集》等数种别集行世，但罕见传本，仅在《永乐大典》残帙中存诗若干首。生平事迹见《元史》卷一五〇。（存诗 11 首）

6. 述律杰，一名铎尔直（朵儿只），字存道，一字从道，别号野鹤。《元诗选·癸集》丙集仅存其诗一首。生平事迹见虞集的《题萧氏家世事状》（《道园学古录》卷一〇）、《元诗选·癸集》丙集小传。（存诗 1 首）

7. 石抹宜孙，又名萧宜孙、舒穆噜伊孙，字申之。台州（今浙江临海）人。诗存《元诗选·癸集》庚集上、《元诗纪事》卷一八等。生平事迹见《元诗选·癸集》庚集上、《御选元诗》卷首小传。（存诗 3 首）

8. 移剌迪，字蹈中，元统间为饶州路总管。《元史》有传。（存诗 1 首）

第五节　白族诗人

唐宋时期，白族在大理建立了南诏、大理两个地方政权，臣属于唐宋王朝。1253 年，蒙古统治者忽必烈率兵消灭了大理政权，建立了云南行省，在大理地区置大理路和鹤庆路。明清时期是大理民族文学发展的极盛时期，文人大批出现，有的甚至闻名全国，如杨黼、杨南金、李元阳、杨士云等，他们的诗作文章流传至今。

白族语言属汉藏语系藏缅语族白语支，由于历史上大量汉族人民不断融入白族之中，而白族人民又长期地学习汉族文化，因而，汉文成为白族人民的通用文字。从某种程度上说，白族文化对汉文化具有认同感，也有向强势文化靠拢的强烈愿望。当然，在这个过程中，白族文化也并非消极被动地接受汉文化。目前对白族文献的整理、开发和利用还不能满足研究者的需要，白族的诗歌亟待整理。

1. 段福，亦称信苴福，字仁表，元大理人。著有《征行集》，不传。（存诗 2 首）

2. 段功，段光之弟。（存诗 1 首）

3. 僧奴，一名羌奴、羌娜，段功的女儿。（存诗 2 首）

4. 段世，大理人，末代大理总管，段宝之弟。另一说为段宝之子，段明兄弟。诸史籍对段明、段世之记载多相混杂，尚待考证。（存诗 2 首）

5. 段宝，段功之子。（存诗 1 首）

6. 段光，亦称信苴光。元代云南大理第九代总管。（存诗 1 首）

第六节　党项族诗人

党项羌为古羌人后裔，南北朝时期，党项羌先民于甘肃、青海、四川、西藏地区过着游牧生活，处于一种原始状态。唐初，党项羌各部落先后归附朝廷，迁入今甘肃东部及陕西北部地区，与汉民族相杂居，从事农耕生活。宋初，党项羌首领李继迁一度与宋王朝相抗衡。1038 年，李元昊更是公开称帝，国号大夏，定都于兴庆府。西夏的建立，使党项羌完成了从奴隶制社会向封建制社会的过渡。西夏王国创造了颇具特色的党项文化，而党项文化是在吸收和融合了中原汉族和周边其他各族的文化基础上发展起来的，其中尤以汉族文化的影响最为全面和深刻，与此同时，西夏党项文化的外传，也对中原文化以及辽金文化、蒙元文化产生了积极的影响。

1. 余阙，字廷心（天心），色目人，属唐兀氏。元代所指称的"唐兀氏"，就是对西夏党项羌遗民的称呼。《蒙古秘史》称西夏为"唐

兀"。"唐兀氏"即"党项人",也称为"河西人""西夏人""夏人"。余阙著有《青阳先生集》四卷。(存诗 142 首)

2. 王翰,元代河西诗人,字用文,本名那木罕,号友石山人,唐兀氏。王翰遗诗,见于有明弘治八年(1495)袁文纪刊本、《四库全书》本。(存诗 16 首)

3. 甘立,字允从,西夏人,占籍陈留(今河南开封)。《元诗选·二集》载《允从集》,录诗二十五首。(存诗 25 首)

4. 昂吉,字启文(一作起文),河西唐兀氏,家族入中原后占籍太平(今安徽当涂)。《元诗选·三集》有昂吉《启文集》,是顾嗣立据《玉山名胜集》等书辑成。(存诗 7 首)

5. 孟昉,字天伟,河西唐兀人,占籍大都(今北京市)。作品收入《列朝诗集》《御选元诗》《元诗选·癸集》等诗总集。(存诗 13 首)

6. 斡玉伦徒,字克庄,号海樵(或海樵子),河西唐兀氏,世居西夏宁州(今甘肃宁县)。《元诗选·癸集》存其诗,此外元诗文献中可见佚诗。在文献中,斡玉伦徒的名字有不同写法。《元诗选·癸集》将斡玉伦徒诗分属于斡玉伦徒(丁集)、王伦徒(戊集下)、斡玉麟图(戊集下)。《元诗纪事》则以"斡玉伦都"称之。但在他自己的题跋手迹之中,自署斡玉伦徒。(存诗 5 首)

7. 观音奴,字志能,唐兀氏,卜居于新州。《元诗选·癸集》录其诗三首,小传明确记载为唐兀氏。(存诗 3 首)

第七节 女真族诗人

辽宋时期,女真族迅速崛起。辽末,女真完颜部在首领阿骨打率领下举兵抗辽,建立金政权,1234 年,金为蒙古军队所灭。此后,女真人仍活跃于东北地区。清朝以后,"女真"改称为"满族"直至于今。

元代少数民族作家汉文诗歌的用韵特点

金元时期的民族文化融合，表现为汉文化对女真民族的巨大吸引力，使他们从民族的性格到风俗习惯，都发生了不同程度的改变，这加速了女真人的文明化进程。女真族在接受汉文化的价值取向的同时，又力图保持其质朴、直率、大胆的民族精神，这造就了他们在文学作品中无拘无束、大胆率真的情感表达。植根于汉文化与其他北方少数民族文化相互碰撞、彼此融合的女真文学，为中华多民族文学的发展，为丰富中国古典文化宝库作出了特有的贡献。

1. 夹谷之奇，字士常，号书隐，居滕州。《御选元诗》与《元诗选·癸集》乙集，存其同一首诗。（存诗1首）

2. 孛术鲁翀，字子翚，祖籍广平，居于邓州顺阳（今河南内乡）。有文集六十卷，已散佚。《元诗选·二集》载其诗。（存诗8首）

3. 兀颜思忠，字子中，居东平。《御选元诗》与《元诗选·癸集》庚集上，均存其诗二首。（存诗2首）

4. 兀颜思敬，字子敬，号齐东野老，居东平。兀颜思忠之弟。《元诗选·癸集》辛集上，存其诗。（存诗2首）

5. 完颜东皋，曾为湖南廉访。（存诗2首）

6. 蒲察景道，生平不详。《蒲州志》存其诗。（存诗1首）

7. 徒单公履，字云甫，辽海人。其诗仅见于《元诗选·癸集》。（存诗1首）

第三章　利用数理统计法划分的韵部

第一节　统计表格的说明

一、此表设计了各个韵部的字次和韵次以及计算而得出的离合指数及其卡方数值。在每一张表格中，总的字次是总的韵次的 2 倍。而从每个韵部的角度看，本部相押的韵次的 2 倍，加上该部与其他部相押的韵次应该等于该部的总字次。

二、使用统计法的一个大忌就是韵语数量过少。因此本文使用统计法的范围，仅仅限制在韵语数量较多的韵部，而白族、女真族的韵语数量较少，因此这两个民族就不再使用数理统计法进行分析了。

三、表格中除了介绍已经成为定论的韵部之外，还详细介绍了许多存有争议的韵部，以便更好地弄清韵部之间的分合关系。

四、对于那些离合指数小于 50 的，我们就不需要再讨论了，此时这些韵部肯定是分立的。而对于那些离合指数大于 90 的，说明这些韵部肯定是合并的。而当 $50 \leq I < 90$ 时，我们就需要引入卡方检验来解决这个问题，因此就会在这个韵离合指数表格的下面，再附一个卡方检验的表格。

五、韵离合指数表格中各项数字的含义。

假如"之职"合韵的表格如下：

	362	之	职
之	202	95	13
职	160	12	74

那么，这个表格说明之之独用95韵次，职职独用74韵次，之职合韵12韵次。我们计算出的结果如下：之之独用202字次，职职独用160字次，之职合韵362字次。最后得出之职的离合指数为13（阴影部分）。这里的离合指数为13，小于50，因此不需要进行卡方检验。

六、卡方检验表格中各项数字的含义。

假如"之哈"的离合指数为60，此时我们需要利用卡方检验来证明二者是分是合，列表如下：

	之	哈
之	142	29.668
哈	27	13

此表格说明，之之独用的韵次为142，哈哈独用的韵次为13，之哈合韵的韵次为27，阴影部分29.668为其卡方值。

当 $\chi^2 > 7.378$、5.991以及4.605时，两韵分立；

当 $\chi^2 < 7.378$、5.991以及4.605时，两韵合并。

此时，无论将检验水平定为 $\alpha=0.025$、$\alpha=0.05$ 或 $\alpha=0.10$，卡方值都要大于这些分布临界值，因此应当将两韵分立。

第二节　韵部的统计总表

一　蒙古族

（一）近体诗

1. 阴声韵

（1）止摄和蟹摄

表1

	484	之	支	齐	脂	微
之	55	19	64	9	72	2
支	31	12	9	0	85	0
齐	104	3	0	50	0	1
脂	2	1	1	0	0	0
微	180	1	0	1	0	89

1）之支的离合指数为64，此时需要利用卡方检验来证明二者是分是合，列表如下：

表2

	之	支
之	19	5.184
支	12	9

此时，将检验水平定为 $\alpha=0.10$ 时，两韵分立；将检验水平定为 $\alpha=0.025$、$\alpha=0.05$ 时，两韵合并。此处采用 $\alpha=0.10$ 的检验水平，将之、支二韵分立。

2）支脂的离合指数为85、之脂的离合指数为72，本应用卡方检验法计算，但是本书没有发现脂韵的独用例证，此处只能存疑。

35

3）齐独用 50 韵次、咍独用 56 韵次，二韵与其他韵之间合韵现象较少，因此将二韵各自分立。

（2）流摄

表3

	134	尤	侯
尤	123	58	68
侯	11	7	2

尤侯的离合指数为 68，此时我们需要利用卡方检验来证明二者是分是合，列表如下：

表4

	尤	侯
尤	58	6.303
侯	7	2

此时，将检验水平定为 α=0.10、α=0.05 时，两韵分立；将检验水平定为 α=0.025 时，两韵合并。此处采用 α=0.10、α=0.05 的检验水平，将尤、侯二韵分立。

（3）效摄

表5

	116	宵	豪
宵	54	26	6
豪	62	2	30

宵豪的离合指数为 6，当 I<50 时，可以认为尚未合并。

（4）果摄

表6

	116	鱼	模
鱼	54	46	6
模	62	2	32

鱼模的离合指数为6，当I＜50时，可以认为尚未合并。

2. 阳声韵

（1）山摄

表7

	144	先	仙
先	90	32	76
仙	54	26	14

先仙的离合指数为76，此时我们需要利用卡方检验来证明二者是分是合，列表如下：

表8

	先	仙
先	32	3.797
仙	26	14

此时，无论将检验水平定为$\alpha=0.025$、$\alpha=0.05$或$\alpha=0.10$，卡方值都要小于这些分布临界值，因此应当将两韵合并。

（2）梗摄

表9

	110	清	庚	青
清	33	12	53	14
庚	18	6	6	0

37

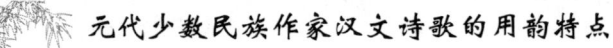

续表

	110	清	庚	青
青	59	3	0	28

1）庚清的离合指数为53，此时我们需要利用卡方检验来证明二者是分是合，列表如下：

表10

	庚	清
庚	6	5.227
清	6	12

此时，将检验水平定为0.10，卡方值要大于分布临界值，因此两韵分立。

2）清青的离合指数为14，当I＜50时，可以认为尚未合并。

（3）宕摄

表11

	186	阳	唐	江
阳	138	64	63	0
唐	18	10	3	21
江	30	0	2	14

1）阳唐的离合指数为63，此时我们需要利用卡方检验来证明二者是分是合，列表如下：

表12

	阳	唐
阳	64	7.048
唐	10	3

此时，将检验水平定为 $\alpha=0.10$、$\alpha=0.05$ 时，两韵分立；将检验水平定为 $\alpha=0.025$ 时，两韵合并。此处采用 $\alpha=0.10$、$\alpha=0.05$ 的检

验水平,将阳、唐二韵分立。

2)江唐的离合指数为21,当I<50时,可以认为尚未合并。

(4)通摄

表13

	250	钟	东
钟	115	54	11
东	135	7	64

东钟的离合指数为11,当I<50时,可以认为尚未合并。

(二)古体诗

1. 阴声韵

(1)止摄

表14

	406	微	支	脂	之
微	75	25	28	67	15
支	116	7	19	116	98
脂	79	14	27	2	115
之	136	4	44	34	27

1)支微的离合指数为28、之微的离合指数为15,当I<50时,可以认为尚未合并。

2)脂支的离合指数为116、之脂的离合指数为115、之支的离合指数为98,当I≥90时,可以认为两韵合并。

3)脂微的离合指数为67,此时我们需要利用卡方检验来证明二者是分是合,列表如下:

表15

	脂	微
脂	2	0
微	14	25

此时，无论将检验水平定为 α = 0.025、α = 0.05 或 α = 0.10，卡方值都要远远小于分布临界值，因此应当将两韵合并。

（2）蟹摄

表16

	226	灰	哈
灰	70	13	90
哈	156	44	56

灰哈的离合指数为90，当 I≥90 时，可以认为两韵合并。

（3）果摄、假摄、遇摄、流摄

表17

	1072	侯	尤	虞	模	鱼	麻	歌	戈
侯	108	13	104	4	0	0	0	0	0
尤	275	81	97	0	0	0	0	0	0
虞	145	1	0	28	89	79	0	0	0
模	138	0	0	42	24	79	4	3	16
鱼	176	0	0	46	43	42	4	0	8
麻	54	0	0	0	1	1	26	0	0
歌	102	0	0	0	1	0	0	30	98
戈	74	0	0	0	3	2	0	41	14

1）尤侯的离合指数为104、歌戈的离合指数为98，当 I≥90 时，可以认为两韵合并。

2）侯虞的离合指数为4、模麻的离合指数为4、模歌的离合指数为3、模戈的离合指数为16、鱼麻的离合指数为4、鱼戈的离合指数为8，当 I < 50 时，可以认为尚未合并。

3）虞模的离合指数为 89，此时我们需要利用卡方检验来证明二者是分是合，列表如下：

表 18

	虞	模
虞	28	1.032
模	42	24

此时，无论将检验水平定为 $\alpha = 0.025$、$\alpha = 0.05$ 或 $\alpha = 0.10$，卡方值都要小于这些分布临界值，因此应当将两韵合并。

4）鱼虞的离合指数为 79，此时我们需要利用卡方检验来证明二者是分是合，列表如下：

表 19

	鱼	虞
鱼	42	4.419
虞	46	28

此时，无论将检验水平定为 $\alpha = 0.025$、$\alpha = 0.05$ 或 $\alpha = 0.10$，卡方值都要小于这些分布临界值，因此应当将两韵合并。

5）鱼模的离合指数为 79，此时我们需要利用卡方检验来证明二者是分是合，列表如下：

表 20

	鱼	模
鱼	42	3.889
模	43	24

此时，无论将检验水平定为 $\alpha = 0.025$、$\alpha = 0.05$ 或 $\alpha = 0.10$，卡方值都要小于这些分布临界值，因此应当将两韵合并。

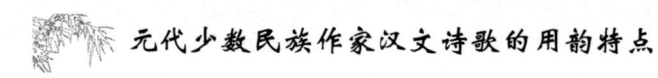

(4) 效摄

表 21

	188	宵	萧	豪
宵	92	28	94	55
萧	31	18	4	37
豪	65	18	5	21

1) 萧豪的离合指数为 37，当 I＜50 时，可以认为尚未合并。

2) 萧宵的离合指数为 94，当 I≥90 时，可以认为两韵合并。

3) 豪宵的离合指数为 55，此时我们需要利用卡方检验来证明二者是分是合，列表如下：

表 22

	豪	宵
豪	21	13.978
宵	18	28

此时，无论将检验水平定为 $\alpha=0.025$、$\alpha=0.05$ 或 $\alpha=0.10$，卡方值都要大于这些分布临界值，因此应当将两韵分立。

(5) 效摄与遇摄

表 23

	148	宵	鱼
宵	60	28	11
鱼	88	4	42

宵鱼的离合指数为 11，当 I＜50 时，可以认为尚未合并。

（6）蟹摄与假摄

表24

	68	齐	麻
齐	14	6	17
麻	54	2	26

齐麻的离合指数为17，当I<50时，可以认为尚未合并。

2. 阳声韵

（1）臻摄

表25

	272	真	文	魂	谆
真	130	40	21	8	118
文	42	5	17	14	0
魂	47	2	3	21	0
谆	53	43	0	0	5

1）真文的离合指数为21、魂真的离合指数为8、魂文的离合指数为14，当I<50时，可以认为尚未合并。

2）谆真的离合指数为118，两韵合并。

（2）山摄

表26

	662	先	仙	山	删	元	桓	寒
先	178	41	109	0	0	33	0	0
仙	167	94	36	0	0	18	0	0
山	93	0	0	16	124	0	15	38
删	84	0	0	50	14	22	16	15
元	13	2	1	0	1	4	19	0
桓	48	0	0	2	2	1	10	88
寒	79	0	0	9	3	0	23	22

元代少数民族作家汉文诗歌的用韵特点

1）元先的离合指数为33、元删的离合指数为22、元桓的离合指数为19、元仙的离合指数为18、山桓的离合指数为15、寒山的离合指数为38、桓删的离合指数为16、寒删的离合指数为15，均未合并。

2）先仙的离合指数为109、删山的离合指数为124，应合并。

3）寒桓的离合指数为88，此时我们需要利用卡方检验来证明二者是分是合，列表如下：

表27

	寒	桓
寒	22	0.816
桓	23	10

此时，无论将检验水平定为 $\alpha=0.025$、$\alpha=0.05$ 或 $\alpha=0.10$，卡方值都要远远小于这些分布临界值，因此应当将两韵合并。

（3）梗摄和曾摄

表28

	564	庚	清	青	耕	蒸	登
庚	146	29	103	25	69	12	0
清	206	71	41	72	131	0	0
青	118	9	37	32	0	27	24
耕	27	7	16	0	2	0	0
蒸	23	1	0	3	0	4	82
登	44	0	0	5	0	11	14

1）青庚的离合指数为25、蒸庚的离合指数为12、蒸青的离合指数为27、登青的离合指数为24，各自分立。

2）清庚的离合指数为103、耕清的离合指数为131，两韵合并。

3）耕庚的离合指数为69，此时我们需要利用卡方检验来证明二者是分是合，列表如下：

44

表 29

	耕	庚
耕	2	2.489
庚	7	29

此时，无论将检验水平定为 $\alpha=0.025$、$\alpha=0.05$ 或 $\alpha=0.10$，卡方值都要小于这些分布临界值，因此应当将两韵合并。

4）清青的离合指数为72，此时我们需要利用卡方检验来证明二者是分是合，列表如下：

表 30

	清	青
清	41	11.458
青	37	32

此时，无论将检验水平定为 $\alpha=0.025$、$\alpha=0.05$ 或 $\alpha=0.10$，卡方值都要大于这些分布临界值，因此应当将两韵分立。

5）蒸登的离合指数为82，此时我们需要利用卡方检验来证明二者是分是合，列表如下：

表 31

	蒸	登
蒸	4	0.56
登	11	14

此时，无论将检验水平定为 $\alpha=0.025$、$\alpha=0.05$ 或 $\alpha=0.10$，卡方值都要小于这些分布临界值，因此应当将两韵合并。

（4）通摄

表32

	192	东	钟
东	144	58	77
钟	48	28	10

东钟的离合指数为77，此时我们需要利用卡方检验来证明二者是分是合，列表如下：

表33

	东	钟
东	58	4.741
钟	28	10

当检验水平定为 $\alpha=7.378$、$\alpha=5.991$ 时，两韵相混；当检验水平定为 $\alpha=4.605$ 时，两韵分立。此处需要综合考虑邻韵的情况，再来定夺。

（5）宕摄

表34

	464	唐	阳
唐	159	18	117
阳	305	123	91

阳唐的离合指数为117，两韵合并。

3. 入声韵

表35

	20	缉	昔
缉	11	5	19
昔	9	1	4

缉昔的离合指数为19，两韵分立。

表36

	22	月	薛
月	7	2	59
薛	15	3	6

薛月的离合指数为59，此时我们需要利用卡方检验来证明二者是分是合，列表如下：

表37

	月	薛
月	2	1.518
薛	3	6

此时，无论将检验水平定为 $\alpha=0.025$、$\alpha=0.05$ 或 $\alpha=0.10$，卡方值都要小于这些分布临界值，因此应当将两韵合并。

表38

	34	烛	屋
烛	9	3	44
屋	25	3	11

烛屋的离合指数为44，两韵分立。

二 回回族

（一）近体诗

1. 阴声韵

（1）止摄

表39

	1158	齐	之	支	脂	微
齐	246	113	13	4	1	2
之	256	12	51	106	98	8
支	187	3	88	30	96	2
脂	108	1	44	34	12	7
微	361	4	10	2	5	170

1）齐之、齐支、脂齐、齐微、微之、微支、微脂分立。

2）支之、脂之、脂支合并。

（2）蟹摄

表40

	304	哈	灰
哈	211	79	81
灰	93	53	20

哈灰的离合指数为81，此时我们需要利用卡方检验来证明二者是分是合，列表如下：

表41

	哈	灰
哈	79	4.866
灰	53	20

此时，将检验水平定为 $\alpha = 0.025$、$\alpha = 0.05$ 时，两韵相混；将检验水平定为 $\alpha = 0.10$，两韵分立。

（3）流摄

表42

	466	尤	侯
尤	388	161	101
侯	78	66	6

尤侯合并。

（4）效摄

表43

	386	豪	萧	宵
豪	226	109	22	3
萧	27	5	3	74
宵	133	3	16	57

1）萧豪、宵豪分立。

2）萧宵的离合指数为74，此时我们需要利用卡方检验来证明二者是分是合，列表如下：

表44

	萧	宵
萧	3	1.702
宵	16	57

萧宵合并。

（5）遇摄

表45

	404	模	鱼	虞
模	79	25	3	74
鱼	253	2	123	9
虞	72	27	5	20

1）鱼模、虞鱼分立。

2）虞模的离合指数为74，此时我们需要利用卡方检验来证明二者是分是合，列表如下：

表46

	虞	模
虞	20	4.37
模	27	25

虞模合并。

（6）果摄与假摄

表47

	478	歌	戈	麻
歌	158	59	94	2
戈	54	38	8	0
麻	266	2	0	132

1）戈歌合并。

2）麻歌分立。

2. 阳声韵

(1) 山摄与臻摄

表48

1612	元	文	真	魂	先	仙	寒	山	桓	删
元	23	6	0	0	53	0	0	0	0	21	0
文	289	0	143	0	3	0	0	0	0	0	0
真	219	0	1	107	0	2	2	0	0	0	0
魂	74	9	2	0	31	0	0	0	0	3	0
先	309	0	0	2	0	77	99	3	5	13	8
仙	291	0	0	2	0	142	67	0	35	0	0
寒	162	0	0	0	0	2	0	56	8	75	14
山	94	0	0	0	0	2	13	3	20	9	110
桓	91	2	0	0	1	5	0	41	2	20	0
删	60	0	0	0	0	2	0	4	34	0	10

1) 桓元、魂文、先真、真仙、桓魂、先寒、先山、先桓、删先、山仙、寒山、删寒、山桓分立。

2) 仙先、删山合并。

3) 魂元的离合指数为53，此时我们需要利用卡方检验来证明二者是分是合，列表如下：

表49

	魂	元
魂	31	9.096
元	9	6

魂元分立。

4) 寒桓的离合指数为75，此时我们需要利用卡方检验来证明二者是分是合，列表如下：

表50

	寒	桓
寒	56	5.968
桓	41	20

此时，将检验水平定为 α=0.025、α=0.05 时，寒桓两韵相混；将检验水平定为 α=0.10，寒桓两韵分立。

(2) 梗摄

表51

	634	清	青	庚
清	271	70	22	97
青	140	15	62	1
庚	223	116	1	53

1) 青清、庚青分立。

2) 庚清合并。

(3) 宕摄

表52

	638	阳	江	唐
阳	371	122	9	95
江	68	4	32	0
唐	199	123	0	38

1) 江阳分立。

2) 唐阳合并。

(4) 通摄

表53

	316	钟	东
钟	91	41	13
东	225	9	108

钟东分立。

(5) 咸摄

表54

	34	覃	谈
覃	22	6	125
谈	12	10	1

覃谈合并。

(6) 曾摄

表55

	46	登	蒸
登	22	7	68
蒸	24	8	8

登蒸的离合指数为68，此时我们需要利用卡方检验来证明二者是分是合，列表如下：

表56

	登	蒸
登	7	2.112
蒸	8	8

登蒸合并。

(二) 古体诗

1. 阴声韵

(1) 止摄与蟹摄

表 57

	778	齐	微	咍	之	支	脂	灰	皆	泰	祭
齐	71	21	13	0	29	35	25	0	0	33	7
微	88	3	21	7	39	37	58	0	0	0	16
咍	35	0	1	12	0	0	0	90	17	24	0
之	202	9	14	0	48	78	67	18	21	0	20
支	132	7	8	0	38	15	104	0	0	0	24
脂	178	6	18	0	40	47	30	26	0	0	51
灰	12	0	0	7	1	0	1	0	0	0	25
皆	10	0	0	1	1	0	0	0	3	45	0
泰	17	3	0	2	0	0	0	0	2	4	31
祭	33	1	2	0	3	2	6	1	0	2	8

1) 齐微、齐之、齐支、齐脂、齐泰、齐祭、微咍、微之、微支、微祭、咍皆、咍泰、之灰、之皆、之祭、支祭、脂灰、灰祭、皆泰、泰祭分立。

2) 咍灰、支脂合并。

3) 微脂的离合指数为 58，此时我们需要利用卡方检验来证明二者是分是合，列表如下：

表 58

	微	脂
微	21	15.192
脂	18	30

微脂分立。

4) 之支的离合指数为 78，此时我们需要利用卡方检验来证明二者是分是合，列表如下：

表59

	之	支
之	48	2.508
支	38	15

之支合并。

5）之脂的离合指数为67，此时我们需要利用卡方检验来证明二者是分是合，列表如下：

表60

	之	脂
之	48	11.041
脂	40	30

之脂分立。

6）脂祭的离合指数为51，此时我们需要利用卡方检验来证明二者是分是合，列表如下：

表61

	脂	祭
脂	30	17.818
祭	6	8

脂祭分立。

（2）流摄

表62

	192	侯	尤
侯	70	10	111
尤	122	50	36

侯尤合并。

（3）效摄

表 63

	136	宵	豪	肴	萧
宵	63	24	0	16	85
豪	32	0	14	25	11
肴	20	2	3	7	17
萧	21	13	1	1	3

1）肴宵、肴豪、萧豪、萧肴分立。

2）萧宵的离合指数为85，此时我们需要利用卡方检验来证明二者是分是合，列表如下：

表 64

	萧	宵
萧	3	0.422
宵	13	24

萧宵合并，但萧韵独用数字过少，结果存疑。

（4）遇摄

表 65

	432	虞	鱼	模
虞	188	49	60	90
鱼	105	29	26	63
模	139	61	24	27

1）模虞合并。

2）鱼虞的离合指数为60，此时我们需要利用卡方检验来证明二者是分是合，列表如下：

表 66

	鱼	虞
鱼	26	17.793
虞	29	49

鱼虞分立。

3）鱼模的离合指数为63，此时我们需要利用卡方检验来证明二者是分是合，列表如下：

表 67

	鱼	模
鱼	26	10.916
模	24	27

鱼模分立。

（5）果摄与山摄

表 68

	94	歌	戈
歌	47	11	105
戈	47	25	11

歌戈合并。

2. 阳声韵

（1）臻摄与山摄

表 69

	418	先	仙	寒	真	文	魂	谆	元	桓
先	110	28	102	70	0	0	0	0	0	0
仙	89	49	19	36	0	0	0	0	0	0
寒	14	5	2	2	0	0	0	0	0	84
真	105	0	0	0	38	14	35	95	10	0

57

续表

文	21	0	0	0	2	9	13	0	0	0
魂	23	0	0	0	5	1	5	0	100	0
谆	30	0	0	0	21	0	0	4	30	0
元	16	0	0	0	1	0	7	1	2	87
桓	10	0	0	3	0	0	0	0	3	2

1）仙先、谆真、元魂合并。

2）寒仙、文真、魂真、元真、魂文、元谆分立。

（2）梗摄和曾摄

表70

	310	庚	清	青	蒸
庚	91	11	122	44	43
清	130	57	28	40	65
青	72	10	12	24	21
蒸	17	2	5	2	4

1）清庚合并。

2）青庚、蒸庚、青清、蒸青分立。

3）蒸韵独用数值较小，不再进行卡方计算。

（3）通摄

表71

	120	东	钟
东	91	36	85
钟	29	19	5

东钟的离合指数为85，此时我们需要利用卡方检验来证明二者是分是合，列表如下：

表 72

	东	钟
东	36	1.11
钟	19	5

东钟合并。

(4) 宕摄

表 73

	142	唐	阳
唐	58	8	121
阳	84	42	21

唐阳合并。

3. 入声韵

表 74

	88	薛	屑
薛	51	16	87
屑	37	19	9

薛屑的离合指数为 87，此时我们需要利用卡方检验来证明二者是分是合，列表如下：

表 75

	薛	屑
薛	16	0.571
屑	19	9

薛屑合并。

表 76

	240	药	铎
药	81	17	87
铎	159	47	56

药铎的离合指数为 87，此时我们需要利用卡方检验来证明二者是分是合，列表如下：

表 77

	药	铎
药	17	1.85
铎	47	56

药铎合并。

表 78

	148	烛	屋
烛	61	15	85
屋	87	31	28

烛屋的离合指数为 85，此时我们需要利用卡方检验来证明二者是分是合，列表如下：

表 79

	烛	屋
烛	15	1.358
屋	31	28

烛屋合并。

表 80

	172	铎	屋
铎	114	56	5
屋	58	2	28

铎屋分立。

表81

	48	昔	烛
昔	17	8	8
烛	31	1	15

昔烛分立。

三　畏兀儿族

（一）近体诗

诗韵数量过少，无法统计。

（二）古体诗

1. 阴声韵

（1）蟹摄

表82

	64	哈	灰
哈	36	12	75
灰	28	12	8

哈灰的离合指数为75，此时我们需要利用卡方检验来证明二者是分是合，列表如下：

表83

	哈	灰
哈	12	1.814
灰	12	8

此时，无论将检验水平定为 $\alpha=0.025$、$\alpha=0.05$ 或 $\alpha=0.10$，卡方

值都要小于这些分布临界值，因此应当将两韵合并。

（2）遇摄

表84

	90	模	虞	鱼
模	17	3	116	16
虞	39	10	7	95
鱼	34	1	15	9

1）鱼虞的离合指数为95，两韵合并。

2）模虞的离合指数为116，两韵合并。

3）鱼模的离合指数为16，两韵分立。

（3）效摄

表85

	40	豪	宵
豪	22	8	59
宵	18	6	6

豪宵的离合指数为59，此时我们需要利用卡方检验来证明二者是分是合，列表如下：

表86

	豪	宵
豪	8	3.104
宵	6	6

此时，无论将检验水平定为 $\alpha = 0.025$、$\alpha = 0.05$ 或 $\alpha = 0.10$，卡方值都要小于这些分布临界值，因此应当将两韵合并。

（4）果摄

表87

	68	歌	戈
歌	39	10	112
戈	29	19	5

歌戈的离合指数为112，当I≥100时，两韵已经合并。

（5）止摄和假摄

表88

	36	麻	脂
麻	25	12	12
脂	11	1	5

麻脂的离合指数为12，两韵分立。

（6）止摄

表89

	90	之	脂	支
之	43	8	105	113
脂	22	12	5	0
支	25	15	0	5

之脂的离合指数为105、之支的离合指数为113，之脂支三韵合并。

2. 阳声韵

（1）山摄

表90

	178	寒	桓	先	山	删	仙
寒	34	14	0	5	24	21	0
桓	10	0	3	0	73	0	0
先	58	1	0	25	0	0	36
山	29	3	4	0	7	87	0
删	18	2	0	0	8	4	0
仙	29	0	0	7	0	0	11

1）先寒的离合指数为5、山寒的离合指数为24、删寒的离合指数为21、仙先的离合指数为36，当 I<50 时，可以认为尚未合并。

2）删山的离合指数为87，此时我们需要利用卡方检验来证明二者是分是合，列表如下：

表91

	删	山
删	4	0.353
山	8	7

此时，无论将检验水平定为 $\alpha=0.025$、$\alpha=0.05$ 或 $\alpha=0.10$，卡方值都要远远小于这些分布临界值，因此应当将两韵合并。

3）桓山的离合指数为73，此时我们需要利用卡方检验来证明二者是分是合，列表如下：

表92

	桓	山
桓	3	1.998
山	4	7

此时，无论将检验水平定为 $\alpha = 0.025$、$\alpha = 0.05$ 或 $\alpha = 0.10$，卡方值都要远远小于这些分布临界值，因此应当将两韵合并。

（2）梗摄

表93

	258	清	青	庚
清	126	31	18	115
青	26	2	5	129
庚	106	62	14	15

1）庚清的离合指数为115，庚青的离合指数为129，当 $I \geqslant 100$ 时，两韵已经合并，因此庚韵分为两部分，分别与清、青两韵合并。

2）青清的离合指数为18，当 $I < 50$ 时，可以认为尚未合并。

（3）宕摄

表94

	364	阳	唐
阳	235	79	92
唐	129	77	26

阳唐的离合指数为92，当 $I \geqslant 90$ 时，可以认为两韵合并。

（4）臻摄

表95

	86	真	谆
真	58	19	104
谆	28	20	4

真谆的离合指数为104，当 $I \geqslant 90$ 时，可以认为两韵合并。

（5）深摄和通摄

表96

	148	侵	东
侵	57	27	8
东	91	3	44

侵东的离合指数为8，当I＜50时，可以认为尚未合并。

四 契丹族

（一）近体诗

1. 阴声韵

（1）止摄和蟹摄

表97

	572	齐	之	支	灰	咍	脂	微
齐	98	48	2	0	0	0	0	1
之	80	1	26	54	0	0	65	7
支	50	0	14	14	0	0	55	6
灰	25	0	0	0	6	59	0	0
咍	171	0	0	0	13	79	0	0
脂	29	0	10	6	0	0	3	35
微	119	1	3	2	0	0	7	53

1）之支的离合指数为54，此时我们需要利用卡方检验来证明二者是分是合，列表如下：

表98

	之	支
之	26	11.157
支	14	14

此时，无论将检验水平定为 α = 0.025、α = 0.05 或 α = 0.10，卡方值都要大于这些分布临界值，因此应当将两韵分立。

2) 之脂的离合指数为 65，此时我们需要利用卡方检验来证明二者是分是合，列表如下：

表99

	之	脂
之	26	1.781
脂	10	3

此时，无论将检验水平定为 α = 0.025、α = 0.05 或 α = 0.10，卡方值都要小于这些分布临界值，因此应当将两韵合并。但是脂韵独用数量过少，此处存疑。

3) 支脂的离合指数为 55，此时我们需要利用卡方检验来证明二者是分是合，列表如下：

表100

	支	脂
支	14	2.407
脂	6	3

此时，无论将检验水平定为 α = 0.025、α = 0.05 或 α = 0.10，卡方值都要小于这些分布临界值，因此应当将两韵合并。

4) 灰哈的离合指数为 59，此时我们需要利用卡方检验来证明二者是分是合，列表如下：

表101

	灰	哈
灰	6	15.993
哈	13	79

此时，无论将检验水平定为 α=0.025、α=0.05 或 α=0.10，卡方值都要大于这些分布临界值，因此应当将两韵分立。

5) 之齐的离合指数为 2、微齐的离合指数为 1、微之的离合指数为 7、支微的离合指数为 6、脂微的离合指数为 35。当 I<50 时，可以认为尚未合并，因此各韵分立。

（2）果摄

表 102

	52	歌	戈
歌	32	11	79
戈	20	10	5

歌戈的离合指数为 79，此时我们需要利用卡方检验来证明二者是分是合，列表如下：

表 103

	歌	戈
歌	11	0.914
戈	10	5

此时，无论将检验水平定为 α=0.025、α=0.05 或 α=0.10，卡方值都要远远小于这些分布临界值，因此应当将两韵合并。

（3）流摄

表 104

	174	尤	侯
尤	133	51	98
侯	41	31	5

当离合指数 I≥90 时，可以认为尤侯两韵合并。

（4）遇摄

表 105

	150	鱼	虞	模
鱼	104	51	0	7
虞	11	0	4	36
模	35	2	3	15

鱼模的离合指数为 7、虞模的离合指数为 36，当 I < 50 时，可以认为尚未合并。三韵分立。

（5）效摄

表 106

	100	豪	肴	宵	萧
豪	68	33	0	6	18
肴	2	0	1	0	0
宵	24	1	0	10	64
萧	6	1	0	3	1

1）宵豪的离合指数为 6、萧豪的离合指数为 18。当 I < 50 时，可以认为尚未合并。

2）宵萧的离合指数为 64，此时我们需要利用卡方检验来证明二者是分是合，列表如下：

表 107

	宵	萧
宵	10	1.017
萧	3	1

此时，无论将检验水平定为 $\alpha = 0.025$、$\alpha = 0.05$ 或 $\alpha = 0.10$，卡方值都要小于这些分布临界值，因此应当将两韵合并。但萧韵独用次数过少，此处存疑。

2. 阳声韵

（1）深摄

表 108

	354	侵	覃
侵	337	167	18
覃	17	3	7

侵覃的离合指数为 18，当 I＜50 时，可以认为尚未合并。

（2）臻摄

表 109

	468	文	真	魂	谆
文	98	47	0	10	4
真	274	0	112	0	109
魂	41	3	0	18	19
谆	55	1	50	2	1

1）魂文的离合指数为 10、文谆的离合指数为 4、谆魂的离合指数为 19，当 I＜50 时，可以认为尚未合并。三韵分立。

2）真谆的离合指数为 109，当离合指数 I≥100 时，两韵已经合并。此处谆韵独用例子过少，也值得注意。

（3）山摄

表 110

	330	先	仙	寒	删	山	桓
先	93	26	85	0	0	0	0
仙	100	41	29	0	0	0	15
寒	64	0	0	24	11	36	76
删	15	0	0	1	2	98	48
山	45	0	0	8	9	13	35
桓	13	0	1	7	1	2	1

1）先仙的离合指数为85，此时我们需要利用卡方检验来证明二者是分是合，列表如下：

表111

	先	仙
先	26	2.018
仙	41	29

此时，无论将检验水平定为 $\alpha=0.025$、$\alpha=0.05$ 或 $\alpha=0.10$，卡方值都要小于这些分布临界值，因此应当将两韵合并。

2）寒桓的离合指数为76，此时我们需要利用卡方检验来证明二者是分是合，列表如下：

表112

	寒	桓
寒	24	0.288
桓	7	1

此时，无论将检验水平定为 $\alpha=0.025$、$\alpha=0.05$ 或 $\alpha=0.10$，卡方值都要远远小于这些分布临界值，因此应当将两韵合并。需要注意的是，桓韵独用例证过少。

3）桓仙的离合指数为15、寒山的离合指数为36、寒删的离合指数为11、桓删的离合指数为48、桓山的离合指数为35，当 I<50 时，可以认为尚未合并，因此各韵分立。

4）山删的离合指数为98，当 I≥90 时，可以认为两韵合并。

（4）梗摄和曾摄

表113

	196	庚	清	青	蒸
庚	53	12	103	22	53
清	55	22	8	58	73
青	80	5	15	30	0
蒸	8	2	2	0	2

1）青庚的离合指数为22，当 I＜50 时，可以认为尚未合并。

2）清庚的离合指数为103，当 I≥100 时，可以认为两韵已经合并。

3）庚蒸的离合指数为53，此时我们需要利用卡方检验来证明二者是分是合，列表如下：

表114

	庚	蒸
庚	12	5.565
蒸	2	2

此时将检验水平定为 $\alpha=0.10$，卡方值要大于分布临界值，因此应当将两韵分立。

4）青清的离合指数为58，此时我们需要利用卡方检验来证明二者是分是合，列表如下：

表115

	青	清
青	30	5.297
清	15	8

此时将检验水平定为 $\alpha=0.10$，卡方值要大于分布临界值，因此应当将两韵分立。

5）清蒸的离合指数为73，此时我们需要利用卡方检验来证明二者是分是合，列表如下：

表116

	清	蒸
清	8	3.704
蒸	2	2

此时，无论将检验水平定为 $\alpha=0.025$、$\alpha=0.05$ 或 $\alpha=0.10$，卡方值都要小于这些分布临界值，因此应当将两韵合并。

（5）通摄

表117

	388	钟	东
钟	106	37	41
东	282	32	125

钟东的离合指数为41，当 I<50 时，可以认为尚未合并。

（二）古体诗

1. 阴声韵

（1）蟹摄和止摄

表118

	1426	齐	灰	微	咍	泰	祭	之	支	脂
齐	121	43	0	16	0	0	102	28	10	9
灰	92	0	15	0	95	0	0	0	9	0
微	130	8	0	43	0	0	0	20	20	44
咍	204	0	60	0	71	28	0	0	1	0
泰	5	0	0	0	1	2	0	0	0	0
祭	8	6	0	0	0	0	1	0	0	0
之	348	14	0	10	0	0	0	71	95	94
支	276	4	2	8	1	0	0	99	40	109
脂	242	3	0	18	0	0	0	83	82	28

1）离合指数方面，微齐为16、之齐为28、支齐为10、脂齐为9、支灰为9、之微为20、支微为20、脂微为44、泰咍为28、支咍为1，离合指数均小于50，各韵分立。

2）离合指数方面，祭齐为102、咍灰为95、支之为95、脂之为94、脂支为109，离合指数均大于90，合并。

(2) 果摄和假摄

表119

	404	麻	歌	戈
麻	156	75	9	1
歌	116	5	27	94
戈	132	1	57	37

1）歌麻和戈麻的离合指数均小于50，分立。

2）戈歌的离合指数为94，大于90，合并。

(3) 流摄

表120

	484	侯	尤
侯	160	18	115
尤	324	124	100

1）侯尤的离合指数为115，大于90，合并。

2）契丹无幽部独用例证，幽部只出现在合韵例中，而且数量也较少，如：幽侯合韵1韵次、幽尤合韵2韵次。

(4) 遇摄

表 121

	362	鱼	虞	模
鱼	152	46	59	65
虞	103	28	23	76
模	107	32	29	23

1) 鱼虞的离合指数为59，此时我们需要利用卡方检验来证明二者是分是合，列表如下：

表 122

	鱼	虞
鱼	46	14.624
虞	28	23

此时，无论将检验水平定为 $\alpha=0.025$、$\alpha=0.05$ 或 $\alpha=0.10$，卡方值都要大于这些分布临界值，因此应当将两韵分立。

2) 鱼模的离合指数为65，此时我们需要利用卡方检验来证明二者是分是合，列表如下：

表 123

	鱼	模
鱼	46	11.111
模	32	23

此时，无论将检验水平定为 $\alpha=0.025$、$\alpha=0.05$ 或 $\alpha=0.10$，卡方值都要大于这些分布临界值，因此应当将两韵分立。

3) 虞模的离合指数为76，此时我们需要利用卡方检验来证明二者是分是合，列表如下：

表 124

	虞	模
虞	28	5.926
模	29	23

当检验水平定为 7.378、5.991 时，两韵相混；当检验水平定为 4.605 时，两韵分立。此处需要综合考虑邻韵的情况，由于鱼虞分立、鱼模分立，所以此处虞模也应该分立。

（5）效摄

表 125

	216	萧	宵	豪	肴
萧	39	8	101	23	0
宵	42	17	8	33	0
豪	129	6	9	56	38
肴	6	0	0	2	2

1）宵萧的离合指数为 101，合并。

2）豪萧的离合指数为 23、豪宵的离合指数为 33、肴豪的离合指数为 38，分立。

（6）蟹摄和假摄

表 126

	170	佳	麻
佳	11	1	86
麻	159	9	75

佳麻的离合指数为 86，此时我们需要利用卡方检验来证明二者是分是合，列表如下：

表127

	佳	麻
佳	1	1.333
麻	9	75

此时，无论将检验水平定为 $\alpha = 0.025$、$\alpha = 0.05$ 或 $\alpha = 0.10$，卡方值都要小于这些分布临界值，因此应当将两韵合并。

（7）止摄和遇摄

表128

	256	之	鱼
之	153	71	17
鱼	103	11	46

之鱼的离合指数为17，分立。

2. 阳声韵

（1）深摄

表129

	84	覃	谈
覃	62	22	109
谈	22	18	2

覃谈的离合指数为109，合并。

（2）咸摄

表130

	26	盐	添
盐	14	3	119
添	12	8	2

盐添的离合指数为119，合并。

（3）臻摄

表131

	546	真	谆	文	痕	魂
真	247	83	115	11	0	0
谆	96	76	4	42	81	5
文	80	5	9	29	23	14
痕	28	0	2	3	1	105
魂	95	0	1	5	21	34

1）真谆的离合指数为115、魂痕的离合指数为105，合并。

2）文真的离合指数为11、文谆的离合指数为42、魂谆的离合指数为5、痕文的离合指数为23、魂文的离合指数为14，分立。

3）痕谆的离合指数为81，此时我们需要利用卡方检验来证明二者是分是合，列表如下：

表132

	痕	谆
痕	1	0.63
谆	2	4

此时，无论将检验水平定为 $\alpha = 0.025$、$\alpha = 0.05$ 或 $\alpha = 0.10$，卡方值都要小于这些分布临界值，因此应当将两韵合并。

（4）山摄

表133

	1236	先	仙	元	桓	寒	山	删
先	462	116	103	29	4	4	7	3
仙	408	218	90	13	9	10	5	0
元	34	5	2	12	18	0	0	9
桓	57	1	2	2	9	105	13	9
寒	109	2	4	0	31	25	54	26
山	101	3	2	0	2	17	20	115
删	65	1	0	1	1	5	37	10

1）离合指数方面，元先 29、桓先 4、寒先 4、山先 7、删先 3、元仙 13、桓仙 9、寒仙 10、山仙 5、桓元 18、删元 9、山桓 13、删桓 9、删寒 26，各自分立。

2）离合指数方面，先仙 103、寒桓 105、删山 115，合并。

3）山寒的离合指数为 54，此时我们需要利用卡方检验来证明二者是分是合，列表如下：

表 134

	山	寒
山	20	12.445
寒	17	25

此时，无论将检验水平定为 $\alpha = 0.025$、$\alpha = 0.05$ 或 $\alpha = 0.10$，卡方值都要大于这些分布临界值，因此应当将两韵分立。

（5）梗摄和曾摄

表 135

	806	耕	庚	清	青	登	蒸
耕	17	1	128	104	0	0	0
庚	291	7	44	116	88	37	43
清	366	8	169	81	80	8	21
青	61	0	18	22	9	15	19
登	27	0	3	1	1	5	92
蒸	44	0	6	4	2	12	10

1）离合指数方面，登庚 37、蒸庚 43、登清 8、蒸清 21、登青 15、蒸青 19，各自分立。

2）离合指数方面，庚耕 128、清耕 104、清庚 116、蒸登 92，合并。

3）青庚的离合指数为 88，此时我们需要利用卡方检验来证明二者是分是合，列表如下：

表 136

	青	庚
青	9	7.741
庚	18	44

此时，无论将检验水平定为 α = 0.025、α = 0.05 或 α = 0.10，卡方值都要大于这些分布临界值，因此应当将两韵分立。

4）青清的离合指数为 80，此时我们需要利用卡方检验来证明二者是分是合，列表如下：

表 137

	青	清
青	9	12.229
清	22	81

此时，无论将检验水平定为 α = 0.025、α = 0.05 或 α = 0.10，卡方值都要大于这些分布临界值，因此应当将两韵分立。

（6）通摄

表 138

	386	钟	东
钟	98	25	65
东	288	48	120

钟东的离合指数为 65，此时我们需要利用卡方检验来证明二者是分是合，列表如下：

表 139

	钟	东
钟	25	22.777
东	48	120

此时，无论将检验水平定为 $\alpha=0.025$、$\alpha=0.05$ 或 $\alpha=0.10$，卡方值都要大于这些分布临界值，因此应当将两韵分立。

(7) 宕摄和江摄

表 140

	1616	唐	阳
唐	541	70	111
阳	1075	401	337

唐阳的离合指数大于 90，合并。

3. 入声韵

表 141

	126	月	屑	薛	质
月	12	4	77	0	32
屑	35	3	3	111	0
薛	74	0	26	24	0
质	5	1	0	0	2

1) 质月的离合指数为 32，分立。

2) 薛屑的离合指数为 111，合并。

3) 屑月的离合指数为 77，此时我们需要利用卡方检验来证明二者是分是合，列表如下：

表 142

	屑	月
屑	3	1.552
月	3	4

此时，无论将检验水平定为 $\alpha=0.025$、$\alpha=0.05$ 或 $\alpha=0.10$，卡方值都要小于这些分布临界值，因此应当将两韵合并。

表143

	176	陌	职	德	昔	麦	锡	缉
陌	46	11	30	57	62	64	0	0
职	22	2	2	151	0	0	123	123
德	13	3	8	1	0	0	0	0
昔	61	14	0	0	20	0	0	0
麦	18	5	0	0	7	3	0	0
锡	8	0	4	0	0	0	2	0
缉	8	0	4	0	0	0	0	2

1）职陌的离合指数为30，分立。

2）离合指数方面，德职151、锡职123、缉职123，合并。

3）德陌的离合指数为57，此时我们需要利用卡方检验来证明二者是分是合，列表如下：

表144

	德	陌
德	1	1.176
陌	3	11

此时，无论将检验水平定为 $\alpha=0.025$、$\alpha=0.05$ 或 $\alpha=0.10$，卡方值都要小于这些分布临界值，因此应当将两韵合并。

4）昔陌的离合指数为62，此时我们需要利用卡方检验来证明二者是分是合，列表如下：

表145

	昔	陌
昔	20	5.571
陌	14	11

此处将检验水平定为 $\alpha=0.10$，卡方值要大于分布临界值，因此应当将两韵分立。

5）麦陌的离合指数为 64，此时我们需要利用卡方检验来证明二者是分是合，列表如下：

表 146

	麦	陌
麦	3	2.466
陌	5	11

此时，无论将检验水平定为 α = 0.025、α = 0.05 或 α = 0.10，卡方值都要小于这些分布临界值，因此应当将两韵合并。

表 147

	112	屋	铎	烛
屋	60	18	10	104
铎	17	1	8	0
烛	35	23	0	6

1）铎屋的离合指数为 10，分立。
2）烛屋的离合指数为 104，合并。

五　党项族

（一）近体诗

1. 阴声韵

遇摄

表 148

	30	鱼	模
鱼	12	5	26
模	18	2	8

鱼模的离合指数为 26，当 I < 50 时，可以认为鱼模二韵尚未合并。

2. 阳声韵

（1）山摄

表149

	18	山	寒
山	7	3	22
寒	11	1	5

山寒的离合指数为22，当 I<50 时，可以认为山寒二韵尚未合并。

（2）江摄

表150

	40	江	阳
江	13	6	11
阳	27	1	13

江阳的离合指数为11，当 I<50 时，可以认为江阳二韵尚未合并。

（二）古体诗

1. 阴声韵

（1）流摄

表151

	88	尤	侯	幽
尤	64	23	108	86
侯	16	13	1	71
幽	8	5	1	1

1）尤侯的离合指数为108，当 I≥100 时，可以认为尤侯两韵已经合并。

2）幽侯的离合指数为71，此时我们需要利用卡方检验来证明二者是分是合，列表如下：

表 152

	幽	侯
幽	1	0.333
侯	1	1

此时，无论将检验水平定为 $\alpha=0.025$、$\alpha=0.05$ 或 $\alpha=0.10$，卡方值都要远远小于这些分布临界值，因此应当将两韵合并。有一点需要注意，幽侯两韵的韵次数量非常少，因此结果尚需存疑，还需要考量同时同地的其他用韵现象，并进行综合分析。

3）幽尤的离合指数为86，此时我们需要利用卡方检验来证明二者是分是合，列表如下：

表 153

	幽	尤
幽	1	1.021
尤	5	23

无论将检验水平定为 $\alpha=0.025$、$\alpha=0.05$ 或 $\alpha=0.10$，卡方值都要远远小于这些分布临界值，因此应当将两韵合并。

（2）遇摄

表 154

	80	鱼	虞	模
鱼	56	20	101	79
虞	15	11	1	102
模	9	5	2	1

鱼模的离合指数为79，此时我们需要利用卡方检验来证明二者是分是合，列表如下：

表155

	鱼	模
鱼	20	0.793
模	5	1

无论将检验水平定为 α=0.025、α=0.05 或 α=0.10，卡方值都要远远小于这些分布临界值，因此应当将两韵合并。

（3）止摄

表156

	88	支	脂	之	微
支	29	5	105	104	77
脂	24	8	2	135	69
之	28	9	11	3	101
微	7	2	1	2	1

1）脂微的离合指数为69，此时我们需要利用卡方检验来证明二者是分是合，列表如下：

表157

	脂	微
脂	2	0.871
微	1	1

无论将检验水平定为 α=0.025、α=0.05 或 α=0.10，卡方值都要远远小于这些分布临界值，因此应当将两韵合并。

2）支微的离合指数为77，此时我们需要利用卡方检验来证明二者是分是合，列表如下：

表 158

	支	微
支	5	0.889
微	2	1

无论将检验水平定为 α=0.025、α=0.05 或 α=0.10，卡方值都要远远小于这些分布临界值，因此应当将两韵合并。

3）支脂的离合指数为 105、支之的离合指数为 104、之脂的离合指数为 135、微之的离合指数为 101。当离合指数 I≥100 时，两韵已经合并，因此通过系联，支、脂、之、微四韵合并。

（4）效摄

表 159

	22	宵	萧
宵	15	6	59
萧	7	3	2

宵萧的离合指数为 59，此时我们需要利用卡方检验来证明二者是分是合，列表如下：

表 160

	宵	萧
宵	6	1.518
萧	3	2

无论将检验水平定为 α=0.025、α=0.05 或 α=0.10，卡方值都要小于这些分布临界值，因此应当将两韵合并。

(5) 果摄

表161

	20	戈	歌
戈	8	1	118
歌	12	6	3

歌戈的离合指数为118，当 $I \geq 100$ 时，两韵已经合并。

2. 阳声韵

(1) 臻摄和山摄

表162

	358	寒	山	仙	先	文	真
寒	28	10	59	8	7	0	0
山	35	6	4	96	16	17	0
仙	133	1	17	32	93	0	0
先	108	1	2	51	27	0	0
文	37	0	2	0	0	17	8
真	17	0	0	0	0	1	8

1) 仙山的离合指数为96、先仙的离合指数为93，当 $I \geq 90$ 时，可以认为两韵合并。因此，仙、山、先三韵合并。

2) 山寒的离合指数为59，此时我们需要利用卡方检验来证明二者是分是合，列表如下：

表163

	山	寒
山	4	2.321
寒	6	10

无论将检验水平定为 $\alpha = 0.025$、$\alpha = 0.05$ 或 $\alpha = 0.10$，卡方值都要小于这些分布临界值，因此应当将两韵合并。

因此，仙、山、先、寒四韵合并。

（2）通摄

表164

	38	钟	东
钟	16	4	84
东	22	8	7

东钟的离合指数为84，此时我们需要利用卡方检验来证明二者是分是合，列表如下：

表165

	钟	东
钟	4	0.353
东	8	7

无论将检验水平定为 $\alpha=0.025$、$\alpha=0.05$ 或 $\alpha=0.10$，卡方值都要远远小于这些分布临界值，因此应当将两韵合并。

（3）梗摄

表166

	124	清	青	庚
清	70	18	93	112
青	8	4	1	77
庚	46	30	2	7

1）清庚的离合指数为112，当离合指数 $I \geq 100$ 时，两韵已经合并。

2）清青的离合指数为93，当 $I \geq 90$ 时，可以认为两韵合并。

3）庚青的离合指数为77，此时我们需要利用卡方检验来证明二者是分是合，列表如下：

表167

	庚	青
庚	7	1.406
青	2	1

无论将检验水平定为 $\alpha=0.025$、$\alpha=0.05$ 或 $\alpha=0.10$，卡方值都要远远小于这些分布临界值，因此应当将两韵合并。

因此，清、庚、青三韵合并。

（4）宕摄

表168

	230	阳	唐
阳	137	45	84
唐	93	47	23

阳唐的离合指数为84，此时我们需要利用卡方检验来证明二者是分是合，列表如下：

表169

	阳	唐
阳	45	2.642
唐	47	23

此时，无论将检验水平定为 $\alpha=0.025$、$\alpha=0.05$ 或 $\alpha=0.10$，卡方值都要小于这些分布临界值，因此应当将两韵合并。

第四章 近体诗音系特点

　　语音有时代、方言之异，如何向人们展示汉语语音演变的清晰脉络，是音韵学研究的重要内容。而诗文用韵是音韵学研究的重要材料，通过系联韵脚、归纳韵部、讨论韵字，可以考察诗文用韵的具体情况。分析韵类分合的各种表现，从而能够探寻出时代的语音面貌。少数民族作家的诗韵中经常出现比较特殊的入韵字，它们与韵书的记载不完全一致，反映了单字读音的变化或者是诗人方音的流露，虽分布零散，不成条例，但参证其他文献，旁及元代通语，下接现代方音，音变的线索大致可以寻觅。

一　元代通语的确立

　　唐宋时期中原地区一直是我国政治、经济、文化的中心。其间虽然伴随有改朝换代、国都的迁移而导致基础方言口语的变化，但中原地区始终是汉语基础方言的中心区域。到了元代，蒙古族统一了中国，在北京地区兴建了元大都，取代了以往的长安和洛阳，成为全国唯一的政治、经济、文化中心，元大都的方言也就取代了长安、洛阳一带的中原方言，成为新的具有权威性的方言。但是元代初期，由于大都的定都时间很短，当时的通语反映的应该还是汴洛一带的方音，到了中后期的时候，以中原方音为基础的北方语就已然变成全国通用的标准语了。此时，元代官话的基础方言应该是以大都音为代表的北方方言。数百年间北京音借助政治、经济、文化的力量，尤其是元明以来白话通俗文学的蓬勃发展使其地位不断提高。清代北京音取代中州音成了基础方言中最有影响最有代表性的音系，这是北京方音自辽金以来在特定的历史文化背景下经历数百年逐渐自然演化的结果。

二 方音的辨别

要辨认作品中的方音，无疑需要从作者的籍贯和生平经历入手，了解他的童年语言环境、所用母语、成年后长期居住的地点等。这项工作有很大的困难，因为在史籍中有详细记载生平的古代作家只是少数，更多的作者则只有很简略的介绍或者根本没有任何记载。此外还有古书所记载的籍贯不真实的问题，因为古人所称的籍贯有不少是祖籍，还有的是地望，本人甚至从来没有在那里生活过。可见根据史书的记载来辨认方音的难度是很大的，但是我们只要把作者的籍贯、生活经历以及特殊的押韵、合韵现象综合起来进行考察，就可以发现其中许多的方音特点。当我们整理了少数民族作家的诗文用韵后，发现有些作家的诗文合韵的数字特别多，有些韵部合韵的数字甚至大大超过了本韵部的独用数字，这种现象让我们需要重新审视一番，看它是否包含方音因素。

三 近体诗的借韵与出韵

近体诗的首句可入韵，也可不入韵，如首句入韵而用邻韵则通称为"借韵"。至于何者与何者为邻韵，大体上可以依照诗韵的次序，一般以排列相近的韵为邻韵。例如《广韵》的"庚耕清青蒸登"六韵，它们紧紧相邻，可认为是邻韵。再者，平水韵的上平十四寒、十五删与下平一先也可认为是邻韵。

近体诗的偶句必须押韵，如不用本韵字而押其他韵字，则为"出韵"。出韵现象在近体诗中一般而言是不可能出现的。出韵是近体诗的大忌，考场中只要诗出了韵，无论诗意怎样高超，也只能算是不合格。正由于这种严格的束缚，所以近体诗反映的实际语音少之又少。近体诗的用韵虽然比较严格，基本上符合元代功令，但由于所作的诗有时是为了官场奉唱，有时是为了友人应和，有时是个人即兴所发，不一定全是为了科举考试。因此少数不符合官韵规则的借韵和出韵用例，有可能体现着作家生活地区的实际语音，在一定程度上反映了时音和方音的特点。我们可以把近体诗的用韵与106韵的官韵比较，观察其异同，从中审视方言的某些特点。下文所用的借韵、出韵都是针对《广韵》体系的韵和韵摄的称说。

第一节　蒙古族

通过对蒙古族作家500首近体诗所用韵字进行系联、数理统计，归纳出近体诗韵部系统，发现其用韵基本符合平水诗韵，但也存在着一些借韵、出韵的现象，这在一定程度上反映了时音、方音或者少数民族作家独特的用韵特点，下面分别讨论韵部及特殊韵字。

一　阴声韵

近体诗包含的独用韵类有：之（枝怡丝移）、支、齐、咍、尤（侯幽）、豪、宵、鱼、模、灰、微、戈、麻。

（一）止摄

1. 之支合韵的例子较多，有借韵例：时（之）差（支）吹（支）（萨都剌《凉书》）。有出韵例：漪（支）怡（之）知（支）移（支）枝（支）（萨都剌《次韵·其二》），"怡"出韵；之（之）吹（支）碑（支）丝（之）（萨都剌《梦登高山得诗》），"丝"出韵；时（之）枝（支）师（之）期（之）（萨都剌《鹤林僧送竹笋》），"枝"出韵；枝（支）时（之）（萨都剌《初夏淮安道中》），"枝"出韵；期（之）移（支）时（之）（答禄与权《偶成四首·其二》），"移"出韵。其中"枝"字两次出韵，均出自萨都剌的诗文，可能其口语音中"枝"字已经混入之韵。"怡""丝""移"同理。

2. 之齐借韵，例：泥（齐）时（之）姬（之）（萨都剌《西湖绝句·其三》），旗（之）题（齐）西（齐）（萨都剌《题淮安王氏小楼·其四》），兮（齐）之（之）时（之）（月忽难《和刘伯温》）。可以发现之、齐两韵互为借韵，二者在蒙古族诗人的口语音中非常接近。考虑到之、齐二韵仍存在独用韵例，且无出韵例，因此没有将二韵合并。止、蟹两摄互相通押的现象，大概是由于两摄各自内部诸韵趋于合流，主要元音演变得比较接近的缘故。

3. 之脂出韵例：之（之）时（之）丝（之）诗（之）师（脂）（亦速歹《重游定水登樵隐亭有怀见心方丈》）。"师"出韵。

4. 之支齐微的主要元音接近，但尚未合并。之微借韵：衣（微）棋（之）思（之）词（之）（萨都剌《四时宫词·其二》）；支微借韵：仪（支）稀（微）飞（微）依（微）围（微）（达溥化《题孔雀》）；齐微借韵：璃（齐）晞（微）飞（微）晖（微）归（微）（萨都剌《水中云》）。

5. 之脂支合韵例：水（脂）枝（支）诗（之）（萨都剌《还台偶成·其一》）。"水"为借韵，"枝"或"诗"为出韵，因为前已出现过两次"枝"的出韵例,所以此处也将"枝"定为出韵字,此处也是萨都剌的诗文。可见将"枝"字当作之韵押韵,是萨都剌用韵的一个特点。可能在山西代县方音中"枝"字归属之韵。

(二) 流摄

尤、侯、幽三韵多次合韵,其中既包括出韵,也包括合韵,但由于数量不多,故无法进行数理统计,依诗韵将尤侯幽合为一部,定为尤部。

1. 尤侯出韵例:浮(尤)洲(尤)愁(尤)楼(侯)游(尤)(萨都剌《次韵寄茅山张伯雨·其二》),鸥(侯)愁(尤)楼(侯)钩(侯)头(侯)(萨都剌《登北固城楼》)。此二例均为"愁""楼"二字连用,两字分别出韵一次,下文中还有"楼"字的借韵例,可见"楼"字已经与尤韵混同。

尤侯借韵例:头(侯)州(尤)楼(侯)(萨都剌《彭城杂咏呈廉公亮佥事·其三》),头(侯)丘(尤)愁(尤)(萨都剌《道傍萱花》),楼(侯)浮(尤)稠(尤)州(尤)游(尤)(笃列图《题董太初〈长江伟观图〉》)。"头"两次借韵,此字与尤韵非常接近。

2. "幽"字既出现在出韵的位置,也出现在借韵的位置上,可见在蒙古族诗人口语中,此字与尤韵已经混同。出韵例:流(尤)幽(幽)丘(尤)秋(尤)游(尤)(萨都剌《次张举韵题皖山金氏绣野亭》);借韵例:幽(幽)秋(尤)愁(尤)(答禄与权《杂诗》)。

(三) 效摄

1. 萧韵出韵只有一处:朝(宵)遥(宵)瓢(宵)箫(萧)(萨都剌《句曲赠清玄道士陈玉泉朝京还山,复拜广陵观》),除此外没有其他规律性的音变。

2. 借韵有四例:寥(萧)袍(豪)高(豪)(萨都剌《宿丹阳普照院·其二》),凋(萧)朝(宵)翘(宵)潮(宵)(达溥化《次萨天锡登石头城韵》),韶(宵)袍(豪)绦(豪)高(豪)毛(豪)

（萨都剌《前诗未尽再赋春搜此足以之》），毛（豪）绡（宵）韶（宵）（萨都剌《题画竹》）。可见元代萧豪宵三韵内部的差异已经非常小了。

（四）果摄

歌、戈二韵已经渐趋合并，出韵例：过（戈）多（歌）摩（戈）柯（歌）（萨都剌《休上人见访》），过（戈）波（戈）多（歌）（萨都剌《经历司暮春即事·其二》）；借韵例：过（戈）驮（歌）多（歌）何（歌）（萨都剌《送友人进柑入京》），波（戈）荷（歌）多（歌）（萨都剌《过高邮射阳湖杂咏·其二》）。

（五）遇、假二摄

麻韵与遇摄、假摄皆有合韵，暂定为独立。麻鱼出韵例：花（麻）车（鱼）家（麻）霞（麻）斜（麻）（萨都剌《京城春日》）；虞鱼出韵例：书（鱼）梳（鱼）厨（虞）疏（鱼）（萨都剌《酬张伯雨寄〈茅山志〉》）；麻佳出韵例：花（麻）华（麻）葩（麻）霞（麻）涯（佳）（察伋《奉题见心禅师天香室》）。

（六）蟹摄

灰咍借韵例：回（灰）台（咍）来（咍）开（咍）苔（咍）（萨都剌《次韵登凌歊台》），堆（灰）台（咍）来（咍）（萨都剌《上京即事·其五》），回（灰）开（咍）台（咍）（萨都剌《彭城杂咏呈廉公亮金事·其二》）。"回"两次与"开""台"押韵，可能是萨都剌的用韵习惯。

二　阳声韵

近体诗包含的韵类有：先（仙）、庚（耕清青）、阳、唐、江、钟、东、侵、盐、元、文、真（春）、魂、寒（山桓删）、登、蒸、覃（谈）。

（一）臻、山二摄

1. 先、仙大量合韵，通过数理统计二者合并，三四等韵合流。例：弦（先）偏（仙）船（仙）（萨都剌《赠弹筝者》），钱（仙）然（仙）绵（仙）烟（先）全（仙）（萨都剌《安分》），年（先）然（仙）天（先）连（仙）船（仙）（萨都剌《层楼感旧》），天（先）编（仙）连（仙）传（仙）宣（仙）（达溥化《读班叔皮王命论》）。

2. 魂、痕与真、文关系密切，但也不足以并入其中，因为几韵之间并无出韵，只有借韵，现仍依传统诗韵将其分立。痕魂合韵，例：痕（痕）存（魂）门（魂）（萨都剌《寄即休翁·其一》）；文魂合韵，例：军（文）门（魂）温（魂）樽（魂）论（魂）（萨都剌《送宣古木》）；痕文合韵，例：痕（痕）军（文）文（文）（达实帖木儿《五丈秋风》）。

3. 真、文与谆多次合韵。真谆合韵，例：春（谆）茵（真）人（真）（萨都剌《春日偶成》），春（谆）尘（真）人（真）（萨都剌《还台偶成·其二》），人（真）尘（真）春（谆）宾（真）（萨都剌《钟山遇风雨·其一》），可见"春"字与真韵已经混同。

谆文合韵，例：春（谆）云（文）醺（文）军（文）勋（文）（萨都剌《虎顶杯》），春（谆）云（文）闻（文）裙（文）（萨都剌《病中夜坐》）。"春"混入真韵，与文韵的音值相近，发生借韵。

4. 寒、桓、山、删四韵之间的界限趋于混淆，这四个以[-n]结尾的阳声韵部都属于中古的山摄。四个韵部之间的互叶，可能体现了当时山西语音演变的一些迹象。寒删山例：栏（寒）关（删）山（山）间（山）颜（删）（萨都剌《江城玩雪》），寒（寒）还（删）山（山）（萨都剌《春日过丹阳石仲和宅会茅山道士石山辉》）；寒桓例：寒（寒）团（桓）酸（桓）（萨都剌《赠歌者号梅芳·其二》），冠（桓）寒（寒）玕（寒）（萨都剌《赠张道士》）；山寒例：闲（山）间（山）山（山）

珊（寒）（萨都剌《和学士伯生虞先生寄韵》）；山删例：还（删）湾（删）山（山）间（山）（萨都剌《送莫秀才归番阳》）。

（二）梗摄

庚清二韵存在借韵与出韵例，清、耕二韵存在出韵，清、青二韵存在借韵与出韵例，可见耕、庚、青、清四韵在萨都剌口语中已渐渐混同。庚清例：明（庚）城（清）声（清）（萨都剌《江浦夜泊》），盟（庚）明（庚）情（清）生（庚）（萨都剌《废槩》），惊（庚）声（清）明（庚）清（清）（答禄与权《杂诗四十七首》）；清耕例：声（清）城（清）清（清）莺（耕）名（清）（萨都剌《寄呈江东廉使王继学》）；清青例：青（青）瓶（青）溟（清）廷（青）萍（青）（萨都剌《送韩司业》），声（清）醒（青）青（青）（萨都剌《常山纪行·其四》）。

（三）宕、江二摄

1. 阳、唐二韵多为借韵，偶有出韵，可见二韵没有混同。例：忙（唐）凉（阳）香（阳）床（阳）房（阳）（萨都剌《送约上人归宜兴湖洑寺》），光（唐）王（阳）长（阳）（萨都剌《上京即事·其三》），香（阳）榔（唐）光（唐）（燕不花《西湖竹枝词》），塘（唐）香（阳）凉（阳）房（阳）湘（阳）（达溥化《寂照堂荷池二首·其二》）。

2. 江韵与唐韵只有借韵例，同样没有出韵，可见音近，但没有混同。借韵例：航（唐）撞（江）江（江）（萨都剌《宣化江阻风》）。

（四）通摄

萨都剌的诗韵中通摄只有借韵，没有出韵例。元文宗的诗韵中出现了一处出韵：松（钟）从（钟）峰（钟）中（东）龙（钟）（元文宗《登金山》），"中"字出韵，可能是误用。

（五）谈覃二韵有混同现象

例：鬖（谈）男（覃）南（覃）酣（谈）（萨都剌《题刘山长雪夜板舆图》）。

三　入声韵

近体诗押韵一般以平声为正例，仄声韵非常罕见，但是在萨都剌的诗作中存在仄声韵的押韵例证。如：狎、甲（萨都剌《龙井诗》，狎部独用）；力、息（萨都剌《黯淡滩歌》，职部独用）；薄、落、索、乐（萨都剌《将至大横驿舍舟乘舆暮行》，铎部独用）。"狎、甲、力、息"这四个字在蒙古族诗人所有的近体诗中只出现了一次，无其他佐证，无法判断这四字在元代是否由入声韵转变为阴声韵。而"薄、落、乐"三字经常出现并与其他入声字相押，可见此三字仍然为入声字。这样看来，近体诗押入声韵只是萨都剌个人的创作习惯，也许这种情况反映了萨都剌的方音特点。

小　结

通过对蒙古族诗人 500 首近体诗的考察、分析后发现：

1. 近体诗韵系可以归纳为 18 韵部，即阴声 7 部：支微、尤侯、萧豪、歌戈、鱼模、佳麻、皆来；阳声 8 部：寒桓、侵寻、真文、庚青、江阳、东钟、蒸登、盐覃；入声 3 部：铎、狎、职。

2. 萨都剌近体诗用韵有较多的借韵、出韵现象，用韵较为宽泛、自由，这在一定程度上反映了时音和方音特点，同时也反映出官韵距离时音较远。从汉语语音史的角度来看，所谓的"借韵"和"出韵"是就官韵而言的。唐代初期的近体诗借韵、出韵现象不多，是由于实际语音与韵书分韵差别较小。到了宋元时期，实际语音与《广韵》规定的同用独用的差别越来越大，诗人根据实际语音押韵就出现了大量的出韵、借韵现象。元代开始，汉语语音发生了很大变化，其中一个最大的趋势就是韵部的合并与简化。借韵与出韵作为这一趋势的产物，表明诗人们实际上已不再拘守官韵的要求，而是根据自身的实际语音进行创作。

第二节　回回族

回回族诗人的用韵较为整齐划一，每位诗人作品反映出的语音现象都比较一致。

一　阴声韵

近体诗包含的独用韵类有：齐、之（支脂）、微、皆、灰、咍、尤（幽侯）、豪、萧（宵）、歌（戈）、麻、鱼、虞（模）。

（一）止摄、蟹摄

1. 数理统计法计算得出之、支、脂三韵合并。之支例：池（支）时（之）熙（之）仪（支）诗（之）（乃贤《锡喇鄂尔多观诈马宴奉次贡泰甫授经先生韵·其五》），知（支）时（之）期（之）思（之）（吉雅谟丁《省秋过鹤年书馆夜话》），思（之）诗（之）差（支）知（支）（丁鹤年《题戴先生〈九灵山房图〉》），旗（之）陂（支）时（之）（马祖常《弘州孙同知祷雨》）；之脂例：基（之）私（脂）滋（之）时（之）（乃贤《双塔》），丝（之）时（之）眉（脂）（马祖常《锁院独坐书事口号七首·其五》）；之脂支例：时（之）迟（脂）碑（支）规（支）知（支）（乃贤《寄南城梁九思先生》），期（之）陲（支）迟（脂）厄（支）危（支）（丁鹤年《幽期》），耆（脂）弥（支）几（脂）奇（支）丝（之）宜（支）脂（脂）私（脂）迟（脂）词（之）芝（之）（马祖常《应制寿王少傅》）。

2. 齐、微与之支脂多有合韵，但数理统计法计算得出齐、微二韵仍然独立，三者只是音近而已。之支齐合韵例：知（支）医（齐）垂（支）诗（之）（丁鹤年《谢刘伯升愈疾》）；之齐合韵例：子（之）西（齐）低（齐）题（齐）齐（齐）（乃贤《送王公子归扬州》），医（齐）时（之）（马祖常《次前韵·其四》）；之微脂合韵例：衣（微）歔（微）士（之）巍（微）子（之）之（之）遗（脂）悲（脂）思（之）（乃贤《登崆峒山》）；齐微合韵例：蹄（齐）齐（齐）栖（齐）气（微）泥（齐）题（齐）（丁鹤年《春日海村三首其二》）。

3. 数理统计法计算得出，将检验水平定为 $\alpha=0.025$、$\alpha=0.05$ 时，哈灰两韵合并；将检验水平定为 $\alpha=0.10$，哈灰两韵分立。考虑到止摄的内部诸韵是分立的，因此与之相配合的蟹摄也做分立处理。灰哈合韵，例：梅（灰）来（哈）回（灰）苔（哈）（乃贤《题吴照磨墨梅》），哀（哈）开（哈）梅（灰）来（哈）（丁鹤年《送四兄往杭后寄》），来（哈）开（哈）回（灰）（马祖常《云坳事》）。

（二）流摄

1. 数理统计法计算得出尤侯合并。例：州（尤）头（侯）秋（尤）悠（尤）（乃贤《题马远信州图》），头（侯）秋（尤）流（尤）浮（尤）酬（尤）（丁鹤年《次块翁中秋诗韵》），舠（尤）游（尤）侯（侯）收（尤）（马祖常《奉陪荐食英宗神御殿用继学韵》）。

2. 幽韵与尤侯多有合韵，由于幽韵没有独用韵例，因此无法进行数理统计判断其分合，但根据合韵的韵例判断，幽韵应该与尤侯合并。幽尤侯例：幽（幽）沟（侯）柔（尤）游（尤）浮（尤）州（尤）秋（尤）修（尤）忧（尤）愁（尤）酬（尤）优（尤）丘（尤）缪（幽）（乃贤《益清堂》）；尤幽例：州（尤）浮（尤）幽（幽）游（尤）（乃贤《题会稽韩与玉秋山楼观》），流（尤）浮（尤）幽（幽）忧（尤）秋（尤）（马祖常《陋巷》）。

(三）效摄

1. 豪韵与肴萧宵均有合韵，但数理统计法计算得出豪韵仍然独立。豪肴合韵例：篙（豪）梢（肴）（马祖常《题赵子昂承旨墨竹》）；萧豪合韵例：萧（萧）刀（豪）高（豪）劳（豪）皋（豪）（乃贤《送葛子熙之湖广校书二首·其二》）；豪宵合韵例：饶（宵）劳（豪）高（豪）蒿（豪）袍（豪）（丁鹤年《题吴公祐祭酒双峰雨露亭》）；宵萧豪合韵例：遥（宵）嚣（豪）邀（萧）飘（宵）宵（宵）（丁鹤年《假馆武当宫承舒庵赠诗次韵奉谢二首·其一》）。

2. 数理统计法计算得出萧宵合并。例：消（宵）饶（宵）霄（宵）调（萧）遥（宵）（丁鹤年《元旦寄朝真宫诸道侣》），翘（宵）消（宵）幺（萧）（马祖常《赵中丞折枝图其四·山茶》）。

(四）果摄、假摄

1. 数理统计法计算得出戈歌合并。例：河（歌）柯（歌）沱（歌）多（歌）波（戈）跎（戈）艖（歌）鹅（歌）何（歌）歌（歌）峨（歌）（乃贤《送叶上舍晋归四明》），多（歌）歌（歌）波（戈）（掌机沙《西湖竹枝词》），过（戈）阿（歌）歌（歌）多（歌）何（歌）（丁鹤年《题凤浦方氏梧竹轩》），多（歌）何（歌）波（戈）（马祖常《闲题树叶上》）。

2. 数理统计法计算得出麻歌分立，果、假二摄界限明晰。歌麻合韵，例：河（歌）槎（麻）（马祖常《奉和新除袁侍讲见寄》）。

3. 佳麻只存在一处借韵，二者应分立。佳麻合韵例：涯（佳）纱（麻）花（麻）家（麻）茶（麻）（乃贤《梅花庄为张式良赋》）。

(五）遇摄

1. 数理统计法计算得出鱼韵独立。虞鱼模合韵例：苏（模）瑚（模）敷（虞）襦（虞）竽（虞）毹（虞）鱼（鱼）车（鱼）（马祖常《公子行》），无（模）湖（模）絮（鱼）芦（鱼）蒲（模）谱

（模）壶（模）铺（模）隅（虞）蜍（鱼）辜（模）图（模）（马祖常《求赵伯显画家山图用唐李中韵》）。

2. 数理统计法计算得出虞模合并。例：湖（模）扶（虞）鱼（虞）（乃贤《月湖竹枝词四首题四明俞及之竹屿卷·其二》），儒（虞）虞（虞）驹（虞）都（模）途（模）（丁鹤年《腐儒》），雨（虞）浦（模）（马祖常《李夫人画竹》）。

二 阳声韵

近体诗包含的韵类有：元、魂、文（欣）、真（谆）、仙（先）、删（山）、寒（桓）、痕（魂）、青、庚（清耕）、江、阳（唐）、钟、东、覃（谈）、登（蒸）、侵、盐。

（一）臻摄、山摄

臻摄、山摄仍然分为两个韵部，由于其语音接近，故放在一起进行讨论。

1. 数理统计法计算得出元、魂、文、真分立。

2. 数理统计法计算得出仙先、删山合并。仙先例：鲜（仙）天（先）年（先）船（先）（乃贤《次段吉甫助教春日怀江南韵》），禅（仙）船（先）边（先）（高克恭《赠英上人》），天（先）全（仙）贤（先）田（先）传（仙）（爱理沙《题前余姚州判官叶敬常州〈海堤遗卷〉》），筵（仙）颠（先）圆（仙）年（先）穿（仙）（丁鹤年《元夕》），年（先）然（仙）筵（仙）烟（先）眠（先）（吉雅谟丁《题天童寺朝元阁》），船（仙）鲜（仙）偏（仙）阡（先）（马祖常《送周南翁待制》）；山删例：间（山）关（删）（哲马鲁丁《题钱玉潭竹林士贤图》），闲（山）间（山）山（山）班（删）（丁鹤年《寄定海县丞张允达》），间（山）潺（山）闲（山）关（删）山（山）（马

103

祖常《追和许浑游溪夜回韵》）。

3. 数理统计法计算得出，将检验水平定为 $\alpha = 0.025$、$\alpha = 0.05$ 时，寒、桓两韵相混；将检验水平定为 $\alpha = 0.10$，寒、桓两韵分立。由于仙先、删山业已合并，那么与之相配合的寒桓，也应合并。例：欢（桓）宽（桓）寒（寒）看（寒）盘（桓）（乃贤《送吴月舟之湖州教授》），团（桓）冠（桓）难（寒）坛（寒）寒（寒）（丁鹤年《别帽》），难（寒）湍（桓）蟠（桓）官（寒）（马祖常《吕梁》）。

4. 痕魂多次合韵，二韵应已合并。例：昏（魂）魂（魂）根（痕）（乃贤《秋日有怀徐仲裕二首·其一》），昏（魂）门（魂）痕（痕）昆（魂）（丁鹤年《逃禅室卧病简诸禅侣》），孙（魂）根（痕）门（魂）（马祖常《赵氏宗室画水石》）。

5. 真谆二韵合并。例：臣（真）新（真）民（真）春（谆）邻（真）（乃贤《送蔡枢密仲谦河南开屯田兼呈契工部世南·其一》），身（真）真（真）巡（谆）人（真）邻（真）（马九皋《偶成长句》），人（真）身（真）尘（真）亲（真）春（谆）（买闾《感怀》），轮（谆）尘（真）人（真）（吴惟善《题扇寄友》），身（真）真（真）尘（真）春（谆）频（真）（丁鹤年《暮春感怀·其二》），人（真）真（真）醇（谆）新（真）麟（真）（马祖常《吊王仪伯左丞》）。

6. 文欣亦合并。例：文（文）缊（文）军（文）君（文）云（文）氛（文）闻（文）缊（文）纹（文）欣（欣）群（文）汾（文）熏（文）勋（文）（马祖常《送宋诚夫大监祠海上诸神》）。

7. 元韵的归属。元韵多与臻摄的小韵相押，偶尔与山摄小韵相协，因此将元韵归于臻摄。同时马祖常的元韵只与臻摄相押，而丁鹤年与山摄相押，这体现了元代中期到元末的元韵归属情况的变化。元魂合韵例：猿（元）村（魂）（马祖常《题猿图》）；元桓合韵例：喧（元）园（桓）樊（元）轩（元）璠（元）（丁鹤年《寄余姚宋无逸先生》）。

(二) 梗摄

1. 数理统计法计算得出青韵独立。

2. 数理统计法计算得出庚清合并。例：清（清）晴（清）明（庚）（乃贤《月湖竹枝词四首题四明俞及之竹屿卷·其三》），楹（清）清（清）影（庚）生（庚）（高克恭《题道院二首·其二》），清（清）成（清）鸣（庚）（吴惟善《小游仙·其一》），明（庚）名（清）生（庚）行（庚）（伯颜子中《过鸟山铺》），明（庚）影（庚）省（清）（丁鹤年《横窗梅》）。

3. 耕韵与庚清二韵大量合韵，应已合并。庚清耕例：情（清）兄（庚）筝（耕）生（庚）轻（清）（乃贤《送林庭立归四明兼柬张子端兄弟·其二》），声（清）成（清）莺（耕）笙（庚）缨（清）（丁鹤年《戏赠刘云翁》）；清耕合韵，例：成（清）茎（耕）（马祖常《送虞山周道士》）；耕庚合韵，例：平（庚）莺（耕）京（庚）（乃贤《宫词八首次傻公远正字韵·其六》）。

4. 清韵与真韵发生一次合韵：径（清）尽（真）（马祖常《四爱图——菊》）。[-n]与[-ŋ]一般不押韵，此处可能为马祖常用韵之误，也可能体现了河南光州的方音特点。

(三) 宕摄、江摄

1. 数理统计法计算得出江阳分立。合韵例：邦（江）涨（阳）窗（江）双（江）腔（江）（乃贤《宋显夫内翰挽诗》），窗（江）江（江）幢（江）嶂（阳）降（江）（丁鹤年《逃禅室解嘲》）。

2. 数理统计法计算得出唐阳合并。例：茫（唐）桑（唐）涨（阳）凉（阳）床（阳）囊（唐）（乃贤《玄圃为上清周道士赋》），狼（唐）墙（阳）（高克恭《无锡山中留题》），凉（阳）傍（唐）皇（唐）（别里沙《西湖竹枝词》），苍（唐）忙（唐）狂（阳）乡（阳）（吉雅谟丁《赠陈章甫》），长（阳）螂（唐）（丁鹤年《画蝉》），长（阳）

105

狼（唐）羊（阳）（马祖常《河湟书事二首·其一》）。

(四) 通摄

1. 数理统计法计算得出钟东分立。钟东合韵，例：雍（钟）东（东）风（东）（乃贤《次韵赵祭酒城东宴集（子期）·其二》），峰（钟）东（东）重（钟）空（东）中（东）（薛昂夫《送僧》），封（钟）宗（东）秾（钟）纵（钟）雍（钟）容（钟）（马祖常《秦元卿嘉庆图》）。

2. 钟冬亦存在合韵，但由于无冬韵独用例，此处只能存疑。例：峰（钟）龙（钟）宗（冬）容（钟）（丁鹤年《寄铉宗鼎》），逢（钟）松（钟）侬（冬）（马祖常《和王左司柳枝词十首·其七》）。

(五) 咸摄

数理统计法计算得出覃谈合并。例：酣（谈）南（覃）（乃贤《雪霁晚归偶成·其二》），涵（覃）南（覃）酣（谈）潭（覃）（丁鹤年《巽江草堂》），南（覃）谈（谈）楠（覃）惭（谈）柑（谈）（马祖常《送史显甫之南台》）。

(六) 曾摄

数理统计法计算得出登蒸合并。例：能（登）增（登）僧（登）应（蒸）（丁鹤年《雨中寄杨彦常先生》），绫（蒸）登（登）冰（蒸）升（蒸）兴（蒸）（乃贤《张仲举危太朴二翰林同擢太常博士》），棚（登）升（蒸）冰（蒸）曾（登）（马祖常《九十三岁老人康宁居宣德府》）。

三 入声韵

近体诗包含的韵类有：烛、铎、陌、屋、缉。

入声韵以独用为主，三尾混用为辅。

小 结

通过对回回族诗人1103首近体诗的考察、分析后发现,近体诗韵系可以归纳为20韵部,即阴声7部:支微、尤侯、萧豪、歌戈、鱼模、佳麻、皆来;阳声8部:寒桓、侵寻、真文、庚青、江阳、东钟、蒸登、盐覃;入声5部:烛、铎、陌、屋、缉。

第三节 畏兀儿族

一 阴声韵

近体诗包含的韵类有:微、咍、豪、鱼、脂、麻、之、歌、尤(头)。

①尤侯出韵例:裘(尤)秋(尤)头(侯)(廉惇《寿阳道中》),"头"字出韵。"头"在萨都剌诗中也存在两次借韵,可见此字已经混入尤韵。

②之脂出韵例:师(脂)指(脂)耳(之)(廉惇《井陉驿》),"耳"字出韵。

二 阳声韵

近体诗包含的韵类有:侵、先、真、谆、仙、删、桓、庚(清)、青、东、阳(唐)、文、魂、寒。

(一)臻、山二摄

这几个以[-n]结尾的阳声韵部都属于中古的山摄。它们彼此之间的互叶,应该体现了当时语音趋于简化的特点。

1. 真谆出韵例:人(真)身(真)尘(真)亲(真)春(谆)(买闾《感怀》)。

2. 先仙借韵例:泉(仙)贤(先)悬(先)眠(先)(廉惇《卧病读书岩闻蝉》),烟(先)鲜(仙)连(仙)然(仙)(伯颜不花《黄山》),先仙二韵互为借韵,可见二者音近。但是没有发现出韵用例,这与蒙古族诗人的用韵明显不同。

3. 山删出韵例:还(删)闲(山)关(删)班(删)(廉惇《春晓闻禽怀终南山居》)。

4. 桓寒出韵例:观(桓)阑(寒)(廉惇《张氏寿母诗卷》),粲(寒)玩(桓)(廉惇《青梅》),一方面是出韵,一方面没有使用平声韵,此二例可以说明廉惇用韵不严。

(二)通摄

钟东借韵例:松(钟)风(东)瑰(东)(偰玉立《吉州道中三首·其三》),峰(钟)通(东)风(东)空(东)中(东)(偰玉立《游瑞像岩》),东钟界限较为分明,没有出韵例。偰玉立入中原后先是定居南昌,后以溧阳作为籍贯,钟韵与东韵的某些字的混同趋向,有可能是偰玉立南昌方音的反映。

(三)梗、曾二摄

清庚二韵的借韵出韵较为混乱,可以看出在廉惇的口语音中,二者无别。例:更(庚)綮(庚)清(清)营(清)声(清)(廉惇《拥被》),清(清)平(庚)程(清)(廉惇《宾鸡驿》),生(庚)旌(清)明(庚)(廉惇《王氏五世同居诗》)。

(四)宕摄

唐阳二韵的借韵出韵也较为混乱,可以发现在元大都方音中二者无别。例:僵(阳)廊(唐)长(阳)锵(阳)望(阳)(廉惇《有怀》),

浆（阳）茫（唐）凉（阳）（廉惇《梅雀缟扇》），阳（阳）塘（唐）肪（阳）裳（阳）凉（阳）（廉惇《题严子仁提举白莲》），凉（阳）塘（唐）香（阳）忙（唐）阳（阳）（廉惇《溪亭》），苍（唐）床（阳）长（阳）荒（唐）郎（唐）（廉惇《读书岩月夜》）。

三　入声韵

近体诗的入声韵例证非常罕见，只有一例：阙、月（偰哲笃《题赵千里〈夜潮图〉》）

小　结

近体诗韵段的数量过少，只能做简单的分析。通过对畏兀儿族诗人76首近体诗的考察、分析后发现，近体诗韵系归纳为14韵部，即阴声7部：支微、尤侯、萧豪、歌戈、鱼模、佳麻、皆来；阳声6部：寒桓、侵寻、真文、庚青、江阳、东钟；入声韵1部：月。

第四节　契丹族

一　阴声韵

近体诗包含的韵类有：齐、麻、之（脂）、歌（戈）、灰、咍（杯堆回）、微、豪、肴、鱼、虞、尤（侯）、皆、模、宵（萧）、支（迟）。

（一）果、假二摄

歌戈多次合韵，既有出韵例，又有合韵例，可见二者无别，根据数理统计法计算得出歌戈合并。例：诃（歌）波（戈）（耶律楚材《为武川摩诃院创建佛牙塔疏》），波（戈）那（歌）（耶律楚材《武川摩诃院创建瑞像殿疏》），何（歌）魔（戈）磨（戈）摩（戈）（耶律铸《题四娱斋》），河（歌）波（戈）涡（戈）（耶律铸《金莲花甸》），波（戈）罗（歌）多（歌）（耶律铸《立春口号》），诺（歌）和（戈）魔（戈）（耶律铸《傩毕酌吟醉斋》），梭（戈）多（歌）沱（歌）（耶律铸《代人作》）。

（二）遇摄

鱼、虞、模三韵存在着借韵、出韵现象，感觉上三韵之间的界限无别，但是根据数理统计法计算得出，鱼、模、虞三韵应当分立。虞鱼借韵例：居（鱼）珠（虞）夫（虞）（耶律铸《麦饭孰即快活》）；模鱼出韵例：书（鱼）无（模）符（鱼）（耶律楚材《答倪公故人》）；虞模借韵例：愚（虞）途（模）枯（模）湖（模）图（模）（耶律铸《缙云五湖别业书事》）；虞模出韵例：图（模）芜（虞）无（模）（耶律希逸《弹琴峡》）。

（三）止摄

1. 之脂多次合韵，既有出韵例，又有合韵例，可见二者无别，根据数理统计法计算得出之脂合并。例：师（脂）迟（脂）时（之）（耶律楚材《诫之索偈》），师（脂）祠（之）时（之）（耶律楚材《邠州重修宣圣庙疏》），时（之）诗（之）迟（脂）痍（脂）辞（之）（耶律楚材《继平陶张才美韵》），痍（脂）时（之）诗（之）（耶律楚材《送德润南行》），欺（之）伊（脂）（耶律楚材《黄龙三关颂》），师（脂）时（之）辞（之）（耶律铸《回飞狐》），时（之）脂（脂）谁（脂）（耶律铸《路边桃花》）。

2. 之支存在着借韵、出韵现象，感觉上二韵之间的界限无别，但是根据数理统计法计算得出，之支应当分立。合韵例：知（支）为

第四章 近体诗音系特点

（支）离（支）诗（之）（耶律楚材《丁亥过沙井和移剌子春韵二首·其二》），枝（支）时（之）诗（之）（耶律楚材《寄甘泉禅师谢惠书》），枝（支）时（之）诗（之）（耶律楚材《寄东林》），枝（支）时（之）诗（之）（耶律楚材《寄甘泉慧公和尚》），时（之）知（支）诗（之）（耶律楚材《寄光祖》），思（之）丝（之）枝（支）（耶律铸《寄家兄》）。

3. 脂支出韵例：迟（脂）奇（支）（耶律铸《因题诗卷》），知（支）迟（脂）（张孔孙《风雨回舟路》），通过观察，可以发现例证中只有"迟"字归入支韵，脂韵的其他字应归入之韵。

4. 脂微既有借韵，又有出韵，经过数理统计二者尚未合并，例：机（脂）稀（微）违（微）归（微）霏（微）（耶律楚材《外道李浩和景贤霏字韵予再和呈景贤》），衣（微）飞（微）帷（脂）微（微）（耶律铸《秋闺》），扉（微）衣（微）机（脂）稀（微）矶（微）（耶律铸《赠渔者》）。

5. 之微、支微只存在借韵，可见音虽近，但并未混同。之微合韵例：期（之）非（微）稀（微）归（微）飞（微）（耶律楚材《和移剌继先韵二首·其一》），起（之）飞（微）衣（微）（耶律铸《春梅怨笛歌》），诗（之）归（微）飞（微）（耶律铸《送许大用还浑水》）；支微合韵例：畿（支）飞（微）衣（微）围（微）（耶律楚材《和人韵二首·其一》），漪（支）围（微）飞（微）归（微）矶（微）（耶律铸《贤王有云南之捷》）。

6. 齐韵虽属蟹摄，但它与佳灰二部无一次相押，而与止摄微部相押数次，可见齐部与止摄关系更为密切，可能已经归于止摄。齐微合韵例：啼（齐）矶（微）归（微）（耶律铸《方湖钓鱼台》）。由此可见，止摄分为之（脂）、支、微、齐四个部分。

111

（四）蟹摄

1. 佳麻之间既有出韵，又有借韵，但由于韵字较少，无法使用数理统计来判定分合。合韵例：涯（佳）家（麻）花（麻）（耶律铸《沙渍道中》），花（麻）涯（佳）家（麻）（耶律铸《睡起有寄》）。

2. 皆咍借韵例：怀（皆）台（咍）来（咍）开（咍）莱（咍）（耶律铸《次韵舟行次蓬州游历州境憩蓬莱堂》）。二者能够发生借韵，主要是元音十分接近，皆的主要元音是[εi]，咍的主要元音是[ʌi]。

3. 灰咍合韵的例证较多，同样存在着借韵出韵，看起来已经混同，但根据数理统计法计算，灰咍仍然分立。观察其用韵，入韵的大多数是咍韵的"开""来""台"与灰韵的"杯""堆""回"这六个字，因此灰咍二韵整体上还是两个独立的韵，只有这六个字在耶律父子的口语音中混同为一韵。例：埃（咍）灰（灰）财（咍）（耶律楚材《补大藏经板疏》），开（咍）来（咍）台（咍）杯（灰）（耶律铸《送元遗山行》），台（咍）来（咍）堆（灰）回（灰）苔（咍）（耶律铸《纵游壶天园》），莱（咍）埃（咍）台（咍）恢（灰）开（咍）（耶律铸《郝侍中钓台》），杯（灰）台（咍）来（咍）（耶律铸《登吹台凝翠亭偶成》），堆（灰）开（灰）来（咍）（耶律铸《次卢希谢冬日桃花诗韵》），哀（咍）杯（灰）台（咍）（耶律铸《送侯君美》）。

（五）流摄

1. 尤侯多次合韵，根据数理统计法计算得出尤侯两韵合并。例：筹（尤）头（侯）周（尤）侯（侯）舟（尤）（耶律楚材《又和仲文二首·其二》），流（尤）投（侯）愁（尤）头（侯）（耶律铸《旅兴》），舟（尤）流（尤）收（尤）头（侯）（耶律铸《双溪月下戏赠触热冲暴雨者》），收（尤）瓯（侯）裘（尤）秋（尤）啾（尤）（耶律铸《送子华行》）。

(六) 效摄

根据数理统计法计算得出宵豪分立、宵萧合并，但萧韵独用数字过少，此处结论存疑。萧豪借韵例：调（萧）高（豪）遨（豪）（耶律铸《茶后偶题》），滔（豪）高（豪）鳌（豪）涛（豪）（耶律铸《大江篇寄上贤王以代谢章兼贺平云南之捷》）；宵萧出韵例：朝（宵）骄（宵）桥（宵）霄（宵）箫（萧）（耶律铸《游仙》），摇（宵）饶（宵）挑（萧）潇（萧）（耶律铸《客中吟》）；豪宵借韵例：迢（萧）霄（宵）宵（宵）（耶律铸《中秋不见月》）。

二 阳声韵

近体诗包含的韵类有：侵、覃、盐、文、真（春、巡、沦、均）、谆、魂、先（仙）、寒（桓）、删（山）、江、钟、东、庚（清）、青（名情）、阳、登、蒸、谆、唐。

(一) 深、咸二摄

1. 深摄只有一个侵韵系，定为侵部。侵韵与咸摄的覃韵产生合韵，根据数理统计法计算得出侵覃并未合并，依然分立。例：心（侵）吟（侵）深（侵）音（侵）琴（侵）淫（侵）襟（侵）沉（侵）金（侵）林（侵）寻（侵）参（覃）今（侵）阴（侵）森（侵）簪（覃）（耶律楚材《鼓琴》）。

2. 谈覃借韵例：谈（谈）南（覃）参（覃）（耶律楚材《和景贤又四绝·其四》），只有借韵，可见二者依然有别。

(二) 臻摄

1. 魂、文、谆三韵之间只存在借韵，无出韵例，可见三者界限分明，而且根据数理统计法计算也可得出魂、文、谆三韵分立。魂谆借韵例：春（谆）魂（魂）门（魂）（耶律楚材《和高冲霄二首·其一》），春（谆）存（魂）花（魂）（耶律铸《游壶春园》）；谆文借韵例：春（谆）闻（文）薰（文）云（文）纷（文）（耶律铸《赠仙音院乐籍侍儿》）；文魂借韵例：醺（文）温（魂）门（魂）昏（魂）樽（魂）（耶律楚材《过天山周敬之席上和人韵二首·其二》），分（文）门（魂）贲（魂）（耶律铸《秋山二首·其一》）。

2. 真谆大量合韵，根据数理统计法计算得出真谆两韵合并。但这个结果笔者并不认可，一方面谆韵独用例过少，另一方面值得注意的是合韵的谆韵中只有"春""巡""沦""均"四个字，尤其是"春"字的使用频率最高，可见这四个谆韵字在耶律楚材和耶律铸的口语中已经与真韵无别。同时考虑到魂、文、谆三韵分立，按照韵部对称的配合关系来说，真谆也不会合并，因此此处就不再遵循数理统计的结果了，而是认为真谆二韵分立，只是"春""巡""沦""均"这四个字转入了真韵。这样看来，臻摄的真、文、魂、谆四韵皆独立。例：神（真）陈（真）身（真）真（真）春（谆）（耶律楚材《赞李俊英所藏观音像》），尘（真）臣（真）春（谆）（耶律楚材《过青冢次贾抟霄韵二首·其二》），臣（真）新（真）春（谆）人（真）津（真）（耶律楚材《用昭禅师韵二首·其一》），宾（真）巡（谆）新（真）人（真）春（谆）（耶律楚材《河中游西园四首·其一》），巡（谆）新（真）人（真）春（谆）（耶律楚材《河中游西园四首·其二》），巡（谆）新（真）人（真）春（谆）（耶律楚材《河中游西园四首·其三》），秦（真）巡（谆）新（真）人（真）春（谆）（耶律楚材《河中游西园四首·其四》），春（谆）陈（真）新（真）尘（真）人（真）（耶律楚材《过沁园有感》），尘（真）新（真）秦（真）春（谆）人（真）（耶律楚材《和正卿待制韵》），旬（谆）人（真）尘（真）春（谆）新（真）（耶律楚材《十七日早行始忆昨日立春》），尘（真）真（真）神（真）人（真）均（谆）（耶律铸《饮凤凰山醉仙洞有歌稼轩郑国正应来死鼠叶公原不好真龙瑞鹧鸪者因为赋此》），嗔（真）春（谆）（耶律铸《莫春过刘氏亭》），春（谆）神（真）津（真）（耶律铸《玉津头》），春（谆）新（真）神（真）（耶律铸《戏题所藏芍药花辞》），神（真）尘（真）春（谆）（耶律铸《护先妣国夫人丧南行奉别尊大人领省》），人（真）沦（谆）（耶律楚材《识自宗》）。

（三）山摄

1. 根据数理统计法计算得出先仙两韵合并。例：然（仙）悬（先）贤（先）（耶律楚材《外道李浩和景贤霏字韵予再和呈景贤·其二》），先（先）鞭（仙）蝉（仙）烟（仙）然（仙）（耶律楚材《用薛正之韵》），泉（仙）烟（先）年（先）（耶律铸《复次过玉泉诗韵四首·其三》），篇（仙）年（先）烟（先）眠（先）（耶律希逸《仙人枕》），前（先）川（仙）船（仙）天（先）边（先）（石抹宜孙《妙成观掀篷和何宗姚韵》）。

2. 根据数理统计法计算得出寒桓两韵合并，需注意的是桓韵独用例证过少。例：坛（寒）鞍（寒）端（桓）（耶律铸《戏题近日所作诗卷末》），干（寒）阑（寒）端（桓）寒（寒）看（寒）（耶律铸《咏雪二首·其一》）。

3. 桓山、桓仙、寒山各自分立。桓山合韵例：盘（桓）闲（山）山（山）（耶律铸《过花楼》）；桓仙合韵例：园（桓）传（仙）钱（仙）（耶律铸《咏苔》）；寒山合韵例：山（山）干（寒）安（寒）残（寒）难（寒）（耶律楚材《和薛伯通韵》），山（山）寒（寒）闲（山）难（寒）（耶律铸《送李敬斋行》）。

4. 山删两韵合并。例：闲（山）颜（删）间（山）山（山）攀（删）（耶律楚材《继武善夫韵》），间（山）班（删）山（山）闲（山）颜（删）（耶律楚材《又和仲文二首·其一》），间（山）闲（山）关（删）（耶律楚材《请希庵主住晋祠奉圣寺开堂疏》），关（删）斑

(删)闲(山)还(删)(耶律铸《五湖别业新图》),山(山)间(山)关(删)(耶律铸《阳关》)。

5.《平水韵》的上平"十三元"与"十一真""十二文""十四寒""十五删"极易混淆,这给文人作诗带来了许多不必要的麻烦,即诗家所谓"该死十三元",它是脱离实际语音的一种表现。契丹族诗人碰触元韵的例子只有一处借韵:源(元)缘(仙)泉(仙)(耶律铸《桃源·其一》),可见元代时契丹族作家仍然很忌讳使用元韵。

(四)梗、曾二摄

1. 青庚二韵只存在借韵例,根据数理统计法计算得出二韵分立。借韵例:荣(庚)铭(青)经(青)刑(青)庭(青)(耶律楚材《又索六经》),更(庚)星(青)醒(青)青(青)亭(青)(耶律铸《早行》)。

2. 清庚合并。通过观察,合韵的清韵中多为"呈""情""名""晴""城""成"六个字,这在一定程度上影响了统计的结果。例:名(清)卿(庚)明(庚)平(庚)生(庚)(耶律楚材《和王巨川韵》),呈(清)生(庚)惊(庚)更(庚)鸣(庚)(耶律楚材《和李振之二首·其一》),呈(清)生(庚)惊(庚)更(庚)鸣(庚)(耶律楚材《非熊兄弟饯予之燕再用振之韵》),情(清)生(庚)惊(庚)声(清)(耶律楚材《怨浩然》),成(清)名(清)衡(庚)明(庚)生(庚)(耶律楚材《用梁斗南韵》),行(庚)城(清)明(庚)(耶律楚材《和林建佛寺疏》),京(庚)晴(清)名(清)(耶律铸《和林雨大雹有如鸡卵者》),晴(清)清(清)明(庚)情(清)声(清)(耶律铸《伤古城次友人韵》),兵(庚)城(清)明(庚)(耶律铸《和曹南湖故宫二首·其一》),迎(庚)情(清)(石抹良辅《绝句·其二》)。

3. 庚蒸两韵分立,曾摄依然独立。例:冰(蒸)英(庚)明

(庚)(耶律楚材《正中偏》)。

4. 青清同时存在借韵例和出韵例，观察后发现，出韵例中只有清韵的"名""情"两个字与青韵字相押，而且数理统计后可知两韵分立，因此二韵的差别依然存在，只是在耶律铸的口语中"名""情"两个字转入青韵。借韵例：声（清）醒（青）庭（青）蓂（青）荧（青）（耶律楚材《赠云川张道人》），营（清）冥（青）灵（青）（耶律铸《丁灵二首·其一》），声（清）庭（青）铭（青）（耶律铸《赠御史》）；出韵例：庭（青）情（清）经（青）名（清）亭（青）（耶律铸《题枕流亭》），庭（青）情（清）经（青）名（清）亭（青）（耶律铸《池亭用前韵》），庭（青）情（清）经（青）名（清）亭（青）（耶律铸《兰畹见和鄙语无尘亭复用前韵》）。

（五）宕摄

阳唐大量合韵，但由于唐韵独用例证过少，因此无法使用数理统计判断其分合，此处只能存疑。借韵例：冈（唐）方（阳）浆（阳）姜（阳）尝（阳）（耶律楚材《鹿尾》），黄（唐）阳（阳）浆（阳）霜（阳）床（阳）（耶律楚材《再过晋阳独五台开化二老不远迎》），堂（唐）长（阳）香（阳）（耶律铸《双头牡丹·其一》），光（唐）长（阳）墙（阳）（耶律铸《和曹南湖故宫二首·其二》）；出韵例：尝（阳）堂（唐）量（阳）妨（阳）方（阳）（耶律楚材《谢圣安澄公馈药》），妆（阳）光（唐）黄（唐）（耶律铸《紫菊》），香（阳）光（唐）妆（阳）（耶律铸《双头牡丹·其二》）。

（六）通摄

根据数理统计法计算得出钟东尚未合并。借韵例：重（钟）宫（东）风（东）中（东）同（东）（耶律楚材《还燕京题披云楼和诸士大夫韵》），终（东）墉（钟）重（钟）龙（钟）慵（钟）（耶律楚材《河中春游有感五首·其一》），衷（东）从（钟）丰（钟）（耶律铸

《烧香拨火》），容（钟）红（东）风（东）（耶律铸《和德卿秋日海棠》）；出韵例：梦（东）钟（钟）胧（东）容（钟）踪（钟）（耶律铸《春日怀赵超然》），庸（钟）风（东）穹（东）宫（东）从（钟）（耶律希逸《南口永明寺过街塔》）。

三 入声韵

近体诗押韵一般以平声为正例，仄声韵非常罕见，但是在耶律铸和石抹良辅的诗作中存在仄声韵的押韵例证。如：裂、折、泄（耶律铸《早春歌》，薛部独用）；得、北（耶律铸《日将出》，德部独用）；壁（锡）默（德）（石抹良辅《石门洞开》）。这七个字在契丹族诗人所有的近体诗中只出现了一次，无其他佐证，无法判断它们在元代是否由入声韵转变为阴声韵。耶律铸是大都人，石抹良辅是大宁（今辽宁凌源）人，二人皆持北方方言，作诗入韵竟然使用入声韵，这说明元代通语中仍然有入声韵的遗留现象。当然也存在另外一种可能，近体诗押入声韵或许只是作者的个人创作习惯，是一种仿古现象。

小 结

通过对契丹族诗人 675 首近体诗的考察、分析后发现，近体诗韵系归纳为 17 韵部，即阴声 7 部：支微、尤侯、萧豪、歌戈、鱼模、佳麻、皆来；阳声 8 部：寒桓、侵寻、真文、庚青、江阳、东钟、蒸登、盐覃；入声 2 部：薛、德。

第五节　白族

一　阴声韵

遇摄

模虞借韵例：符（虞）吾（模）图（模）无（模）吾（模）（段宝《寄梁王诗》）。

二　阳声韵

山摄

桓山借韵例：关（桓）间（山）潺（山）（段世、段名《槭送京师临行别故人梁朝彦》）。

白族诗人的近体诗用韵只有两例，无出韵，较为严格。

第六节　党项族

一　阴声韵

近体诗包含的韵类有：麻、歌、之、尤、咍、鱼、微、齐、模。

（一）遇摄

利用数理统计法计算得出鱼模二韵尚未合并，且鱼模之间并无出韵，因此二韵的界限依然存在。鱼模借韵例：处（鱼）图（模）梧（模）炉（模）胡（模）（余阙《压雪轩》）。

（二）止摄

止摄用韵较为严格，只存在借韵例。支微借韵例：垂（支）骍（微）衣（微）微（微）飞（微）（余阙《送王其用随州省亲》）；脂之借韵例：夷（脂）思（之）澌（之）时（之）（斡玉伦徒《题叶氏四爱堂三首·其三》）。

二　阳声韵

近体诗包含的韵类有：盐、侵、文、真、山、寒、桓、仙、先、青、阳、唐、清、东、江。

（一）臻、山二摄

1. 利用数理统计法计算得出寒山二韵尚未合并。寒山借韵例：兰（寒）闲（山）湲（山）间（山）（斡玉伦徒《题叶氏四爱堂三首·其一》）。

2. 真谆借韵例：春（谆）唇（真）人（真）（余阙《题红梅翠竹图》）。

（二）宕、江二摄

1. 利用数理统计法计算得出江阳二韵尚未合并。江阳借韵例：嶂（阳）江（江）窗（江）缸（江）庞（江）（余阙《送张有恒赴安庆郡经历》）。

2. 阳唐借韵例：荒（唐）伤（阳）阳（阳）（王翰《题画葵花》），光（唐）芳（阳）赏（阳）帐（阳）鸯（阳）（孟昉《十二月乐词·十一月》），香（阳）苍（唐）凰（唐）（甘立《题柯博士墨竹》）。

（三）通摄

东钟借韵例：龙（钟）中（东）洪（东）（余阙《扬州客舍》）。

三 入声韵（无）

小 结

通过对77首近体诗的考察、分析发现：

1. 近体诗韵系归纳为13韵部，即阴声6部：支微、尤侯、歌戈、鱼模、佳麻、皆来；阳声7部：寒桓、侵寻、真文、庚青、江阳、东钟、盐覃。

2. 党项族诗人用韵甚严，只有借韵，没有出韵，同时无入声韵入韵，也不存在小韵的合并现象。

第七节 女真族

一 阴声韵

近体诗包含的韵类有：微。

只有微韵独用一例。

二 阳声韵

近体诗包含的韵类有：先、仙、寒、阳、钟、庚。

（一）山摄

先仙出韵例：天（先）贤（先）川（仙）泉（仙）编（先）（孛术鲁翀《晋祠·其一》）。

寒山借韵例：山（山）看（寒）坛（寒）丹（寒）鞍（寒）（完颜东皋《苏山》）。

（二）梗、曾二摄

清庚蒸合韵例：横（庚）敬（庚）政（清）称（蒸）并（清）命（庚）庆（庚）兴（蒸）孟（庚）行（庚）（兀颜思敬《题卢贤母卷》）。近体诗出韵如此混乱，还是首次见到，这说明时音中清、庚、蒸三韵已经混淆，当然这也可能体现了兀颜思敬个人的用韵习惯，也就是他创作汉文诗歌的技术还不够娴熟。

（三）宕摄

阳唐出韵例：香（阳）疆（阳）霜（阳）浪（唐）阳（阳）（孛术鲁翀《晋祠·其二》）。

（四）通摄

钟冬出韵例：松（钟）容（钟）封（钟）农（冬）龙（钟）（孛术鲁翀《晋祠·其三》）。

钟东出韵例：墉（钟）空（东）胸（钟）红（东）重（钟）（蒲察景道《题德风新亭》）。

三　入声韵（无）

小　结

通过对 7 首近体诗的考察、分析发现：

1. 近体诗韵可以归纳为 5 个韵部，即阴声 1 部：支微；阳声 4 部：寒桓、庚青、江阳、东钟。当然，由于诗作过少，这个韵部的数量并不科学。

2. 与党项族诗人用韵的严谨不同，女真族诗人的近体诗创作出韵情况特别多，用韵也非常宽泛，尤以兀颜思敬为最，这在一定程度上反映了时音和方音的特点。

第八节　比较表格

	蒙古族	畏兀儿族	契丹族	回回族
阴声韵	之（枝怡丝移）	之	之（脂）	之（支脂）
	支		支（迟）	
	齐		齐	齐
	哈	哈	哈（杯堆回）	哈
	尤（侯幽）	尤（头）	尤（侯）	尤（幽侯）
	灰		灰	灰
	微	微	微	微
	鱼	鱼	鱼	鱼
	模		模	虞（模）
	宵		宵（萧）	萧（宵）
	豪	豪	豪	豪
	戈			
	麻	麻	麻	麻
		歌	歌（戈）	歌（戈）
		脂		
			肴	
			虞	
			皆	皆
阳声韵	魂	魂	魂	痕（魂）
	庚（耕清青）	庚（清）	庚（清）	庚（清耕）
		青	青（名情）	青
	阳	阳（唐）	阳	阳（唐）
	唐		唐	

123

续表

	蒙古族	畏兀儿族	契丹族	回回族
阳声韵	江		江	江
	东	东	东	东
	钟		钟	钟
	侵	侵	侵	侵
	覃（谈）		覃	覃（谈）
	盐		盐	盐
		谆	谆	
	蒸		蒸	登（蒸）
	登		登	
	寒（山删桓）	寒	寒（桓）	寒（桓）
		桓		
		删	删（山）	删（山）
	先（仙）	先	先（仙）	仙（先）
		仙		
	元			元
	文	文	文	文（欣）
	真（春）	真	真（春谆沦均）	真（谆）
入声韵	职		德	陌
	铎			铎
	狎			屋
		月	薛	烛
				缉

第九节　各民族近体诗特点总结

一　阴声韵的特点

1. 止摄内部诸韵合流情况并不一致。蒙古族诗人的韵文中止摄混淆较为严重，其止摄分为之脂支、齐、微三个部分。党项族诗人的韵文中止摄用韵最为严格，只存在借韵例。契丹族诗人的韵文中只有之脂合并，其余之支、脂微、之微、支微、齐韵皆分立。

2. 流摄内部诸韵混同情况严重。各民族诗人的用韵中尤侯二韵均合并，其中回回族更是幽、尤、侯三韵合并。

3. 各个民族的韵文中除了效摄豪韵的分合存在分歧，萧宵二韵均做合并处理。契丹族与回回族都是豪韵独立、宵萧合并。而蒙古族诗人的诗文中萧、豪、宵三韵内部的差异已经非常小了，应已合并。

4. 果摄的歌戈二韵在蒙古族、回回族、契丹族诗人的韵文中均合并为一部。

5. 假摄的麻韵在宋代就存在与果摄的歌戈合并的趋势，在少数民族诗人的近体诗中麻韵出现的次数较低，只出现在蒙古族和回回族诗人的作品中。蒙古诗人的作品中麻韵与遇摄、假摄皆有合韵现象，但由于合韵数字不多，小于独用数字，暂定为独立。回回族诗人的诗文中麻歌分立，果、假二摄界限明晰。因此假摄的麻韵在此时仍为独立的韵部。

6. 蟹摄中咍、灰二韵在各民族的韵文中分合情况不一致。蒙古族、契丹族诗人的韵文中咍、灰二韵分立。但是需要注意的是，契丹诗人在创作时大量使用灰韵的"回""杯""堆"这三个字，这可能会影响统计的结果。

7. 遇摄中的鱼、虞、模三韵分立趋势较为明显。除了回回族诗人的作品中虞模合并、鱼韵独立外，蒙古、契丹、党项等其他民族的诗文均三韵分立。

二 阳声韵的特点

1. 臻摄一二等韵的分立是主流现象。蒙古族以及畏兀儿族诗人的韵文中真、文与谆韵多次合韵，但尚未合并，这几个以［-n］结尾的阳声韵部彼此之间的互叶体现了当时语音趋于简化的特点。回回族诗人魂痕、文欣、真谆将臻摄三分；契丹族诗人真、文、魂、谆四分。

2. 臻摄三四等韵的分合情况不一致。蒙古族、契丹族诗人的作品中三四等韵的先仙合流；而畏兀儿族诗人的作品中先仙二韵互为借韵，可见二者音近，但尚未合并，这与蒙古族、契丹族诗人用韵明显不同。

3. 除党项族诗人用韵外，山摄内部诸小韵的合并是主流现象。蒙古族诗人的韵文中寒、桓、山、删四韵之间的界限趋于混淆，这可能体现了当时山西语音演变的一些迹象；契丹族诗人的韵文中只有仙韵独立，寒桓、山删分别合并；回回族诗人的韵文中寒桓、仙先、删山分别合并。党项族诗人的韵文中寒山二韵尚未合并。其他少数民族的诗人用韵中臻摄、山摄的内部诸韵多为合并。

4. 元韵的使用在近体诗中非常罕见，只有在回回族诗人的作品中发现了数例。其元韵多与臻摄的小韵相押，偶与山摄相协，同时马祖常的元韵只与臻摄相押，而丁鹤年的元韵只与山摄相押，这应该体现了元代中期到元末的元韵归属情况的变化。

5. 梗摄内部诸韵的分合情况分为两类：一类的代表是蒙古族和女真族，其耕、庚、青、清四韵已渐渐混同；另一类的代表是回回族、契丹族，其青韵独立，耕、庚、清三韵合并。

6. 通摄的东钟两韵分立趋势明显，在所有韵例中只存在借韵，没有出韵，各个民族的用韵皆是如此。

7. 宕、江二摄在元代合为一部，内部各韵分合情况不尽相同。只有蒙古族诗人的用韵中阳唐二韵分立，畏兀儿、契丹、回回三个民族的韵文皆合并。党项族与回回族诗人的韵文中江阳二韵分立。

三 入声韵的特点

近体诗押韵一般以平声为正例，仄声韵非常罕见。白族、党项族的韵文中无一例入声韵押韵的例证。白族、党项族的韵例非常少，没有入声韵不足为奇；畏兀儿族诗人的诗文中入声韵仅出现一例；蒙古族诗人的诗作中存在狎部与铎部独用的两处例证；契丹族诗人的诗文中出现了三例；回回族诗文中入声韵以独用为主，三尾混用为辅。

四 同摄内部韵字的转移现象

1. 止摄支韵的"枝""怡""丝""移"字已经混入之韵。（蒙古族）
2. 止摄脂韵的"迟"字归入支韵，脂韵的其他字应归入之韵。（蒙古族）
3. 流摄幽韵的"幽"字与尤韵已经混同。（回回族）
4. 流摄侯韵的"头"字已经混入尤韵。（畏兀儿族）
5. 蟹摄灰韵的"回""杯""堆"可能已经转入咍韵。（契丹族）
6. 臻摄谆韵的"春"字混入真韵。（蒙古族）
7. 臻摄谆韵的"春""巡""沦""均"四个字转入真韵。（契丹族）
8. 梗摄清韵的"呈""情""名""晴""城""成"转入庚韵与青韵。（契丹族）

第五章 古体诗音系特点

第一节 蒙古族

古体诗平声、仄声皆可押，但主要是押平声韵，押仄声韵的诗篇占少数。通过对蒙古族诗人742首古体诗的考察、分析后发现，古体诗韵系可以归纳为20韵部，即阴声韵7部：歌戈、鱼模、皆来、支微、尤侯、萧豪、佳麻；阳声韵8部：侵寻、监廉、真文、寒先、庚青、蒸登、阳唐、东钟；入声韵5部：薛月、屋烛、德陌、铎觉、缉入。主要是合并了平水韵的等韵。

一 阴声韵

（一）果摄——歌戈部

利用数理统计法计算得出歌戈两韵合并。萨都剌、嶰嶰、塔不歹、聂镛四位诗人的诗作中出现了大量的歌戈合韵，韵例大多体现为歌韵字与戈韵的"波""过""和"三个字相协。萨都剌为山西雁门人，嶰嶰定居于大都，塔不歹为河南人，聂镛为蓟丘人，可见这些字在官话方言区中已经与歌韵字混同。例：和（戈）罗（歌）波（戈）（萨都剌

《织女图》），何（歌）和（戈）（嵥嵥《秋夜》），和（戈）过（戈）哥（歌）（聂镛《宫词》）。

（二）遇摄——鱼模部

利用数理统计法计算得出鱼模、鱼虞、虞模两韵合并。可见遇摄的鱼、虞、模三韵已经没有区别，主要元音应该相同。模虞例：住（虞）妒（模）赋（模）（萨都剌《题二宫人琴壶图》），具（虞）路（模）慕（模）悟（模）（答禄与权《杂诗四十七首》）；虞鱼例：余（鱼）衢（虞）虚（鱼）珠（虞）吁（虞）（萨都剌《天灯》），语（鱼）雨（虞）（聂镛《碧梧翠竹堂》），余（鱼）殊（虞）疏（鱼）趋（虞）虚（鱼）儒（虞）（答禄与权《杂诗四十七首》）；模虞鱼例：竿（虞）酤（模）渔（鱼）无（虞）间（鱼）逾（虞）乌（模）誉（鱼）书（鱼）（萨都剌《溪行中秋玩月》），愚（虞）诸（鱼）俱（虞）途（模）（答禄与权《杂诗四十七首》）。答禄与权定居于河南永宁，并任河南北道廉访佥事，他与萨都剌的诗文用韵体现出的鱼、虞、模三韵合并，应为元代晚期的通语特点。

（三）蟹摄——皆来部

1. 利用数理统计法计算得出灰咍两韵合并。例：来（咍）开（咍）回（灰）才（咍）台（咍）（元顺帝《赠吴王》），来（咍）回（灰）莱（咍）杯（灰）（崔斌《金山》），堆（灰）回（灰）来（咍）开（咍）杯（灰）（萨都剌《游钟山遇雨》），回（灰）台（咍）开（咍）才（咍）陪（灰）（嵥嵥《李景山归自云南，谈点苍之胜，寄题一首》）。崔斌是山西马邑人，萨都剌亦为山西人，看来灰咍两韵混同，体现了元代官话早期和中期的语音特点。

2. 在蒙古族四位诗人的诗作中，皆韵的"淮""怀""霾"三字已多次与咍韵字发生合韵，可能在口语中皆韵与咍韵的区别已经非常小了。灰咍皆合韵例：淮（皆）苔（咍）来（咍）开（咍）回（灰）

129

（萨都剌《再过界首驿》），堆（灰）来（咍）开（咍）怀（皆）莱（咍）（塔不歹《灵宝观》）；咍皆合韵例：来（咍）开（咍）霾（皆）（达实帖木儿《凤鸣朝阳》）。达溥化的籍贯是北方的茏城，但是其实际成长和居住地很难考证，暂定为中原人；达实帖木儿亦为中原人。因此皆韵与咍韵的区分日益缩小，成为官话的特点。

3. 泰韵字向皆来部的咍韵演化。泰韵字与皆来部相押在唐诗中就已经出现，宋词用韵中灰泰合口韵系押皆来部也较为普遍，差别在于具体的入韵字与押韵次数不一样。在萨都剌的诗作中，存在着几次泰咍合韵例证，而其他诗人未见，这应该是萨都剌的仿古之作，体现了官话语音现象的遗存。例：海（咍）霭（泰）载（咍）（萨都剌《南台月》），会（泰）能（咍）（萨都剌《题淮安王氏小楼·其三》），彩（咍）在（咍）霭（泰）海（咍）（萨都剌《和韵题石城峭壁》）。

（四）止摄——支微部

利用数理统计法计算得出脂微、之脂、之支、脂支都已经合并，可见脂、微、支、之四韵的元音完全相同。这在萨都剌、嵘嵘、答禄与权、拜住、凯烈拔实等多位蒙古族作家的诗文创作中均有反映。

1. 脂微例：扉（微）微（微）归（微）衣（微）机（脂）（萨都剌《贞如寺》）。

2. 之脂例：里（之）水（脂）（萨都剌《过嘉兴》），起（之）水（脂）里（之）（嵘嵘《清风篇》），死（脂）起（之）（泰不华《卫将军玉印歌》），指（脂）起（之）（拜住《菩萨蛮》），喜（之）起（之）耳（之）几（脂）（答禄与权《杂诗四十七首》）。蒙古族的作家偏爱使用"水"与"里"这两个韵脚字。

3. 之支例：枝（支）诗（之）词（之）知（支）（萨都剌《送金事王君实之淮东》），时（之）诗（之）池（支）（萨都剌《西湖绝句六首·其五》），吹（支）诗（之）（聂镛《碧梧翠竹堂》），池（支）

璃（支）垂（支）奇（支）诗（之）（凯烈拔实《喜客泉》），屣（支）士（之）此（支）史（之）（答禄与权《杂诗四十七首》）。蒙古族诗人经常使用"枝""知""池"等中古时期的支韵字与之韵字相协。

4. 支脂例：迟（脂）知（支）（萨都剌《长门秋漏》），夷（脂）枝（支）（伯颜《过梅岭冈留题》），义（支）至（脂）（嶸嶸《秋夜》），鹂（支）枝（支）离（支）悲（脂）（泰不华《赋得上林莺送张兵曹二首·其一》）。

5. 脂、微、支、之四韵混用韵例。之脂支例：至（脂）时（之）枝（支）（萨都剌《宿经山寺·其二》），睡（支）坠（脂）迟（脂）时（之）（拜住《菩萨蛮》），移（支）词（之）时（之）推（脂）（答禄与权《杂诗四十七首》）；之支微例：之（之）飞（微）涯（支）止（支）里（之）（萨都剌《岁云暮矣·其一》）；支脂微例：归（微）移（支）眉（脂）（萨都剌《西湖绝句六首·其二》），绮（支）衣（微）微（微）机（脂）归（微）（萨都剌《水纹》）。

6. 齐韵与支、之韵语音相近，但分用痕迹较为明显。支齐合韵例：池（支）泥（齐）梯（齐）啼（齐）迷（齐）（达溥化《寂照堂荷池二首·其一》）；之齐合韵例：底（齐）里（之）止（之）（萨都剌《将至大横驿舍舟乘舆暮行·其二》）；之支齐合韵例：犀（齐）枝（支）移（支）诗（之）（萨都剌《谢人惠木犀》）。蟹、止两摄互相通押的现象，一方面是由于两摄的内部诸韵趋于合流，主要元音演变得比较接近的缘故；另一方面也可能是达溥化、萨都剌有意为之的仿古用韵之作。

（五）流摄——尤侯部

1. 利用数理统计法计算得出尤侯两韵合并。侯韵的"楼""头""走"等几个字出现的频率特别高，尤其是"头"这个字，几乎所有蒙古族诗人都会用到这个韵脚字，这样看来尤侯合并反映的应该是当时通语的特点。例：钩（侯）头（侯）州（尤）（孛儿只斤·爱猷识里达腊《新月》），游（尤）囚（尤）愁（尤）楼（侯）舟（尤）（崔斌《长沙驿》），尤（尤）流（尤）舟（尤）头（侯）（月鲁《老人岩》），楼（侯）谋（尤）头（侯）（萨都剌《吴姬曲》），楼（侯）钩（侯）愁（尤）（萨都剌《蕊珠曲》），构（侯）疚（尤）祝（尤）佑（尤）后（侯）（回回《贾公祠·其二》），丘（尤）头（侯）秋（尤）（童童《题王子晋》），游（尤）流（尤）州（尤）楼（侯）（达溥化《与萨天锡登凤凰台》），楼（侯）浮（尤）收（尤）州（尤）侯（侯）（泰不华《送琼州万户入京》），头（侯）秋（尤）（察伋《题钱舜举〈秋江待渡图〉》），舟（尤）浮（尤）头（侯）悠（尤）留（尤）（月鲁不花《泛鸣鹤湖次见心上人韵》），偶（侯）手（尤）（阿盖《金指环歌》），流（尤）裘（尤）头（侯）舟（尤）留（尤）（聂镛《律诗二首·寄怀玉山》）。

2. 幽韵独立。合韵例：幽（幽）洲（尤）游（尤）（凯烈拔实《赠集虚宗师》），虬（幽）头（侯）钩（侯）收（尤）侯（侯）（萨都剌《沙书》）。

（六）效摄——萧豪部

1. 利用数理统计法计算得出豪宵两韵分立。豪与宵分立是因为豪韵的主要元音较低、较后，而宵韵较高、较前。合韵例：阜（豪）晓（萧）（萨都剌《四时宫人图·其一》），飚（萧）高（豪）糟（豪）劳（豪）（答禄与权《杂诗四十七首》）。

2. 利用数理统计法计算得出萧宵两韵合并。例：潮（宵）翘（宵）箫（萧）遥（宵）桥（宵）（萨都剌《四时宫词·其三》），瓢（宵）朝（宵）遥（宵）聊（萧）（答禄与权《杂诗四十七首》）。

3. 利用数理统计法计算得出萧豪尚未合并。合韵例：藻（豪）道（豪）杪（宵）草（豪）（萨都剌《送吴寅甫之扬州》），桡（宵）

高（豪）萄（豪）（萨都剌《越溪曲》）。萧豪部分为豪与萧宵两个部分，肴韵未见。上文中尤侯部也分为幽与尤侯两个部分，两部的配合非常对称。

(七) 假摄——佳麻部

1. 佳韵的部分字向麻韵转化。"涯"字在《广韵》中属佳韵，五加切，《集韵》中属于麻韵，牛加切。"佳"字在《广韵》中属佳韵，古膎切。在唐代诗文用韵中就已经有"涯""佳"字押入麻韵的例子，宋元时代更多，这说明"涯""佳"字的实际读音已与麻韵相近。例：华（麻）涯（佳）霞（麻）家（麻）（萨都剌《九华山石墨驿》），佳（佳）家（麻）花（麻）鸦（麻）（萨都剌《霜花》）。

2. 蟹摄齐韵的"洒"字、皆韵的"价"字与麻韵关系较近，泰不华为浙江台州人，察伋为山东莱州人，这或许体现了作者的方音特点。齐麻合韵例：洒（齐）下（麻）（萨都剌《中秋月夜泛舟于金陵石头城》），洒（齐）者（麻）（萨都剌《过高邮射阳湖杂咏·其六》）。麻皆合韵例：价（皆）亚（麻）（萨都剌《题郭元二公画壁》），下（麻）价（皆）（泰不华《题赵子昂天马图》）。

二 阳声韵

-m、-n、-ŋ 韵尾分立是宋元的语言事实，蒙古族作家的诗文用韵中没有发现混用的例证。

(一) 深摄——侵寻部

深摄只有一个侵韵，定侵寻部，例证参见韵谱。

(二) 咸摄——监廉部

咸摄韵次很少，大多是咸摄内部自押，可见在萨都剌和答禄与权口语中内部界限已经无别，故定咸摄为监廉部。添盐例：甜（添）帘

133

（盐）（萨都剌《上京即事·其八》），添（添）檐（盐）（答禄与权《题见心禅师天香室》）；严盐例：严（严）帘（盐）（萨都剌《独坐恭和堂》）；盐谈例：盐（盐）酣（谈）（萨都剌《赠来复上人·其一》）；谈覃例：岚（覃）酣（谈）南（覃）毵（覃）蓝（谈）（萨都剌《春日登北固多景楼录奉即休长老·其二》）；衔谈覃例：衫（衔）酣（谈）南（覃）（萨都剌《上京即事·其三》）。

（三）臻摄——真文部

1. 利用数理统计法计算得出真谆两韵合并。观察后发现，韵谆的"春""匀""伦"三字与真韵字大量合韵，而韵谆的其他韵字较为罕见。例：尘（真）人（真）春（谆）（巴匝拉瓦尔密《奔威楚道中》），春（谆）人（真）银（真）真（真）（达溥化《游淀湖》），津（真）巾（真）亲（真）春（谆）贫（真）邻（真）伸（真）人（真）（答禄与权《洞中歌》），伦（谆）臣（真）春（谆）邻（真）（答禄与权《送宋承旨还金华》）。

2. 利用数理统计法计算得出真、魂、文三韵独立。由于谆真合并，与魂韵相匹配的痕韵，根据音理，也应该合并。真文合韵例：身（真）群（文）军（文）（察伋《题赵承旨番马图》）；魂文合韵例：喷（魂）君（文）文（文）云（文）（答禄与权《杂诗四十七首》）；痕魂例：根（痕）孙（魂）门（魂）（萨都剌《题元符宫东秀轩又名日观》），门（魂）痕（痕）昏（魂）存（魂）魂（魂）（萨都剌《登多景楼》）。

3. 真谆、魂痕均合并，按理文欣亦应混同，可是萨都剌的诗文中，欣韵只存在借韵例，未发现出韵例，因此暂作独立。文欣合韵例：勤（欣）闻（文）文（文）云（文）（萨都剌《次韵寄茅山张伯雨·其一》）；真欣合韵例：勤（欣）巾（真）（萨都剌《高堂刘侯定斋野友亭》）。

4. 臻摄分为真谆、魂痕、文、欣四部分；山摄分为先仙、山删、寒桓、元四部分。

(四) 山摄——寒先部

1. 利用数理统计法计算得出先仙、删山、寒桓合并，诸多蒙古族诗人的诗文用韵体现了此特点。先仙例：天（先）年（先）传（仙）（元顺帝《御制诗》），贱（仙）面（仙）浅（先）转（仙）县（先）甸（先）燕（先）箭（仙）（萨都剌《江南怨》），天（先）仙（仙）年（先）眠（先）田（先）（童童《奉旨祀桐柏山》），烟（先）边（先）船（仙）（同同《西湖竹枝词》），传（仙）年（先）天（先）前（先）船（仙）（月鲁不花《游育王山》），年（先）圆（仙）传（仙）眠（先）船（仙）（聂镛《律诗二首·寄怀玉山》）；删山例：环（删）鬟（删）间（山）（萨都剌《蕊珠曲》），间（山）颜（删）关（删）闲（山）还（删）（亦速歹《游定水访见心禅师》），关（删）间（山）颜（删）还（删）闲（山）（埜喇《华藏寺》），湾（删）还（删）山（山）间（山）关（删）（买闾《题叶隐居〈雪蓬〉》）；寒桓例：盘（桓）官（桓）滩（寒）（萨都剌《晓上石壁滩》），盘（桓）丹（寒）寒（寒）鸾（桓）（月忽难《游茅山》），冠（桓）鸾（桓）安（寒）玕（寒）（泰不华《寄姚子中》），攒（寒）丹（寒）寒（寒）桓（桓）（拔实《元符山房》），岏（桓）寒（寒）鸾（桓）（察伋《题张溪云勾勒竹卷》），阑（寒）盘（桓）冠（桓）寒（寒）（达溥化《千叶莲》）。

2. 利用数理统计法计算得出元先、元仙、元删、元桓均未合并。唐诗中的元韵经常与先、仙、删、桓等韵相押，与魂、痕相押则较为罕见。宋诗中的元韵既与魂痕相押，又与寒、桓、删、山先仙六韵合韵。在元代蒙古族诗人的用韵中，元韵与先、仙、删、桓等韵产生大量合韵，与魂、痕却无一例相押，这说明在元代的实际语音中，元韵与寒桓删山先仙诸韵读音趋同，当属一部，因此将元韵归入寒先部。元韵虽然归入寒先部，但独立性依然很强，没有与先、仙、删、桓合并，仍然独立为一个韵。先元合韵例：田（先）轩（元）（萨都剌《题元符宫东秀轩又名日观》）；仙元合韵例：仙（仙）篇（仙）联（仙）晚（元）（萨都剌《题茅山梅石道士卷》）；桓元合韵例：园（桓）喧（元）言（元）（萨都剌《闻秋蛩有感》）。

3. 寒山、山桓、删桓、寒删尚未合并。寒山合韵例：山（山）千（寒）（萨都剌《汉宫早春曲》），山（山）间（山）看（寒）（泰不华《题祁真人异香卷》）；山桓合韵例：间（山）观（桓）幔（桓）半（桓）唤（桓）（萨都剌《宿武夷》）；删桓合韵例：还（删）半（桓）间（删）环（删）关（删）（萨都剌《溪行中秋望月》）；寒删合韵例：箪（寒）关（删）寒（寒）颜（删）（答禄与权《杂诗四十七首》），寒（寒）阑（寒）班（删）（萨都剌《征妇怨》）。

4. 先韵与臻摄的真韵存在合韵例证，应该是韵尾相同，语音接近的缘故。先真合韵例：身（真）喷（先）（萨都剌《鹦鹉曲题杨妃绣枕》），天（先）烟（先）尘（真）（哲里野台《题水村图》）。

（五）梗摄——庚青部

1. 利用数理统计法计算得出清庚耕合并。只有萨都剌一人的诗文反映出这种语音现象，这应该体现了作者的口语以及其用韵不严的特点。庚清耕合并例：诚（清）生（庚）耕（耕）名（清）（萨都剌《寄志道张令尹》），声（清）生（庚）莺（耕）（萨都剌《憩奉真道院》）。

2. 利用数理统计法计算得出清青、庚青各自分立。清青合韵例：亭（青）晴（青）征（清）（萨都剌《过鲁港驿和贯酸斋题壁》），亭（青）青（青）屏（清）醒（青）冥（青）（僧嘉讷《道山亭联句》）；庚青合韵例：明（庚）星（青）（萨都剌《长门秋漏》），影（庚）艇（青）（萨都剌《练湖曲》），明（庚）青（青）翎（青）（萨都剌《同张伯雨过凝神庵因观宋高宗所赐蒲衣道士张达道白羽扇》）。

3. 利用数理统计法计算得出庚江、庚唐、蒸青、蒸庚分立。庚韵与江摄宕摄合韵，主要是因为韵尾相同。蒸韵同理。这些用韵同样反映出作者用韵的不严谨。庚江合韵例：江（江）行（庚）（萨都剌《过江后书寄成居竹》）；庚唐合韵例：光（唐）行（庚）堂（唐）（萨都剌《寄省郎沙子丁》）；蒸青合韵例：醒（青）嶒（蒸）（萨都剌《偕廉公亮游钟山》；蒸庚合韵例：乘（蒸）行（庚）（泰不华《陪幸西湖》）。

（六）曾摄——蒸登部

利用数理统计法计算得出蒸登合并。例：僧（登）灯（登）冰（蒸）（萨都剌《上京杂咏·其五》），层（登）嶒（蒸）棱（登）蒸（蒸）登（登）（达溥化《题滕王阁》）。

（七）宕摄——阳唐部

利用数理统计法计算得出阳唐合并，这体现了当时的通语特点。例：芳（阳）光（唐）裳（阳）香（阳）长（阳）（萨都剌《兰皋曲》），杭（唐）扬（阳）锵（阳）浆（阳）香（阳）向（阳）张（阳）塘（唐）箱（阳）阳（阳）良（阳）光（唐）堂（唐）荒（唐）长（阳）廊（唐）（泰不华《陪幸西湖》），湘（阳）浪（唐）长（阳）藏（唐）阳（阳）（塔不歹《兰浦鱼舟》），缰（阳）阳（阳）簧（唐）杨（阳）香（阳）（靼鞑哑《戏赠瞽者》），常（阳）纲（唐）梁（阳）芳（阳）肠（阳）光（唐）阳（阳）璋（阳）堂（唐）裳（阳）将（阳）苍（唐）长（阳）昌（阳）忘（阳）（察伋《郑氏义门诗》），羌（阳）堂（唐）长（阳）浆（阳）囊（唐）（达溥化《葡萄》），堂（唐）望（阳）舫（阳）央（阳）藏（唐）裳（阳）（答禄与权《杂诗四十七首》）。

（八）通摄——东钟部

1. 利用数理统计法计算得出：当检验水平定为 7.378、5.991 时，两韵相混；当检验水平定为 4.605 时，两韵分立。此处需要综合考虑相邻韵的情况，再来定夺。阳唐、蒸登、清庚耕均合并，因此将东钟合并更加符合音理的配合规律。例：东（东）龙（钟）浓（钟）宫（东）（萨都剌《汉宫早春曲》），功（东）风（东）同（东）庸（钟）穷（东）（答禄与权《杂诗四十七首》）。

2. 钟冬合韵例：钟（钟）龙（钟）冬（冬）（萨都剌《燕京作》）。只有一例，无法判断分合。

三 入声韵

宋词用韵中入声韵韵尾的界限已不复存在，蒙古族诗人的用韵也反映了入声韵尾的混并，但独用情况仍然很明显，因此入声韵依旧作为独立的韵部存在。入声分屋烛、铎觉、德陌、薛月、缉入5部。德陌部内部的界限已经不再明晰；薛月部分为薛月、末没两组，两组之间界限明显；屋烛部内部屋烛二韵分立；铎觉部、缉入部中只发现了独用韵例。

（一）山摄入声——薛月部

1. 利用数理统计法计算得出月薛合并。《广韵》中的薛、屑、月三韵此时应该已经无别。月薛例：月（月）别（薛）（萨都剌《相逢行赠别旧友治将军》）；薛屑例：血（屑）绝（薛）铁（屑）（萨都剌《胡桃》），裂（薛）竭（薛）血（屑）（伯颜《奉使收江南》），节（屑）列（薛）辙（薛）悦（薛）（答禄与权《杂诗四十七首》）；月屑例：血（屑）切（屑）月（月）（萨都剌《北人上冢》）。

2. 末没合韵一次，依照音理亦应合并。例：阔（末）勃（没）（萨都剌《南台月》）。

（二）通摄入声——屋烛部

利用数理统计法计算得出屋烛分立，依诗韵将其定为屋烛部。合韵例：束（烛）竹（屋）（萨都剌《雨伞》），麓（屋）屋（屋）俗（烛）独（屋）（答禄与权《杂诗四十七首》）。

(三）臻、梗、曾、深摄入声——德陌部

［-k］尾的入声诸韵大量合韵，内部界限不明，合韵的原因除了韵尾相同外，很可能某些入声韵的主要元音也发生了变化。德陌合韵例：白（陌）得（德）（萨都剌《长门秋漏》）；锡陌昔合韵例：壁（锡）白（陌）石（昔）腋（昔）席（昔）（萨都剌《上晚酌天章台》）；药陌合韵例：药（药）魄（陌）（萨都剌《拥炉夜酌嘲张友寄诗谢》）；职德合韵例：侧（职）北（德）（萨都剌《高邮阻风》），测（职）北（德）德（德）（答禄与权《送宋承旨还金华》）；昔陌麦合韵例：夕（昔）碧（昔）客（陌）责（麦）僻（昔）席（昔）（答禄与权《杂诗四十七首》）；锡昔职合韵例：砾（锡）璧（昔）识（职）跖（昔）（答禄与权《杂诗四十七首》）。

（四）缉入部

缉入部主要来自《广韵》深摄入声缉韵。这个韵部的独用例证只在蒙古族的诗人用韵中发现，其他民族均无，因此将此部独立。缉部独用例：急、泣（萨都剌《和题吴闲闲京馆王本中醉作竹石壁上》），急、泣（萨都剌《吴真人京馆画壁》），泣、立、湿（萨都剌《枯荷》），十、邑、立（答禄与权《送宋承旨还金华》）。

（五）［-t］［-p］［-k］三尾大量合韵

元代蒙古族文人诗文用韵中存在着不同韵尾入声韵的合韵现象。较高的合韵不一定只是用韵宽泛所致，应该还有方言的因素反映在其中，更深层的原因，还是入声韵在元代各地演变得不平衡。

［-t］与［-k］：昔质锡职合韵例：夕（昔）漆（质）锡（锡）即（职）（萨都剌《偕杨善卿丘以敬刘载民游法云寺以色即是空分韵得即字》）；昔锡麦合韵例：碧（昔）尺（昔）滴（锡）液（昔）舄（昔）隔（麦）（聂镛《送张吴县之官嘉定分题赋得天平山》）；月职德陌合韵例：歇（月）色（职）刻（德）白（陌）（萨都剌《立秋登乌

石山和幕府杨子承韵》)。

[-t]与[-p]:月帖合韵例:阙(月)叶(帖)月(月)(阿盖《金指环歌》);薛帖屑合韵例:绝(薛)灭(薛)叶(帖)诀(屑)(泰不华《桐花烟为吴国良赋》)。

[-p]与[-k]:缉锡合韵例:集(缉)立(缉)滴(锡)(萨都剌《夜泊钓台》);昔缉合韵例:迹(昔)立(缉)(萨都剌《凌波曲》);职缉合韵例:色(职)立(缉)(萨都剌《题江乡秋晚图》)。

(六)阴声韵与入声韵也发生合韵现象

诗词用韵中,一般是阳声韵、阴声韵、入声韵分别各自相押,但偶尔也有阴入叶韵的。阴入通押很可能是受到曲韵的影响,也可能是受到北方官话的影响,入声韵尾有弱化的趋势,这一弱化现象其实在宋代就已经开始了。当然,由于韵例太少,还不足以说明问题,也可能是偶然相叶。职之合韵例:息(职)色(职)丝(之)织(之)(萨都剌《织女图》);屋模合韵例:屋(屋)渡(模)(萨都剌《和同年观志能还自武昌咏》);侯屋合韵例:楼(侯)钩(侯)牧(屋)(萨都剌《上京即事·其二》)。

第二节 回回族

通过对回回族诗人285首古体诗的考察、分析后发现,古体诗韵系可以归纳为18韵部,即阴声韵6部:歌戈、鱼模、支微、尤侯、萧豪、佳麻;阳声韵8部:侵寻、监廉、真文、寒先、庚青、蒸登、阳唐、东钟;入声韵4部:薛月、屋烛、德陌、铎觉。

一 阴声韵

（一）果摄——歌戈部

数理统计法计算出歌戈合并，这应为通语特点。例：何（歌）波（戈）歌（歌）（乃贤《巢湖述怀寄四明张子益》），可（歌）唾（戈）（丁鹤年《武昌送僧净皓书童正思所作诗序后》）。

（二）遇摄——鱼模部

1. 数理统计法计算出模虞合并。例：途（模）殊（虞）驹（虞）树（虞）壶（模）符（虞）湖（模）朱（虞）俱（虞）劬（虞）逾（虞）衢（虞）铢（虞）凫（虞）都（模）愚（虞）酤（模）麈（虞）盂（虞）孚（虞）迂（虞）苏（模）枯（模）树（虞）蒲（模）夫（虞）敷（虞）舞（虞）驱（虞）娱（模）梧（模）扶（虞）（乃贤《送达尔玛实哩正道监州归江南三十韵》），古（模）舞（虞）雨（虞）住（虞）墓（模）步（模）府（虞）铺（模）土（模）[马九皋《赠骆自然（代人作）》]，苦（模）堵（模）舞（虞）（丁鹤年《送周侍郎定江浙赋税还大都代杭城父老作》），舞（虞）雨（虞）（高克恭《题管夫人竹窝图》）。

2. 数理统计法计算出鱼虞分立。鱼虞合韵例：驭（鱼）驱（虞）（马祖常《秋雪联句同袁伯长赋》），树（虞）去（鱼）（乃贤《送太尉掾潘奉先之和林》），府（虞）举（鱼）楚（鱼）余（鱼）书（鱼）鱼（鱼）苴（鱼）（丁鹤年《送奉祠王良佐奔讣还兖城》）。

3. 数理统计法计算出鱼模分立。鱼模合韵例：呼（模）芦（鱼）酥（模）（马祖常《秋雪联句同袁伯长赋》），五（模）去（鱼）路（模）（乃贤《竹林寺》），去（鱼）露（模）（丁鹤年《植樗轩为天台吴处士赋》）。

(三) 止摄、蟹摄——支微部（皆来部）

1. 数理统计法计算出之支脂合并。之支例：谊（支）食（之）（乃贤《刘蕡祠》），离（支）期（之）时（之）知（支）（丁鹤年《奉怀九灵先生就次其留别旧韵二首·其二》），熹（之）意（之）淇（之）施（支）施（支）疵（支）（马祖常《春寒二首·其二》）；支脂例：脂（脂）枝（支）骑（支）（乃贤《题王虚斋所藏镇南王墨竹》），愧（脂）累（支）（丁鹤年《湖上二首·其二》）；之脂例：里（之）水（脂）（乃贤《桃花山水图为桃源屠启明题》），弃（脂）丝（之）意（之）（丁鹤年《采莲曲·其三》），滋（之）私（脂）资（脂）诗（之）（马祖常《报春堂》）；之支脂例：思（之）吹（支）时（之）士（之）水（脂）（乃贤《题崇真宫陈练师壁间竹梅邀倪仲恺同赋》），史（之）紫（支）死（脂）（丁鹤年《赠玄溟炼师》）。

2. 数理统计法计算出微、齐独立。

3. 数理统计法计算出咍灰合并。例：开（咍）来（咍）杯（灰）徊（灰）（乃贤《汝州园亭宴集奉答太守胡敬先进士摩哩齐德明》），才（咍）裁（咍）咍（咍）杯（灰）孩（咍）哉（咍）（马祖常《饮酒·其一》）。

4. 数理统计法计算出祭、泰、皆分立。

5. 马祖常的诗歌中止摄与蟹摄大量合韵，界限已经无别，因此将二摄合并为一部。之灰合韵例：琲（灰）记（之）（马祖常《壮游八十韵》）；之祭合韵例：事（之）祭（祭）（马祖常《壮游八十韵》）；支祭合韵例：禘（祭）制（祭）荔（支）（马祖常《壮游八十韵》）；支齐泰合韵例：绘（泰）会（泰）寄（支）计（齐）契（齐）（马祖常《渊明始末图》）；脂祭合韵例：厉（祭）至（脂）袂（祭）憩（祭）（马祖常《壮游八十韵》）；脂灰合韵例：翠（脂）背（灰）（马祖常《登都北神山醉中题壁》）；微祭合韵例：沸（微）裔（祭）（马祖常

《壮游八十韵》）；齐泰合韵例：绘（泰）第（齐）沛（泰）齐（齐）（马祖常《壮游八十韵》）；齐祭合韵例：帝（齐）细（齐）滞（祭）砺（祭）（马祖常《壮游八十韵》）。

（四）流摄——尤侯部

数理统计法计算出尤侯合并。例：收（尤）侯（侯）丘（尤）[乃贤《三峰山歌（并序）》]，秋（尤）侯（侯）楼（侯）游（尤）秋（尤）（丁鹤年《黄鹤楼》），秋（尤）侯（侯）（高克恭《题管夫人竹窝图》），流（尤）修（尤）箕（侯）浮（尤）留（尤）（马祖常《斋宿太社署五首·其一》）。

（五）效摄——萧豪部

1. 数理统计法计算出萧宵合并，但萧韵独用数据过少，结果存疑。例：霄（宵）潮（宵）超（宵）僚（宵）萧（萧）嚣（宵）招（宵）雕（萧）飘（宵）遥（宵）摇（宵）（马祖常《奉和王仪伯参议龙门》）。

2. 数理统计法计算出豪、肴独立。

（六）假摄——佳麻部

麻佳多次合韵，但由于佳韵没有独用数据，无法使用数理统计法计算其分合，例：洼（佳）华（麻）涯（佳）鸦（麻）麻（麻）笳（麻）沙（麻）家（麻）（乃贤《檐子洼》），葩（麻）遮（麻）嘉（麻）沙（麻）娃（佳）纱（麻）斜（麻）霞（麻）奢（麻）娲（佳）遐（麻）（马祖常《赠客》）。

二 阳声韵

（一）深摄——侵寻部

[-m] 与 [-n] 发生一次合韵，这应该是时音的体现，与北方话

143

演变规律相同，[-m]尾渐趋消亡。侵真合韵例：林（侵）吟（侵）印（真）（乃贤《赋汉关将军印》）。

（二）咸摄——监廉部

只存在谈部独用的例证。

（三）臻摄——真文部

1. 数理统计法计算出谆真合并。例：沦（谆）珉（真）辛（真）循（谆）伸（真）莼（谆）滨（真）宾（真）姻（真）人（真）贫（真）轮（谆）春（谆）津（真）纶（谆）（乃贤《赠韩印曹归会稽》），仁（真）春（谆）（丁鹤年《赠戴原正》），沦（谆）亲（真）珍（真）因（真）滨（真）春（谆）（马祖常《移梅·其一》）。

2. 数理统计法计算出文、魂韵独立。

3. 元韵多与臻摄的真谆魂痕合韵，因此将其归入臻摄。同时利用数理统计法计算出元魂合并。真元谆合韵例：鳞（真）津（真）峋（谆）轩（元）身（真）（马祖常《舟中望邹峰山》）；元痕合韵例：根（痕）翻（元）（马祖常《西方泺二首·其二》）；元魂合韵例：论（魂）存（魂）喧（元）（马祖常《饮酒》）。

（四）山摄——寒先部

1. 数理统计法计算出仙先合并。例：连（仙）前（先）（乃贤《桃花山水图为桃源屠启明题》），见（先）面（仙）羡（仙）（马九皋《赠钱唐骆生》），前（先）筵（仙）怜（先）编（先）巅（先）（仉机沙《奉寄耕渔高士》），年（先）传（仙）缘（仙）（丁鹤年《送铁佛寺益公了庵朝京游浙》），先（先）仙（仙）天（先）烟（先）（买闾《和年弟闻人枢京城杂诗四首·其一》），先（先）田（先）鲜（仙）（马祖常《移梅·其二》）。

2. 数理统计法计算出寒韵独立。山摄内部诸韵混同情况比较严重，每个小韵之间都存在合韵，但数值不高，无法使用数理统计法进行计算。

（五）梗摄——庚青部

1. 数理统计法计算出清庚合并。例：名（清）晴（清）鸣（庚）（乃贤《赋鹦鹉送偰世南廉使之海南》），清（清）影（庚）（高克恭《至正己亥四月廿二日宿翠峰禅室登留云阁数日与净莲公》），生（庚）城（清）（丁鹤年《紫芝山房为四明处士梦紫芝生于别野因置墓庐》），平（庚）情（清）（马祖常《初日诗·其六》）。

2. 数理统计法计算出青韵独立。而耕韵次数独用过少，无法判断其分合。

（六）曾摄——蒸登部

蒸登韵多与梗摄韵相押，但数理统计法计算出蒸韵独立。庚青清蒸合韵例：镜（庚）定（青）性（清）明（庚）莹（青）静（清）应（蒸）圣（清）敬（庚）（丁鹤年《复渊》）；蒸清青合韵例：馨（青）胜（蒸）应（蒸）磬（青）静（清）定（青）听（青）（丁鹤年《风泉清听诗为文极禅师赋》）；登青合韵例：星（青）灯（登）陉（青）馨（青）荧（青）亭（青）（马祖常《移梅·其三》）。

（七）宕摄——阳唐部

数理统计法计算出阳唐合并。例：光（唐）乡（阳）凉（阳）香（阳）长（阳）（乃贤《和危太朴捡讨叶敬常太史东湖纪游》），梁（阳）光（唐）长（阳）（丁鹤年《植樗轩为天台吴处士赋》），塘（唐）肠（阳）桑（唐）张（阳）冈（唐）傍（唐）强（阳）（马祖常《田居二诗寄元参议·其一》）。

（八）通摄——东钟部

数理统计法计算出东钟合并。例：东（东）同（东）溶（钟）（乃贤《桃花山水图为桃源屠启明题》），容（钟）蓬（东）（丁鹤年《采莲曲·其十》），龙（钟）宫（东）风（东）（马祖常《祝丹阳祠武当》）。

145

三 入声韵

[-t][-p][-k]三尾混同情况非常严重。

（一）山摄入声——薛月部

数理统计法计算出薛屑合并。例：雪（薛）绝（薛）咽（屑）（乃贤《送太尉掾潘奉先之和林》），结（屑）别（薛）（丁鹤年《采莲曲·其八》），裂（薛）拙（薛）嶭（屑）别（薛）烈（薛）（马祖常《都城南有道者居名松鹤堂暇日同东平王继学为避暑之游因作松鹤联句》）。

（二）通摄入声——屋烛部

1. 数理统计法计算出烛屋合并。例：曲（烛）肉（屋）（丁鹤年《采莲曲·其一》），麓（屋）烛（烛）复（屋）竹（屋）烛（屋）屋（屋）腹（屋）玉（烛）淑（屋）目（屋）菽（屋）服（屋）属（烛）醁（烛）蹙（屋）速（屋）掬（屋）粟（烛）哭（屋）木（屋）绿（烛）渌（烛）（乃贤《徐伯敬哀诗》），屋（屋）绿（烛）（马祖常《李夫人》）。

2. 数理统计法计算出昔烛分立。

3. 数理统计法计算出铎屋分立。

（三）江摄、宕摄入声——铎觉部

数理统计法计算出药铎合并。例：漠（铎）落（铎）薄（铎）郭（铎）阁（铎）泊（铎）酌（药）乐（铎）爵（药）（乃贤《次上都崇真宫呈同游诸君子》），幕（铎）柝（铎）泊（铎）作（铎）弱（药）恶（铎）诺（铎）爵（药）蛰（药）阁（铎）鹊（药）衿（药）薄（铎）涸（铎）怍（铎）钥（药）若（药）却（药）着（药）郭（铎）略（药）筰（铎）铄（药）缚（药）矍（药）愕（铎）鹤（铎）雀（药）托（铎）虐（药）错（铎）嚼（药）鄂

（铎）骆（铎）缴（药）疟（药）削（药）恪（铎）壑（铎）获（铎）镈（铎）廓（铎）掠（药）脚（药）瘼（铎）落（铎）昨（铎）箔（铎）洛（铎）铎（铎）臄（铎）跃（药）萼（铎）橐（铎）拓（铎）噩（铎）魄（铎）漠（铎）斫（药）幕（铎）凿（铎）谔（铎）霍（铎）约（药）貉（铎）锷（铎）搏（铎）药（药）络（铎）藿（铎）钥（药）谑（药）寞（铎）萼（铎）镬（铎）蒻（药）臄（药）屩（药）蠖（铎）鹗（铎）噱（药）灼（药）酢（铎）酪（铎）醵（药）矿（铎）博（铎）度（铎）勺（药）蠖（药）酌（药）簿（铎）柞（铎）格（铎）索（铎）咢（铎）爚（药）粕（铎）（马祖常《都门一百韵用韩文公〈会合联句〉诗韵》）。

第三节　畏兀儿族

通过对畏兀儿族诗人229首古体诗的考察、分析后发现，古体诗韵系可以归纳为19韵部，即阴声韵7部：歌戈、佳麻、鱼模、皆来、支微、尤侯、萧豪；阳声韵8部：侵寻、监廉、真文、寒先、蒸登、庚青、阳唐、东钟；入声韵4部：屋烛、铎觉、德陌、薛月。

一　阴声韵

（一）果摄——歌戈部

利用数理统计法计算得出歌戈两韵已经合并，定为歌戈部。这种用韵特点与蒙古族、回回族完全相同，同样应该体现了当时的官话音。例：柯（歌）科（戈）阿（歌）（廉恒《答伯宗见赠》），阿（歌）波（戈）磨（戈）（贯云石《蒲剑》）。

(二) 假摄——佳麻部

1. 与蒙古族作家的诗文用韵相同，"涯"字也押入麻韵，这说明"涯"字实际读音已与麻韵系相同或相近，这反映了佳夬韵系的部分字逐渐归入麻韵的语音变化。例：涯（佳）家（麻）加（麻）（贯云石《题练川书隐壁》），嘉（麻）花（麻）茶（麻）涯（佳）（廉惇《敬臣以村居诗》）。贯云石、廉惇均为大都人，因此佳夬韵系的部分字逐渐归入麻韵应为官话音的特点。

2. 鱼麻发生几次合韵，这是主要元音接近的缘故，鱼的主要元音是[o]，麻的主要元音为[a]。例：余（鱼）书（鱼）车（麻）锄（鱼）（廉惇《敬臣以村居诗》），野（鱼）者（麻）寡（麻）瓦（麻）（释鲁山《还金华黄晋卿诗集》）。

(三) 遇摄——鱼模部

利用数理统计法计算得出鱼虞、模虞两韵合并，鱼模两韵分立。但是模韵的独用数据过少，因此结果存疑。由于鱼虞、模虞已经合并，鱼模两韵理应合并，因此此处不遵循数理统计的结果。鱼虞例：雨（虞）语（鱼）（廉惇《途中怀终南诸友》），鼠（鱼）雨（虞）（释鲁山《蓬莱观》），舞（虞）女（鱼）（贯云石《观日行》）；模虞例：孤（模）芜（虞）无（虞）（贯云石《题岳阳楼》），树（虞）晤（模）（廉惇《朱砂桃》）；虞鱼模例：儒（虞）居（鱼）虞（虞）疏（鱼）墟（鱼）余（鱼）虚（鱼）竽（虞）除（鱼）娱（虞）枢（虞）隅（虞）鱼（鱼）笭（虞）蕖（鱼）芜（虞）途（模）畬（鱼）（偰玉立《绛守居园池》），务（虞）居（鱼）呼（模）隅（虞）雎（鱼）（廉惇《次韵答》）。

(四) 蟹摄——皆来部

1. 利用数理统计法计算得出哈灰两韵合并。例：回（灰）台（哈）来（灰）杯（灰）才（灰）（偰玉立《至正庚寅重九登九日山·其二》），回（灰）颓（咍）开（灰）徊（灰）（廉惇《中次伯高》），哉（咍）杯（灰）开（咍）该（咍）（廉惇《敬臣以村居诗》），对（灰）海（咍）在（咍）（释鲁山《台城客舍》），瑰（灰）莱（咍）来（咍）杯（灰）（廉惇《寄答段惟有》）。

2. 蟹摄内部诸韵关系密切。皆咍合韵例：怀（皆）苔（咍）（廉惇《秋夜以韦苏州独宿怀重衾为韵》），怀（皆）来（咍）开（咍）来（咍）开（咍）（廉惇《梅消息》）；之咍合韵例：材（咍）识（之）（廉惇《山行看木》）。

（五）止摄——支微部

1. 支微部包括《广韵》的支、脂、之、微、齐、祭、废韵，及其灰韵、泰韵的部分字，其内部混同情况非常严重。之微合韵例：衣（微）肥（微）子（之）（伯颜子中《春日绝句》）；之支脂微合韵例：痴（之）知（支）归（微）议（支）利（脂）（伯颜子中《七哀诗七首·其六》）；之支脂齐合韵例：规（支）期（之）溪（齐）漪（支）奇（支）羁（支）眉（脂）颐（之）（廉惇《明远亭诗卷》）；支微合韵例：累（支）归（微）（伯颜子中《七哀诗七首·其一》）；齐微合韵例：栖（齐）饥（微）（贯云石《筚篥乐为西瑛公子》），低（齐）依（微）飞（微）（廉惇《临清道中》）。

2. 利用数理统计法计算得出之脂、之支合并。之脂例：里（之）水（脂）起（之）（贯云石《君山行》），时（之）思（之）墀（脂）（廉惇《赠别肃政廉访云南》），美（脂）里（之）履（脂）居（之）祀（之）姒（之）纪（之）史（之）始（之）子（之）（廉惠山海牙《泳郑氏义门》）；之支例：之（之）随（支）为（支）亏（支）（廉惇《敬臣以村居诗》），时（之）枝（支）（廉惇《南轩城南书院诗》）；之支脂例：死（脂）子（之）紫（支）（贯云石《画龙歌》），师（脂）宜（支）时（之）枝（支）期（之）（廉惠山海牙《奉题见心和尚天

149

香堂》），肌（脂）师（脂）之（之）奇（支）治（脂）姿（脂）斯（支）（释鲁山《送新笋干同知》）；支脂例：枝（支）姿（脂）（廉惇《白桃》）。

（六）流摄——尤侯部

尤侯部包括《广韵》的尤、侯、幽三韵，这三韵的内部混押例证较多。可以看出在元代畏兀儿族诗人的诗歌中，中古的尤、侯、幽三韵之间几乎没有区别了。尤幽例：秋（尤）不（尤）幽（幽）留（尤）搜（尤）周（尤）游（尤）悠（尤）（廉恒《黄粹翁东归》），游（尤）幽（幽）丘（尤）流（尤）（伯颜子中《十华观》），游（尤）幽（幽）飕（尤）求（尤）俦（尤）谋（尤）忧（尤）（廉惇《南轩城南书院诗》）；尤侯例：裘（尤）酬（尤）头（侯）（脱脱木儿《帅正堂漫成·其十》），修（尤）收（尤）楼（侯）（偰玉立《天风海云楼》）；尤幽侯例：楼（侯）州（尤）幽（幽）秋（尤）裘（尤）（廉惇《上都登楼》）。

（七）效摄——萧豪部

1. 利用数理统计法计算得出豪宵合并。例：高（豪）瑶（宵）招（宵）（廉惇《答张仲思》）。

2. 肴、萧独立。肴豪合韵例：老（豪）草（豪）巧（肴）（贯云石《笔簌乐为西瑛公子》）；宵萧豪合韵例：桥（宵）遥（宵）萧（萧）朝（宵）招（宵）嚣（宵）桃（豪）醪（豪）皋（豪）超（宵）标（宵）高（豪）（偰玉立《游晋溪》），毛（豪）飙（宵）调（萧）霄（宵）消（宵）（廉惇《宿磁州神霄宫》）。这应该体现了大都的语音特点。

二 阳声韵

(一) 深摄——侵寻部

1. 深摄只有一个侵韵，定侵寻部。

2. 利用数理统计法计算得出侵东尚未合并。汉语语音史上，汉、魏、晋、南北朝时期就已出现［-m］尾韵与［-ŋ］尾韵的合韵现象。元代蒙古族作家诗文中就没有两种阳声韵、尾合韵的例证，畏兀儿族诗人廉惇的诗文中也只出现一例，产生这种现象的原因大概有两点：一是古代诗文作家用韵不严，二是体现了作者的方音，这与当时通语中三尾分立的结论并不矛盾。侵东合韵：心（侵）临（侵）音（侵）冲（东）空（东）临（侵）音（侵）冲（东）空（东）（廉惇《独清道士用韵赠复和答》）。

(二) 咸摄——监廉部

1. 咸摄韵次很少，咸摄中严、凡等韵都没有出现。衔咸合韵例：岩（衔）缄（咸）（廉惇《寄简索彦宽送行诗》）；盐添合韵例：炎（盐）帘（盐）添（添）檐（盐）嫌（添）（廉惇《彦清见赠依韵以答》）。

2. 元代蒙古族作家诗文中没有［-m］与［-n］合韵的例证，而畏兀儿族诗人贯云石的诗文中仅出现一例。山凡合韵：间（山）山（山）凡（凡）（贯云石《观日行》）。这应该是其大都方音的实际反映。

(三) 臻摄——真文部

1. 利用数理统计法计算得出真谆两韵合并。例：滨（真）真（真）陈（真）因（真）春（谆）新（真）匀（谆）身（真）（廉惇《敬臣以村居诗》），尘（真）茵（真）身（真）贫（真）春（谆）（贯云石《芦花被》）。

2. 元韵的归属。

唐代的诗文中元韵一般与先仙等山摄诸韵相押,与魂痕相押比较罕见。宋代开始元韵既与魂痕相叶,又与寒、桓、删、山、先、仙六韵同用。《中原音韵》中《广韵》元韵喉牙音字归先天韵,唇音字归寒山韵。在元代畏兀儿族诗人的用韵中,元韵系与魂韵合韵较多,因此归入真文部。这说明在畏兀儿族作家的实际语音中,元韵与真文魂痕诸韵读音趋同,元韵系字经历了从山摄到臻摄的转变,当归为一部;而其偶尔与仙韵合韵,应该是文人受了传统用韵习惯的影响。魂元痕合韵例:尊(魂)暄(元)恩(痕)村(魂)(廉惇《曹希鲁见韵和答》);魂元合韵例:言(元)原(元)翻(元)孙(魂)(廉惇《敬臣以村居诗》),屯(魂)门(魂)村(魂)源(元)浑(魂)(释鲁山《叉河道中》),远(元)本(魂)(廉惇《模远诗卷》);仙元合韵例:翻(元)还(仙)(释鲁山《题潘明之宿云集》)。

3. 臻摄内部诸韵合韵。欣文合韵例:闻(文)云(文)焚(文)忻(欣)(廉惇《敬臣以村居诗》);真欣合韵例:辰(真)勤(欣)身(真)辛(真)(伯颜子中《七哀诗七首·其三》);真文合韵例:分(文)伸(真)(贯云石《美人篇》);魂文合韵例:裙(文)孙(魂)(贯云石《美人篇》);谆痕合韵例:匀(谆)痕(痕)(贯云石《美人篇》)。欣、文、真三个韵母的拟音分别为 [ne] [uən] [ən],主要元音接近,韵尾相同,因此合韵现象颇多。

(四)山摄——寒先部

1. 寒先部包括《广韵》的寒、桓、删、山、元、仙、先等韵。利用数理统计法计算得出删山、桓山合并。删山例:还(删)闲(山)关(删)(廉惇《敬臣以村居诗》),关(删)还(删)山(山)颁(删)(偰玉立《谒天圣宫》),环(删)山(山)鬟(删)(贯云石《宫词》),颜(删)山(山)(三宝柱《西岘山》);桓山例:间(山)

峦（桓）（贯云石《三一庵》）。

2. 利用数理统计法计算得出先寒、山寒、删寒、仙先分立。部分例证如下：寒山删合韵例：还（删）寒（寒）山（山）珊（寒）关（删）（偰玉立《清源洞》）；先仙合韵例：然（仙）天（先）鲜（仙）年（先）（廉惇《秋晚怀杜陵山居》），妍（先）年（先）毡（仙）（释鲁山《落花》），巅（先）然（仙）边（先）妍（先）年（先）（偰玉立《至正庚寅重九登九日山》），缘（仙）年（先）圆（仙）（贯云石《酸斋辞世诗》），年（先）坚（先）然（仙）（伯颜子中《七哀诗七首·其六》）。

3. 寒桓大量合韵，桓韵独用次数过少，无法使用数理统计法判断其分合。寒桓合韵例：官（桓）寒（寒）看（寒）端（桓）（廉惇《相士陈晓山戏赠》），肝（寒）安（寒）残（寒）漫（桓）（伯颜子中《次颜子中都事韵》）；寒桓元合韵例：晚（元）远（元）短（桓）晏（寒）饭（元）（释鲁山《古意寄金陵能仁长老逸日休》）；寒桓山合韵例：间（山）峦（桓）阑（寒）寒（寒）竿（寒）（贯云石《三一庵》）；寒桓山删合韵例：澜（寒）间（山）欢（桓）关（删）闲（山）攀（删）还（删）寒（寒）兰（寒）山（山）（廉惇《赠刘弘道》）；寒桓山先合韵例：晏（寒）遍（先）换（桓）间（山）璨（寒）靸（桓）贯（桓）旦（寒）干（寒）案（寒）（廉惇《谢病后作》）。

（五）曾摄——蒸登部

蒸登韵字较少，可能内部界限已混。蒸登例：灯（登）冰（蒸）（贯云石《画龙歌》）。

（六）梗摄——庚青部

1. 庚青部包括《广韵》的登、蒸、庚、耕、清、青韵。利用数理统计法计算得出青清尚未合并。但是青韵独用只有5次，因此结论暂时

153

存疑。青清例：亭（青）屏（清）萍（青）醒（青）（廉惇《敬臣以村居诗》），汀（青）声（清）青（青）成（清）（释鲁山《雁》），名（清）醒（青）青（青）（廉惇《访山亭诗卷》）。

2. 利用数理统计法计算得出庚清、庚青合并，因此庚、清、青三韵合并，不遵从上文的统计结果。青庚例：檠（庚）经（青）（廉惇《途中怀终南诸友》），青（青）生（庚）（贯云石《别离情》）；清庚例：行（庚）鸣（庚）横（庚）盈（清）（廉惇《潜江县舟中坐望》），旌（清）行（庚）京（庚）（释鲁山《白帝宸游图》），轻（清）生（庚）声（清）情（清）更（庚）（贯云石《秋江感》），明（庚）名（清）生（庚）行（庚）（伯颜子中《过乌山铺》）；青清庚合韵例：行（庚）京（庚）青（青）平（庚）楹（清）（廉惇《题集贤待制周南翁悠然楼诗卷》），青（青）明（庚）城（清）（边鲁《和西湖竹枝词》）。

3. 耕与庚清青也存在合韵现象，看来梗摄内部诸韵业已合并。清耕例：名（清）萌（耕）（廉惇《长者诗卷》）；庚耕例：鸣（庚）莺（耕）（脱脱木儿《帅正堂漫成·其四》）；清庚耕例：生（庚）兵（庚）倾（清）情（清）耕（耕）楹（清）诚（清）荣（庚）鸣（庚）声（清）（廉惇《初孝子诗卷》），行（庚）晴（清）成（清）耕（耕）生（庚）（释鲁山《皂林站泊舟》）；青清庚耕例：形（青）生（庚）声（清）惊（庚）轻（清）青（青）倾（清）平（庚）迎（庚）庭（青）灵（青）耕（耕）（贯云石《画龙歌》）。

（七）宕、江摄——阳唐部

利用数理统计法计算得出阳唐合并，诸多畏兀儿族诗人的诗文都反映了这一特点。阳唐例：良（阳）舫（阳）慷（唐）方（阳）扬（阳）堂（唐）茫（唐）（廉惇《书友践别留赠数语》），阳（阳）荒（唐）伤（阳）（脱脱木儿《帅正堂漫成·其五》），堂（唐）长（阳）肠（阳）（贯云石《采石歌》），堂（唐）乡（阳）苍（唐）郎（唐）

（偰逊《记梦寄简朝中故旧》），阳（阳）行（唐）刚（唐）昂（唐）冈（唐）荒（唐）傍（唐）光（唐）望（阳）康（唐）堂（唐）梁（阳）凉（阳）慷（唐）（偰玉立《登德风亭诗》），苍（唐）茫（唐）忘（阳）（王嘉闾《题叶敬常祠下》），常（阳）妆（阳）康（唐）芳（阳）（廉恒《妻杨氏贞节诗》）。

（八）通摄——东钟部

利用数理统计法计算得出东钟两韵分立。东钟合韵例：同（东）蒙（东）空（东）翁（东）慵（钟）逢（钟）龙（钟）农（东）（廉惇《敬臣以村居诗》），溶（钟）风（东）龙（钟）（释鲁山《蓬莱观》），风（东）封（钟）（释鲁山《题孔路教真卿文集》）。

三 入声韵

（一）通摄入声——屋烛部

屋烛部包括《广韵》的屋、沃、烛韵。屋烛合韵例：福（屋）足（烛）（贯云石《画龙歌》），玉（烛）束（烛）屋（屋）（贯云石《美人篇》）。沃韵未见。

（二）江摄、宕摄入声——铎觉部

铎觉部包括《广韵》的铎、觉、药韵。畏兀儿族诗人的作品中仅见药铎合韵一例：酌（药）托（铎）（伯颜子中《七哀诗七首·其五》）。

（三）臻、梗、曾、深摄入声——德陌部

德陌部的例证较少，但存在独用及其合韵，故仍然独立为一部。德陌合韵例：国（德）窄（陌）北（德）（贯云石《观日行》）；锡昔合韵例：适（锡）迹（昔）（廉惇《四月三日舟中》）。

（四）山摄入声——薛月部

薛月内部诸韵合韵现象较多，其界限应已无别。薛月合韵例：雪

（薛）阙（月）月（月）（偰哲笃《题赵千里夜潮图》）；薛屑合韵例：铁（屑）灭（薛）血（屑）（贯云石《筚篥乐为西瑛公子》）；月黠合韵例：滑（黠）月（月）（贯云石《美人篇》）；月屑合韵例：节（屑）月（月）（贯云石《美人篇》）；薛末屑月合韵例：拙（薛）辙（薛）脱（末）穴（屑）月（月）阙（月）越（末）（释鲁山《柳道传借维摩经》）。

（五）［-t］尾与［-k］尾的合韵现象

入声韵中除了屋烛部，其他三个韵部多次合韵，这种合韵现象只出现在伯颜子中和贯云石两位作家的诗作中。贯云石是大都人，伯颜子中的父辈在江西做官，后定居江西，这几处合韵可能说明在两位作家的方音之中，入声韵尾之间的界限已经开始逐渐消失。当然这同样反映了当时通语的语音变化。质麦职锡合韵例：帼（麦）逸（质）极（职）戚（锡）（贯云石《当涂郡有脱靴亭以谪仙采石得名乃绘之图而赞以诗》）；薛职陌合韵例：色（职）雪（薛）白（陌）（贯云石《采石歌》）；薛职铎合韵例：热（薛）色（职）膊（铎）雪（薛）（贯云石《观日行》）；缉质昔合韵例：泣（缉）毕（质）碧（昔）（贯云石《别离情》）；物职合韵例：物（物）色（职）（贯云石《桃花岩》）；末铎合韵例：活（末）末（末）鹤（铎）（贯云石《桃花岩》）；末昔合韵例：适（末）夕（昔）（伯颜子中《七哀诗七首·其三》）。

（六）阴声韵与入声韵的合韵

畏兀儿族诗人的作品中出现了阴声韵和入声韵的两例合韵。微昔合韵例：尾（微）易（昔）（三宝柱《题门屏》）；麻麦合韵例：假（麻）责（麦）（伯颜子中《七哀诗七首·其二》）。由此可以看出，这两位诗人的口语中入声韵尾存在着弱化甚或脱落的现象。虽然诗人们是名儒达官，也肯定谙熟当时流行的诗韵，但是由于他们口语中入声韵字的变化，使得他们在作诗时，会出现入声韵字和阴声韵字偶然通押的现象，这种阴、入难分的情况,确实是语音发展的结果造成的。从中古到现代声调变化的一个重要特点就是北方普通话大部分地区的入声调类消失,从宋元的词曲用韵来看,也可以发现［-p］［-t］［-k］三尾相混的现象,看来从宋代到元代入声字的演变是一脉相承的。

第四节 契丹族

通过对契丹族诗人1093首古体诗的考察、分析后发现,古体诗韵系可以归纳为16韵部,即阴声韵6部:歌戈、佳麻、鱼模、支微、尤侯、萧豪;阳声韵8部:侵寻、监廉、真文、寒先、庚青、蒸登、阳唐、东钟;入声韵2部:屋烛、薛月。

一 阴声韵

(一) 果摄——歌戈部

1. 与蒙古、回回、畏兀儿等族的诗人用韵相同,利用数理统计法计算得出歌戈合并。歌戈合并应该是通语的特点。例:河(歌)何(歌)波(戈)歌(歌)过(戈)(耶律楚材《和裴子法见寄》),过(戈)何(歌)多(歌)波(戈)磨(戈)(耶律铸《宫词》)。

2. 《广韵》中歌戈韵的主要元音是［æ］,佳麻韵主要元音是［a］,二者读音相近。元代契丹族诗人用韵中的歌麻、戈麻、歌佳的合韵现象应是耶律楚材和耶律铸口语的反映,也可认为是中古果、假二摄通押现象的遗存。利用数理统计法计算亦得出歌麻、戈麻,分立。歌戈麻合韵例:多(歌)蜗(麻)莎(戈)窝(戈)窠(戈)(耶律铸《春园》);歌佳合韵例:呙(佳)陀(歌)(耶律铸《处月》);歌麻合韵例:华(麻)家(麻)蛇(歌)花(麻)裟(麻)(耶律楚材《寄云中东堂和尚》)。

元代少数民族作家汉文诗歌的用韵特点

（二）假摄——佳麻部

1. 麻韵三等的问题。假摄只有麻韵系，与他韵相押但不足与之合并。《中原音韵》中麻韵三等字独立为车遮部，而在元代契丹族诗人的古体诗中麻韵三等字仍与麻韵二等发生合韵。这有可能表明在元代诗文用韵中麻韵三等还未独立，或者是诗人受平水韵的影响，而实际语音已经发生改变。麻鱼合韵例：野（鱼）社（麻三）瓦（麻二）泻（麻三）罢（麻二）把（麻二）雅（麻二）舍（麻三）写（麻三）下（麻二）马（麻二）者（麻三）也（麻三）（耶律楚材《再过太原题覃公秀野园》）；麻支合韵例：家（麻二）涯（支）嗟（麻三）华（麻二）霞（麻二）（耶律楚材《和冯扬善九日韵》）。

2. 利用数理统计法计算得出支麻两韵合并。但是通过观察发现，支韵中的"涯"字被大量使用，可能只有"涯"字转入了麻韵，而支韵的其他字仍然独立。同时也可以看出"涯"字的主要元音已经由 [e] 变为 [a]。例：家（麻）茶（麻）车（麻）花（麻）涯（支）（耶律楚材《西域蒲华城赠蒲察元帅》），花（麻）涯（支）华（麻）（耶律铸《京华》），涯（支）家（麻）（耶律铸《婆罗门六首·其二》），涯（支）花（麻）笝（麻）华（麻）（耶律铸《无何狂醉隐三首·其三》），花（麻）涯（支）家（麻）（耶律铸《睡起有寄》）。

（三）遇摄——鱼模部

1. 利用数理统计法计算得出鱼模两韵分立。模鱼合韵例：驴（鱼）醋（鱼）炉（模）无（模）沽（模）（耶律楚材《西域家人辈酿酒戏书屋壁》），庐（鱼）途（模）糊（模）孤（模）无（模）（耶律铸《途中值雪》）。

2. 利用数理统计法计算得出鱼虞两韵分立。鱼虞合韵例：区（虞）隅（虞）庐（鱼）（耶律楚材《华塔照上人请为功德主》），主（虞）斧（虞）语（鱼）（耶律铸《题黄梅出山图》）；模虞鱼合韵例：胥（鱼）

衢（虞）酥（模）奴（模）图（模）（耶律楚材《赠蒲察元帅七首·其六》），树（虞）缕（虞）处（鱼）雾（虞）路（模）去（鱼）（耶律铸《大道曲》）。

3. 利用数理统计法计算得出虞模的卡方值为 5.926，当检验水平定为 7.378、5.991 时，两韵相混；当检验水平定为 4.605 时，两韵分立。此处需要综合考虑相邻韵的情况，由于鱼虞分立、鱼模分立，所以此处虞模也应该分立。模虞合韵例：吴（模）乌（模）驹（虞）（耶律铸《定三吴》）。

4. 模虞鱼三者合韵，这意味着模韵的主要元音是 [u]，虞、鱼韵的主要元音是 [iu]，而不是 [y]。

（四）止摄、蟹摄——支微部

止摄和蟹摄大量合韵，内部很多小韵已经合并，因此将两摄合为一个韵部。止、蟹两摄互相通押的现象大概是由于两摄各自内部诸韵趋于合流，主元音演变得比较接近的缘故。

1. 利用数理统计法计算得出祭齐、灰咍各自合并。祭齐例：西（齐）际（祭）惠（齐）蕙（齐）侈（祭）势（祭）细（齐）翳（齐）系（齐）世（祭）计（齐）递（齐）济（齐）（耶律楚材《和李世荣见寄》）；灰咍例：灰（灰）回（灰）才（咍）来（咍）陪（灰）（耶律楚材《和威宁珍上人韵》），槐（灰）梅（灰）开（咍）雷（灰）来（咍）（耶律铸《题四娱斋·其三》）。

2. 利用数理统计法计算得出之、脂、支三韵合并。之脂例：李（之）死（脂）（耶律楚材《和南质张学士敏之见赠七首·其一》），里（之）起（之）已（之）水（脂）（耶律铸《送润甫行》）；支脂例：悲（脂）眉（脂）为（支）资（脂）（耶律楚材《用李德恒韵》），易（支）地（脂）易（支）地（脂）（耶律铸《蜀道有难易》）；之支例：知（支）宜（支）诗（之）漓（支）时（之）（耶律楚材《题平阳李君实吟醉轩》），蚁（支）李（之）（耶律铸《谨上尊大人领省》），李（之）知（支）时（之）（石抹良辅《绝句·其七》）；之脂支例：诗（之）迟（脂）师（脂）奇（支）思（之）（耶律楚材《和武川严亚之见寄五首·其三》），池（支）时（之）脂（脂）（石抹良辅《世美集》）。

3. 利用数理统计法计算得出泰咍、微齐分立。泰咍合韵例：待（咍）盖（泰）带（泰）外（泰）（耶律铸《小垂虹》）；微齐合韵例：玑（微）栖（齐）依（微）稀（微）飞（微）桂（齐）围（微）非（微）晖（微）机（齐）（耶律楚材《和张敏之鸣凤曲韵》）。"外"字曾兼押支微、皆来两部，泰韵合口字"外"向支微部演变的现象从宋代就已经开始，直至元代才最终归于支微部。

4. 《广韵》的蟹摄内部诸韵合韵较多，看来其主要元音趋同。咍皆合韵例：界（皆）概（咍）（耶律楚材《和谢昭先韵》），怀（皆）开（咍）阶（皆）来（咍）（耶律铸《夜起来》）；泰咍合韵例：待（咍）盖（泰）带（泰）外（泰）（耶律铸《小垂虹》）；咍皆灰支合韵例：乖（皆）雷（灰）埃（咍）梅（灰）台（咍）该（咍）阶（皆）猜（咍）垓（咍）开（咍）台（咍）栽（咍）能（咍）财（咍）摧（灰）来（咍）埋（皆）陪（灰）斋（咍）嵬（灰）骀（咍）灰（灰）堆（灰）徊（灰）哀（咍）涯（支）瑰（灰）怀（皆）谐（皆）罍（灰）街（咍）回（灰）恢（灰）哉（咍）媒（灰）崖（支）（耶律楚材《用张道亨韵》）。

5. 利用数理统计法计算得出齐、灰、脂、微四韵独立。微支合韵例：漪（支）围（微）飞（微）归（微）矶（微）（耶律铸《近闻贤王春水因寄》）；微脂合韵例：归（微）帷（脂）衣（微）稀（微）飞（脂）（耶律楚材《思亲用旧韵二首·其二》），扉（微）衣（微）微（微）帷（脂）（耶律铸《迎风馆》），迟（脂）稀（微）（石抹良辅《谩题》）；之微合韵例：时（之）归（微）衣（微）闱（微）飞（微）

（耶律楚材《送文叔南行》）；之脂支齐合韵例：西（齐）洏（之）离（支）时（支）姿（脂）（耶律铸《送诚之行》）；支微齐合韵例：螭（支）玑（微）栖（齐）依（微）稀（微）飞（微）桂（齐）围（微）非（微）晖（微）机（齐）（耶律楚材《和张敏之鸣凤曲韵》）；之支微合韵例：微（微）时（之）危（微）仪（支）熙（之）（耶律楚材《和杨居敬韵二首·其一》）；支脂微合韵例：飞（微）悲（脂）枝（支）（耶律楚材《戏景贤》）；之齐合韵例：啼（齐）丝（之）西（齐）蹊（齐）泥（齐）（耶律楚材《西域有感》），期（之）西（齐）栖（齐）低（齐）蹄（齐）（耶律铸《清明》），洗（齐）耳（之）（石抹良辅《绝句·其一》）。

6. 利用数理统计法计算得出之鱼分立。之鱼合韵在《诗经》时代就已存在，元代仍然会出现这种押韵方式，可能是作家仿古的遗存现象。当然还有另外一种解释：《中原音韵》中鱼模的小韵可分为两类，一类来自中古的遇摄一等韵以及三等唇音字，一类来自三等韵。现代北方戏曲用韵也是［y］不与［u］押韵，而是与［i］相押，可见鱼模部押入支微部，主要是鱼模部元音高化造成的。耶律楚材诗文中支微与鱼模合韵的例子，也许是居鱼韵形成的雏形。之鱼合韵例：书（鱼）如（鱼）余（鱼）居（之）驴（鱼）（耶律楚材《谢万寿润公和尚惠书》），书（鱼）如（鱼）余（鱼）居（之）驴（鱼）（耶律楚材《燕京大觉禅寺奥公乞经藏记既成以诗戏之》），初（鱼）居（之）鱼（鱼）（耶律楚材《和吕飞卿》），书（鱼）字（之）事（之）（耶律楚材《自赞》），之（之）语（鱼）之（之）（耶律楚材《和秀玉韵》），书（鱼）如（鱼）余（鱼）居（之）驴（鱼）（耶律楚材《寄万寿润公禅师用旧韵》）。

（五）流摄——尤侯部

1. 利用数理统计法计算得出尤侯合并。例：斗（侯）首（尤）口

（侯）友（尤）九（尤）取（侯）朽（尤）（耶律楚材《和黄华老人题献陵吴氏成趣园诗》），藕（侯）柳（尤）手（尤）久（尤）（耶律铸《同心结》），楼（侯）舟（尤）秋（尤）州（尤）鸥（侯）（张孔孙《岳阳楼》）。

2. 尤韵与其他韵亦多次合韵。尤豪合韵例：有（尤）高（豪）牢（豪）毛（豪）（耶律楚材《醉义歌》）；尤侯幽合韵例：幽（幽）楼（侯）舟（尤）（耶律铸《汎城南莲湖》）；幽尤合韵例：幽（幽）愁（尤）（耶律铸《寄杨诚之》），幽（幽）愁（尤）（耶律铸《夜坐》）。

（六）效摄——萧豪部

1. 利用数理统计法计算得出豪肴两韵分立。豪肴合韵例：高（豪）梢（肴）包（肴）（耶律楚材《和陈秀玉绵梨诗韵》），涛（肴）毫（豪）胶（豪）（耶律铸《济黄河·其一》）；豪宵合韵例：霄（宵）皋（豪）高（豪）毛（豪）桃（豪）（耶律铸《登燕都长松岛故基》）。

2. 利用数理统计法计算得出宵萧合并。例：萧（萧）宵（宵）绡（宵）（耶律楚材《和南质张学士敏之见赠七首·其一》），箫（萧）聊（萧）娇（宵）消（宵）条（萧）（耶律铸《宫怨》）。

二　阳声韵

（一）深摄——侵寻部

深摄只有侵韵独用例，定侵寻部。

（二）咸摄——监廉部

1. 利用数理统计法计算得出盐添合并。例：盐（盐）甜（添）帘（盐）（耶律铸《玉华盐三首·其一》），帘（盐）檐（盐）嫌（添）（耶律铸《玉华盐三首·其二》）。

2. 利用数理统计法计算得出覃谈合并。例：三（谈）惭（谈）谈

162

（谈）耽（覃）庵（覃）（耶律楚材《和景贤见寄》），贪（覃）南（覃）酣（谈）探（覃）（耶律铸《西征》）。

（三）臻摄——真文部

1. 利用数理统计法计算得出文韵独立。真文合韵例：真（真）闻（文）君（文）（耶律铸《观唐太宗像》），人（真）闻（文）云（文）（耶律铸《明妃二首·其二》）；文谆合韵例：春（谆）云（文）（耶律铸《立春前一日对雪》），春（谆）云（文）闻（文）（耶律铸《初阅仙音乐》）；文魂合韵例：云（文）魂（魂）焚（文）（耶律楚材《杀人剑》），军（文）昏（魂）门（魂）（耶律铸《塞门》）。

2. 利用数理统计法计算得出真、谆、魂、痕四韵合并。真谆例：臣（真）纯（谆）纶（谆）绅（真）仁（真）循（谆）尘（真）人（真）身（真）春（谆）彬（真）陈（真）民（真）均（谆）真（真）亲（真）神（真）伦（谆）诜（真）（耶律楚材《和平阳王仲祥韵》），春（谆）宸（真）神（真）人（真）驯（谆）（耶律铸《春日即事》）；真谆魂例：尊（魂）仑（谆）人（真）春（谆）（耶律铸《西园仙居亭对雪命酒作白雪嗟·其三》）；谆痕例：春（谆）痕（痕）恩（痕）（耶律铸《取和林》）；痕魂例：浑（魂）吞（痕）孙（魂）（耶律楚材《过云中和张伯坚韵》），门（魂）魂（魂）恩（痕）坤（魂）尊（魂）（耶律铸《读甲子改元诏因叙怀留别诸相》）；谆痕魂例：伦（谆）恩（痕）孙（魂）（耶律楚材《爱子金柱索诗》）。

3. 影、晓、疑、云母的元韵字有分组倾向，一部分与魂痕相押，一部分与删桓仙山相押。与魂痕合韵，应该是文人受到了传统诗文用韵习惯的影响，其中"轩"字出现的频率非常高；与删桓仙山相押应该是时音的反映。元魂合韵例：源（元）论（魂）魂（魂）门（魂）（耶律楚材《过清源谢汾水禅师见访》，门（魂）轩（元）（耶律楚材《寄倪公首座》）；元魂痕合韵例：轩（元）敦（魂）痕（痕）门（魂）

(耶律楚材《弹琴逾时作解嘲以呈万松老师》)，轩（元）奔（魂）昏（魂）烦（元）言（元）根（痕）（耶律楚材《德新先生惠然见寄佳制二十韵和而谢之》)。

（四）山摄——寒先部

《中原音韵》时期阳声韵发生了非常显著的变化，即某些洪音一二等韵的合并现象，合并的阳声韵有：登与庚耕、寒与山删、覃谈与咸衔。契丹族诗人的诗文用韵中只发现了寒与山删的合并，覃谈与咸衔的韵字较少无从判断，登与庚耕却依然分立。

1. 利用数理统计法计算得出先仙、寒桓、删山，各自合并，而桓先、山先、删先、桓仙、寒仙、山仙、山桓、删桓、删寒、山寒，各自分立。这说明先仙、寒桓、删山之间的界限依然存在，尚未混同。先仙例：全（仙）贤（先）先（先）川（仙）传（仙）（耶律楚材《和吕飞卿韵》），扇（仙）殿（先）面（仙）援（仙）倦（仙）宴（先）遍（先）面（仙）（耶律铸《游仙》），川（仙）蜓（仙）坚（先）传（仙）边（先）千（先）天（先）烟（先）年（先）然（仙）（述律杰《题西洱河》）；寒桓例：寒（寒）盘（桓）坛（寒）（耶律铸《太极宫》)；删山例：关（删）闲（山）颜（删）悭（山）还（删）（耶律楚材《和景贤还书韵二首·其一》），班（删）闲（山）山（山）闲（山）寰（删）（耶律铸《题长春宫瑞应鹤诗二首·其二》)，斑（删）闲（山）悭（山）攀（删）（耶律希逸《墝台》)。

2. 通过元先、桓元、删元、元仙的合韵，同时利用数理统计法计算可以得出元韵独立。先元合韵例：年（先）迁（先）天（先）轩（元）燕（元）（耶律楚材《雪轩老人邦杰久不惠书作诗怨之》)；魂桓元合韵例：门（魂）园（桓）轩（元）（耶律铸《寄李东轩》)；先仙元合韵，例：言（元）年（先）烟（先）先（仙）天（先）（耶律楚材《用刘润之韵》)。

3. 文韵与先仙合韵，只有"员"一字，且只出现了一处，这可能是作者用韵的失误。先仙文合韵：然（先）渊（先）全（仙）毡（先）弦（仙）坚（仙）悬（仙）员（文）篇（仙）肩（仙）先（先）躔（仙）权（仙）传（先）川（仙）年（先）前（先）千（先）胼（先）填（先）煎（仙）还（仙）悛（仙）沿（仙）联（仙）贤（仙）镌（仙）捐（仙）田（先）廛（仙）馋（仙）旋（仙）鞭（仙）泉（仙）天（先）（耶律楚材《和冯扬善韵》）。

（五）梗摄——庚青部

1. 利用数理统计法计算得出庚、耕、清三韵合并。庚耕例：明（庚）荣（庚）争（耕）（耶律铸《载赓赵虎岩诗韵》）；庚清例：名（清）成（清）平（庚）清（清）情（清）（耶律楚材《过阴山和人韵·其四》），横（庚）晴（清）（耶律铸《题秋江柏石孤舟图》）；庚清耕例：城（清）名（清）耕（耕）生（庚）（耶律楚材《西域河中十咏·其五》），明（庚）晴（清）莺（耕）（耶律铸《春日即事》）；清耕例：程（清）耕（耕）（耶律铸《南征过蜀寄题故园》）。

2. 通过青庚、青清的合韵例，结合数理统计法的计算，可以得出青韵独立。清青合韵例：营（清）溟（青）庭（青）（耶律铸《还缭丝》）；庚青合韵例：铭（青）兵（庚）（耶律铸《逻迤》）；庚清青合韵例：庭（青）名（清）惊（庚）清（清）（耶律楚材《过天城和靳泽民韵》），零（青）荣（庚）诚（清）（耶律铸《灵州客舍春日寓怀》）。

（六）曾摄——蒸登部

1. 利用数理统计法计算得出蒸登合并。例：冰（蒸）鹏（登）凭（蒸）成（蒸）（耶律楚材《过闾居河四首·其一》）。

2. 蒸登部虽然与庚青部多有合韵，但是尚未合并。利用数理统计法计算得出登庚、蒸庚、登清、蒸清、蒸青分立。登庚合韵例：登（登）僧（登）生（庚）腾（登）（耶律楚材《己丑过鸡鸣山》）；清庚

165

蒸合韵例：京（庚）名（清）鹰（蒸）明（庚）（耶律楚材《过白登和李振之韵》）蒸（蒸）生（庚）城（清）情（清）清（清）（耶律铸《寓历亭》）；蒸青清庚合韵例：应（蒸）定（青）正（清）镜（庚）（耶律铸《镜铭》）；蒸清登合韵例：情（清）绳（蒸）陵（蒸）腾（登）灯（登）（耶律铸《因读史偶成即书》）；清青蒸合韵例：青（青）征（清）鹰（蒸）（耶律铸《过北村》）；蒸青合韵例：醒（青）陵（蒸）应（蒸）（耶律铸《跋醉仙图》）。

（七）宕摄、江摄——阳唐部

利用数理统计法计算得出阳唐合并。例：强（阳）忙（唐）阳（阳）光（唐）长（阳）章（阳）刚（唐）黄（唐）昂（唐）纲（唐）良（阳）疆（阳）方（阳）王（阳）忘（阳）霜（阳）昌（阳）祥（阳）戎（阳）荒（唐）（耶律楚材《和李世荣韵》），凉（阳）香（阳）妆（阳）阳（阳）郎（唐）（耶律铸《周室》）。

（八）通摄——东钟部

1. 利用数理统计法计算得出东钟分立。例：东（东）中（东）蓬（东）钟（钟）蓬（钟）（耶律楚材《再过西域山城驿》），龙（钟）同（东）翁（东）（耶律铸《次赵虎岩诗韵·其三》）。

2. 庚蒸部的部分字有向东钟部转化的倾向。庚东合韵例：命（庚）童（东）同（东）隆（东）公（东）（耶律楚材《祭侄女淑卿文》），衡（庚）蓬（东）东（东）（耶律铸《拔武昌》）；庚东钟合韵例：生（庚）公（东）功（东）风（东）酕（钟）（耶律铸《酒铭》）。

3. 冬韵数字较小，无法判断其分合。冬钟合韵例：封（钟）慵（钟）容（钟）冬（冬）（耶律铸《冬日即事·其二》）；东钟冬合韵例：穷（东）翁（东）中（东）农（冬）龙（钟）（耶律楚材《赠蒲察元帅·其一》），淙（冬）重（钟）松（钟）中（东）（耶律铸《松声行》）。

三 入声韵

（一）通、江、宕、臻、梗、曾摄入声——屋烛部（铎觉部、德陌部）

1. ［-k］尾的入声韵大量合韵，其内部界限越来越小。在元代契丹族文人用韵中，相同入声韵尾的通押数量存在这么高的比例，不一定完全是用韵宽泛所致，应该还有方言的因素，更深层的原因，可能还是入声韵尾的弱化，已经开始用喉塞音作为尾音。此处将《广韵》的屋烛部和铎觉部、德陌部合并为一部，定为屋烛部。屋烛沃觉合韵例：竹（屋）笃（沃）录（屋）束（烛）逐（屋）叔（屋）曲（烛）熟（屋）目（屋）玉（烛）哭（屋）木（屋）福（屋）沃（沃）促（烛）穆（屋）速（屋）服（屋）菊（屋）谷（屋）局（烛）梏（觉）毒（沃）屋（屋）粟（烛）肉（屋）（耶律楚材《冬夜弹琴颇有所得乱道拙语三十韵以遗犹子兰》）；药铎合韵例：略（药）索（铎）漠（铎）昨（铎）烁（药）乐（铎）薄（铎）落（铎）霍（铎）雀（药）鹗（铎）鑿（铎）（耶律楚材《和移剌继先韵三首·其三》），洛（药）约（铎）（耶律铸《送玄之》）。

2. 利用数理统计法计算得出屋烛合并。例：目（屋）玉（烛）（耶律楚材《和陈秀玉绵梨诗韵》），菊（屋）目（屋）速（屋）独（屋）宿（屋）绿（烛）竹（屋）鹿（屋）局（烛）熟（屋）曲（烛）玉（烛）（耶律铸《送友人还燕然》）。

3. 利用数理统计法计算得出铎屋分立。二者合韵是因为韵尾相同，主要元音接近，铎的韵母是［ak］，屋的韵母为［uk］。屋铎合韵例：目（屋）鹗（铎）（耶律楚材《和谢昭先韵》）。

4. 利用数理统计法计算得出德、职、陌、锡、麦五韵合并。德职例：北（德）力（职）德（德）（耶律楚材《万寿寺创建厨室上梁文》）；职陌例：色（职）窄（陌）（耶律铸《前结袜子》）；昔职德例：尺（昔）力（职）贼（德）（耶律铸《高城曲》）；昔锡例：尺（昔）寂（锡）（耶律楚材《过阴山和人韵》）；昔陌麦例：尺（昔）帛（陌）积（昔）赫（陌）客（陌）昔（昔）格（陌）责（麦）隔（麦）额（陌）迹（昔）宅（陌）弈（昔）骼（陌）夕（昔）摭（昔）翮（麦）谪（麦）益（昔）石（昔）（耶律楚材《子铸生朝润之以诗为寿予因继其韵以遗之》）。

（二）山摄入声——薛月部

1. 利用数理统计法计算得出质月分立。月质合韵例：阙（月）月（月）洁（质）（耶律铸《送胡寿卿南归》）。

2. 利用数理统计法计算得出薛屑、月屑合并。薛屑例：裂（薛）铁（屑）血（屑）节（屑）拙（薛）杰（薛）劣（薛）绝（薛）挈（屑）灭（薛）哲（薛）设（薛）契（屑）雪（薛）薛（薛）舌（薛）垤（屑）阅（薛）别（屑）跌（薛）（耶律楚材《和董彦才东坡铁杖诗二十韵》）；月屑例：月（月）铁（屑）（耶律楚材《方又圆》）；月屑薛例：血（屑）发（月）月（月）诀（屑）雪（薛）（耶律铸《哭尊大人领省》）。

3. ［-t］与［-k］大量合韵。锡职合韵例：滴（锡）息（职）（耶律铸《干海子》）；锡质职德昔合韵例：激（锡）笔（质）历（锡）域（职）击（锡）壁（锡）北（德）碧（昔）（耶律铸《蜀道有难易》）；昔锡质德合韵例：石（昔）脊（昔）溺（锡）失（质）塞（德）得（德）毕（质）绎（昔）迹（昔）掷（昔）吉（质）国（德）日（质）（耶律铸《蜀道有难易》）；锡质昔德职末合韵例：的（锡）质（质）一（质）迹（昔）石（昔）笛（锡）得（德）识（职）惜（昔）涤（锡）适（末）寂（锡）息（职）（耶律铸《长笛

第五章 古体诗音系特点

续短笛引》)。

（三）[-p] 尾无独用韵例，只有与 [-t] 和 [-k] 合韵的例证，看来契丹族诗人已经很难分清入声韵尾之间的界限了

[-t] 与 [-p] 合韵：

薛屑业月合韵例：竭（薛）阕（屑）雪（薛）劫（业）月（月）（耶律铸《上云乐》）；薛屑帖质合韵例：洁（质）铁（屑）叶（帖）咽（屑）绝（薛）雪（薛）节（屑）别（薛）（耶律铸《送胡寿卿南归》）；业叶帖薛屑月合韵例：业（业）妾（叶）叶（帖）澈（薛）切（屑）列（薛）截（屑）烈（薛）杰（薛）窃（屑）哲（薛）竭（薛）胁（业）辙（薛）劣（薛）碣（薛）灭（薛）孽（薛）决（屑）节（屑）摄（叶）悦（薛）接（叶）折（薛）雪（薛）裂（薛）阙（月）越（月）怯（业）舌（薛）绝（薛）楫（叶）谒（月）捷（叶）帖（帖）设（薛）折（薛）歇（月）劫（业）月（月）（耶律铸《述实录》）。

[-p] 与 [-k] 合韵：

锡缉昔合韵例：寂（锡）入（缉）湿（缉）迹（昔）（耶律楚材《和少林和尚英粹中山堂诗韵》）；锡缉昔职陌麦铎德合韵例：役（昔）益（昔）尺（昔）奕（昔）息（职）夕（昔）百（陌）拍（陌）帛（陌）戚（锡）掷（昔）立（缉）笠（缉）柏（陌）涩（缉）急（缉）的（锡）吸（缉）雳（锡）泣（缉）貊（陌）窄（陌）裼（锡）获（麦）客（陌）及（缉）席（昔）白（陌）迹（昔）璧（昔）惜（昔）格（铎）昔（昔）翕（缉）绎（昔）策（麦）驿（德）隙（陌）得（德）隔（麦）逆（陌）贼（德）侧（职）（耶律楚材《弹广陵散终日而成因赋诗五十韵》）。

[-t] 与 [-p] 与 [-k] 合韵：

锡缉合昔职陌麦德业合韵例：国（德）席（昔）译（昔）璧

169

(昔)百（陌）伯（陌）癖（昔）昔（觉）合（合）立（缉）历（锡）石（昔）白（陌）业（业）策（麦）七（质）域（职）极（业）惜（昔）益（昔）弈（昔）色（职）息（职）客（陌）翩（麦）式（职）锡（锡）（耶律楚材《为子铸作诗三十韵》）；业缉职质合韵例：极（业）泣（缉）棘（职）习（缉）膝（质）失（质）笔（缉）日（质）（耶律铸《长笛续短笛引》）；德辖昔锡职质缉合韵例：北（德）敌（辖）国（德）惜（昔）激（锡）击（锡）匿（职）日（质）掷（昔）黑（德）域（职）袭（缉）磶（昔）室（质）邑（缉）迹（昔）（耶律铸《古战城南》）。

第五节 白族

白族诗人只有7首古体诗，数量太少，看不出任何有规律的音理现象，只能将合韵例证分类列于下。

一 阴声韵

蟹摄——齐微部
齐微支合韵例：闺（齐）衣（微）菲（微）移（支）低（齐）（僧奴《寄见诗二首·其一》）。

二 阳声韵

（一）臻摄——魂痕部
魂文痕合韵例：昏（魂）云（文）痕（痕）纷（文）分（文）（段福《春日白崖道中》）。

（二）山摄——桓寒部

桓寒合韵例：桓（桓）残（寒）寒（寒）难（寒）宽（桓）（段世、段名《致傅友德、沐英诗》）。

（三）梗摄——清庚部

清庚合韵例：城（清）声（清）明（庚）清（清）平（庚）（段光《凯旋诗》）。

第六节　党项族

通过对党项族诗人 134 首古体诗的考察、分析后发现，古体诗韵系可以归纳为 16 韵部，即阴声韵 6 部：歌戈、鱼模、皆来、支微、尤侯、萧豪；阳声韵 7 部：侵寻、覃谈、真文、寒先、庚青、阳唐、东钟；入声韵 3 部：屋烛、薛月、德物。

一　阴声韵

阴声韵每个韵部中的诸小韵均已合并，其混淆情况非常严重，这是与其他民族诗人用韵最显著的不同。

（一）果、假摄——歌戈部（佳麻部）

1. 利用数理统计法计算得出歌戈两韵已经合并。歌戈合韵例：波（戈）何（歌）过（戈）多（戈）歌（戈）（王翰《山居喜刘子中见过》），波（戈）多（歌）歌（歌）何（歌）（余阙《雨中过长沙湖》），多（歌）波（戈）过（歌）何（歌）（甘立《秋雨夜坐》）。

2. 歌戈部与佳麻部混为一部。麻佳独用次数过少，无法计算二韵的分合。麻佳例：家（麻）涯（佳）赊（麻）（王翰《途中》）；歌麻例：沙（麻）蛇（歌）车（麻）（王翰《途中》）。

(二) 遇摄——鱼模部

1. 利用数理统计法计算得出鱼模两韵合并。

2. 虞韵独用次数过少,无法使用数理统计法判断其分合,不过既然鱼模两韵合并,从音节配合角度来看,虞韵理应与鱼模合并。虞鱼例:墟(鱼)余(鱼)渠(鱼)书(鱼)隅(虞)鱼(鱼)娱(虞)初(鱼)(余阙《兰亭》),书(鱼)车(鱼)居(鱼)蹰(虞)(甘立《送周学士赴上都》);模虞鱼例:与(鱼)渚(鱼)屡(虞)吐(模)古(模)(王翰《友渔樵者诗为林伯景赋》),涂(鱼)疏(鱼)驱(虞)吾(模)(余阙《送霍维肃令尹》),图(模)居(鱼)初(鱼)无(虞)(余阙《题段吉甫助教别墅图》)。

(三) 蟹摄——皆来部

只有一例合韵。泰咍合韵:裁(咍)开(咍)盖(泰)莱(咍)(孟昉《十二月乐词·六月》)。

(四) 止摄——支微部

1. 利用数理统计法计算得出支脂的离合指数为105、支之的离合指数为104、之脂的离合指数为135、微之的离合指数为101。当离合指数 I≥100 时,两韵已经合并,因此通过系联,支、脂、之、微四韵合并。支脂例:枝(支)迟(脂)(余阙《题红葵蛱蝶图》);之脂例:死(脂)子(之)耻(之)(王翰《自决》);之支例:知(支)时(之)(余阙《题合鲁易之鄞江送别图》),披(支)期(之)为(支)(余阙《山亭会琴图》);之脂支例:时(之)悲(脂)宜(支)为(支)诗(之)(王翰《与和仲古心饮酒分得诗字》),谁(脂)丝(之)碑(支)离(支)(余阙《葛编修挽歌》);微之支例:枝(支)飞(微)期(之)衣(微)(吉昂《乐府二章送吴景良·其一》);支脂微例:归(微)依(微)水(支)被(脂)迟(脂)(孟昉《十二月乐词·一月》)。

2. 支微部的其他合韵。支齐合韵例：啼（齐）陂（支）溪（齐）（甘立《春日有怀柯博士二首·其一》）；微脂灰合韵例：飞（微）水（脂）辔（脂）媒（灰）（孟昉《十二月乐词·闰月》）。

（五）流摄——尤侯部

利用数理统计法计算得出幽尤、尤侯各自合并。因此幽、尤、侯三韵合并。尤侯例：悠（尤）楼（侯）（王翰《寄陈仲实》），流（尤）楼（侯）秋（尤）舟（尤）（余阙《秋兴亭》）；尤侯幽例：幽（幽）洲（尤）流（尤）楼（侯）（余阙《吕公亭》）。

（六）效摄——萧豪部

利用数理统计法计算得出宵萧两韵合并。例：遥（宵）桥（宵）桡（宵）凋（萧）（余阙《赋得九里松送吴元振之江浙左丞》）。

二 阳声韵

阳声韵的情况与阴声韵相同，每个韵部中的诸小韵均已合并。

（一）深摄——侵寻部

深摄只有一个侵韵，定侵寻部。

（二）咸摄——覃谈部

咸摄韵次很少，咸摄内覃、谈等韵独用例都未出现，故数据仅供参考。覃谈例：毵（覃）酣（谈）南（覃）（甘立《贾治安骑驴图》）。

（三）臻摄——真文部

真文部只发现了文部独用数据，依照惯例将此部独立。真文部的各个小韵混用情况非常明显，其内部界限已经消失。魂痕例：存（魂）恩（痕）（王翰《自决》）；真文例：云（文）新（真）津（真）人（真）（观音奴《四见亭》）；文欣例：文（文）薰（文）殷（欣）群（文）氛（文）分（文）君（文）（余阙《送刘伯温之江西廉使得云字》）；文魂例：门（魂）分（文）昆（魂）温（魂）敦（魂）论（魂）芬（文）孙（魂）（余阙《美浦江郑氏义门》），损（魂）困（魂）裙（文）（孟昉《十二月乐词·二月》）；文魂谆例：尊（魂）门（魂）粉（文）润（谆）文（文）（《十二月乐词·五月》）；真谆例：秦（真）轮（谆）津（真）人（真）（余阙《赋得慈恩寺塔送李惟中赴西台侍御》）；真谆痕例：鳞（真）伦（谆）津（真）辰（真）垠（痕）人（真）（余阙《鹤斋〈为薛茂弘道士赋〉》）。

（四）山摄——寒先部

1. 利用数理统计法计算得出仙、山、先、寒四韵合并。寒山例：间（山）干（寒）兰（寒）看（寒）（余阙《嘉树轩〈为胡士恭作〉》）；寒删山例：汉（寒）残（寒）颜（删）干（寒）间（山）环（删）山（山）澜（寒）关（删）（余阙《安庆郡庠后亭宴董佥事》）；删山例：山（山）还（删）（余阙《题段应奉山水图二首·其一》）；先仙例：前（仙）钱（仙）全（仙）烟（先）年（先）（观音奴《赈宁陵》），边（先）船（仙）贤（先）眠（先）（斡玉伦徒《题西湖亭子寄徐复初检简》）；山仙例：山（山）间（山）还（仙）（昂吉《虎丘山送友人》）；先仙寒例：溅（先）涓（先）剪（仙）练（先）干（寒）（孟昉《十二月乐词·七月》）；山仙寒例：间（山）山（山）还（仙）兰（寒）（余阙《汪尚书夫人挽诗》）；先仙山例：翩（仙）山（山）弦（先）泉（仙）川（先）玄（先）（余阙《龙丘丈吟赠程子正》），莲（仙）闲（山）捐（仙）年（先）（斡玉伦徒《题叶氏四爱堂三首·其二》）。

2. 桓韵只出现在寒桓合韵中，应该是与之合并。例：阑（寒）难（寒）欢（桓）安（寒）（余阙《安庆郡庠后亭宴董佥事》）。

（五）梗摄、曾摄——庚青部（蒸登部）

1. 利用数理统计法计算得出清庚、清青、庚青各自合并，因此，清、庚、青三韵合并。庚清例：倾（清）平（庚）城（清）横（庚）情（清）（王翰《过化剑津有感》），菁（清）清（清）生（庚）（余阙《题刘氏听雪楼》），生（庚）惊（庚）英（庚）清（清）情（清）（甘立《有怀玉文堂》）；庚清青例：倾（清）明（庚）冷（青）静（清）成（清）（孟昉《十二月乐词·十月》），岭（青）鼎（青）笙（庚）成（清）（余阙《先天观》）。

2. 耕韵与庚、清、青三韵多次合韵，应已混同。庚清耕例：行（庚）生（庚）轻（清）耕（耕）瀛（清）（王翰《和鲁客见寄韵》），缨（清）明（庚）城（清）声（清）楹（清）筝（耕）生（庚）（余阙《白马谁家子》）；庚清耕青例：形（青）城（清）旌（清）经（青）冥（清）荣（庚）声（清）耕（耕）精（清）明（庚）兵（庚）（余阙《自集贤岭入大龙山》）；庚耕例：京（庚）甿（耕）牲（庚）行（庚）（余阙《伯九德兴学诗》）。

3. 蒸登韵的例证独用、合韵皆未见，依照惯例将其置于庚青部之中。

（六）宕摄——阳唐部

利用数理统计法计算得出阳唐两韵合并。例：隍（唐）茫（唐）长（阳）香（阳）章（阳）（余阙《竹屿》），霜（阳）乡（阳）光（唐）苍（唐）扬（阳）芳（阳）阳（阳）（余阙《送胥式南还》），皇（唐）常（阳）章（阳）黄（唐）堂（唐）（甘立《郊祀庆成》）。

（七）通摄——东钟部

利用数理统计法计算得出东钟两韵合并。例：葱（东）桐（东）涌（钟）重（钟）蓉（钟）（孟昉《十二月乐词·九月》），丽（钟）丰（东）同（钟）松（东）虹（钟）嚨（东）工（东）宫（东）风（东）（余阙《题虞邵庵送别图》）。

三 入声韵

党项族诗人使用入声韵的韵例较少,即使使用入声韵也比较符合规范,不存在异尾相押的情况。这一方面说明党项族诗人用韵较为保守,轻易不愿意碰触自己不熟悉的韵字;另一方面也可能说明入声韵在时音中业已消亡。

(一) 通摄入声——屋烛部

只存在屋韵独用的一个例证:伏、谷、木(昂吉《虎丘山送友人》)。

(二) 山摄入声——薛月部

只有薛月合韵的一个例证:阙(月)绝(薛)别(薛)(甘立《晚出西掖同柯博士赋》)。

(三) 臻摄入声——德物部

只存在质韵独用的一个例证:室、唧、密(昂吉《芝云堂以蓝田日暖玉生烟分韵得日字》)。

第七节 女真族

女真族诗人的古体诗只有 10 首,数量太少,看不出任何有规律的音理现象,只能将合韵例证分类列于下。

一 阴声韵

(一) 果摄——歌戈部

歌戈合韵例:波(戈)戈(戈)河(歌)(孛术鲁翀《阅故唐宫》)。

（二）遇摄——鱼模部

模虞合韵例：主（虞）古（模）（李术鲁翀《阅故唐宫》）。

（三）止摄——支微部

脂、之、支、微四韵有诸多合韵，可能界限无别。微脂合韵例：微（微）飞（微）归（微）衣（微）闱（微）辉（微）威（微）巍（微）晖（微）讥（微）围（微）扉（微）挥（微）菲（微）徽（微）薇（微）依（微）几（脂）非（微）靰（微）骓（微）希（微）矶（微）腓（微）圻（微）稀（微）霏（微）晞（微）机（脂）欷（微）（李术鲁翀《范坟诗》）；脂之支微合韵例：翠（脂）炽（之）邃（脂）气（微）弃（脂）义（支）治（脂）遂（脂）崇（脂）意（之）畏（微）避（支）辔（脂）愧（脂）（夹谷之奇《题周孝侯庙》）；脂之合韵例：水（脂）熙（之）（李术鲁翀《御宿行》）。

（四）流摄——尤侯部

尤侯合韵，例：州（尤）流（尤）楼（侯）舟（尤）（兀颜思忠《双清秋月·其一》），秋（尤）头（侯）流（尤）牛（尤）愁（尤）（兀颜思忠《双清秋月·其二》），游（尤）喉（侯）丘（尤）洲（尤）（完颜东皋《郴江》）。

二 阳声韵

（一）咸摄——监廉部

[-m]与[-n]发生一次合韵，这体现了[-m]尾消亡的趋势。

（二）宕、江摄——阳唐部

阳唐合韵例：铓（阳）堂（唐）（李术鲁翀《题周公益墨迹》）。

第八节 比较表格

	通语 18部	蒙古族 20部	回回族 18部	畏兀儿族 19部	契丹族 16部	党项族 16部
阴声韵	歌戈部	歌戈部	歌戈部	歌戈部	歌戈部	歌戈部
	家车部	佳麻部	佳麻部	佳麻部	佳麻部	—
	皆来部	皆来部	—	皆来部	—	皆来部
	支微部	支微部	支微部	支微部	支微部	支微部
	鱼模部	鱼模部	鱼模部	鱼模部	鱼模部	鱼模部
	尤侯部	尤侯部	尤侯部	尤侯部	尤侯部	尤侯部
	萧豪部	萧豪部	萧豪部	萧豪部	萧豪部	萧豪部
阳声韵	侵寻部	侵寻部	侵寻部	侵寻部	侵寻部	侵寻部
	监廉部	监廉部	监廉部	监廉部	监廉部	覃谈部
	寒先部	寒先部	寒先部	寒先部	寒先部	寒先部
	真文部	真文部	真文部	真文部	真文部	真文部
	庚青部	庚青部	庚青部	庚青部	庚青部	庚青部
	江阳部	阳唐部	阳唐部	阳唐部	阳唐部	阳唐部
	东钟部	东钟部	东钟部	东钟部	东钟部	东钟部
	—	蒸登部	蒸登部	蒸登部	蒸登部	—
入声韵	德质部	德陌部	德陌部	德陌部	—	德物部
	月帖部	薛月部	薛月部	薛月部	薛月部	薛月部
	屋烛部	屋烛部	屋烛部	屋烛部	屋烛部	屋烛部
	—	缉入部	—	—	—	—
	铎觉部	铎觉部	铎觉部	铎觉部		

表格说明：

1. 蒙古族诗人古体诗韵系可以归纳为20韵部。

阴声韵部：歌戈部中的歌、戈二韵合并；鱼模部的鱼、虞、模三韵合并；皆来部的皆、灰、哈三韵合并，同时泰韵字也归于皆来部；支微部可分为两组，分别是脂微支之韵与齐韵；尤侯部分为尤侯韵与幽韵两组；萧豪部分为豪韵与萧宵韵两组；佳麻部分为佳韵和麻韵两组，同时

178

齐韵的"洒"字、皆韵的"价"字也归于麻韵。

阳声韵部：[-m][-n][-ŋ]三尾的界限分明，没有混用；侵寻部与监廉部韵例较少；真文部分为真谆、魂、文、痕、欣五组；寒先部分为先仙、删山、寒桓、元四组；庚青部分为清庚耕与青两组；蒸登部中蒸登韵合并为一组；阳唐部中阳韵合并为一组；东钟部中东钟冬合并为一组。

入声韵部：入声韵弱化趋势明显，与阴声韵发生合韵现象；薛月部中月屑薛末合并；屋烛部分为屋与烛两组；德陌部的内部的界限无别；铎觉部韵例较少；蒙古族诗人的古体诗中独有一个缉入部。

2. 回回族诗人的古体诗韵系可以归纳为18韵部。

阴声韵部：歌戈部中的歌戈二韵合并；鱼模部可分为两组，分别为虞模与鱼；马祖常的诗歌中，皆来部混入支微部，支微部可分为七组，分别是之支脂、微、齐、咍灰、祭、泰、皆；尤侯部中尤侯韵合并；萧豪部分为萧宵、豪、肴三组；佳麻部韵字较少。

阳声韵部：[-m]与[-n]发生一次合韵，阳声韵尾之间混用情况较少；侵寻部与监廉部韵例较少；真文部分为真谆、魂、文、元四组；寒先部分为先仙、删山、寒三组；庚青部分为清庚耕与青两组；蒸登部中蒸登韵合并为一组；阳唐部中阳唐合并为一组；东钟部中东钟冬合并为一组。

入声韵部：入声韵弱化趋势明显，不同韵尾的入声韵混同情况较为严重；薛月部中薛屑合并；屋烛部中屋烛合并为一组；德陌部的内部的界限无别；铎觉部中药铎韵合并为一组。

3. 畏兀儿族诗人的古体诗韵系可以归纳为19韵部。

阴声韵部：阴声韵用韵最明显的特点是，各韵部中诸小韵均已合并，内部界限几近无别。歌戈部中歌戈合并；"涯"字归于佳麻部；鱼模部中鱼虞模合并；皆来部中咍灰合并；支微部内部混同情况非常严

179

重；尤侯部中尤侯幽合并；萧豪部中豪宵合并。

阳声韵部：侵寻部与［-ŋ］发生合韵，监廉部与［-n］发生合韵，这意味着［-m］尾已经弱化；真文部分为真谆与元两组；寒先部分为删桓山、仙、先、寒四组；蒸登部中蒸登合并；庚青部中庚耕清青合并；阳唐部中阳唐合并；东钟部分为东韵与钟韵两组。

入声韵部：入声韵整体界限明晰，只是存在［-t］尾与［-k］尾、阴声韵与入声韵的合韵现象；薛月部中薛月合并；屋烛部、铎觉部、德陌部的韵例较少。

4. 契丹族诗人古体诗韵系可以归纳为16韵部。

阴声韵部：歌戈部中歌戈合并；鱼模部分为鱼、虞、模三组；止、蟹两摄内部诸韵趋于合流，因此将两摄归为支微一个韵部，支微部分为祭齐、灰咍、之脂支、微四组；尤侯部中尤侯合并；萧豪部分为宵萧、豪、肴三组；佳麻部中佳麻合并。

阳声韵部：侵寻部的韵例较少；监廉部分为盐添与覃谈两组；真文部分为文、真谆魂痕、元三组，同时元韵字有分组倾向，一部分归属于真文部，一部分归属于寒先部；寒先部分为先仙、寒桓、删山、元四组；庚青部分为庚耕清与青两组；蒸登部中蒸登合并；阳唐部中阳唐合并；东钟部分为钟与东两组，同时蒸登部的部分字有向东钟部转化的倾向。

入声韵部：薛月部分为质与薛屑月两组；屋烛部分为屋烛、铎觉、德职陌锡麦三组，同时［-k］尾的入声韵发生大量合韵，其内部界限趋于混淆。

5. 党项族诗人古体诗韵系可以归纳为16韵部。阴声韵、阳声韵中的诸小韵均已合并，其混淆情况比较严重。

阴声韵部：歌戈部分为歌戈、佳麻两组；鱼模部中的鱼虞模合并；皆来部中的泰咍合并；支微部中支脂之微合并；尤侯部中幽尤侯合并；萧豪部中宵萧合并。

阳声韵部：侵寻部、覃谈部数据较少；真文部中只发现了文韵独用的例证；寒先部中仙山先寒桓合并；庚青部分为清耕庚青与蒸登两组；阳唐部中阳唐合并；东钟部中东钟合并。

入声韵部：薛月、屋烛、德物三个韵部的韵例都比较少。

6. 与其他民族相比，蒙古族的韵部数量是最多的，比通语十八部多出蒸登部、缉入部。回回族诗人古体诗韵系与蒙古族相比，缺少皆来部以及缉入部。畏兀儿族诗人古体诗韵系与蒙古族相比，只缺少缉入部。契丹族诗人古体诗韵系与蒙古族相比，缺少缉入部、皆来部、德陌部、铎觉部。党项族诗人古体诗韵系与蒙古族相比，缺少缉入部、佳麻部、蒸登部、铎觉部。

各个民族的诗人用韵与通语十八部并不是完全相同，这主要是因为多民族诗人用韵体现出的是时音和旧韵并存，雅音与方音相杂的混合音系。同时，韵部数量的多少与诗人传世的诗作数量有很大关系，诗文作品数量多，有可能韵部的数量也会相应地增加。

第九节　各民族古体诗特点总结

与汉族诗人用韵相比，少数民族诗文用韵的韵部数量明显不同。通过对元代少数民族诗文用韵的整理、归纳后发现，其韵部系统与宋代的通语十八部大致吻合，当然不同的民族用韵得出的具体韵部数量也不完全相同。比如蒙古族古体诗韵系可以归纳为 20 韵部，回回族的古体诗韵系可以归纳为 18 韵部，畏兀儿族的古体诗韵系可以归纳为 19 韵部，契丹族古体诗韵系可以归纳为 16 韵部，党项族古体诗韵系可以归纳为 16 韵部。各个民族韵部数量不同的原因有两点：第一，由宋及元，语音发生明显变化，宋代的通语十八部不一定完全符合元代的语音实际情况。第二，每个民族的古体诗数量以及出现的小韵数量并不均衡。有些民族存世的诗歌数量很多，这样总结出的韵部也就更为全面；有些民族存世诗歌虽然数量不多，但是韵语中涵盖《广韵》的小韵却非常惊人，几乎每个韵部都有押韵情况，这样得出的韵部数量也就非常多。

一 阴声韵的特点

少数民族诗文中阴声韵的特点主要体现在韵类的分化与合并方面。

1. 歌戈部主要来自《广韵》果摄的歌与戈。除蒙古族的萨都刺、嶔崿、塔不歹、聂镛四位诗人的诗作中出现了大量的歌戈合韵，韵例大多表现为歌韵字与戈韵的"波""过""和"三个字相协。萨都剌为山西雁门人，嶔崿定居于大都，塔不歹为河南人，聂镛为蓟丘人，可见这些字在官话方言区中已经与歌韵字混同。回回、畏兀儿、契丹、党项等族亦是如此。

2. 中古遇摄鱼、虞、模各自不混，但在元代三者的混同现象却较为严重，主要发生了三等韵合流、一三等韵的主要元音趋同的音变现象。利用数理统计法计算得出蒙古族遇摄的鱼、虞、模三韵已经没有区别，主要元音应该完全相同。例：竽（虞）酤（模）渔（鱼）无（虞）闾（鱼）逾（虞）乌（模）誉（鱼）书（鱼）（萨都剌《溪行中秋玩月》），愚（虞）诸（鱼）俱（虞）途（模）（答禄与权《杂诗四十七首》）。答禄与权定居于河南永宁，并任河南北道廉访佥事，他与萨都剌的诗文用韵体现出的鱼、虞、模三韵合并，应为元代晚期的通语特点。与蒙古族相类的还有党项族、畏兀儿族诗人的用韵，皆为鱼、虞、模三韵合并。

合并是主流，但也有小韵分立的现象。回回族诗人则是鱼韵独立、模虞合并。鱼虞模合韵的例证多来自马祖常、廼贤、马九皋三位诗人，他们皆处于元代的中晚期，籍贯分别为光州（今河南潢川市）、鄞县

（今属河南郏县）、怀孟（今河南省沁阳市），由此可见模虞一三等合并的奇特用韵，可能反映了河南地区的方音特点。契丹诗人的用韵与蒙古族截然相反，鱼、虞、模三韵分立。这说明耶律楚材、耶律铸的汉文诗歌比较严苛地遵循着《广韵》用韵方式，而没有根据实际语音选取韵脚，其实这也是汉诗创作水平精湛的一种表现。

3. 回回族与契丹族的韵文中止摄和蟹摄大量合韵，内部诸多小韵已经合并，因此将两摄合为一个韵部——支微部。止、蟹两摄互相通押的现象大概是两摄各自内部诸韵主元音演变得比较接近的缘故。蒙古族、畏兀儿族的诗文作品中尽管也体现了蟹摄和止摄各个小韵的混同现象，但是两摄分立的趋势仍然非常明显。

4. 蒙古族诗人的韵文显示蟹摄的灰咍两韵合并。例：来（咍）回（灰）莱（咍）杯（灰）（崔斌《金山》），堆（灰）回（咍）来（咍）开（灰）杯（灰）（萨都剌《游钟山遇雨》）。崔斌是山西马邑人，萨都剌为山西代县人，看来灰咍两韵的混同，可能体现了元代山西地区的语音特点。畏兀儿族诗文也具有相同的语音现象，例：回（灰）台（咍）来（灰）杯（灰）才（灰）（偰玉立《至正庚寅重九登九日山·其二》），回（灰）颓（咍）开（灰）徊（灰）（廉惇《舟中次伯高》）。廉惇入中原后占籍大都，偰玉立世代为高昌回鹘贵族，因此灰咍合并应该是北方官话方言区的特点。

5. 泰韵字向皆来部的咍韵进一步演化。泰韵字与皆来部相押在唐诗中就已经出现，宋词用韵中灰泰合口韵系押皆来部也较为普遍，差别在于具体的入韵字与押韵次数的不同。在蒙古、契丹、党项等族诗人的韵文中均发现泰咍合韵例证，例：彩（咍）在（咍）霭（泰）海（咍）（萨都剌《和韵题石城峭壁》），待（咍）盖（泰）带（泰）外（泰）（耶律铸《小垂虹》），裁（咍）开（咍）盖（泰）莱（咍）（孟昉《十二月乐词·六月》）。四位诗人的籍贯均在大都附近，泰咍合韵

183

应该是元代官话语音的反映。

6. 契丹族诗人的韵文中出现了大量的之鱼合韵例证，这种押韵现象在其他民族未见。之鱼合韵在《诗经》时代就已存在，元代仍然会出现这种押韵方式，可能是作家仿古的遗存现象。当然还有另外一种解释：《中原音韵》中鱼模的小韵可分为两类，一类来自中古的遇摄一等韵以及三等唇音字，一类来自三等韵。现代北方戏曲用韵也是［y］不与［u］押韵，而是与［i］相押，可见鱼模部押入支微部，主要是鱼模部元音高化造成的。耶律楚材诗文中支微与鱼模合韵的例子，也许是居鱼韵形成的雏形。之鱼合韵例：书（鱼）如（鱼）余（鱼）居（之）驴（鱼）（耶律楚材《谢万寿润公和尚惠书》），初（鱼）居（之）鱼（鱼）（耶律楚材《和吕飞卿韵》），书（鱼）字（之）事（之）（耶律楚材《自赞》），之（之）语（鱼）之（之）（耶律楚材《和秀玉韵》）。

7. 元代止摄的内部诸韵由于主元音的趋同，发生了多个小韵的合并现象，有时甚至与蟹摄齐祭废诸韵合并。支微部主要来自《广韵》中的止摄支脂之微，止摄诸韵都是三等韵，所以基本带有［i-］介音。在萨都剌、嶔嶔、答禄与权、拜住、凯烈拔实等多位蒙古族作家的诗文创作中均反映了止摄脂微支之四韵合并的语音事实。脂微支之合流后，原有的介音消失，主要元音趋向于［i］。畏兀儿族、党项族诗人用韵亦是如此。

8. 《广韵》中流摄尤、幽、侯三韵各自独立，但在元代发生了三等韵合流、一三等韵主要元音趋同的语音合并现象。利用数理统计法计算得出蒙古族诗人尤侯两韵合并，幽韵独立。在尤侯合并的例证中，几乎所有的蒙古族诗人都会用到"头"这个韵脚字，这个字出现的频率之高有可能会影响统计的结果。回回族与契丹族的诗文中同样也是尤侯合并。而在元代党项族、畏兀儿族的作品中，中古的尤、侯、幽三韵之间几乎已经没有区别了。可以看出，不同民族之间语音变化的进程是不平衡的，尤、幽、侯三韵合并的速度快慢并不一致，蒙古、回回、契丹三族合并速度较慢，党项、畏兀儿两族速度较快。

9. 萧豪部主要来自《广韵》效摄诸韵，中古的效摄诸韵系在元代发生了主元音趋同而合流为一个韵部的音变现象。利用数理统计法计算得出蒙古、畏兀儿、契丹、党项、回回等族诗人的诗韵中萧宵两韵皆合并。今天普通话中的萧宵二韵已无分别，看来各个民族的用韵习惯都跟随着北方话的演变进程而发生变化。

各个民族在效摄豪韵与肴韵的分合处理上有着不同的表现。畏兀儿族豪宵合并，肴与萧独立；契丹族豪与肴两韵各自分立；蒙古族豪宵两韵分立。蒙古族的豪与宵分立是因为豪韵的主要元音较低、较后，而宵韵较高、较前。这样看来，蒙古族诗文中萧豪部分为豪与萧宵两组，肴韵未见。尤侯部也分为幽与尤侯两个部分，两韵部的配合非常对称。

10. 佳麻部主要来自《广韵》假摄的麻韵，元代时蟹摄佳韵的"涯""佳"等字开始向麻韵转化。"涯"字在《广韵》中属佳韵，五加切；《集韵》中属于麻韵，牛加切。"佳"字在《广韵》中属佳韵，古膎切。在唐代诗文用韵中就已经有"涯""佳"字押入麻韵的例子，宋元时代更多，这说明"涯""佳"字的实际读音已与麻韵非常接近。例：华（麻）涯（佳）霞（麻）家（麻）（萨都剌《九华山题石潭驿》），佳（佳）家（麻）花（麻）鸦（麻）（萨都剌《霜花》）。与蒙古族作家相同，畏兀儿族的诗文用韵中也出现了"涯"字押入麻韵的例证，这反映了佳夬韵系的部分字逐渐归入麻韵的语音变化。例：涯（佳）家（麻）加（麻）（贯云石《题练川书隐壁》），嘉（麻）花（麻）茶（麻）涯（佳）（廉惇《敬臣以村居诗》）。贯云石、廉惇均为大都人，因此佳夬韵系的部分字逐渐归入麻韵应为官话音的特点。

11. 元代汉族诗人用韵中最明显的特点是一等、二等主要元音的对立已经消失,比如蟹摄一等、二等归于皆来韵,山摄一等、二等归于寒山韵,效摄一等、二等归于萧豪韵,这意味着一等、二等的主要元音已经没有区别了。而少数民族诗人用韵与之不同,主要是一等和三等韵对立消失,例如鱼虞模三韵合并、尤幽侯三韵合并。也存在一等韵内部的对立消失情况,如歌戈二韵合并、灰咍二韵合并;三等韵内部的对立消失,如之支脂三韵合并。

二 阳声韵的特点

1. [-m][-n][-ŋ]三尾分立是宋元的语言事实,三种韵尾同时存在,只是在不同民族诗人的口语音中存在的方式并不相同。汉语语音史上,汉、魏、晋、南北朝时期就已出现[-m]尾韵与其他阳声韵尾的合韵现象,但是元代蒙古族作家诗文中就没有合韵的例证。畏兀儿族诗人廉惇的诗文中也只出现两例,产生这种现象的原因大概有两点:一是古代韵文家用韵不严,二是体现了作者的方音,这与当时通语中三尾分立的结论并不矛盾。侵东合韵:心(侵)临(侵)音(侵)冲(东)空(东)临(侵)音(侵)冲(东)空(东)(廉惇《独清道士用韵赠复和答》);山凡合韵:间(山)山(山)凡(凡)(贯云石《观日行》)。在回回族诗人的韵文中[-m]与[-n]发生一次合韵,这应该是时音的体现。侵真合韵例:林(侵)吟(侵)印(真)(乃贤《赋汉关将军印》)。这些押韵现象意味着[-m]尾已经弱化。[-m]尾转化为[-n]并非是北方所有方言一起齐步走,它应该是逐步进行的,最终这种变化才影响到共同语的体系,改变了汉语语音的结构。

2. 监廉部主要来自《广韵》咸摄诸韵,咸摄韵次很少,大多是内部诸小韵自押。蒙古族诗人萨都剌和答禄与权口语中咸摄内部界限已经无别，故定咸摄为监廉部。契丹族的监廉部分为盐添与覃谈两组，覃谈部的韵母为［am］，添盐部的韵母为［iam］，二者的区别在于是否存在［i］介音。

3. 真文部主要来自《广韵》臻摄的真谆文欣魂痕等韵，其内部诸韵在汉族诗人的韵文中逐渐合流，少数民族诗文内合流与分立并存。蒙古族诗文中臻摄分为真谆、魂痕、文、欣四部分；回回族诗文中臻摄的分类与蒙古较为类似，同样真谆合并，文与魂分立，不同之处在于元韵的归属，元韵与魂韵合并。契丹族诗文中文韵独立、真谆魂痕四韵合并。这几个民族用韵的共同点就是真谆合并、真谆二韵分立。

4. 元韵的归属问题。唐代的诗文中元韵一般与先仙等山摄诸韵相押，与魂痕相押比较罕见。宋代开始元韵既与魂痕相叶，又与寒、桓、删、山、先、仙六韵同用，《中原音韵》中《广韵》元韵喉牙音字归先天韵，唇音字则归于寒山韵。元韵在少数民族诗文中的归属情况分为三种类型：一是归于真文部，一是归于寒先部，还有一类两属于真文部和寒先部。

在元代畏兀儿族诗人的用韵中，元韵系与魂韵、痕韵合韵较多，因此归入真文部。这说明在畏兀儿族作家的实际语音中，元韵与真文魂痕诸韵读音趋同，元韵系字经历了从山摄到臻摄的转变，当归为一部；而元韵偶尔与仙韵合韵，应该是文人受了传统用韵习惯的影响。与此相类的还有回回族诗文。

在元代蒙古族诗人的用韵中，元韵与先、仙、删、桓等韵产生大量合韵，与魂、痕却无一例相押，因此将元韵归入寒先部。元韵虽然归入寒先部，但独立性依然很强，没有与先、仙、删、桓合并，仍然独立为一个韵。党项族诗人用韵亦是如此。

契丹族的诗文中影、晓、疑、云母的元韵字有分组倾向，一部分与魂痕相押，一部分与删桓仙山相押，因此契丹族的元韵字两属于真文部

187

和寒先部。与魂痕合韵，应该是文人仿古现象，其中"轩"字出现的频率非常高；与删桓仙山相押应该是时音的反映。

5. 寒仙部主要来自《广韵》山摄的寒桓删山元先仙等韵，其内部诸韵的分合情况在各民族的诗文用韵中较为复杂。诸多蒙古族诗人的用韵都体现了山摄分为先仙、山删、寒桓、元四部分。契丹族也是分成了先仙、山删、寒桓、元四部分，与蒙古族完全一致。回回族山摄内部诸韵混同情况比较严重，每个小韵之间都存在合韵，但数值不高，无法使用数理统计法进行计算，能够计算出的只有先仙合并、寒韵独立，这两点与蒙古族、契丹族相同。畏兀儿族的寒仙部分为山删、桓山、先、寒、仙五类。党项族阳声韵的情况与阴声韵相同，每个韵部中的诸小韵均已合并，仙、山、先、寒、桓五韵合并。

6. 庚青部主要来自中古梗摄诸韵。元代时，梗摄内部的四等青韵、三等清韵、庚三、二等耕韵与庚二产生大量的合韵。蒙古族与契丹族诗文用韵中清庚耕二、三等韵合并，四等青韵独立；畏兀儿族则是清庚青三、四等韵合并；回回族诗文青韵独立，清庚合并；党项族耕清庚青四韵合并，其混同现象较为严重。

7. 蒸登部主要来自中古曾摄蒸韵和登韵，除回回族将蒸韵独立外，其他民族诸如蒙古、畏吾儿、契丹的韵文中，蒸登两个小韵的界限已经不存在了。

8. 阳唐部主要来自《广韵》江摄的江韵、宕摄的阳韵与唐韵。阳唐部内部诸小韵的分合情况与蒸登部相类似，几乎都是以合并为主。江韵属于窄韵，也是险韵，因此江韵的使用在少数民族诗文作家中非常罕见，各民族诗文用韵中多为阳唐合并，蒙古、回回、契丹、党项、畏兀儿等族的韵文均体现了这一特点。

9. 东钟部主要来自《广韵》通摄，包括东一、东三、冬、钟四小韵。各民族的韵文只出现了东、钟二韵，其分合情况也不尽相同。蒙古、回回、党项族诗文中东钟合并；畏兀儿、契丹族诗文中东钟两韵分立。

三 入声韵的特点

1. 元代的少数民族诗文用韵中入声韵字依旧存在。

在关于入声韵的问题上，王力认为："（元代）入声韵部全部消失了，并入了阴声韵部。"① 王力在《汉语语音史》中是根据周德清《中原音韵》的声韵表、卓从之《中州音韵》的反切以及元曲用韵总结得出的元代音系，此音系代表了大都（今北京）的语音系统。而本文使用的研究材料是少数民族的诗文，得出的结论也与王力先生的不相同。元代各个民族的用韵基本上保留了入声韵尾，但每个民族的具体表现并不完全相同。情况大致分为两类：第一类，基本保留了《广韵》三种韵尾的区别，与平、上、去三声有明显差异，如蒙古族；第二类，[-p]尾消亡，只存在[-t]尾与[-k]尾，如回回、畏兀儿、契丹等族。

2. 元代尽管仍保留有入声韵尾，但入声韵的弱化却是不争的事实。当时入声韵的舒声化存在两种表现形式。

第一种表现形式是阴声韵与入声韵发生合韵现象。诗词用韵中，一般是阳声韵、阴声韵、入声韵分别各自相押，但偶尔也有阴入叶韵的。阴入通押很可能是诗人受到了曲韵的熏陶，也可能是受到北方官话的影响。蒙古族诗人韵例：职之合韵：息（职）色（职）丝（之）织（之）（萨都剌《织女图》）；屋模合韵：屋（屋）渡（模）（萨都剌《和同年观志能还自武昌咏》）；侯屋合韵：楼（侯）钩（侯）牧（屋）

---

① 王力：《汉语语音史》，中华书局2014年版，第355页。

(萨都剌《上京即事·其二》)。畏兀儿族诗人韵例：微昔合韵：尾（微）易（昔）（三宝柱《题门屏》）；麻麦合韵：假（麻）责（麦）（伯颜子中《七哀诗七首·其二》）。可以看出，这几位诗人的口语中入声韵尾存在着弱化甚或脱落的现象。虽然诗人们是名儒达官，也肯定谙熟当时流行的诗韵，但是由于他们口语中入声韵字的变化，使得他们在作诗时，会出现入声韵字和阴声韵字通押的现象，这种阴、入难分的情况，确实是语音发展造成的。

从中古到现代声调变化的一个重要特点就是北方普通话大部分地区的入声调类消失。从宋元的词曲用韵来看，也可以发现[-p] [-t] [-k] 三尾相混的现象，看来从宋代到元代入声字的演变是一脉相承的。入声韵虽与阴声韵发生合韵，但是数量却非常少，整体上还是入声韵尾之间的通押，这种阴入之间偶尔为之的通押现象说明了元代入声韵的韵尾依然保留，只是韵尾已经弱化，这样才会与具有相同主要元音的阴声韵字合韵，可以看出此时的入声韵尾已经处于消亡的前期。

第二种表现形式是不同韵尾的入声韵混押频率增强，入声[-p] [-t] [-k] 三尾开始混用，可能已经演变为喉塞音。各个民族的诗文用韵中，不同韵尾的入声韵通押程度存在着较大的差异。这一方面是由于各个民族诗文数量的不均衡性，另一方面更深层的原因是入声韵在不同地域的演变并非是整齐划一的，其发展速度具有一种不平衡性。少数民族的诗文中，回回、畏吾儿、契丹演变的速度最快，蒙古最慢。同时也需要注意，入声三种韵尾的大量混用，一方面体现了作者用韵的个人习惯，另一方面是当时语音的反映，还有可能存在方音的影响因素。

3. 缉入部主要来自《广韵》深摄入声缉韵，其韵尾为[-p]，这种韵尾的韵脚字只在蒙古族的诗文作品中出现，其他民族一例未见。缉部独用例：急、泣（萨都剌《和题吴闲闲京馆王本中醉作竹石壁上》），急、泣（萨都剌《吴真人京馆画壁》），泣、立、湿（萨都剌《枯荷》），十、邑、立（答禄与权《送宋承旨还金华》）。宋词用韵中入声韵韵尾的界限已不复存在，蒙古族诗人的用韵虽也反映了入声韵尾的混并，但独用情况仍然很常见，因此入声依旧作为独立的韵部存在。

4. 薛月部主要来自中古山摄入声曷、黠、辖、末等韵。蒙古族诗文薛月部分为薛、月与末、没两组，两组之间界限明显；回回族诗文薛、屑合并；契丹族诗文分为质与薛月屑两组。

5. 屋烛部包括《广韵》的屋、沃、烛韵。元代时屋一、屋三与烛合韵，屋一与沃合韵，说明通摄入声屋、沃、烛的主要元音趋同。利用数理统计法计算得出蒙古族屋烛分立，依诗韵将其定为屋烛部。与蒙古族不同，回回族的屋烛两韵合并。契丹族［-k］尾的入声韵大量合韵，其内部界限越来越小，此处将《广韵》的屋烛部与铎觉部、德陌部合并为一个韵部，定为屋烛部。在元代契丹族文人用韵中，相同入声韵尾的通押数量存在这么高的比例，不一定完全是用韵宽泛所致，应该还有方言的因素，其实地域对于语音的影响可能会胜于民族的不同。

6. 德陌部主要来自《广韵》中梗摄、曾摄的入声韵以及臻摄入声韵。元代开始，质物、德陌发生混并，［-t］［-k］尾发生混同，这是入声尾由浊塞尾向喉塞尾转变的征兆。蒙古族与回回族德陌部的内部界限无别；畏兀儿族德陌部韵例较少，无法判断分合；契丹族德陌韵归于屋烛部。

7. 铎觉部来自《广韵》中的江摄入声韵、宕摄入声韵以及少部分梗摄入声韵。回回族铎觉部中药铎韵合并为一部；蒙古族与畏兀儿族韵例过少；契丹族铎觉韵归于屋烛部。

四 韵字转移现象

1. 蟹摄皆韵的"淮""怀""霾"三字多次与哈韵字发生合韵，可

191

能已经转入哈韵。(蒙古族)

2. 流摄侯韵的"楼""头""走"等几个字可能已经转入尤韵。(蒙古族)

3. 蟹摄佳韵的"涯""佳"等字开始向假摄麻韵转化。(蒙古族、契丹族、畏兀儿族)

4. 蟹摄齐韵的"洒"字、皆韵的"价"字向假摄麻韵转化。(体现在蒙古泰不华、察伋的诗文中)

5. 臻摄谆的"春""匀""伦"三字有转入真韵的趋势。(蒙古族)

第十节 古体诗韵母系统的音值构拟

一 主要元音、介音以及韵尾说明

(一) 韵母系统的主要元音

[ɑ]，是萧豪部的主要元音。

[a]，是皆来、佳麻、阳唐、寒先、监廉五个韵部的主要元音。

[i]，是支微部、真文部开口、庚青部开口、侵寻部的主要元音。

[u]，是东钟部、鱼模部、真文部合口的主要元音。

[ə]，是真文部开口、庚青部、侵寻部、蒸登部、尤侯部的主要元音。

[o]，是歌戈部的主要元音。

(二) 介音

三个介音，分别是 [i-] [u-] [iu-]。

1. [i-] 介音

[i-] 介音存在于三等韵中，隋唐时期才逐渐产生。多数学者对中古时期《切韵》音系的拟音都有 [i-] 介音的存在。元代时期，三等韵仍然存有 [i-] 介音，而且比中古时期数量还要多，许多开口呼字

增加了［i-］介音，从而变成了齐齿呼字。在元代以前，二等韵是没有［i-］介音的，但是到了元代，二等韵的某些字也产生了［i-］介音，这使得带［i-］介音韵母的数量急剧增多。明清时期，［i-］介音更明显，与此相应便出现了"齐齿呼"的概念。

2.［u-］介音

中古时期，［u-］介音保存于一二等韵的合口韵中。元代时期变化不大，［u-］介音还保存于一二等韵之中。［u-］介音是由唇音字母发展而成的，因此［u-］主要都是与唇音声母相拼合。

3.［iu-］介音

中古时期的［iu-］介音是［y-］介音的初始阶段，元代还没有形成独立的［y-］介音，所以只能用［iu-］介音替代。

（三）韵尾

元代时，仍然保留了［-p］［-t］［-k］［-m］［-n］［-ŋ］六种韵尾。入声韵尾尚未转变为喉塞音尾，［-m］尾也没有消亡。

二　阴声韵、阳声韵、入声韵各韵部的分项说明

（一）阴声韵

1. 支微部。支微部主要来自《广韵》中的止摄支脂之微。止摄诸韵都是三等韵，所以基本带有［i-］介音。元代止摄的内部诸韵由于主元音的趋同，发生了多个小韵的合并现象，有时甚至与蟹摄齐祭废诸韵合并。同时，个别几个民族的诗人用韵也存在止摄支脂微韵字与灰韵字合韵的现象。支微部的主要元音是：［i］；韵母有2个：［i］［ui］。

2. 皆来部。其主要元音是［a］，有［ai］［iai］［uai］三个韵母。［ai］包括《广韵》哈泰佳皆夬的开口字；［iai］包括《广韵》中的佳皆夬喉牙音三等开口字；［uai］包括《广韵》中的佳皆夬泰灰（部分）

的合口字。

3. 歌戈部。歌戈部主要来自《广韵》中的果摄的歌与戈。歌戈部的主元音是［o］，韵母有［o］［iuo］［uo］三个。

4. 佳麻部。佳麻部来自《广韵》中的假摄的麻韵以及蟹摄的佳韵部分字以及戈韵、模韵的部分字。元代时麻二常与麻三合韵。其主要元音是［a］，有［a］［ia］［ua］三个韵母。

5. 鱼模部。鱼模部主要来自《广韵》中的遇摄鱼虞模。中古遇摄鱼、虞、模各自不混，但在元代中，三者的混同现象却较为严重，主要发生了三等韵合流、一三等韵的主要元音趋同的音变现象。鱼模部有时还与尤侯部有合韵现象。其主要元音是［u］，有［iu］［u］两个韵母，是一等和三等的介音区别。

6. 尤侯部。《广韵》中流摄尤幽侯三韵各自独立，在元代时发生了三等韵合流、一三等韵的主要元音趋同的音变现象。其主元音是［ə］，韵母是［iəu］［əu］。

7. 萧豪部。萧豪部主要来自《广韵》中的效摄诸韵。中古的效摄诸韵系在元代发生了主元音趋同而合流为一个韵部的音变现象。萧豪部的主要元音是［ɑ］，有［ɑu］［iɑu］两个韵母。

（二）阳声韵

1. 东钟部。东钟部主要来自《广韵》通摄，包括东一、东三、冬、钟四小韵。其主要元音为［u］，韵母有东一、冬［uŋ］；东三、钟［iuŋ］。

2. 阳唐部。阳唐部主要来自《广韵》中的江摄的江韵、宕摄的阳韵唐韵。阳唐部的主元音是［a］。韵母有唐韵、阳韵、江韵开口一等［aŋ］；阳韵、江韵开口三等［iaŋ］；唐韵、阳韵、江韵合口一等［uaŋ］。

3. 庚青部。庚青部主要来自中古梗摄诸韵。元代时，梗摄内部的四等青韵、三等清韵、庚三、二等耕韵与庚二产生大量的合韵。其主元音是 [i] 以及 [ə]，韵母有 2 个，分别为清韵、庚三韵、青韵以及耕庚二开口字 [iŋ]、清青庚三的合口字 [iuŋ]。

4. 蒸登部。蒸登部主要来自中古曾摄蒸、登韵。其主元音是 [ə]，韵母为蒸登韵一等开口字 [əŋ]、登韵合口字 [uəŋ]。

5. 真文部。真文部主要来自《广韵》中的臻摄的真谆文欣魂痕等韵，其内部诸韵逐渐合流，变成了真文部。真文部的主元音是 [i] [u] [ə]，包括四个韵母：痕韵 [ən]；真、臻、欣韵以及个别山摄字 [in]；魂、谆、文韵一等字 [un]；谆、文合口三等字 [iuən]。

6. 寒先部。寒仙部主要来自《广韵》山摄的寒桓删山元先仙等韵。寒仙部内部诸韵情况较为复杂，其主元音是 [a]，韵母分为 3 个：一等韵 [an]、三等韵 [ian]、合口韵 [uan]。

7. 侵寻部。侵寻部的主元音是 [i] 以及 [ə]，包含 2 个韵，分别为一等韵 [əm]、三等韵 [im]。

8. 监廉部。监廉部主要来自《广韵》咸摄诸韵。其主元音是 [a]，包含 2 个韵，分别为一等韵 [am]、三等韵 [iam]。

（三）入声韵

1. 屋烛部。屋烛部主要来自《广韵》通摄的入声韵。元代屋一、屋三与烛合韵，屋一与沃合韵，说明通摄入声屋、沃、烛的主要元音趋同。屋烛部的主要元音是 [u]，有屋一、沃 [uk]；屋三、烛三 [iuk] 两个韵母。

2. 铎觉部。铎觉部来自《广韵》中的江摄入声韵、宕摄入声韵以及少部分梗摄入声韵。其主要元音是 [ɑ]，有药韵、陌韵开口 [iɑk]；铎韵开口 [ɑk]；合口 [uɑk] 三个韵母。

3. 薛月部。薛月部主要来自中古山摄入声曷黠辖末等韵。薛月部主要元音是 [a]，有 [at] [iat] [uat] [iuat] 四个韵母。

195

4. 德陌部。德陌部主要来自《广韵》中梗摄、曾摄的入声韵以及臻摄入声韵。元代开始，质物、德陌发生混并，[-t][-k]尾有混同现象，这是入声尾由浊塞尾向喉塞尾转变的征兆。其主要元音是一等开口[ə]，拟音开口为[ək][iək]，合口为[uək][iuək]。

5. 缉入部。缉入部主要来自《广韵》中的深摄入声缉韵。缉入部的主要元音是一等[ə]；三等[i]；韵母有[əp][ip]两个。

表 5-1　　　　　　　元代古体诗韵母系统的音值构拟

	韵部	开口一等	开口三等	合口一等	合口三等
阳声韵	1. 东钟部			uŋ	iuŋ
	2. 阳唐部	aŋ	iaŋ	uaŋ	
	3. 庚青部		iŋ		iuəŋ
	4. 蒸登部	əŋ		uəŋ	
	5. 真文部	ən	in	un	iuən
	6. 寒先部	an	ian	uan	
	7. 侵寻部	əm	im		
	8. 监廉部	am	iam		
阴声韵	1. 支微部		i	ui	
	2. 鱼模部			u	iu
	3. 皆来部	ai	iai	uai	
	4. 萧豪部	ɑu	iɑu		
	5. 歌戈部	o		uo	iuo
	6. 佳麻部	a	ia	ua	
	7. 尤侯部	əu	iəu		
入声韵	1. 屋烛部			uk	iuk
	2. 铎觉部	ɑk	iɑk	uɑk	
	3. 薛月部	at	iat	uat	iuat
	4. 德陌部	ək	iək	uək	iuək
	5. 缉入部	əp	ip		

第六章 韵谱

第一节 韵谱说明

1. 韵谱分为古体诗和近体诗两部分，按照不同的民族进行排列。同一个民族内，一首诗歌基本上只对应一位作者，因此韵谱没有列出诗歌作者的姓名。

2. 韵谱根据丁声树先生的《古今字音对照手册》《广韵》来决定韵字，同时依据东方语言学网页中的中古音查询系统来进行校正。多音字和又音字读音的取舍，取决于该字所处韵段的具体语境。

3. 本部字在一起押韵的，简称为"独用"；本部字与其他韵部的字在一起押韵的，简称为"合韵"。本韵谱先列独用，次列合韵。合韵之字，于字后括号内标明其所属206韵的韵类。限于篇幅，部分"独用"与"合韵"的例证未列入韵谱之中。

4. 诗文韵谱的材料是研究共同语音的主体材料，其中可能会涉及方音的内容，本书将这些作品也一律收录在韵谱之中。这么做是因为我们没有什么证据证明，他们的作品一定是完全用其方音写作而成的。本书认为，他们的作品应该多数是用官话创作而成的，因为经过千年的流传，这些作品依然完整地保留下来，这必定是通过官话的影响力，而并非是其方言。但是同时也承认，这些作品虽然是用官话创作的，其中也一定或多或少地带有作者的方音色彩。

5. 韵字、韵段、韵例的判断。研究诗歌用韵，最重要的就是判断韵字、韵段。韵字、韵段判断失误会使研究的可靠性大打折扣。而韵字、韵段的判断主要是根据韵例。韵例即韵字出现位置的规律，不同的诗歌体裁有不同的韵例。韵与非韵的判定问题是颇为复杂，但又是非常重要的，因为它关系到诗歌的声律问题，同时也关系到远韵能否同用的问题。将这个问题辨别得清晰，可以减少对合韵的解释，特别可以避免误认不合声律的合韵，可以使我们所得出的韵部更为精准。

（1）近体诗押韵比较简单：一般都是偶句押韵，有时首句也入韵。

（2）古体诗押韵相对复杂：五七言诗的押韵，主要是偶句押韵、偶句押韵加首句入韵、句句押韵。在转韵的古体诗中，每转一韵，第一句总以入韵为原则。

6. 和诗、用韵、联句的问题。

（1）和诗：最初的时候是一唱一和，并不一定要用对方的原韵或原韵脚。宋代以后，和诗就差不多总要依照原韵，叫作次韵或步韵。

（2）用韵：用古人某诗的原韵，其实等于和古人的诗。

（3）联句：旧时作诗方式之一，两人或多人共作一诗，相联成篇。

有鉴于此，和诗、用韵及联句在考察其诗韵的时候，有必要与作者自作的诗区别开来。但一般来讲，诗人的和诗多在同乡之间唱酬，另外主要考虑到其数量少，因此归纳其用韵时就不予区别，统一列在韵谱之中。

第二节 蒙古族诗文韵谱

一 近体诗

(一) 独用

1. 阴声韵

齐部：鸡、西、泥、凄（《寄王本中台橡》），齐、题、啼、泥（《赠陈众仲》），迷、啼（《送镜中圆上人游钱塘》），鸡、啼、西（《早发钓台》），齐、低、啼（《彭城杂咏呈廉公亮佥事·其一》），嘶、泥、堤、鸡（《都下同翰林诸公送御史尚游题紫骝马》），西、齐、溪、鸡（《宿大横驿》），低、题、鸡、溪（《题蜀山驿》），啼、泥（《宿洞神宫春晓书事》），啼、鸡（《春暮》），低、齐、啼（《延陵曲》），低、溪、堤、蹊、鸡（《安流晓渡其一》），低、蹄、啼（《春晓》），梯、迷、低（《游鼓山大顶峰》），低、齐、泥、鸡、西（《次韵送虞伯生入蜀代祀》）。

麻部：家、霞、花、砂（《游梅仙山和唐人韵四首·其二》），斜、霞、花（《和经历杨子承晓发山馆》），家、花、鸦（《西湖绝句六首·其六》），车、花、霞、砂、家（《赠刘云江宗师》），花、霞、家、斜、砂（《次龚子敬题壁间诗》），霞、花、家、麻（《题天台宗应处士孙鹤轩》），家、茶、花、霞（《元统乙亥岁除闽宪知事未行立春十日参政许可用惠茶寄诗以谢》），哗、霞、砂、家、华（《麻姑山》），射、鹧、谢、舍、借（《过嘉兴》），花、车、家、霞、斜（《京城春暮》），霞、沙、花、家、蛙（《过孙虎臣园》），赊、家、衙、华（《寄朱县尹》），家、霞、花、砂（《游梅仙山和唐人韵四首·其三》），家、蛇、华、霞（《游清溪道院》），花、霞、家、斜、沙（《同吴郎饮道院》），车、沙、

199

罢、花（《上京杂咏·其四》），家、斜、花（《句容道中遇雪》），华、霞、砂、家（《赠刘尊师》），花、家（《雪霁过清溪题道士江野舟南馆·其二》），花、家（《宿化阁渡口阻风·其三》），车、沙、花（《上京即事·其四》），茶、花（《云中过龙潭紫微观访道士不值》），花、茶（《闽城岁暮》），鸦、家、花（《寒食马上》），赊、家、花（《客中九日·其一》），花、车、赊、沙、笳（《春游》），茶、袈、花、家（《寄金山长老》），家、花、瓜（《高邮至邵伯二首·其二》），华、家、花（《赠来复上人·其三》），家、霞、花（《题郑谷驿》），家、霞、花（《题吕城葛观·其二》），家、霞、花（《宿延陵昌国寺书于上人房二首·其一》），鸦、沙、槎、家、夸（《安流晓渡二首·其二》）。

之部：丝、祠（《季子庙》），思、时（《再过梁山泊有怀观志能·其一》），诗、时（《寄诸台掾二首·其二》），诗、飔（《青绢赞》），之、时（《吴僧子庭古木竹》），思、时（《题钓台》），期、诗、时（《会景亭》）。

支部：离、碑（《季子庙》），差、枝（《太平驿即事》），吹、池（《兴圣寺即事三首·其三》），离、碑、枝（《常山纪行·其三》）。

歌部：萝、歌（《常山纪行·其五》）。

咍部：开、苔、来、莱（《再游崇禧寺》），台、来、开（《游会仙宫》），开、台（《彭城杂咏·其一》），哉、台、来、才（《寄中曹学士除浙江财赋总管闻至姑苏》），台、来（《舟中题画卷》），台、来、开、苔（《次韵登凌歊台》），台、来（《上京即事·其一》），莱、栽、开、材、来（《桂兰》），来、开（《雪中渡江过山饮旸谷简上人房·其一》），台、来、开（《雪中妃子》），来、哀、开、腮（《题朱泽民画雪谷晓行》），台、胎、哀、莱（《过贾似道废宅》），才、来、栽、台、猜（《次学士卢疏斋题赠句容唐别驾》），来、开（《书浍沟杨氏壁二首·其一》），来、开（《金陵道中遇雨寄功父光国五首·其二》），来、开

（《未归》），开、台、来（《送刘提举还江南》），栽、苔（《题柯敬仲竹二首·其二》），莱、埃、来、开、台（《石鼓书院·其二》）。

微部：衣、依、飞、稀（《送王伯循御史赴广东佥宪时仆将回燕京》），飞、衣、归、肥（《秋夜京口》），威、非、归、飞、衣（《吴山女道士》），飞、归（《冶城三月晦日》），衣、归（《秋夜闻笛》），飞、归、微、扉（《送景南彦上人归江西》），衣、归、稀、飞（《九月七日舟次宝应县雨中与天与弟别》），威、非、归、飞、衣（《赠吴山紫阳庵女道士》），飞、衣（《渡淮即事》），扉、衣、飞、归（《正觉寺晚归赠益山长老》），违、矶、稀、飞、肥（《述怀》），依、归、衣、微、扉（《入城舟中》），衣、依、飞、稀（《送君卿伯循二御史广东佥宪时仆在燕南》），肥、飞、归（《京口城南次集·其二》），违、归、飞（《凤凰台望祭进士郑复初录事》），稀、衣、飞、归（《赠诉笑隐长老》），飞、衣、归、肥（《京口夜坐》），挥、飞、归、衣（《哭同年进士李竹操经历·其二》），衣、飞（《再过梁山泊有怀观志能·其二》），衣、飞（《题京口高资包氏壁》），归、衣、飞、微（《过江东驿次王侍御韵》），飞、归（《兴圣寺即事三首·其一》），衣、飞（《戏王功甫》），归、衣（《宿丹阳普照院·其一》），围、飞（《寄金坛元鲁宣差行操二年兄》），霏、衣、飞（《去吴留别于寿道陈子平诸友·其一》），衣、飞（《书高贤坊》），扉、肥、薇（《常山纪行·其一》），肥、晖、微（《到闽二首·其二》），围、归、矶、飞（《送刘好士归武昌》），霏、泚、闱、衣、违（《送赵伯常淮西宪副》），微、晖、归、稀、矶（《寄同年宋吏部》），衣、晖（《题柯敬仲竹二首·其一》）。

豪部：豪、桃、高（《青梅诗》），袍、遭、旄、高（《丁卯及第谢恩奉天门》），毛、袍、高、劳（《送刘照磨之桂林》），高、桃、袍、毫（《送石民瞻过吴江访友》），袍、高、曹、豪（《九日京口作》），袍、绦、高、毛（《忆观驾春搜二首·其一》），槽、袍、高（《雪中渡江过

201

元代少数民族作家汉文诗歌的用韵特点

山饮旸谷简上人房・其二》），萄、槽、袍（《泊江家步无月同孟志学小酌溪上二首・其二》）。

鱼部：虚、舒、车、鱼、如（《观驾春游・其一》），初、鱼（《雪霁过清溪题道士江野舟南馆・其一》），鱼、书（《题界首驿・其二》），琚、书、疏、处、居（《和邓善之送陈尧卿韵》），庐、书、舆、锄、居（《题刘涣中司空山隐居图》），余、书、鱼、蹰（《送道士良豸冠还楚丘》），初、鱼、驴、如（《寄友》），徐、书、鱼、渠（《贺丘郡博持敬新修镇江儒学》），车、书（《和闲闲吴真人・其二》），鱼、书（《高邮至邵伯二首・其一》），如、余、渠、书（《春日次宋显夫韵》），初、疏、书、除（《次韵答见心上人二首・其一》），居、舆、书、鱼、疏（《简见心上人》），墟、蔬、锄、舒（《杂诗四十七首》），庐、裾、初、书、蔬（《寄赵可程》）。

尤部：留、秋、流、洲、游（《宿玄洲精舍芝菌阁别张伯雨二首・其一》），忧、秋（《夏仲书景》），留、浮、愁、悠（《尘镜》），抽、秋、收、愁、流（《无弦琴》），州、稠、舟、俦、旒（《吉阳珂军》），羞、裯、秋、柔、愁（《竹夫人》），事、流、州（《偶成・其二》），秋、愁（《秋日寓钱塘》），裘、秋、流、舟（《闽中苦雨》），裘、秋、流、手、舟（《苦雨水溢呈宪司诸公》），秋、流、州、愁（《大别山》），悠、愁、流、秋（《送人兄弟相别》），浮、愁、舟、州（《登金山雄跨亭》），秋、流、愁、游（《九日登石头城》）。

模部：湖、鸣、无、蒲、徒（《高邮城晓望》），芦、壶、垆、苏（《寒夜即事》），湖、蒲、图、垆、无（《过吴江》），湖、蒲、图、垆、无（《平望驿道》），无、蒲（《过紫薇庵访冯道士・其一》），乌、图（《春日偶成・其二》），孤、壶、湖（《寓栖云四首・其三》），湖、苏、鸪（《送王奏差调福州》），图、湖、吴、梧、孤（《君山》）。

宵部：遥、消、腰、宵（《四美亭饯别时雪大作戏赠赵公子》），遥、潮、轺、朝、招（《和马伯庸除南台中丞时仆驰驿远迓至京复改徽政以诗赠别》），遥、消、腰、宵（《龙潭送侍中田美中携酒十里雪作》），遥、潮、轺、朝、招（《和中丞伯庸马先生赠别中丞除南台仆驰驿远迓至上京中丞教政》），杓、飘、绡（《黄河舟中月夜》）潮、招（《宿经山寺二首·其一》），招、飘、朝、消（《游天童山》）。

2. 阳声韵

[-m]

侵部：沉、深、心、吟（《谢龙江虚白上人雨中见过》），沈、深、心、吟（《用韵寄龙江》），侵、深、阴、临（《登山亭》），金、林、心、深（《野潜堂》），林、深、音、金（《西宫春日与吴锦衣赋》），深、林、心、沈、斟（《和马昂夫赏心亭怀古》），岑、寻、深、音、琴（《题玄妙观玉皇殿》），林、深（《西宫即事·其一》），音、林、深（《经历司暮春即事·其一》），琴、心、深、林（《山中怀友·其二》），沉、林、阴、深、岑（《茶烟》），深、阴、沉、吟（《题江东精舍》），心、深、音、林（《送金德启之句容》），琴、心、深、林（《山中怀友·其五》），林、深、音、岑（《山中怀友·其六》），今、阴、深、心（《破砚》），心、襟、阴、禽（《偶题清凉境界》），侵、阴、深、心、吟（《松枝火》），禁、阴、深、心、针（《佳人手》），金、吟、心、深、阴（《卖花声》），阴、深、心、吟、沉《涧泉明府见示病中佳作次韵述怀二首·其一》，今、阴、深、金、心（《过梁太傅王彦章墓》），阴、深、森（《次王叔能侍御史》），临、深、林、吟（《铁塔寺写怀》），林、吟（《和闲闲吴真人二首·其一》），林、阴、音、深（《赋得上林莺送张兵曹二首·其二》），深、憎、沈、林、金（《春日宣则门书事简虞邵庵》），深、阴、林、吟、心（《次韵答见心上人二首·其二》），阴、心、林、金、吟（《赠见心禅师》），今、沉、深、吟（《水帘泉》），吟、深、音、襟、临（《可斋诗》），心、林、深（《蒲庵诗三首奉寄见心上人·其三》),深、音、心(《游茅峰》),寻、金、深、音、心(《新夏偶题》)。

盐部:帘、檐(《题竹院壁》),尖、纤(《过浦城》),帘、纤(《对客》),帘、纤(《席上次顾玉山韵》)。

[-n]

元部:烦、翻、猿、喧(《忆鹤林即休翁》)。

文部:纷、云、闻、裙(《访石城白岩上人》),君、云、分、熏、文(《姑苏台奉别侍御王继学》),闻、裙、云、君、分(《送王真人北上代刘宗师》),君、云、分、熏、文(《姑苏台奉和侍御继学王先生赠别》),君、闻、云(《将游茅山先寄道士张伯雨》),曛、云(《春日镇阳柳溪道院》),群、分、云、闻、君(《送任仲甫回广西》),分、闻、云、纷(《钱唐驿楼望吴山》),纷、云、闻、分(《过鹅湖寺》),裙、纷、分、云、闻(《京师春夜呈宋礼部》),纹、云、闻、君(《夜宿升龙观》),纷、云、闻、裙(《秋日雨中登石头城访长老珪白岩不遇》),文、分、云、君(《送观志能分得君字志能与仆同榜又同南台从事考满北还》),氛、云、熏、军(《病中书怀·其一》),分、群、云、君(《游梅仙山和唐人韵·其一》),焚、闻、纹、君(《焦桐》),闻、裙、云、君、分(《送王习灵新授宗师朝京》),闻、云(《病中杂咏·其五》),云、君(《赠道士陈华隐》),云、纷(《约友游西峰不至》),群、云、军、闻、文(《北上别郑文学》),氛、云、熏、军(《病中书怀·其一》),君、云、闻、群(《送崔知印之江东》),分、文、云(《端居书事答翟志道知事见寄韵二首·其一》),分、文、云(《端居书事答翟志道知事见寄韵二首·其二》)。

真部:滨、新、神(《与弟别渡淮·其一》),人、巾(《病中杂咏·其三》),尘、人(《次韵与德明小友·其二》),滨、新、神(《九日渡淮喜东南顺风二首·其一》),人、尘(《过石子冈》),真、人、新、亲（《游梅仙山和唐人韵·其四》），邻、亲、人、巾（《哭同年进士李竹操经历·其一》），宾、绅、神、新、民（《次繁昌邑宰梅双溪韵》），津、神、人（《扬子江送同志》），鳞、尘（《金陵道中遇雨寄功父光国五首·其一》），尘、人（《春日偶成·其一》），神、滨（《荥阳古槐》），人、民、滨、贫（《杂诗》），人、神（《题梅花道人〈墨菜图〉》）。

魂部：温、孙、尊、门（《寄文济王府教授郭尚之》），门、奔（《杨柳》），昆、论、门、存、樽（《广平马怀素寓居姑苏雨中见过》），门、孙（《石林即事·其一》），门、存（《奎章阁感兴·其一》），银、人（《逢托克托景颜》），奔、坤、敦、存（《杂诗四十七首》）。

先部：边、天、眠、前（元文宗《自集庆路入正大统途中偶吟》），边、烟（《寄湖南张子寿以西台御史拜前职素有退志故举兼善劝之》），年、前、天、田、悬（《飞鸣宿食雁》），天、烟、颠（《送王御史》），边、前、贤、年（《送人》），前、年（《次韵与德明小友·其一》），贤、年、田（《题范文正公书〈伯夷颂〉并札卷》）。

仙部：船、圆（《寄湖南张子寿以西台御史拜前职素有退志故举兼善劝之》），鞭、船（《送王御史》）。

寒部：澜、难、寒、干、栏（《绿阴》），寒、干（《秋夜闻笛》），寒、干、残、看（《登德兴聚远楼上有宋庙书》），难、看（达不花《宫词》）。

山部：闲、山（《余与观志能俱以公事赴北舟至梁山泊时荷花盛开风雨大至舟不相接遂泊芦苇中余折芦一叶题诗其上寄志能》），山、闲（《金陵道中遇雨寄功父光国五首·其四》），闲、山（《偶成·其一》），闲、山（《偶成·其三》）

[-ŋ]

钟部：容、重、松、龙（《陟玩春山纪兴》），容、钟、龙、春

元代少数民族作家汉文诗歌的用韵特点

(《宿龙潭寺》), 重、封、浓、蓉 (《寄参政许可用》), 重、钟、龙、蓉 (《送欣上人笑隐住龙翔寺》), 容、松、春、逢 (《游梅仙山和唐人韵·其一》), 容、松、钟、重 (《题半山寺》), 龙、容、重、逢 (《纪事》), 蓉、峰、钟、逢 (《赠仁皇讲师达上人》), 容、钟、春、龙 (《投宿龙潭道林寺》), 容、松、春、逢 (《游梅仙山和唐人韵·其二》), 重、钟、龙、蓉 (《寄贺天竺长老诉笑隐召住大龙翔集庆寺》), 重、蓉 (《入闽过松陵和王伯循所题》), 蓉、峰、钟、逢 (《赠仁王讲师达上人》), 重、钟、龙、松 (《送僧归庐山》), 踪、钟、松、峰 (《赠学古澹上人》), 踪、重 (《题冶城道士稽秋山卷》), 踪、钟 (《寓栖云·其二》), 松、容 (《青松林》)。

东部: 空、风、宫 (《上京杂咏·其一》), 风、中 (《题界首驿·其一》), 空、风、宫 (《上京即事·其一》), 风、中 (《邵伯舟中》), 匆、空、中 (《补题淮西送王仲和从事诗卷》), 中、宫 (《夜宿金山题金山图》), 风、红、宫 (《登姑苏台·其一》), 东、同、中 (《将入闽赵郡崔好德求题舆地图》), 红、终、风、空、翁 (《煮茶声》), 空、胧、穷、中、红 (《晓色》), 中、东 (《宿长安驿·其二》), 穷、聋、东、红、风 (《夜坐赠秀才》), 同、空、风、融、宫 (《元子游戏竹木》), 弓、风、鸿、雄 (《泊舟黄河口登岸试弓》), 同、空、风、融、宫 (《寒夜怀京口韵》), 风、中 (《金陵道中遇雨寄功父光国五首·其五》), 珑、宫、桐 (《赠来复上人四首·其四》), 风、红 (《寓栖云·其四》), 公、功、空、穷 (《虞君胜伯, 求先世遗书, 将锓诸梓, 作诗以美之》), 中、蓬、终、忡 (《杂诗四十七首》)。

清部: 城、声 (《寄即休翁·其二》), 中、崇、融、风、红 (《柳先生祠》), 城、声、程 (《开化寺避暑·其一》), 城、声、程 (《开化寺避暑·其二》), 楹、清 (《杂诗四十七首》)。

青部: 伶、醒、亭 (《寄奎章学士济南李溉之》), 醒、亭、青

(《题范阳驿》），泠、青（《金陵道中遇雨寄功父光国五首·其三》），灵、萍、瓶、听（《登乌石山仁王寺横山阁》），汀、青（《兰溪舟中》），苓、形、丁、青（《松化石》），坰、青、醒、萤（《送人之金陵》），腥、星（《宿长安驿·其一》），青、经（《题隐上人房》）。

阳部：阳、长、妆、裳（《江馆写事》），妆、霜、狂、乡、肠（《马上偶成》），香、王（《上京即事·其二》），床、香、棠（《醉起》），觞、凉、香、长、娘（《碧筼杯》），茫、乡、香、樯、凉（《莲叶舟》），长、乡、香、霜、梁（《莲花灯》），香、凉（《升龙观招道士谢舜咨饮柏台赐酒·其二》），访、张、凉（《赠茅山道士胡琴月》），床、凉、香（《石林即事·其二》），阳、伤、肠（《九日遇雨》），商、乡、肠（《客中九日·其二》），墙、阳、长、章、觞（《春日侍驾游香山》），阳、霜（《宿陵口寺》），尝、乡、阳（《到闽·其一》），梁、裳、长、芳、伤（《衡门有余乐》），长、香、阳（《艾山怀古》）。

江部：双、撞、窗、江（《寄朱舜咨王伯循了即休·其三》），腔、江、窗、双（《寄新原林道士》），双、憧、降、江、杠（《诗战》），江、窗（《宿淮南长芦寺》），窗、江（《谢人惠茶》）。

登部：能、灯、藤、曾（《宿因胜庄二首·其一》），能、灯、藤、曾（《宿因胜庄二首·其二》），橙、灯（《次和清凉寺长老韵》）。

蒸部：承、丞（《兴圣寺即事三首·其二》）。

3. 入声韵

[-p]

狎部：狎、甲（《龙井诗》）。

[-k]

职部：力、息（《黯淡滩歌》）。

铎部：薄、落、索、乐（《将至大横驿舍舟乘舆暮行》）。

(二) 合韵

1. 阴声韵与阴声韵

之支：漪、怡、知、移、枝（《次韵·其二》），之、吹、碑、丝（《梦登高山得诗》），时、枝、师、期（《鹤林僧送竹笋》），时、差、吹（《凉书》），为、期、痴、枝、时（《吾生落落果何为》）。

之齐：泥、时、姬（《西湖绝句·其三》），旗、题、西（《题淮安王氏小楼·其四》），兮、之、时（《和刘伯温》）。

之脂：之、时、丝、诗、师（《重游定水登樵隐亭有怀见心方丈》）。

之脂支：水、枝、诗（《还台偶成·其一》）。

之鱼：士、琚、书、疏、居（《奉和邓善之学士赠陈尧夫教授之作》）。

之微：衣、丝、棋、思、词（《四时宫词·其二》）。

齐微：璃、晞、飞、晖、归（《水中云》）。

尤脂：出、收、舟（《登众妙堂题商学士画雨霁归舟图》）。

尤侯：浮、洲、愁、楼、游（《次韵寄茅山张伯雨二首·其二》），鸥、愁、楼、钩、头（《登北固城楼》），头、州、筹（《彭城杂咏呈廉公亮佥事·其三》），头、丘、愁（《道傍萱花》），楼、浮、稠、州、游（《题董太初〈长江伟观图〉》）。

尤幽：流、幽、丘、秋、游（《次张举韵题皖山金氏绣野亭》）。

萧豪：寥、袍、高（《宿丹阳普照院·其二》）。

宵萧：朝、遥、瓢、箫（《句曲赠清玄道士陈玉泉朝京还山，复拜广陵观》），凋、朝、翘、潮（《次萨天锡登石头城韵》）。

豪宵：韶、袍、绦、高、毛（《前诗未尽再赋春搜此足以》），毛、绡、韶（《题画竹》）。

歌戈：过、多、摩、柯（《休上人见访》），过、驮、多、何（《送友人进柑入京》），波、荷、多（《过高邮射阳湖杂咏·其二》），过、波、多（《经历司暮春即事·其二》）。

麻鱼：花、车、家、霞、斜（《京城春日》）。

虞鱼：书、梳、厨、疏（《酬张伯雨寄〈茅山志〉》）。

佳麻：佳、家、花、鸦（《过姑熟怀陈行之教授》），花、华、葩、霞、涯（《奉题见心禅师天香室》）。

灰咍：回、台、来、开、苔（《次韵登凌歊台》），堆、台、来（《上京即事·其五》），回、开、台（《彭城杂咏呈廉公亮佥事·其二》），苔、梅（《寄即休翁·其三》），开、回、灰、埃、垓（《题颐结寺方丈假山》）。

2. 阳声韵与阳声韵

[-n] 与 [-n]

痕魂：痕、存、门（《寄即休翁·其一》）。

文魂：军、门、温、樽、论（《送宣古木》）。

痕文：痕、军、文（《五丈秋风》）。

真谆：臣、秦、均、新（《寄李道复平章》），春、茵、尘、人（《春日偶成》），春、尘、人（《还台偶成·其二》），人、尘、春、宾（《钟山遇风雨·其一》）。

谆文：春、云、醺、军、勋（《虎顶杯》），春、云、闻、裙、纷（《病中夜坐》）。

真文：人、分、云（《道过赞善庵》）。

先仙：弦、偏、船（《赠弹筝者》），钱、然、绵、烟、全（《安分》），年、然、天、连、船（《层楼感旧》），田、贤、年、传（《上赵凉国》），天、笺、船、年、仙（《采石怀李白》），仙、前、玄、年、千（《次闲之送别刘云江归茅山》），天、仙、川、悬、传（《寄句曲外史》），仙、前、玄、年、千（《次韵送人还茅山》），天、千、边、仙（《送李恕可随王宗师入京》），田、仙、钱、船（《平川幽居·其一》），鲜、年、穿、圆（《游长干寺》），船、边、天、泉、仙（《南安道中》)、烟、传、天（《茅山玄洲精舍有道士号紫轩又号木通生白日坐解遗书其徒许道民者至今坐墙尚存为题其卷》)、船、天（《同御史王伯循时除广东佥事济扬子江余除燕南照磨》)、船、天、边（《九日渡淮喜东南顺风·其二》)、船、烟、仙（《再赠李溉之学士》)、年、前、钱（《奎章阁感兴·其二》)、天、编、连、传、宣（《读班叔皮王命论》)、圆、天、然、传（《杂诗四十七首》）。

寒删山：栏、关、山、间、颜（《江城玩雪》)，寒、还、山（《春日过丹阳石仲和宅会茅山道士石山辉》)。

寒桓：寒、团、酸（《赠歌者号梅芳二首·其二》)，冠、寒、玕（《赠张道士》)，岘、坛、鸾、丹、难（《游茅峰》)，攒、丹、寒、桓（《元符山房》)。

山寒：闲、间、山、珊（《和学士伯生虞先生寄韵》)。

山删：还、湾、山、间（《送莫秀才归番阳》)。

[-ŋ] 与 [-ŋ]

庚清：明、城、声（《江浦夜泊》)，盟、明、情、生（《废檗》)，晴、明、行、生、横（《晓起》)，京、荣、轻、羹、明（《勅赐恩荣宴》)，惊、声、明、清（《杂诗四十七首》）。

清耕：声、城、清、莺、名（《寄呈江东廉使王继学》)。

耕庚：茎、生（《杂诗四十七首》)。

清青：青、瓶、溟、廷、萍（《送韩司业》)，声、醒、青（《常山纪行·其四》)。

蒸青：凝、青、醒、腥、庭（《龙涎香》)。

阳唐：忙、凉、香、床、房（《送约上人归宜兴湖洑寺》)，光、王、长（《上京杂咏·其三》)，方、皇、荒、香、床（《再过钟山大禧万寿寺有感》)，傍、乡、香、凉、长（《章贡道中》)，芳、凉、香、浆、浪（《次韵·其三》)，光、王、长（《上京即事·其三》)，皇、狂、香（《题李溉之送别诗卷》），香、郎、黄（《和友人招饮》），塘、香、凉、房、湘（《寂照堂荷池二首·其二》）。

江唐：航、撞、江（《宣化江阻风》）。

钟东：松、从、峰、中、龙（《登金山》），浓、葱、翁、东、红（《送外舅慎翁之燕京》），庸、风、东、雄、功（《梅岭》），松、动、峰、逢、钟、踪（《为九江方七高赋》），峰、通、中（《临丹青阁》）。

3. 入声韵和入声韵

［-m］与［-m］

添盐：甜、檐、帘、钳（《范金事幽居》）。

谈覃：鬖、男、南、酣（《题刘山长雪夜板舆图》）。

二 古体诗

（一）独用

1. 阴声韵

齐部：啼、低、迷（《马翰林寒江钓雪图》），西、栖、啼、低、蹄（《和参政王继学海南初还韵》）。

宵部：桥、饶、遥（《书建德驿》），表、绕（《和友人游鹤林韵》），霄、遥、少、飘（《紫溪道中》），小、悄（《快雪轩》），表、少（《车簇簇》）。

萧部：萧、寥（《书建德驿》）。

豪部：抱、草、好（《和友人游鹤林韵》），劳、袍、遭、毛、号、嗥、滔（《灯蛾来·其一》），劳、猱、遭（《黯淡滩歌》），扫、草、老（《春别》），草、老、好（《征妇怨》），高、牢（《菩萨蛮》），蒿、逃、抱、忉（《杂诗四十七首》）。

灰部：徊、杯（《送王幼达之北京》），嵬、回（《梦登高山得诗二首·其二》，《寄河村·其二》），徊、杯（《送椽长王仲仁北上》），回、杯（《送谢舜咨游茅山》）。

微部：归、挥（《鞭》），归、肥、衣（《秋千谣》），飞、衣（《织女图》），飞、归（《兴圣寺即事二首·其一》），飞、肥（《题南宫子蜡嘴图》），扉、衣、飞（《题雨竹》），飞、围、衣（《黯淡滩歌》），归、飞（《题茅山梅石道士卷》），飞、衣、归（《蒲庵诗三首奉寄见心上人·其三》），围、归、矶、飞（《送刘好古归武昌》）。

咍部：台、哀、苔（《登歌风台》），改、采、海（《过鲁港驿和贯酸斋题壁》），来、开、台（《梦登高山得诗二首·其二》），在、该（《梅仙山行》），开、来、哀、苔（《同曹克明清明日登北固山次韵》），海、态（《夏夜积雨霁阴云不收病坐南轩月复出》），哉、来（《和同年观志能还自武昌咏》），台、莱、来（《送椽长王仲仁北上》），台、来（《送谢舜咨游茅山》），来、腮（《题四时宫人图·其三》），开、来（《云际感兴》），台、莱、来（《送王幼达之北京》），开、来（《升龙观九日海棠杏花开·其一》），开、来（《赠谢舜咨羽士》）。

麻部：下、假（《相逢行赠别旧友治将军》），把、马（《秋千谣》），鸦、花、家（《清明游鹤林寺》），咤、赭（《回风波吊孔明先生》），把、马（《海棠曲》），瓦、马、下、把（《宣政同知燕京间报国哀时文皇晏驾·其一》），霞、花（《灯草》），沙、花、纱（《过嘉兴》），挂、把、马（《王孙曲》），家、霞、华、沙（《上脱欢大夫》），花、沙、家（《蒲庵诗三首奉寄见心上人·其一》），花、加、家（《梅花村图》）。

侯部：楼、瓯（《寄良常伯雨》），钩、鸥（《秋暮过吴值雨感怀》）。

尤部：忧、州、休（《鬻女谣》），猷、舟、裘（《马翰林寒江钓雪图》），手、首、肘（《登歌风台》），舟、流（《多景楼》），谋、游、洲、优（《谒王主簿芝瑞》），舟、流、浮、洲、秋（《题钓雪滩》），

212

柳、首、酒（《清明日偕曹克明登北固楼》），留、愁（《和友人游鹤林韵》），手、首（《题南宫子蜡嘴图》），游、秋（《中秋月夜泛舟于金陵石头城》），啾、忧（《百禽歌》），秋、流、州（《南台月》），舟、飕（《夜泊钓台》），愁、尤（《黯淡滩歌》），愁、游（《寄良常伯雨》），手、酒（《醉歌行》），秋、舟、悠（《秋暮过吴值雨感怀》），酉、久（《秋夜》），有、手、柳（《桐花烟为吴国良赋》）。

之部：起、里（《汉宫早春曲》），起、里（《晓上石壁滩》），此、喜、止（《黯淡滩歌》），滋、时（《杂诗四十七首》）。

支部：枝、离（《车簇簇》）猗、斯（《杂诗四十七首》）。

脂部：夷、诗（《相逢行赠别旧友治将军》）。

歌部：多、何（《萤灯》），哥、峨、歌（《百禽歌》），多、何（《灯蛾来·其一》），多、何（《北风行送王君实》），歌、多、驮（《登歌风台》），娑、荷、骡、多、罗、歌、何（《扬帆松江甚驶西望吴诸山快而有作》）。

戈部：窝、磨、波（《螺杯》），座、睡、过、和（《题焦山方丈》），波、梭、涡（《扬帆松江甚驶西望吴诸山快而有作》），梭、波（《补阙歌》）。

鱼部：锄、墟（《过居庸关》），抒、语（《织女图》），庐、书、舆、锄（《题刘涣中司空隐居图》），阻、与、语（《和友人游鹤林韵》），徐、裾、余、梳、如（《溪行中秋玩月》），余、居、书（《题吕城葛观·其一》），去、庐、居、疏、予（《送友还家》），徐、鱼、书、居、如（《谢见心上人》）。

虞部：雨、羽（《鸬女谣》），儒、区、须、吴（《溪行中秋玩月》）。

模部：湖、壶、孤（《送广信司狱》，壶、孤（《葡萄酒美鲥鱼味肥赋蒲萄歌》），壶、孤（《江南春次前韵》），枯、糊、孤（《题江乡秋晚图》），狐、辜（《北人上冢》），布、袴、无、图（《织女图》），苏、姑、奴（《溪行中秋玩月》），菟、无（《题赵子昂天马图》）。

2. 阳声韵

[-m]

侵部：心、临、吟（《南台月》），侵、林（《梅仙山行》），心、深、沉（《燕姬曲》），寻、禁、阴（《寄诸台掾二首·其一》），深、襟（《卫将军玉印歌》），岑、金、侵、心（《杂诗四十七首》），深、阴、吟、斟、心（《杂诗四十七首》）。

盐部：尖、纤（《新城骚》）。

[-n]

元部：饭、晚（《马翰林寒江钓雪图》），言、元（《题郭元二公画壁》）。

先部：转、殿、怨（《蕊珠曲》），年、眠（《题高秋泉诗卷》），天、前（《过广陵驿》），荐、县（《车簌簌》），边、天（《长桥夜泊》），田、芊、牵、年（《杂诗四十七首》）。

仙部：偏、延（《华清曲题杨妃病齿》），仙、船（《送广信司狱》）。颤、面、院（《灯草》），箭、恋、线（《征妇怨》），全、泉（《题高秋泉诗卷》），鲜、船（《过广陵驿》），船、然、蜒（《长桥夜泊》）。

真部：人、茵、珍、亲（《留别同年索士岩经历》），尘、人（《和友人游鹤林韵》），臣、人、绅、伸、身（《寄南台诸公》），鳞、伸（《织女图》），神、茵、人（《送马伯庸子之京》），真、人（《醉歌行》），人、民、滨、贫（《杂诗四十七首》），人、真、辛、嗔（《杂诗四十七首》）。

文部：裙、军（《鹦鹉曲题杨妃绣枕》），云、裙（《梅仙山行》），群、分、纷（《病起城东晚步》），闻、云、纹（《王孙曲》），军、勋（《登歌风台》），君、云、群（《相逢行赠别旧友治将军》），坟、汜、闻、云（《题高唐驿》），文、勋（《卫将军玉印歌》），群、军（《题赵子昂天马图》）。

魂部：坤、门、昏、浑（《金山寺》），寸、嫩（《蕊珠宫》），屯、魂（《过居庸关》），存、魂（《卫将军玉印歌》）。

桓部：冠、宽、酸（《终南进士行和李五峰题马麟画钟馗图》）。

寒部：难、干（《百禽歌》），肝、寒（《南台月》），安、寒、干、残、干（《登凤凰台》）。

[-ŋ]

庚部：行、笙（《送友人之金陵》），嵘、兵、争（《过居庸关》），行、笙（《题李遵道画竹木图》），明、生（《题舒真人北山楼观图》），兵、明（《走马灯》），行、更（《宿玄洲精舍芝菌阁别张伯雨》），生、横（《送僧还江西》），惊、鸣（《花山寺投壶》），行、更（《宿玄洲精舍芝菌阁别张伯雨·其二》），生、明（《送别曲》），冷、影、永（《鸟》）。

清部：精、城、声（《走马灯》），倾、晴（《织女图》），清、城、名（《过桐君山》），声、情（《征妇怨》），名、声（《题李遵道画竹木图》），旌、城、琼（《题舒真人北山楼观图》），声、城（《送僧还江西》），声、情（《泊江家步无月同孟志学小酌溪上二首·其一》），城、清（《花山寺投壶》），晴、声（《宿玄洲精舍芝菌阁别张伯雨二首·其二》）。

青部：亭、青、形、铃、汀（《故宫为梵刹》），形、泠（《夏夜积雨霁阴云不收病坐南轩月复出》），顶、醒、明（《清明游鹤林寺》），庭、邢、星、青、屏（《题高节书院》）。

登部：灯、曾、僧（《偕廉公亮游钟山》），灯、僧（《钓台夜兴》），曾、灯（《石门怀舜咨夜坐》），层、僧、灯（《过光孝寺》），曾、能（《高邮阻风》）。

元代少数民族作家汉文诗歌的用韵特点

蒸部：承、丞（《兴圣寺即事·二首》），冰、嶒（《石门怀舜咨夜坐》），澄、陵（《秋江横笛图为维扬苏天爵题》），凝、冰、兢、膺（《杂诗四十七首》）。

东部：冲、同、蓬、中、东（《寄廉公亮》），红、中、宫（《王孙曲》），通、红（《练湖曲》），中、风、空、融、东（《度闽关》），中、蒙（《吴真人京馆画壁》），中、宫（《海棠曲》），翁、宫、风（《题陈所翁墨龙》），中、蒙（《和题吴闲闲京馆王本中醉作竹石壁上》），东、铜、宫（《中秋月夜泛舟于金陵石头城》），嵩、骢、空、风（《送唐卿御史》），风、梦（《织女图》），宫、风、空、中、穹、红、童、东、翁、穹、通（《和韵三茅山呈张伯雨外史》），穹、公（《醉歌行》），风、中（《回风波吊孔明先生》），空、红、风（《升龙观九日海棠杏花开·其二》），忠、虹（《贾公词其一》），风、中、筒、虹、匆（《秋风》）。

唐部：鸯、凰、珰（《题二宫人琴壶图》），航、苍（《题倪国祥南村小隐诗卷》），囊、行（《赠故人任至刚》）。

阳部：床、亡、场、香、觞（《吊李肯斋》），芳、香、肠、凉（《芙蓉曲》），长、香（《练湖曲》），长、亡（《桃源行题赵仲穆画》），长、床、阳（《鹦鹉曲题杨妃绣枕》），长、妆、肠（《华清曲题杨妃病齿》），香、肠、凉（《芙蓉曲兼善状元御史》），往、掌、上（《岁云暮矣·其二》），凉、香（《连夜雨晴》），肠、伤、乡（《北人上冢》），王、霜、香（《登歌风台》），央、裳、方（《夜泊钓台》），香、床、妆（《题四时宫人图·其一》），香、裳、芳（《题二宫人琴壶图》），匠、赏（《卫将军玉印歌》）。

钟部：峰、珑、蓉（《偕卞敬之游吴山驼峰紫阳洞》），峰、蓉（《石墨山》），重、逢（《题四时宫人图其一》），蓉、松（《送别曲》）。

江部：降、江（《题江乡秋晚图》），缸、江、窗（《走笔赠燕会初》），江、窗（《夜发龙潭二首·其二》）。

3. 入声韵

[-p]

缉部：急、泣（《和题吴闲闲京馆王本中醉作竹石壁上》），急、泣（《吴真人京馆画壁》），泣、立、湿（《枯荷》），十、邑、立（《送宋承旨还金华》）。

[-t]

月部：发、月（《回风波吊孔明先生》）。

质部：七、凄（《燕姬曲》）。

薛部：雪、别（《洞房曲和刘致中员外作》），绝、泄、雪、裂（《望武夷》）。

末部：活、阔（《江南乐》）。

[-k]

职部：色、植、息、识（《杂诗四十七首》）。

陌部：客、白（《杂诗四十七首》）。

德部：则、默（《杂诗四十七首》）。

烛部：绿、狱（《送广信司狱》）。

铎部：薄、落、索、乐（《将至大横驿舍舟乘舆暮行·其一》），乐、郭、络、阁、薄（《江南乐》），薄、落、椁（《织女图》）。

屋部：哭、屋、目（《终南进士行和李五峰题马麟画钟馗图》），屋、竹、谷（《桃源行题赵仲穆画》），屋、竹（《宿台城山绝顶》），屋、竹（《游吴山紫阳庵》），簇、宿（《车簇簇》）。

（二）合韵

1. 阴声韵与阴声韵

尤侯：钩、头、州（《新月》），游、囚、愁、楼、舟（《长沙驿》），尤、流、舟、头（《老人岩》），楼、谋、头（《吴姬曲》），楼、

217

元代少数民族作家汉文诗歌的用韵特点

钩、愁(《蕊珠曲》),口、酒、走(《相逢行赠别旧友治将军》),头、收、牛、丘、收、忧、愁、裘、楼、酒、畴、秋、周、流、油、谋、飕(《早发黄河即事》),头、流、走、首(《高邮阻风》),州、钩、秋(《明皇击梧图》),留、秋、愁、楼(《和权上人》),游、秋、稠、楼(《送人之浙东》),鸥、愁、楼、钩、头(《春日登北固多景楼录奉即休长老·其一》),秋、浮、休、楼(《升龙观夜烧香印上有吕洞宾老树精》),楼、钩、收(《上京杂咏五首·其二》),头、州、楼(《彭城杂咏·其二》),湫、头、州(《夜发龙潭二首·其一》),修、楼、浮、头(《奎章阁观进〈皇朝经世大典〉》),舟、流、秋、楼、游(《初八日阻风宿无碍寺》),叟、走、斗、久(《会杜清碧·其一》),流、头(《岁云暮矣·其二》),头、舟(《岁云暮矣·其三》),头、休、流(《题郭元二公画壁》),友、斗、酒(《中秋月夜泛舟于金陵石头城》),久、丑、头、口(《胡桃》),酒、柳、斗、手、臼(《春游太真观》),秋、休、愁、楼、州(《鹤骨笛》),构、疚、祝、佑、后(《贾公祠·其二》),丘、头、秋(《题王子晋》),游、流、州、楼(《与萨天锡登凤凰台》),楼、浮、收、州、侯(《送琼州万户入京》),头、秋(《题钱舜举秋江待渡图》),舟、浮、头、悠、留(《泛鸣鹤湖次见心上人韵》),游、优、秋、稠、楼(《夜宿大慈山,次金左丞韵》),偶、手(《金指环歌》),流、裘、头、舟、留(《律诗二首·寄怀玉山》)。

幽尤:流、裘、幽、洲、游(《赠集虚宗师》)。

幽侯尤:虬、头、钩、收、侯(《沙书》)。

侯虞:雾、树(《洞房曲和刘致中员外作》)。

模虞:鹉、鼓(《鹦鹉曲题杨妃绣枕》),无、珠、酥(《葡萄酒美鲥鱼味肥赋蒲萄歌》),无、珠、酥(《江南春次前韵》),路、数(《过临平》),鸣、殊、雏(《飞奴》),孤、芜(《山中怀友·其一》),图、糊、无、吁(《残画》),府、虎、午(《寄省郎沙子丁》),湖、株、癃、无、逋（《问梅》），土、宇、肤、铢、途（《鬻女谣》），珠、须、吴（《黯淡滩歌》），住、妒、赋（《题二宫人琴壶图》），无、荑（《病中杂咏·其六》），具、路、慕、悟（《杂诗四十七首》）。

模鱼：祖、阻（《登歌风台》），枯、鱼、蜍（《题四时宫人图·其三》），无、疏、鹄、庐、沽（《金陵道中题沈氏壁》），五、鼓、语（《云际感兴》），苦、除、虎（《征妇怨》），渡、路、处、暮、去（《再泊钓台次鲜于伯机韵》），楚、古（《送友人之金陵》）。

虞鱼：语、雨（《寄省郎沙子丁》），雨、语（《百禽歌》），雨、语（《过高邮射阳湖杂咏九首·其一》），歔、衢（《鬻女谣》），虚、殊、珠、芜（《溪行中秋玩月》），缕、语、雨（《送马伯庸子之京》），车、挐、觚、蛆、蔬（《溪行中秋玩月》），羽、去（《过高邮射阳湖杂咏九首·其三》），余、居、渔、书、铢、锄（《为姑苏陈子平题山居图黄公望作》），语、住、云（《越溪曲》），余、衢、虚、珠、吁（《天灯》），语、雨（《碧梧翠竹堂》），余、殊、疏、趋、虚、儒（《杂诗四十七首》）。

模虞鱼：舒、须、书、枯、庐（《病起登楼》），舒、须、书、枯、芦（《次依前韵·其一》），舒、须、书、枯、庐（《次依前韵·其二》），雨、路、去（《题焦山方丈壁》），雨、堵、主、语（《夜兴》），虚、殊、珠、芜、徐、裾、余、梳、如、儒、区、须、吴、隅、都、车、舒、挐、铺、觚、蛆、蔬、厨、腴、鲈、趋、酥、姑、夫、奴、疏、娱、愉、扶、呼、鸣、图、竽、酤、渔、无、间、逾、乌、誉、书（《溪行中秋玩月》），路、渡、趋、图、所（《芒鞋》），舒、须、书、枯、庐（《次依前韵·其三》），舒、须、书、枯、庐（《次依前韵·其四》），舒、须、书、枯、庐（《次依前韵·其五》），舒、须、书、枯、庐（《次依前韵·其六》），雨、路、去（《题焦山方丈》），羽、顾、女（《题四时宫人图·其四》），余、枯、乌、须、雏（《题鸦浴池》），舒、须、书、枯、庐（《寒夜即事次韵呈许荣达》），愚、诸、俱、途（《杂诗四十七首》）。

歌戈：和、罗、波（《织女图》），多、歌、过、波、梭（《三衢马太守昂夫索题烂柯山石桥》），峨、波（《题四时宫人图·其一》），多、鹅、过（《病中书怀·其二》），何、挲、讹、驼（《卧钟》），波、河（《题淮东王廉访清凉亭》），波、荷、多（《过高邮射阳湖杂咏九首·其二》），峨、萝、河、过、波（《题长桥》），梭、驼（《题江乡秋晚图》），歌、和、多（《中秋月夜泛舟于金陵石头城》），何、挲、讹、驼（《卧钟》），萝、多、禾、何（《道中漫兴·其二》），过、萝、多、阿（《北固山》），多、磨、何、波、河（《絮化萍》），柯、萝、过、多、何（《次王继学谪海南还》），歌、鹅、过（《张外史菌阁·其二》），多、过、梭、河（《黄河夜送西台御史张子寿时新除湖广佥宪》），科、歌（《和王本中直台书事·其二》），何、和（《秋夜》），罗、多、莎、阿（《南禅寺》）。

微支：肥、奇、师（《复次前韵东龙江上人》）。

微脂：扉、微、归、衣、机（《贞如寺》），夷、归、衣、飞、挥（《送节妇某氏归海昌诗》），翠、归、坠（《紫溪道中》），稀、飞、衣、机、非（《登镇阳龙兴寺阁观铜铸观音像》），菲、机、飞、衣、归（《蝶使》），衣、飞、机、归、违（《莺挼》），尾、水（《吴姬曲》），死、鬼、尾、水（《终南进士行和李五峰题马麟画钟馗图》），死、鬼（《过居庸关》）。

之脂：起、地（《梳头乐府》），之、迟、棋、期（《次王御史韵》），里、水（《过嘉兴》），水、里、从、脾（《快雪轩》），水、起（《绣鞋》），水、里、死（《过高邮射阳湖杂咏·其八》），眉、棋、思、词（《四时宫词·其二》），迟、诗（《病中杂咏·其七》），起、水、里（《清风篇》），死、起（《卫将军玉印歌》），指、起（《菩萨蛮》），水、里（《高邮阻风》），喜、起、耳、几（《杂诗四十七首》），衰、丝、孳、疑（《杂诗四十七首》）。

之支：起、蚁、里（《桃源行题赵仲穆画》），枝、诗、词、知（《送佥事王君实之淮东》），里、喜、此（《将至太平驿即兴》），奇、棋、池、知（《题紫薇观冯道士房》），枝、时（《题淮安壁间》），池、志、疑（《病中杂咏·其二》），时、诗、池（《西湖绝句·其五》），紫、起（《红尘》），之、吹、碑、丝（《寄河村·其一》），颐、知、奇、时（《虎枕》），齿、蚁、纸（《溪行中秋玩月》），已、咫、理（《过洪》），差、诗（《赠钦师》），吹、诗（《碧梧翠竹堂》），池、璃、垂、奇、诗（《喜客泉》），屣、士、此、史（《杂诗四十七首》）。

支齐：池、泥、梯、啼、迷（《寂照堂荷池二首·其一》）。

之齐：底、里、止（《将至大横驿舍舟乘舆暮行·其二》）。

之支齐：犀、枝、移、诗（《谢人惠木犀》）。

之脂支：师、知、疑、之（《鼎湖哀》），绮、水、起（《洞房曲和刘致中员外作》），师、知、丝、诗、埤（《送南安镇抚赵南山捧表西省》），时、丝、师、碑、旗（《采石谩兴》），时、诗、迟、枝（《过五溪》），里、水、此、起（《夜坐分韵得此字》），地、时、随、知、疑（《过延平津·其一》），移、疑、悲（《断碑》），枝、知、迟、吹、时（《梅花梦》），枝、持、迟、随、陂（《龙杖》），丝、埤、枝、迟（《初到闽》），枝、时、迟、诗、离（《丹阳普宁寺席上》），迟、枝、时（《戏赠王本中柳枝词》），肌、儿、时（《赠歌者号梅芳·其一》），至、时、枝（《宿经山寺·其二》），睡、坠、迟、时（《菩萨蛮》），移、词、时、推（《杂诗四十七首》）。

之鱼：居、琚、葉、如（《题汀州丁三溪知事卷》），居、舆、书、如（《平川幽居·其二》）。

支脂微：归、移、眉（《西湖绝句·其二》），绮、衣、微、机、归

(《水纹》)。

支脂：迟、知（《长门秋漏》），夷、枝（《过梅岭冈留题》），仪、埤、垂、移、诗（《寄进士野仙不花仲实除侍仪通事舍人》），知、眉、睡、泪（《春别》），义、至（《秋夜》），鹂、枝、离、悲（《赋得上林莺送张兵曹二首·其一》）。

豪萧：阜、晓（《题四时宫人图·其一》），飚、高、糟、劳（《杂诗四十七首》）。

豪侯：饕、高、扫、亩（《回风波吊孔明先生》）。

豪宵：少、草、老（《过桐庐》），少、宝、小（《送广信司狱》），桥、袍、飘、高、朝（《殿试谢恩次韵》），藻、道、杪、草（《送吴寅可之扬州》），老、少、好（《寒夜闻角》），桡、高、萄（《越溪曲》），涛、谣、桥、遥（《大同驿》）。

宵萧：潮、翘、箫、遥、桥（《四时宫词·其三》），消、朝、凋、桡、焦（《过京口城南桥》），招、骄、腰、跳、苗（《城和宗梅韵》），小、晓（《送友人之金陵》），桥、潇、腰、瓢（《道中漫兴·其一》），遥、雕、朝、翘、潮（《秋日登石头城》），迢、消、潮、箫、萧（《层楼晚眺》），萧、樵（《过紫薇庵访冯道士·其二》），桡、箫、桥（《送王御史时巡历河道解舟金陵》），晓、表、小（《题钱舜举〈秋江待渡图〉》），凋、朝、翘、潮（《次萨天锡登石头城韵》），瓢、朝、遥、聊（《杂诗四十七首》）。

豪宵萧：草、消、招、朝、萧（《过高唐感事》），高、鹂、劳、姚（《燕将军出猎》），草、消、招、朝、萧（《过高唐》），扰、少、杳、岛、杪、了（《杂诗四十七首》）。

灰咍：来、开、回、才、台（《赠吴王》），来、回、莱、杯（《金山》），堆、回、来、开、杯（《游钟山遇雨》），来、开、杯、颓、梅（《李清庵见过》），来、杯、梅、苔、回（《次韵·其一》），来、开、苔、杯（《登凤凰台》），哉、来、雷、哀（《和同举观志能还武昌》），雷、开（《宿化阁渡口阻风·其二》），开、雷、来（《题淮安王氏小楼·其二》），回、台（《宴回》），才、台、来、哀、灰（《过李陵墓》），台、来、杯、莱（《上晚酌天章台》），雷、来（《梅仙山行》），开、来、徊（《过临平》），来、徊、灰（《灯蛾来·其二》），台、来、杯、催（《同朱舜咨王伯循登金山妙高台》），开、回、摧、来、莱（《海潮》），杯、来（《升龙观招道士谢舜咨饮柏台赐酒·其一》），来、苔、雷、回、垓（《松龙》），台、煤、开、来、灰（《灯花》）。

灰咍皆：淮、苔、来、开、回（《再过界首驿》）堆、来、开、怀、莱（《灵宝观》）

咍皆：开、来、莱、怀（《凤皇山望潮日》），来、开、霾（《凤鸣朝阳》）。

泰咍：海、霭、载（《南台月》），会、能（《题淮安王氏小楼·其三》），彩、在、霭、海（《和韵题石城峭壁》）。

齐麻：洒、下（《中秋月夜泛舟于金陵石头城》），洒、者（《过高邮射阳湖杂咏九首·其六》）。

麻鱼：吾、锄（《山中怀友·其一》）。

皆佳：阶、钗、鞋（《题梅竹双清图》）。

2. 阳声韵与阳声韵

[-m] 与 [-m]

添盐：甜、帘（《上京即事·其八》），甜、帘（《上京即事·其三》），添、檐（《题见心禅师天香室》）。

严盐：严、帘（《独坐恭和堂》）。

盐谈：盐、酣（《赠来复上人·其一》）。

谈覃：岚、酣、南、龛、蓝（《春日登北固多景楼录奉即休长老·其二》）。

元代少数民族作家汉文诗歌的用韵特点

衔谈覃：衫、酣、南（《上京即事·其三》），衫、酣、南（《上京即事·其十》）。

［-n］与［-n］

寒桓：盘、官、滩（《晓上石壁滩》），阑、寒、盘、看（《三益堂芙蓉》），冠、酸、寒、宽、看（《陪张御史游钟山》），寒、干、看、冠（《网巾》），难、湍、寒、团（《宿因胜庄·其一》），端、看、寒、滩、残（《八咏楼》），难、寒、盘、銮（《钟山遇风雨·其二》），盘、抟、寒、官（《山中怀友·其三》），寒、冠、坛（《雪中饮升龙观》），盘、丹、寒、鸾（《游茅山》），冠、鸾、安、玕（《寄姚子中》），攒、丹、寒、桓（《元符山房》），岏、寒、鸾（《题张溪云勾勒竹卷》），阑、盘、冠、寒（《千叶莲》）。

寒山：山、千（《汉宫早春曲》），悭、难、肝（《送马伯庸子之京》），闲、间、山、珊（《次韵答奎章虞阁老伯生见寄》），山、间、看（《题祁真人异香卷》）。

山桓：间、观、幔、半、唤（《宿武夷》），湲、峦（《云际感兴》）。

山寒桓：山、看、寒、盘、干（《宿青阳云松台·其二》），间、看、盘、干、寒（《水灯》）。

桓元：园、喧、言（《闻秋蛩有感》）。

删桓：还、半、间、环、关（《溪行中秋望月》）。

删山：环、鬟、间（《蕊珠曲》），颜、艰（《鬻女谣》），潺、环、闲、鹇、山（《四时宫词·其一》），斑、山、间、闲（《题北固山无传上人小楼》），闲、山、还、间、颜（《赠白云》），山、还、斑、间（《白云答》），山、间、攀、还（《会杜清碧·其二》），间、蛮、山、还（《送管十班监宪除广西宣慰使》），还、关、山（《寄省郎沙子丁》），还、关、山（《紫溪道中》），山、还、关（《胡桃》），斑、环、山（《送武侍御朝章》），间、还（《题李蓟丘画松》），间、颜、关、

224

闲、还（《游定水访见心禅师》），关、间、颜、还、闲（《华藏寺》），湾、还、山、间、关（《题叶隐居》）。

寒删：箪、关、寒、颜（《杂诗四十七首》），寒、阑、班（《征妇怨》）。

寒删桓：安、官、难、冠（《次韵郭侍御》）。

寒山删：闲、蛮、山、珊、间、攀、关（《铅山别驾完颜子忠》），坛、山、还、间、斑（《石鼓书院·其一》）。

仙元删：仙、篇、联、晚、板（《题茅山梅石道士卷》）。

先仙：天、年、传（《御制诗》），贱、面、浅、转、县、甸、燕、箭（《江南怨》），年、边、天、前、面、见（《相逢行赠别旧友治将军》），眠、船（《高邮阻风》），眠、然、烟、颠（《寒夜闻角》），年、前、偏、怜（《山中怀友·其一》），眠、泉、天、前、年（《题扬州驿》），天、川、船、前、烟（《复题平望驿》），渊、然、天（《过延平津·其二》），浅、转（《鹦鹉曲题杨妃绣枕》），钿、钱（《送友人之金陵》），年、田、钱（《将至太平驿即兴》），然、蝉、年（《梳头乐府》），边、天、船、眠（《过采石驿》），年、前、偏、怜（《山中怀友·其四》），穿、年、然（《败裘》），边、篇、眠（《卧病书怀》），天、泉、钱、笺（《送人之金陵》），年、然、毡、传、边（《拟李陵送苏武》），边、篇、眠（《赓眠字韵》），天、绵、年、钱、眠（《寄埜堂》），千、钱（《车簇簇》），眠、船（《高邮阻风》），然、前、连、田（《寄同年友》），天、仙、年、眠、田（《奉旨祀桐柏山》），传、年、天、前、船（《游育王山》），年、圆、传、眠、船（《律诗二首·寄怀玉山》）。

先元：田、轩（《题元符宫东秀轩又名日观》），燕、殿、怨（《白翎雀》）。

先真：身、嗔（《鹦鹉曲题杨妃绣枕》），天、烟、尘（《题水村图》）。

文欣：勤、闻、文、云（《次韵寄茅山张伯雨二首·其一》）。

真欣：勤、巾（《高堂刘侯定斋野友亭》）。

真谆：春、城（《汉宫早春曲》），春、民（《桃源行题赵仲穆画》），人、邻、匀、春（《京城访揭曼硕秘书》），人、春（《镇江寄王本中台掾》），臣、春（《贺山长邱臣敬复淮西田》），春、人（《同友人扬子江送客》），春、淳、仁（《胡桃》），滨、邻、春、匀、人（《石夫人》），鳞、神、春、新、尘（《苔梅》），身、尘、春、亲、人（《雁宾来》），陈、春、神、人（《醒酒石》），身、轮、春、尘、人（《月中桂》），垠、春、人、亲（《寄王御史》），亲、春、尘、频（《送南台察院史马允中台》），新、人、春（《题淮安王氏小楼·其一》），伦、亲、新、春（《贺阴君锡封赠》），尘、人、春（《奔威楚道中》），春、人、银、真（《游淀湖》），津、巾、亲、春、贫、邻、伸、人（《洞中歌》），伦、臣、春、邻（《送宋承旨还金华》）。

真谆文：人、麟、春、信、鳞、纹（《四时宫词·其四》），新、军、春、云、臣（《上元日》），新、军、春、云、臣（《都门元日》），垠、分、神、春（《杂诗四十七首》）。

真谆魂：魂、人、春、神、尘（《移梅》），温、尘、春、神、人（《浴堂》）。

真文：身、群、军（《题赵承旨番马图》）。

魂文：喷、君、文、云（《杂诗四十七首》）。

文魂痕：云、门、恩、痕、樽（《仆官燕南照磨，大名文济王重赐彩二端，赋诗以谢》），昏、醺、痕、门（《和全子仁》），云、门、痕（《北风行送王君实》）。

痕魂：根、孙、门（《题元符宫东秀轩又名日观》），门、痕、昏、存、魂（《登多景楼》），垠、门、奔、盆（《望鼓山》），门、恩、昏、魂（《旧剑》）樽、根、温（《过淮安畅曾伯都事幽居·其一》），尊、孙、昏、根、阍（《宿青阳云松台·其一》），尊、痕、温、昏（《次王本中灯夕观梅》），痕、门（《戏友人》），门、盆、痕、魂、孙（《题先春卷上有萧滕王三学士赞》）。

魂元痕：存、原、喧（《游铁塔寺》），村、门、昏、言（《过淮安畅曾伯都事幽居·其二》）。

仙先元：转、远、犬、晚（《杂诗四十七首》）。

[-ŋ] 与 [-ŋ]

东钟：东、龙、浓、宫（《汉宫早春曲》），终、钟、重（《相逢行赠别旧友治将军》），峰、珑、蓉（《游吴山紫阳庵》），动、风、奉（《明皇击梧图》），东、洪、宫、龙、中、瞳（《黄楼歌·其一》），龙、红、雄、容、虹、蓉、东、峰、中、终、蒙、公、重、风（《过池阳有怀唐李翰林》），用、凤（《贺山长邱臣敬复淮西田》），钟、瞳、空、鸿、峰（《黄楼歌·其二》），雄、龙（《同友人扬子江送客》），峰、钟、重、龙（《秋日钟山晓行》），宫、重、用、蓉（《补阙歌》），风、中、丰、东（《题旧县驿》），蒙、浓、红（《春望》），功、风、同、庸、穷（《杂诗四十七首》），雄、中、龙、从、风、踪、功、东、聪、衷、同、穷（《送徐知府赴京》），风、容（《送高中丞南台》）。

清耕：轻、争（《过高邮射阳湖杂咏九首·其九》），筝、声（《春词》）。

庚清：兵、征、平、明、城（《克李家市新城》），京、荣、轻、羹、明（《赐恩荣宴》），行、晴、轻、营、迎（《寓升龙观时吴宗师持旨先驾至大都度滦川遂次韵赋此以寄并柬舜咨先生》），程、情、声、名、迎（《腊尽过练湖》），行、明、城、情、兄（《崔镇阻风有感》），城、明、声（《彭城杂咏·其三》），轻、擎、情（《绣鞋》），平、晴（《过高邮射阳湖杂咏九首·其四》），行、情（《过高邮射阳湖杂咏九首·其五》），卿、兵、城、惊、名（《笔阵》），名、行、情（《玉山道中》)、荣、清、鸣、生（《病中寄即休上人》），程、行、声、征（《道中风雨》），城、明（《城南偶兴·其二》），精、城、明（《过延平津·其三》），京、行、觥、城（《送友人之京》），鸣、精（《寄鹤林休上人》），城、行、情（《去吴留别于寿道陈子平诸友·其二》），晴、鸣、声（《常山纪行·其二》），行、城（《车簌簌》），营、平（《回风波吊孔明先生》），名、生（《清风篇》），生、名、城、清、荣（《侍分司游金城开福寺》），楹、生、行、清、更（《千佛崖》），晴、行、情、迎（《石鼓书院·其三》），平、生、名、楹、更（《送宋承旨还金华》）。

清青：亭、晴、征（《过鲁港驿和贯酸斋题壁》），岭、井（《云际感兴》），屏、醒、腥（《高堂刘侯定斋野友亭》），形、清、翎、城（《登乌石山仁王寺横山阁》），清、经、青（《过紫薇庵访冯道士·其三》），亭、青、屏、醒、冥（《道山亭联句》）。

庚青：明、星（《长门秋漏》），影、艇（《练湖曲》），明、青、翎（《同张伯雨过凝神庵因观宋高宗所赐蒲衣道士张达道白羽扇》）。

庚清青：醒、明、晴（《阻风南露筋过罗汉寺登楼看山茶》），翎、城、营、鸣、怜（《白翎雀》），顶、琼、笙（《相逢行赠别旧友治将军》），净、靓、令、柄（《寄朱舜咨王伯循了即休·其五》），静、影、冷、顶（《中秋前二夜步至吴江垂虹桥盥漱湖渚而归倚篷望月清兴翛然因成数语》），庭、城、青、行（《凤凰台为御史大夫易释董公同赋》），庭、城、青、行（《凤凰台怀古》），岭、永、整、领（《宿乌石驿》），明、情、青、冥、萤（《北人上冢》），庭、旌、情、明、声（《上尊号听诏李供奉以病不出奉寄》）。

庚清耕：诚、生、耕、名（《寄志道张令尹》），声、生、莺（《憩奉真道院》），城、莺、筝、明（《黄河雨夜怀完颜子方四子》），鸣、情、争、成、境、惊（《梦中》）。

庚清青耕：倾、声、净、清、冷、明、成（《憩奉真道院》），琼、

第六章 韵谱

鲸、茎、倾、醒（《西湖绝句·其四》），倾、声、净、清、冷、明、成（《玉壶冰》），琼、鲸、茎、倾、醒（《碧筒饮》），岭、井、耿、黾、矿、猛、骋、哽、顷、冷、永、景、影、请（《经姑苏与张天雨杨廉夫郑明德陈敬初同游虎丘山次东坡旧题韵》）。

庚唐：光、行、堂（《寄省郎沙子丁》），笙、铛（《贺内台治书奉敕树碑先茔》）。

钟冬：钟、龙、冬（《燕京作》）。

阳唐：强、长、黄、郎、霜（《寒夜与王记室宴集》），强、长、黄、郎、霜（《就用韵赠铁将军》），芳、光、裳、香、长（《兰皋曲》），妆、郎（《蕊珠曲》），黄、扬、香（《鹭女谣》），苍、凉、张（《过居庸关》），香、琅、霜（《吴真人京馆画壁》），茫、傍、霜（《江上闻笛》），黄、乡、当、伤（《过淮河有感》），忙、凉、床、苍（《寄京口鹤林主人了即休》），方、荒、床、廊、香（《游钟山感兴》），堂、方、皇、荒、香、床（《游崇禧寺有感》），缰、光、墙（《京城春日》），香、黄、肠（《彭城杂咏·其四》），霜、光、黄（《清凉亭衰柳清》），强、长、黄、郎、霜（《夜寒独酌·其一》），强、长、黄、郎、霜（《夜寒独酌·其二》），强、长、黄、郎、霜（《夜寒独酌·其三》），香、琅、霜（《和题吴闲闲京馆王本中醉作竹石壁上》），霜、乡、傍、觞、望（《送惟英之淮安》），郎、霜、香、凉（《寄中台照磨子征》），藏、香、亡、凉（《蠹简》），阳、光、忙、乡（《别江州总管真定王克绍》），床、香、棠（《醉起》），行、阳、床、忙、将（《吉安道中》），章、行、霜（《秋词》），强、场、狼（《上京即事·其四》），乡、行、光、杨、唐、墙、香、黄、方、王、庠、良、簧、肠、梁、郎、章、忙、床、廊、坊、僵、浆、装、昌、阳、霜、纲、凰、狼、翔（《题进士索士岩诗卷士岩与余同榜又同为燕南官由翰林编修为御史台掾兼经筵检讨除为燕南廉访经历》），长、光、章、香、堂（《书灯》），

229

长、囊、光、藏、阳（《雪灯》），荒、仓、量、肠、糠（《雪米》），阳、黄（《衰柳》），房、墙、堂、凉（《夏日游鹤林寺》），湘、浪、长、藏、阳（《兰浦鱼舟》），缰、阳、篁、杨、香（《戏赠瞽者》），桑、洋、光（《送别曲》），常、纲、梁、芳、肠、光、阳、璋、堂、裳、将、苍、长、昌、忘（《郑氏义门诗》），羌、堂、长、浆、囊（《葡萄》），堂、望、舫、央、藏、裳（《杂诗四十七首》）。

蒸登：僧、灯、冰（《上京杂咏·其五》），冰、僧、能、登（《寄马昂夫总管》），罾、菱（《过高邮射阳湖杂咏九首·其七》），灯、冰（《过扬州》），兴、凭、灯、藤（《涧泉明府见示病中佳作次韵述怀·其二》），罾、陵（《宿化阁渡口阻风·其一》），僧、灯、冰（《上京即事·其六》），崩、陵（《过献州》），登、层、冰（《季夏浙杭灵隐诸峰》），层、嶒、棱、蒸、登（《题滕王阁》）。

青登蒸：瓶、曾、经、菱、亭（《酌桂芳庭》）。

3. 入声韵与入声韵

[-t] 与 [-t]

薛月：月、别（《相逢行赠别旧友冶将军》），裂、雪、阙、月（《题茶阳驿飞亭》），歇、裂（《补阙歌》）。

薛屑：血、绝、铁（《胡桃》），裂、竭、血（《奉使收江南》），折、血（《过居庸关》），说、血（《回风波吊孔明先生》），节、列、辙、悦（《杂诗四十七首》）。

月屑：血、切、月（《北人上冢》）。

末没：阔、勃（《南台月》）。

[-k] 与 [-k]

德陌：白、得（《长门秋漏》）。

锡陌昔：壁、白、石、腋、席（《上晚酌天章台》）。

屋烛：束、竹（《雨伞》），竹、绿（《过嘉兴》），烛、宿、屋、复、木（《赓覆字韵》），麓、屋、俗、独（《杂诗四十七首》）。

昔陌麦：夕、碧、客、责、僻、席（《杂诗四十七首》）。

锡昔职：砾、璧、识、跖（《杂诗四十七首》）。

［-t］与［-k］

昔质锡职：夕、漆、锡、即（《偕杨善卿丘以敬刘载民游法云寺以色即是空分韵得即字》）。

昔职：迹、侧、色（《碧梧翠竹堂》）。

末铎：落、跋（《题江乡秋晚图》），活、薄（《送鹤林长老》）。

昔锡麦：碧、尺、滴、液、舄、隔（《送张吴县之官嘉定，分题赋得天平山》）。

烛质：曲、绿、粟、玉（《桐花烟为吴国良赋》）。

月职德陌：歇、色、刻、白（《立秋登乌石山和幕府杨子承韵》）。

质职昔德：质、识、膝、怿、默（《杂诗四十七首》）。

［-t］与［-p］

月帖：阙、叶、月（阿盖《金指环歌》）。

薛帖屑：绝、灭、叶、诀（《桐花烟为吴国良赋》）。

［-p］与［-k］

缉锡：集、立、滴（《夜泊钓台》），急、雳（《补阙歌》），寂、泣（《题二宫人琴壶图》）。

昔缉：迹、立（《凌波曲》）。

职缉：色、立（《题江乡秋晚图》），识、集（《醉歌行》）。

4. 阴声韵与入声韵

职之：息、色、丝、织（《织女图》）。

屋模：屋、渡（《和同年观志能还自武昌咏》）。

侯屋：楼、钩、牧（《上京即事·其二》）。

231

元代少数民族作家汉文诗歌的用韵特点

第三节 回回族诗文韵谱

一 近体诗

（一）独用

1. 阴声韵

齐部：堤、西、啼（《京城春日二首·其一》），西、齐、溪（《过弋阳》），溪、西、齐（《拍洪楼》），底、洗（《云山图》），低、畦、题、溪（《玉虚宫》），西、低、迷（《赤壁图》），西、泥（《贡院次曹子真尚书韵四首·其四》），西、低、齐、泥、栖（《开平事》），溪、鸡、低、携（《元礼弟寄和韵》），溪、堤（《淮南田歌十首·其四》），凄、迷、啼（《和王左司柳枝词十首·其八》），泥、齐、啼（《和王左司竹枝词十首·其五》），迷、畦、鸡、泥（《和张彦清司农喜雪·其二》），西、栖、题、黎、奎（《玄真观借居》），泥、鸡、题、齐、奎（《试院杂题·其一》），泥、鸡、题、齐、奎（《试院杂题·其二》），泥、鸡、题、齐、奎（《试院杂题·其三》），泥、鸡、题、齐、奎（《试院杂题·其四》），泥、鸡、题、齐、奎（《试院杂题·其五》），泥、鸡、题、齐、奎（《试院杂题·其六》），泥、鸡、题、齐、奎（《试院杂题·其七》），泥、鸡、题、齐、奎（《试院杂题·其八》），泥、鸡、题、齐、奎（《试院杂题·其九》），泥、鸡、题、齐、奎（《试院杂题·其十》），泥、鸡、题、齐、奎（《贡院再用鸡字韵》），低、泥、鸡、啼、迷（《病起书事呈兼善尚书二首·其二》）。

麻部：家、车、花（《京城春日二首·其二》），华、霞、牙、花、家（《送喀尔闻善之猗氏长》），花、纱、家、华、车（《送赵彦征上舍归吴兴》），华、笳、家、花、槎（《秋夜有怀明州张子渊》），华、家、

232

第六章 韵谱

花（《次韵赵祭酒城东宴集·其八》），牙、家、遐、麻、车、花、斜、夸、嘉、华（《文穆处士郑君挽诗》），华、家、车、霞、花（《赠李仙姑》），霞、纱、茶、家、裟（《送二僧往浣花草堂度夏》），华、花、赊、家（《病衰》），家、夸、华、槎、遐（《送人使高丽》），花、家、斜、遮、赊（《次韵陆伯旸梅花诗》），嗟、嘉、花、斜、差（《昏瞆》），车、家、芽、夸（《送铿声外侍者还定水寺》），霞、赊、花（《寄龙门禅师·其一》），霞、赊、花（《寄龙门禅师·其二》），砂、霞、花（《红梅》），家、斜（《绝句十六首·其四》），琶、家、沙（《绝句十六首·其十三》），马、花、沙（《戏答王继学》）华、麻（《天冠山二十八咏之洗乐池》），家、斜、赊、沙（《石田山居·其六》），花、家、芽（《和王左司柳枝词十首·其十》），花、芽、茶（《和王左司竹枝词十首·其七》），差、嗟（《西施怨三首·其三》），斜、华、家、花、霞（《钱塘湖》），沙、赊、花、家、衙（《送王参政上京奏选·其一》），麻、嘉、花、霞、华（《送王参政上京奏选·其二》），家、花、霞、赊（《王道士庆寿堂》），车、赊、蛇、霞、花、茄、巴（《送可升法师祠武当山》），花、葩（《四爱图》），赊、嗟、嘉、车、霞、沙、铓、芭、华、槎（《送光州陈仲礼知州任满北上》）。

之部：丝、诗、时（《雨窗宴坐与表兄论作诗写字之法·其一》），时、飔（《题左司帖郎中扇头》），时、词（《丁卯上京四绝·其二》），思、诗（《舟中送于同知朱县遨南归二首·其二》），词、思（《绝句十六首·其一》），丝、诗、起、词（《绝句十六首·其六》），时、诗（《次韵王继学》），时、思（《蔡瑛图二首·其二》）。

支部：奇、卑（《题莺》），碑、吹（《骊山二首·其三》），池、厄（《送奥屯遂素副河南宪二首·其一》），池、移、宜（《题徽政院画壁》），池、枝（《吴宗师送牡丹》），亏、仪（《题柳道传诗卷》），骑、垂、吹（《和王左司柳枝词十首·其六》），移、厄（《次前韵·其

233

元代少数民族作家汉文诗歌的用韵特点

四》)、移、厄(《无题·其四》)。

歌部：多、河、驼(《塞上曲五首·其二》)，峨、多、河(《题万岁山玩月图》)，陀、歌(《题刘伯宣哀挽诗》)，多、娥、歌(《骊山二首·其二》)，坷、多(《送焦德元先还大都监金经及省问家事二首·其一》)，多、罗、椤(《题道友舒贵和扇》)，多、何(《姚子中墨竹》)，歌、荷(《拟刻事掉歌六首·其一》)，多、歌、罗、何(《辛良史披沙集诗》)，多、陀、河(《和王左司竹枝词十首·其一》)，诃、何、珂、荷、多(《书事》)。

戈部：莎、窠(《独立》)，卧、过(《淮南田歌十首·其二》)。

哈部：开、台、来(《次韵赵祭酒城东宴集·其三》)，开、来(《宝林八咏为别峰同禅师赋·其二》)，苔、栽、来(《题道院·其一》)，待、来、载、改、在、海、慨、采(《述怀》)，埃、开、来、才、哀(《汨汨》)，开、来、胎、埃(《武昌南湖度夏》)，开、埃、才、来、台(《送长史管公时敏朝京》)，栽、苔、开、台、来(《清胜轩为姑苏润上人作》)，材、开、来、台、莱(《自咏十律·其五》)，埃、台(《临水梅》)，垓、埃、来(《暮春二首·其二》)，材、开、来(《牡丹》)，埃、开、来(《武昌南湖度夏》)，栽、来(《锁院独坐书事口号七首·其二》)，台、哀(《锁院独坐书事口号七首·其七》)，来、栽、台(《过故相宅两首·其二》)，哀、莱、来(《题贾氏卷》)，开、台(《参议府坐左右司郎官》)，来、开(《寄王师鲁》)，栽、开(《送天扬秀才》)，来、栽、开(《赵中丞折枝图之石榴》)，来、台(《桃花马》)，来、莱(《拟刻事棹歌六首·其六》)，台、来、才、开(《送董仁甫之西台幕》)。

微部：衣、围、飞、归、微(《题罗小川青山白云图为四明倪仲权赋》)，衣、稀、晖、矶、归(《送王季境还淮东幕》)，归、飞、衣(《雪霁晚归偶成二首·其一》)，沂、畿、归、飞、会、挥(《送朱景明

234

从王廉使之山东》），归、围、微、衣、稀（《题四明王元凯画三姬弄钗图》），晖、微、飞、衣、归（《锡喇鄂尔多观诈马宴奉次贡泰甫授经先生韵五首·其四》），稀、围、归（《塞上曲五首·其一》），闱、辉、归、衣、稀（《送陈炼师奉香归四明庆醮玉皇阁寄王致和真人》），晖、稀、归（《郓城题壁·其一》），归、飞、衣、依（《寄上京涂贞》），飞、衣、归、辉、衣（《马德良下第》），肥、飞（《春日绝句》），围、衣、违、归（《送定海许县丞》），违、归、矶、辉（《题〈湖山独步图〉》），围、辉、飞、微、归（《雪后泛东湖》），围、飞、畿、违、衣（《哭阵亡仲兄烈瞻万户》），归、辉、稀、衣、飞（《送奉祠康仲谦致仕还陕西》），稀、违、微、归、靖、飞（《寄西湖林一贞先生》），归、飞、违、挥（《异乡清明》），微、违、辉、衣（《白石为琦公宗师作》），违、非、飞、归、薇（《题戴叔能先生〈九灵山房图〉》）。

豪部：皋、鳌、高、豪、劳（《题舜江楼为叶敬常州判赋》），皋、高、曹、壕、劳（《病起书事呈兼善尚书二首·其一》），毛、劳（《画古木幽篁》），高、骚、嗷（《咏蝉》），皋、袍、高、劳（《题四明倪仲权处士像》），髦、遨、高、袍（《送儒士柏坚赴会试》），牢、毫、高、毛、袍（《九曲山房》），涛、髦、劳、糕、袍（《送贝惟学武昌省亲复还吴淞》），劳、毛、髦、醪、袍（《送詹光夫之云南通海校官》），髦、豪、毛、袍、劳（《勉戴玄学》），劳、遨、毛（《题松江梧桐乡鸣凤里朱节妇卷》），高、涛（《黄河》），袍、高、曹（《赠王左司二首·其二》），曹、毛、槽（《买间侍郎父监宣城祷雨应》），袍、劳、高（《贡院次曹子真尚书韵四首·其三》），毛、毫、璈、刀（《两头纤纤五首·其五》），豪、旄、劳、高、曹（《赠刘时中》），曹、操、袍、劳、萄（《坐曹》），豪、桃、袍、高、曹（《送胡古愚归东阳·其一》），舠、鳌、桃、高、刀、毛、袍、遭、篙（《云巢道士》），涛、篙、高、萄、毛、饕、鳌、遭、草、桃、槽、袍、劳、叨、曹、豪、遨（《登雨花台》），曹、高、萄、豪、袍（《锡喇鄂尔多观诈马宴奉次贡泰甫授经先生韵·其二》）。

鱼部：初、如、书、鱼、车（《次向自诚韵》），如、庐、藁、锄、虚、车（《题建昌王子中桥亭八景》），余、誉、间、书、舒、嘘、疏、鱼（《投赠钟经历告笺还武昌省墓》），余、初、如（《题椿上人梅花》），书、鱼、车、初、余（《送杨季子赴德庆知事·其一》），居、余、书、庐、鱼（《寄扬州成元璋先生》），居、书、虚、庐（《题鹄山书堂》），胥、居、书、庐、车（《得亡友郭至善医士哀问·其一》），庐、鱼、书、疏（《石田山居·其八》），去、絮（《淮南田歌十首·其九》），鱼、书（《淮南鱼歌十首·其五》），居、疏、书（《和王左司竹枝词十首·其九》），余、居、书、舆、初（《贺王浦裔韵就为寿》），书、居、如、鱼、疏（《偶成·其二》），初、余、如、居、鱼（《送宋显夫南归》），居、鱼、藁、车、如（《寄姚参政上都》），间、虚、书、车、舆（《送胡长史之浙宪》），居、鱼、书、舒、间（《送苏州卜者》），鱼、书、疏、车、锄（《杂咏·其二》），初、庐、予、居、鱼、书、据、如、欤、锄、鹭、车、胪、蒩（《翰林书佐杜元美戏彩堂》）。

尤部：州、留（《宝林八咏为别峰同禅师赋·其一》），浮、秋（《宝林八咏为别峰同禅师赋·其八》），游、舟、秋、忧（《次友人张孟善承赠以诗韵》），休、谋、愁、流、牛（《劳劳》），游、州、丘、愁、留（《自咏十律·其七》），游、秋（《哭四明宋廷臣推官》），俦、秋、优、舟、流（《得亡友郭至善医士哀问·其二》），友、缶（《雪中登郡城西亭·其四》），忧、由（《题四皓图·其二》），求、畴（《送邵从圣官临淮四首·其四》），丘、邮（《谢杏》），柔、愁（《御沟春日偶成四首·其二》），秋、由、流（《鹤》），秋、浮、谋（《宫相府闲题二首·其一》），留、游、洲（《送牟景阳三首·其二》），丘、舟、游、浮

(《南野》)，流、秋、求、收、州（《送徐敦搜之榆任》)，猷、游、流、浮、流（《送赵敬甫侍御赴江西镇》)，州、留、优、浮、流（《送西台治书张孝扬》)，流、洲、收、舟、游（《杂咏·其一》)，游、辀、流、洲、邮（《寄吴真人·其一》)，游、辀、流、洲、邮（《寄吴真人·其二》)，秋、辀、丘、游、舟（《五言九首·其九》)，柔、游、浮、州、秋、修、忧、愁、酬、优、丘、缪（《益清堂》)。

侯部：楼、钩、头（《梨花白头翁图为四明应成立题》)。

模部：都、苏、鲈、路、壶（《送刘将军姑苏之官》)，虎、浦（《画枯木竹石》)，素、暮（《画梅·其二》)，图、都、鸪（《闽浙之交三首·其二》)，无、呼、蒲、吴（《致邵允文》)，渡、暮（《独石》)。

宵部：瑶、绡、翘（《题水仙花图》)，招、蕉（《赠王左司二首·其一》)，霄、蕉（《挽道士危功远二首·其二》)，潮、朝、烧（《题开元宫图》)，翘、绡、朝（《宫词十首·其五》)，桥、朝（《淮南鱼歌十首·其四》)，桥、朝、潮、韶、轺（《送侍御之南台》)，瑶、朝、昭、朝、霄（《大明殿进讲毕侍宴得诗·其二》)，潮、桥、遥、腰、箫（《次前韵·其三》)，潮、桥、遥、腰、箫（《无题·其三》)，潮、轺、朝、招（《送萨天扬南归》)，消、韶、朝、绡、桥（《次韵王参议寄上京胡安常诸公·其一》)，消、韶、朝、绡、桥（《次韵王参议寄上京胡安常诸公·其二》)，遥、桥、樵、朝（《缪郎中雪谷早行图》)，遥、瓢（《送牟景阳三首·其三》)。

灰部：催、回、杯、机、恢（《春日海村三首·其三》)，杯、回、梅（《迎大年椿上人不值暮归偶成》)，雷、回（《送奥屯遂素副河南宪二首·其二》)，杯、回（《绝句三首·其二》)。

虞部：珠、巫（《调继学左司》)。

皆部：斋、怀（《再答薛玄卿并谢墨二首·其一》)。

萧部：貂、鹍（《两头纤纤五首·其四》）。

2. 阳声韵

[-m]

侵部：深、阴、林、琴、簪（《送陈道士归金华》），簪、林、心、深、襟（《春晖堂为武陟赵太守赋》），阴、深、金、吟（《读唐妫川刘太守遗爱碣》），林、浔、深、森、吟（《送杨梓人待制出守阆州兼寄嘉定宣慰家兄·其一》），今、深、林、心（《岳阳楼》），阴、深、心、音（《春雨》），吟、心、音、深、阴（《次乌继善先生见寄韵》），深、心、吟、今（《寄乡亲济阳公》），深、阴、林、心、寻（《慈溪报国寺度夏寄甬东椿上人》），沉、今、金、深（《挽四明乐仲本先生两首·其一》），临、心、深、金、今（《脱太师》），深、阴、心、金、音（《瑞萱堂为慈溪孙原道兄弟赋》），金、饮、吟、心（《戏赠应修吉》），今、心、金、林、阴（《挽吴公佑祭酒母刘夫人·其二》），林、侵、深、临、心（《次东轩居士韵》），林、沉、金、今、深、心（《寄胡敬文县尹》），临、吟、深、心（《九日登定海虎蹲山》），阴、深、心、林、斟（《题澹然斋为慈溪润上人赋》），沈、林、吟、深、阴（《自咏十律·其十》），林、寻、心（《题林泉野趣图》），森、深、岑（《题天师竹》），深、寻、襟、阴、琴（《用韵赠王继学时祠祷天宝宫》），深、侵、林、临（《舟中》），林、沉、禽、阴、今（《偶成·其一》），阴、沉、心、深、琴（《次韵王参议寄上京胡安常诸公·其三》），阴、沉、心、深、琴（《次韵王参议寄上京胡安常诸公·其四》），阴、林、金、深、骎（《徽政院公退》），琴、禽、深、寻、林（《张居士》），深、林、簪、吟（《郎中苏公哀挽》）。

盐部：檐、签（《集袁王二学士诗为首二句祖常足成之》），炎、尖（《淮南田歌十首·其十》），帘、檐、纤、奁、阎（《东平慈母》）。

覃部：楠、岚、龛、堪（《盖善长御史洒滨堂》）。

第六章 韵谱

[– n]

元部：垣、蜿、轩（《满目云山楼·其一》）。

文部：醺、文、云、军（《答朱景明惠墨兼次韵》），纷、君、闻、云（《题墨梅赠徐用吉南归》），纷、闻、君、云、分（《闻僕尚书除浙省参政因寄乐仲本》），纷、坟、君、云、文（《送慈上人归雪窦追挽浙东谔勒哲都元帅四首·其四》），分、蕡、文、云、勋（《送蒋伯威下第南归象山》），分、云、闻、君（《病中答张元杰宗师惠药》），纷、君、文、分、云（《赠沈元方归吴兴兼简韩与玉》），纭、云、群、分（《雪》），氛、云、分、君（《鹤年弟尽弃纨绮故习清心学道特遗楮帐资其澹泊之好仍侑以诗》），群、云（《题郑高士画竹》），文、群、闻、勋、云（《寄见心长老二首·其一》），纷、分、云、纭、曛（《水光山色斋》），群、云、焚、闻（《寓奉化寺寄菩提寺主》），分、云、闻、文（《五言九首·其一》），云、军、闻、熏、分（《寿中丞公》），裙、分、云、君、醺（《用继学郎韵再赋》），云、芸、分、君、文、焚、闻、氛、妘、熏（《姚左司墨竹为贾仲章尚书赋十韵》），闻、缤、文、君（《赠庐州黄孝子》），云、氲、曛、文、分、耘、沄、蕡、枌、闻、君、纹、群、军、醺、纷、勋、獯、芬、汾、餴、焚、氛、薰、员、缊、虞、辚、裙、熏、训、坟、芸（《北行》）。

真部：宸、津、新、人、民（《送曾文晖之湖州推官》），真、神、尘、津（《白马庙》），邻、新、人（《次韵赵祭酒城东宴集·其一》），尘、新、人（《次韵赵祭酒城东宴集·其五》），宸、亲、麟、银、民（《奉寄九灵先生·其一》），尘、亲、人（《寄武昌南山白云老人》），滨、尘、人、申、辰（《自咏十律·其三》），亲、民、秦、仁、人（《自咏十律·其九》），人、尘（《乞扇·其一》），人、尘（《乞扇·其二》），秦、人（《送客西归》），人、秦、臣（《戏马台》），人、尘（《过故相宅两首·其二》），尘、新、人（《淮上初见吴牛二首·其

239

一》），臣、身、新（《赠温迪罕平章致仕二首·其二》），新、人（《寄柏堂》），尘、人（《天冠山二十八咏之飞升台》），军、文（《磨剑词》），滨、人、巾、新（《适意》），身、麟、新、人（《题张良卿御史乃翁万户死边诗卷》），尘、茵（《和王左司竹枝词十首·其四》），身、亲、珍、人、臣（《寄隐士》），真、人、巾、新（《寄赠扬州王炼师》），苹、尘（《杨村》），新、津、巾（《出都至治元年春夏交二首·其一》），臣、亲、鳞、辰（《过文著作家》），尘、秦（《朝歌》）。

魂部：门、村、昏、坤、孙（《寄余姚滑伯仁先生》），孙、樽、坤（《赠表兄赛景初》），门、孙（《送邵从圣官临淮四首·其二》），门、存、孙（《孝子徐生卷》），孙、门（《绝句十六首·其五》），存、论（《天冠山二十八咏之道人崖》），传、钱（《翰林故事莫盛于唐宋聊述旧闻拟宫词十首·其十》），温、存、门（《翰林故事莫盛于唐宋聊述旧闻拟宫词十首·其六》），门、论、屯（《次韵李行斋集贤·其二》），魂、奔、村（《歌风台》）。

先部：边、船、天（《月湖竹枝四首题四明俞及之竹屿卷·其四》），天、编、贤、坚、年（《送国子生郭鹏归河东石室山省亲》），年、然、眠、田、前（《三月十日得小儿安童书》），天、眠（《画葡萄》），年、然、边、怜、前（《病中送杨仲如广文归四明兼简郑以道先生》），渊、怜、天、先、边（《挽宝哥参政》），年、烟（《宝林八咏为别峰同禅师赋其三》），巅、烟（《种笔亭题画》），湔、怜（《淮南田歌十首·其七》），咽、烟（《淮南鱼歌十首·其十》），田、年（《宋高宗书光武度田图》），田、天（《画竹》）。

仙部：船、娟、然（《重到戴玄学斋居》），船、钱（《山水图》），钱、船（《南城二首·其二》），钱、船（《杂咏》），仙、廛、传、然（《徐州吊苏眉山》），年、悬（《送李元章之陕县》）。

寒部：看、寒、檀、刊（《龙头观》），安、残、看（《满目云山楼·其二》），难、韩（《相州昼锦堂》），寒、安（《题画竹为董文中赋》），寒、干、栏（《小游仙·其二》），寒、看（《画梅为某翁作》），餐、看（《画萝卜》），丹、安、寒（《题族兄马子英进士梅花》），残、寒、安（《题雁》），看、寒（《元旦与天渊长老雪后泛溪》），丹、寒、安（《红梅翠竹》），坛、干（《与猱猱子山郎中》），残、阑、看（《殿试和史参政韵》），丹、寒、看（《淮上初见吴牛二首·其二》），看、坛（《绝句十六首·其九》），阑、玕（《和李彦方七首·其六》），寒、坛（《天冠山二十八咏之长廊崖》），寒、珊（《天冠山二十八咏之风洞》），丹、难、餐、干（《石田山居·其一》），竿、看、澜、寒、安（《次韵继学桑干岭》）。

山部：山、还（《书石辞》），寒、单（《宫词十首·其二》）。

桓部：栾、盘（《天冠山二十八咏五面石》）。

删部：班、还（《骏马图》），关、还（《春风御马图二首·其一》）。

[-ŋ]

钟部：容、峰、逢（《赵子昂为袁清容画春景仿小李》），峰、蓉、峰、龙、重（《题虎丘》），慵、浓、峰、钟、龙（《半村为姑苏信立庵禅师作》），松、供、龙、钟、筇（《次义上人韵》），松、供、龙、钟、筇（《再用前韵赠祖庭兴上人》），重、逢（《送侯延亮》），钟、踪（《蕊玄娜华山陈二高士过访不及迎见》），蜂、重（《寄吴宗师谢古篆》），蓉、重、钟（《宫词十首·其一》），浓、重、供、容（《都城粟氏玩芳事》），松、胸（《四色咏》），蓉、重、龙（《西施怨三首·其一》），重、溶、封、蓉、松（《送安庆路教王中夫》），龙、春、逢（《和王左司竹枝词十首·其三》）。

东部：空、中、宫、风（《赋甘露门送李侍御之西台》），空、东、通、雄、中（《送杨复吉之辽阳学正》），东、中、红、桐（《送胥有仪南归》），中、通（《宝林八咏为别峰同禅师赋·其五》），鸿、东、中

241

(《过京口》),中、功、东(《题天柱山图》),风、东、熊(《题长溪独钓图为舒庵作》),风、翁(《题落花芳草白头翁》),空、中、风、翁、公(《夜宿染上人溪舍》),东、同、风、鸿、中(《避地》),中、公(《静乐轩》),空、同、红(《暮春二首·其一》),风、空、中(《梧桐》),同、风、翁(《题画》),中、风、空(《题竹间翁白马图》),东、红、翁(《次舒庵见访韵》),东、虹、红、风、功(《送慈上人归雪窦追挽浙东谔勒哲都元帅四首·其二》),风、洪、空、虹(《挽定海章处士》),宫、翁(《题四皓图·其一》),农、冬(《马户》),风、东(《舟泊徐州》),中、翁(《锁院独坐书事口号七首·其一》),红、工、东(《春日即事》),隆、同、风(《贡院次曹子真尚书韵四首·其二》),同、风、东(《次韵王继学》),隆、昽、通、嵩、中、瞳、宫、虫、聪、工、崇、翁、红、筒、同、东(《秋谷平章生日》)。

清部:城、倾、情(《南城席上闻筝怀张子渊·其一》),精、名(《天冠山二十八咏之老人崖》),睛、营(《两头纤纤五首·其二》),城、程、情、旌、名(《陵州留别续总管》),情、清、瀛、声(《送杜时可提举儒学》),情、瀛、精(《送王伯弘平章》),青、醽、星、翎、听(《济南张老人》。

青部:瓶、腥、青(《塞上曲五首·其四》),形、腥、灵、青(《铁牛庙》),青、腥(《宝林八咏为别峰同禅师赋·其六》),冥、亭、青、暝、腥、铭(《华题匡禅师看云亭》),庭、星、经、青、零(《送杨梓人待制出守阆州兼寄嘉定宣慰家兄·其二》),亭、青(《题江亭柳色图有怀故人刘庸道》),青、亭(《小画·其一》),延、青、灵、亭(《挽缪将军》),溟、灵、青、经(《寄昌国济汝舟长老》),经、灵、青、瓶、扃(《题东湖青山寺古鼎铭长老钟秀阁》),亭、醽(《桐江》),经、星、青(《跋扇头郝隆晒书图》),经、庭(《蜀道士归

242

第六章　韵谱

儒》），星、零、萍（《宫词十首·其九》），青、星、亭、鲭、苓（《寿郝大参》），青、零、星（《和王左司柳枝词十首·其三》），翎、青、棂、钉、星（《上京翰苑书怀·其一》），翎、青、棂、钉、星（《自和星字韵》），苓、灵、形、龄（《赠医士简秋碧》），宁、霆、廷、庭、青、坰、经、刑（《送文著作往鄂州谕南使》）。

阳部：娘、坊、香、长、将（《题张萱美人织锦图为慈溪蔡元起赋》），疆、章、凉、凰、尝（《天寿节送倪仲恺翰林代祀龙虎山·其一》），床、凉、长、香、忘（《游定水寺寄杜尧臣》），乡、阳（《将归武昌题〈长江万里图〉·其一》），乡、阳（《将归武昌题〈长江万里图〉·其二》），忘、章、爽、凉、芳（《挽修竹处士》），墙、舫、王（《题表兄赛景初院中新竹》），额、客（《雪中登郡城西亭·其五》），浆、凉（《七夕舟中苦热》），霜、匡、肠（《画蟹》），长、娟（《绝句十六首·其三》），妆、香、王（《宫词十首·其八》），墙、翔、梁、王（《海子桥·其二》），长、肠（《淮南田歌十首·其六》），秧、伤（《淮南田歌十首·其八》），网、丈（《淮南鱼歌十首·其三》），霜、长、缰（《和王左司柳枝词十首·其二》），长、上、方（《和王左司竹枝词十首·其八》），霜、凉、香、长、肠（《菊枕》），香、凉、长（《送焦德元先还大都监金经及省问家事二首·其二》）。

江部：窗、双、江（《画竹》），降、矼、幢、窗、双（《海巢》），庞、江、淙、缸（《卜居二首·其二》），幢、窗（《僧院蜀葵》），江、窗（《上都翰苑两壁图寒江钓雪》），江、幢、双、窗、淙（《次前韵·其一》），矼、双（《闽浙之交五首·其五》），江、幢、双、窗、淙（《无题·其一》），幢、降、江、双、邦、窗、缸、淙、矼（《张元杰祠龙虎武当》）。

唐部：桑、旁、忙（《过信州》），琅、堂（《墨竹扇头》），郎、艎（《送邵从圣官临淮四首·其一》），塘、郎（《洛中二首·其二》），航、塘（《送胡古愚还越四首·其二》），房、笃（《道士阶下生竹》），光、郎（《和李彦方七首·其一》）。

庚部：生、惊（《偶成》），京、横（《洛中二首·其一》），荣、境、兄（《上都翰苑两壁图秋谷耕云》），笙、行（《题墨竹》），生、明（《翰林故事莫盛于唐宋聊述旧闻拟宫词十首·其八》），生、行（《淮南田歌十首·其一》），擎、明、卿、生（《送忽都达儿著作祠岳渎》），生、明（《武当山道士赠行》）。

登部：层、罾（《沛县水村》），罾、藤（《淮南鱼歌十首·其八》）。

3. 入声韵

[- k]

烛部：曲、欲（《天冠山二十八咏之逍遥崖》）。

铎部：郭、泊、箔、乐、谔、瘼、凿、礴（《戆庵》）。

陌部：宅、碧（《天冠山二十八咏之灵湫》）。

屋部：木、竹（《淮南鱼歌十首·其二》），宿、竹、屋、麓（《宿寒岩》）。

（二）合韵

1. 阴声韵与阴声韵

之支：池、时、熙、仪、诗（《锡喇鄂尔多观诈马宴奉次贡泰甫授经先生韵·其五》），知、时、期、思（《省秋过鹤年书馆夜话》），知、思、时、丝、辞（《假日燕集呈席诸老》），思、诗、知（《题戴先生〈九灵山房图〉》），时、施、知、芝、思（《奉怀先师豫章周孝思先生》），驰、矣、丝（《寄四明诸友》），持、丝、知、离、芝《山居诗三首·呈诸道侣其三》，丝、诗、池（《雨窗宴坐与表兄论作诗写字之法·其二》），池、诗、辞（《题水竹居卷》），离、时（《贞节马氏》），旗、陂、时（《弘州孙同知祷雨》），璃、时、差（《御沟春日偶成四首·其三》），施、时、池（《赵中丞折枝图之芙蓉》），时、枝（《题吴

第六章　韵谱

娃图二首·其一》），祠、陂（《绝句四首·其三》），离、时（《送卢应奉》），诗、词、池（《题舒真人鹤峰》），旗、碑（《两头纤纤五首·其三》），枝、支、时（《和王左司柳枝词十首·其一》），时、市、枝、厄、陂（《高彦敬黄州云山图》），仪、驰、祠、移、枝（《送贡仲章学士》），时、靡、诗、吹（《游华严寺》），祺、篪、怡、期（《古城熊翁寿考》）。

之齐：子、西、低、题、齐（《送王公子归扬州》），西、低、士、鞿（《秋日有怀徐仲裕二首·其二》），题、齐、犀、嘶、子、堤（《锡喇鄂尔多观诈马宴奉次贡泰甫授经先生韵·其一》），齐、迷、低、士、梯（《悯忠阁》），米、里（《淮南田歌十首·其五》），医、时（《次前韵·其四》），医、时（《无题·其四》）。

之脂：基、私、滋、时（《双塔》），迟、梨、诗（《次韵赵祭酒城东宴集·其七》），滋、蕤（《蜀葵》），丝、时、眉（《锁院独坐书事口号七首·其五》），迟、时（《瘦马圈》），时、疑、迟（《五月芍药》），悲、时（《李伯时阳关图》），迟、时、诗（《闲题二首·其一》），丝、眉（《宫词十首·其四》），诗、时、史、词、悲（《五言九首·其二》），迟、时、诗、期（《五言九首·其三》）。

之脂支：时、迟、碑、规、知（《寄南城梁九思先生》），期、陲、迟、厄、危（《幽期》），知、时、池、意、迟（《送鄞县鲍秀才》），怡、诗、迟、移（《慈溪归隐为冯子木大尹赋》），怡、脾、时、师（《静乐斋为宁都邓处士赋》），知、之、累、时、私（《梦得先妣墓》），帷、宜、迟、随、期（《秋素轩为涂以谅赋》），姿、师、仪、枝、思（《挽谢伯升母王安人》），奇、期、迟、思（《紫阁山房为史仲鱼赋》），帷、期、垂、时、志、知（《岁寒书屋》），时、知、迟、诗、期（《题悠然轩为慈溪枚上人赋》），奇、诗、迟、师（《寓东湖二灵寺》），时、师、之、危、湄、诗、支、基、丝、悲、迟、期、驰、仪、理、痴、

245

疑、祠、思（《送铁佛寺盟长老还襄阳》），矣、诗、悲、夷、迟、时、期、移、至、词、知、思（《静乐》），蕊、枝、时（《荣枯》），宜、迟、丝（《红莲白藕诗二首·其一》），寺、时、迟、池、诗（《送信立庵长老住灵岩寺》），池、棋、祠、师（《石田山居·其四》），耆、弥、几、奇、丝、宜、脂、私、迟、词、芝（《应制寿王少傅》），帷、时、辞、芝、耆、祠、私、祀、施（《挽饶国吴公》），丝、姿、澌、迟、芝（《题道士山水画》），迟、垂、谊、资、时、离（《挽黄平山次揭曼硕韵》），垂、迟、璃、罘、时（《奏对兴圣殿后》）。

之微：时、衣、归、飞、市、依（《程叔大归四明兼简徐仲裕》），归、辉、字、衣、肥、围（《送普颜子寿之广西经历》），稀、起、飞（《宫词八首·次傻公远正字韵其三》）。

之微脂：衣、欷、士、巍、子、之、遗、悲、思（《登崆峒山》）。

支脂：师、迟、知、规（《挽柴吏目》），知、谁、离（《锁院独坐书事口号七首·其三》），儿、池、眉（《题吴娃图二首·其二》），葵、宜（《绝句十六首·其十》），脂、知、咨（《翰林故事莫盛于唐宋聊述旧闻拟宫词十首·其七》），垂、姿、移、眉、悴、离（《双头菊》）。

支齐：西、漪、垂（《宫词八首·次傻公远正字韵其五》），池、齐、堤（《宫词八首·次傻公远正字韵其一》），凄、漪（《天冠山二十八咏之祭坛》）。

支微：非、机、睡、归（《题画葡萄》）。

支歌：纸、何（《和李彦方七首·其四》）。

脂齐：地、齐、栖（《宝林八咏为别峰同禅师赋·其七》）。

脂微：霏、衣、飞、帷、归（《送刘碧溪之辽阳国王府文学》），机、归、飞、衣、微（《知归庵》），扉、违、衣、归、水、机（《独松庵》），机、非、归、辉（《挽唐都事》）。

齐微：蹄、齐、栖、气、泥、题（《春日海村三首·其二》），飞、

246

归、衣、依、济、矶（《渡鄞江后寄陆时敏陈可立》）。

灰微：依、归、妃（《水仙花二首·其一》），稀、归、悔、衣（《戏题明皇照夜白图》）。

尤侯：州、游、辀、沟、裘（《送蔡枢密仲谦河南开屯田兼呈偰工部世南·其二》），州、头、秋、悠（《题马远信州图》），浮、流、头、休（《江东魏元德进所制齐峰墨于上都慈仁殿赐文缣马溰以宠之既南归作诗以赠云》），头、流、游、修（《送进士王克敏赴成都录事》），州、谋、周、愁、流、秋、侯、筹、猷（《送都水大监托克托清卿使君奉命塞白茅决河》），秋、求、头、流（《黄金台》），楼、沟、愁、州（《寿安殿》），头、流、愁、游、悠（《送林庭立归四明兼柬张子端兄弟·其一》），休、秋、流、愁、头（《读汪水云诗集·其二》），流、浮、秋、舟、投（《题东湖古鼎铭长老钟秀阁》），楼、流、州、刘（《登北固山多景楼》），侯、裘、秋、愁（《靳公子》），愁、楼、游、收、秋（《暮春感怀·其一》），洲、鸥、游（《和李彦方七首·其二》），楼、求（《天冠山二十八咏之钓台》），头、州（《拟刻事掉歌六首·其五》），鸥、秋、裘、留（《送人之陕省幕和韵》），沟、浮、筹、游（《赠王待制》），游、流、秋、钩（《谒告书怀》），州、疏、楼、游、洲（《次韵送上官伯圭·其一》），州、流、楼、游、酒、洲（《次韵送上官伯圭·其二》），头、游、楼、流、秋（《西山》），稠、秋、瓯、头、舟（《奉和奥屯都事秋怀》），头、楼、侯、疏（《寄简西碧县尹》），舟、州、秋、畴、头（《送扬州方教授》），秋、犹、楼、邮、疏（《送胡古愚归东阳·其二》），舸、游、侯、收（《奉陪荐食英宗神御殿用继学韵》）。

尤侯幽：幽、沟、柔、游、浮、州、秋、修、忧、愁、酬、优、丘、缪（《益清堂》），侯、州、虬、楼、筹（《送谙达巴哈万户湖广赴镇》）。

尤幽：州、浮、幽、游（《题会稽韩与玉秋山楼观》），流、浮、

元代少数民族作家汉文诗歌的用韵特点

幽、忧、秋（《陋巷》）。

豪肴：篙、梢（《题赵子昂承旨墨竹》）。

萧豪：萧、刀、高、劳、皋（《送葛子熙之湖广校官·其二》），晓、草（《题应中立所藏陈元昭山水》），藻、袅（《四爱图——莲》）。

宵萧：晓、小、杪（《题应中立所藏陈元昭山水》），萧、飘、峣、霄、腰、蜩、飘、苗（《枪竿岭》），宵、潮、萧（《七月十六夜海上看月·其一》），消、饶、霄、调、遥（《元旦寄朝真宫诸道侣》），桥、萧、瓢（《题携麦图》），翘、消、幺（《赵中丞折枝图之山茶》），朝、骄、萧（《雕窠》），貂、寥、招、烧、飘（《盘居李氏》），桥、朝、寥、少、遥、烧（《寄弘长老云山》）。

宵萧豪：遥、嚣、邀、飘、宵（《假馆武当宫承舒庵赠诗次韵奉谢·其一》），遥、嚣、邀、飘、宵（《假馆武当宫承舒庵赠诗次韵奉谢·其二》）。

豪宵：饶、劳、高、蒿、袍（《题吴公佑祭酒双峰雨露亭》）。

佳麻：涯、纱、花、家、茶（《梅花庄为张式良赋》）。

歌戈：河、柯、沱、多、波、砣、艖、鹅、何、歌、峨（《送叶上舍晋归四明》），波、歌、多、娥（《西华潭》），罗、过、多（《京城春日二首·其二》），波、河、歌、多、何（《赠谢尚礼归盱江·其二》），波、河、歌、沱、蓑（《读汪水云诗集·其一》），窝、波、河、多、歌（《月彦明都水月石研屏盖欧阳公故物也》），过、阿、歌、多、何（《题凤浦方氏梧竹轩》），波、歌、河（《敬书宸翰后》），多、波、何（《水仙花二首·其二》），多、何、波（《送蔡用严还四明二首·其一》），驼、娥、多、歌、蓑（《春日次王元章韵》），多、何、波（《闲题树叶上》），过、窠、罗（《消燕两首·其一》），过、何（《调虞伯生》），多、罗、磨（《翰林故事莫盛于唐宋聊述旧闻拟宫词十首·其四》），波、萝、鹅、多、蓑（《和继学郎中送友归越中》），波、萝、鹅、多、

248

蓑（《野兴》），阿、多、戈（《奉和新除袁侍讲见寄》），和、波、多、河、歌（《次韵李行斋集贤·其一》），峨、过、歌、可、何（《五言九首·其六》），波、坡、河、陀、何（《上京翰苑书怀·其二》），过、阿、多、歌（《九日在告》），多、坡、罗、歌、和（《龙虎台应制》），多、波、窠、鹅、蓑、科、荷、萝、柯、莎、阿、歌、何、罗（《送华山隐之宗阳宫》）。

歌麻：河、槎（《奉和新除袁侍讲见寄》），差、他（《雨霁》）。

虞模：湖、扶、鱼（《月湖竹枝词四首·题四明俞及之竹屿卷其二》），符、都、轳、夫、枢（《送李士宁之河南太守》），壶、厨、图（《次韵赵祭酒城东宴集·其四》），儒、图、躯、夫（《题浙东廉访知事杨仲儒先生死节卷》），壶、图、吴、乌、区（《长江万里图》），梧、儒、驹、刍、乌（《挽卫知事胡公鼎·其二》），儒、虞、驹、都、途（《腐儒》），雨、浦（《李夫人画竹》），于、图、夫（《昭君》），户、雨（《天冠山二十八咏之雷公崖》），珠、纡、无（《奉题杂兴》），湖、芜（《拟刻事掉歌六首·其四》），图、孤、芜、凫、树、枢（《鄢陵别南客》），树、珠、护、扶、炉、敷、襦、无、鸲、鹄、图（《画海棠图》）。

豪模：皋、袍、毫、高、劳（《送章彦端赴夔州太守》）。

虞鱼：诛、书（《李陵台二首·其二》），住、树、去（《绝句十六首·其十四》），株、榆、书（《和王左司柳枝词十首·其四》）。

虞鱼模：苏、瑚、敷、襦、竽、鱽、鱼、车（《公子行》），无、湖、絮、芦、蒲、谱、壶、铺、隅、蛛、辜、图（《求赵伯显画家山图用唐李中韵》）。

麻佳：斜、家、涯（《绝句四首·其一》）。

灰哈：梅、来、回、苔（《题吴照磨墨梅》），开、来、催、徊（《赋南湖送欧阳逊学归庐陵》），台、来、材、回、在、开（《题中丞张文忠公谏罢灯山奏稿后》)、开、来、台、回（《崇真宫夜望司天台》），来、开、堆、台（《圣安寺》），哀、开、梅、来（《送四兄往杭后寄》），隈、回、梅、来、才（《兵后还武昌·其一》），嵬、杯、台、来、莱（《题昌国普陀寺·其一》），回、隈、梅、来（《樊口隐居》），开、回、堆、来、才（《题二灵山房》），莱、回（《画鹰》），来、回（《南城二首·其一》），来、开、回（《云坳事》），开、来、回（《骊山图》），胎、媒、来（《丁卯上京四绝·其三》），开、来、梅（《代悼亡为陈云峤作》），栽、回（《到家》），栽、回（《道士弹琴图》），埃、回、来（《绝句三首·其三》），来、苔、回、杯（《固始县南岳行祠》），回、台、来、梅（《再从浙入闽·其一》），苔、来、哀、梅（《送王眉叟真人》），开、杯、来、回（《春思调王修撰袁待制·其一》），来、才、回、苔（《春思调王修撰袁待制·其二》），开、杯、来、回（《再用韵奉继学·其一》），来、才、回、苔（《再用韵奉继学·其二》），来、开、催、回、哉（《赠张彦清司农喜雪·其一》），堆、栽、回、开（《送王眉叟真人还钱塘》），摧、嵬、来、灰、回（《和袁伯长待制送虞伯生博士祠祭岳镇江河后土·其二》），开、来、回、雷、鳃（《龙门》），回、来、开、宰、嵬、杯（《还过龙门》），来、徊（《题王氏楼二首·其二》）。

微咍：非、依、气、威、彩、衣、飞（《云石为贞长老作》）。

2. 阳声韵与阳声韵

[-m] 与 [-m]

谈覃：酣、南（《雪霁晚归偶成·其二》），谭、惭、南、堪、毿（《寄浙西廉访托克托使君》），谙、甘（《画蓛莱》），涵、南、酣、潭（《巽江草堂》），南、篮（《淮南鱼歌十首·其一》），南、谈、楠、惭、柑（《送史显甫之南台》）。

盐添：帘、添、檐、盐（《锡喇鄂尔多观诈马宴奉次贡泰甫授经先生韵·其三》)。

[-n] 与 [-n]

痕魂：昏、魂、根（《秋日有怀徐仲裕二首·其一》），昏、门、痕、昆（《逃禅室卧病东诸禅侣》），存、根、恩、孙、门（《常秀轩为姻侄唐仲节赋》），门、昆、魂、樽、痕（《丙午十一月二十四日夜梦回书事》），孙、根、门（《赵氏宗室画水石》），恩、门、痕、奔（《磨剑词》），恩、孙、村（《送杨仲礼江浙提举儒学》）。

痕文：员、闻、恨（《闻箫》）。

痕桓：园、痕（《泉南孙氏园亭》），尊、园（《驾发上京》），盘、恩（《次韵李行斋集贤·其二》）。

真谆：臣、新、民、春、邻（《送蔡枢密仲谦河南开屯田兼呈偰工部世南·其一》），臣、宾、亲、谆、新、询、尘、纯、滨、津、春、伦、贫、人（《送太师掾陈德润归吴省亲》），春、宸、人（《宫词八首·次偰公远正字韵·其四》），春、茵、新（《宫词八首·次偰公远正字韵·其七》），伦、绅、人、新、秦（《送平章扎拉尔公》），裀、春、巾（《次韵赵祭酒城东宴集·其六》），身、真、巡、人、邻（《偶成长句》），人、身、尘、亲、春（《感怀》），轮、尘、人（《题扇寄友》），春、臣（《画兰》），尘、春（《画梅·其一》），淳、春、巾、民（《春日海村三首·其一》），身、真、尘、春、频（《暮春感怀·其二》），滨、尘、秦、亲、沦（《奉寄九灵先生·其二》），春、亲、贫、晨、尘（《寄见心长老二首·其二》），绅、真、春、身、人（《梅南道人读易图为四明陆都事赋》），臣、春、频、纶、陈（《奉寄表兄白留守兼呈杨廉使》），人、春、身、贫、真（《奉寄恕中韫禅师》），人、春、秦（《题桃源图》），春、银、人（《题梅花扇面寄五十金宪》），裀、伦、人（《题猫》），春、真、神（《题刘伯升所藏兰亭》），尘、春（《杨妃墓》），尘、春、新（《御沟春日偶成四首·其四》），春、匀、尘（《吴

251

宗师送牡丹》),春、新、人(《题墨梅》),缙、匀、麟(《宫词十首·其六》),轮、神、因、新(《泗州塔》),春、银(《和王左司竹枝词十首·其六》),臣、新、筠、贫、人(《应制寿赵国公》),滨、身、神、春、人(《次吴真人梅花韵》),人、津、新、轮、匀、薪(《画古木》),人、真、醇、新、麟(《吊王仪伯左丞》)。

文真:云、人(《六言五首·其四》)。

谆文:匀、氛、分、云、君(《太守兄遗纸帐仍赠以诗次韵奉谢》)。

文魂:云、闻、门(《闽浙之交五首·其一》),孙、裙(《淮南鱼歌十首·其九》)。

先仙:鲜、天、年、船(《次段吉甫助教春日怀江南韵》),娟、前、边(《塞上曲五首·其三》),县、筵、泉、船、篇(《送经筵捡讨邹鲁望之北流尹》),然、编、天、宣、贤(《读揭文安集》),禅、船、边(《赠英上人》),天、全、贤、田、传(《题余姚叶敬常州判〈海堤遗卷〉》),筵、阗、圆、年、穿(《元夕》),边、廛、贤、船、仙(《奉寄九灵先生·其三》),然、年、天、田、篇(《奉寄九灵先生·其四》),玄、禅、天、仙、连(《逃禅室与苏伊举话旧有感》),然、迁、年、天、仙(《题昌国普陀寺·其二》),然、田、天、贤、年(《方寸室》),年、贤、船、先、然(《挽卫知事胡公鼎·其一》),年、仙、玄、船、篇(《武余清乐为致仕尹将军赋》),偏、天、川、权、年(《颁历》),筵、贤、编、篇(《次张抚军韵·其一》),筵、贤、编、篇(《次张抚军韵·其二》),年、毡、怜、贤、田(《寄张左礜》),前、泉、拳、天、千(《些子景为平江韫上人作》),缘、年、仙、传、眠(《山居诗三首·呈诸道侣其一》),泉、田(《骊山三首·其一》),弦、前(《蔡瑛图二首·其一》),船、天(《闻笛》),娟、前(《绝句十六首·其八》),船、穿、田(《绝句十六首·其十五》),线、见(《天冠山二十八咏一线天》),年、船(《拟刻事掉歌六首·其三》),

252

前、莲（《翰林故事莫盛于唐宋聊述旧闻拟宫词十首·其一》），船、鲜、偏、阡（《送周南翁待制》），年、田、贤、遭（《送同年赵继清尹安陆》），边、筵、天、钱、椽（《题京师山堂》），牵、穿、仙、天（《和闲闲宋宗师牵字韵》），先、传（《题仇公度所藏先世家训手泽》），边、仙、涎、绵、田、船、年（《次韵继学·其一》），仙、边、圆、年（《赠杨洞天道人》），天、筵、篇、鲜、年（《大明殿进讲毕侍宴得诗·其一》），悬、船、颠、仙、田、翩、年、烟（《春行南郊》），筵、躔、烟、前、仙、连、年、鲜、渊、田（《陪可用中议祠星于天宝宫》），年、铅、玄、鹃、船（《次韵王编修送彭道士南归》），前、边、穿、天、年（《赠陈玉林道士》），天、边、船、年、前（《送客归扬州》），天、年、田、毡、贤（《送湖广御史丑德》），笺、千、年、船、玄、传、篇、毡（《送贡秀才还江东别业上寿》），边、连、怜、莲、田、船（《送人自淮南卖田还江陵》），边、川、田、毡、船、偏、专、宣（《送刘侍仪祠祭北镇医无闾》），钱、边、怜、娟、船（《挽何得之先生》）。

先桓：鞯、田、乱、县、仙、传（《雪霁红门偶成》），千、鸾（《寿闲闲真人和吴养浩博士韵》）。

寒桓：欢、宽、寒、看、盘（《送吴月舟之湖州教授》），銮、盘、韩、寒、宽（《送李中父典簿高骊颁历》），銮、官、宽、寒、冠（《送方以愚编修之嘉兴推官·其二》），端、冠、寒、安、銮（《送张维远御史之南台》），干、冠、赞、寒（《大悲阁》），寒、蟠（《宝林八咏为别峰同禅师赋·其四》），坛、寒、鸾（《题画梅竹为郭志善作》），宽、寒、丹、看（《涵清轩为慈溪懋上人赋》），团、冠、难、坛、寒（《别帽》），难、宽、竿、寒、叹（《南湖渔隐》），欢、叹、寒、残、漫（《重到西湖》），寒、溥（《雪中登郡城西亭·其六》），玕、观（《天冠山二十八咏之凤山》），难、湍、蟠、官（《吕梁》），官、郸（《淮南鱼歌十首·其六》），官、坛、盘、团（《赠壶洲道士》），玕、纨、管、竿、暖、溥、湍（《题李仲宾墨竹》），冠、干、刓、观、坛、盘、官、抟、兰、翰、宽、丹（《许右丞醮道士祈感应》），官、难、残、攒、盘、冠、湍、团、安、翰、完（《虞伯生学士画像》），寒、干、冠（《寿闲闲真人和吴养浩博士韵》）。

元魂：猿、村（《题猿图》），暾、垣、孙、鹓（《泉南孙氏园亭》），烦、门（《泉南孙氏园亭》），门、鹓、论、坤、尊、荪、烦（《送杨仲礼江浙提举儒学》），阍、门、旛（《驾发上京》），村、喧（《访柏堂宗师不遇》）。

元痕：轩、痕（《魔华严僧筠轩》），恩、翻（《泉南孙氏园亭》）。

桓魂：园、魂、门、尊（《赠济古舟》）。

先仙寒：然、怜、钱、年、县、田、迁、绵、倦、便、船、缘、边、全、蝉、贤、禅（《逃禅室述怀一十六韵》），穿、田（《孟阳逸士》），田、鸢、穿、船（《石田山居·其二》），绵、钱、仙、田（《石田山居·其三》），川、田（《送李元章之陕县》），田、泉（《题仇公度所藏先世家训手泽》）。

元桓：喧、园、樊、轩、璠（《寄余姚宋无逸先生》）。

山寒：闲、看、鞍（《京城春日二首·其一》）。

山寒山仙：攀、斑、汉、关、闲、还（《寄定海故将军邵公辅》）。

山仙：还、山（《题谢安观山图》），山、还、间、闲、潺（《题太守兄遗稿后·其二》）。

山仙先：川、然、天、跹、辨、仙（《水光林影图》）。

山仙删：班、山、还、闲、关（《天寿节送倪仲恺翰林代祀龙虎山·其二》），山、间、班、关、闲、颜、顽、还（《赤城》），湾、还、山、间、关（《题叶隐居〈雪蓬〉》），攀、颜、间、还、关（《升真观》），山、关、还、间、闲（《寄东海鹤年》），还、山、关（《过鬼门关》），还、间、山、潸（《挽四明乐仲本先生两首·其二》），间、关、还、山（《赠全真李止水》），还、颜、间、班（《春晖堂》）。

山删：间、关（《题钱玉潭竹林士贤图》），闲、间、山、班（《寄定海县丞张允达》），颜、山、闲、间（《送进士都坚不花出宰三山》），山、闲、颜（《寄武昌严静山贤友》），环、间（《御沟春日偶成四首·其一》），删、颜、山（《翰林故事莫盛于唐宋聊述旧闻拟宫词十首·其三》），间、山、关、闲（《次韵阿荣参政》），山、颜、攀、鹇、斑（《赠内》），关、还、山、弯、删（《寄王继学廉使》），间、闲、环、山、还（《送道士赵虚》），间、潺、闲、关、山（《追和许浑游溪夜回韵》）。

仙删：钱、鳊（《淮南鱼歌十首·其七》），还、颜（《西施怨三首·其二》）。

桓仙先：虔、年、半、眠、前、还（《雨夜同天台道士郑蒙泉话旧并怀刘子彝》）。

寒桓删：关、寒、纨（《七月十六夜海上看月·其二》）。

山先删：寰、攀、山、斑、间（《武夷山》）。

山桓：山、闲、断、间（《题莆郎天马图》）。

先真：巅、烟（《种笔亭题画》），前、尘（《送贡秀才还江东别业上寿》）。

真仙：烟、船（《绝句十六首·其十一》），娟、烟（《拟刻事掉歌六首·其二》）。

山寒桓：间、阑、弯（《宫词八首·次傁公远正字韵其二》），山、丹、珊、寒、峦（《挽清溪徐道士·其一》）。

删寒：班、寒、安（《次先兄太守题竹韵》）。

先寒：还、难、见（《寄友·其一》），汉、烟、天（《小画·其二》）。

文欣：文、缊、军、君、云、氛、闻、缊、纹、欣、群、汾、熏、

255

元代少数民族作家汉文诗歌的用韵特点

勋（《送宋诚夫太监祠海上诸神》）。

欣魂：稳、隐（《天冠山二十八咏之金沙岭》）。

[-ŋ] 与 [-ŋ]

庚清：清、晴、明（《月湖竹枝词四首·题四明俞及之竹屿卷其三》），生、晴、行（《宫词八首次偰公远正字韵·其八》），清、城、惊、营、倾（《送慈上人归雪窦追挽浙东谔勒哲都元帅四首·其一》），声、营、生、横（《汝水》），清、明、影、生、营（《郏城冬夜读书有感》），晴、生、鸣（《塞上曲五首·其五》），成、惊、明（《郓城题壁·其一》），明、倾、生、情、声（《送杨季子赴德庆知事·其二》），楹、清、影、生（《题道院·其二》），清、成、鸣（《小游仙·其一》），明、名、生、行（《过鸟山铺》），明、影、省（《横窗梅》），倾、兵、生、名（《题宋贡士袁庸死节传后》），成、声、笙、盟（《题筠轩》），情、兵、声、城、琼（《故宫人》），城、明、情、平、名（《过九江追悼李子威太守》），清、英、成、京、情（《挽吴公佑祭酒母刘夫人·其一》），影、声、生（《明远亭》），嵘、声（《天冠山二十八咏之龙口崖》），行、名（《六言五首·其五》），晴、城、行、征（《再从浙入闽·其二》），羹、兄、行、生、城（《送四弟元学南归》），轻、京、明、迎、声（《寄王继学》），营、梗、晴、名（《送苏子宁赴岭北省幕》），清、生（《华清宫故基》），行、轻（《崇真宫西梨花》），行、轻（《明日在罗中官园池次韵》），行、平、城、生（《次韵宋显夫》），城、行（《题王氏楼二首·其一》），明、程、衡、生、清（《送王伯弘平章》）。

庚清耕：情、兄、筝、生、轻（《送林庭立归四明兼柬张子端兄弟·其二》），并、清、明、嵘、平（《寄程仲能挍书》），成、耕、争、城、生（《题太守兄遗稿后·其一》），声、成、莺、笙、缨（《戏赠刘云翁》），旌、京、瀛、城、生、轻、明、兵、荣、耕、倾、缨、行、衡、惊、晴、声、诚、英、婴、茎、更、名、鸣、盟、营、荆、茕、平、情（《上武昌太守傅藻守墓间陈情》），城、兵、耕、声、贞、平、清、撑、旌、生、倾、诚、情、缨（《过安庆追悼余文贞公》）。

清耕：成、茎（《送虞山周道士》），耕、晴、声、名（《春寒》），耕、晴、声、名（《治书再和复次韵》），莺、名（《华清宫故基》），楹、城、莺（《武当山道士赠行》）。

清庚唐：情、明、庚、更、生、兄、横、声（《送人归故园》）。

庚青：青、迎、平、行、羹（《浮云寺》）。

耕庚：莺、生（《崇真宫西梨花》），莺、生（《明日在罗中官园池次韵》），荣、莺（《送王伯弘平章》）。

清青：晴、青、溟、苓、灵（《望泰山》），晴、扃、厅（《寄友·其二》），冷、井（《节妇张氏》），亭、屏、庭（《次王参政延福宫韵八首·其二》），亭、屏、庭（《次王参政延福宫韵八首·其四》），亭、屏、庭（《次王参政延福宫韵八首·其六》），亭、屏、庭（《次王参政延福宫韵八首·其八》），铭、精（《挽道士危功远二首·其一》），厅、屏、萍、铃、经（《石城县尉》），鲭、名（《送王伯弘平章》）。

登青：藤、茗（《雪中登郡城西亭·其二》）。

蒸耕：丞、陵、冰、澄、莺（《喜小孙诵书》）。

蒸登：能、增、僧、应（《雨中寄杨彦常先生》），陵、鹰、乘、能（《赠陈章甫》），绫、登、冰、升、兴（《张仲举危太朴二翰林同擢太常博士》），棚、升、冰、曾（《九十三岁老人康宁居宣德府》），能、藤、蒸、澄、罾、僧、凝、冰、绫、升（《猗绿园》）。

阳唐：茫、桑、涨、凉、床、囊（《玄圃为上清周道士赋》），黄、傍、墙（《月湖竹枝词四首·题四明俞及之竹屿卷其一》），郎、堂、肠（《南城席上闻筝怀张子渊·其二》），凉、阳、忙、乡、长（《秋夜有怀侄元童》），凉、郎、廊、章、床（《送方以愚编修之嘉兴推官·其

元代少数民族作家汉文诗歌的用韵特点

一》），芳、香、铓、裳、堂、养、忘、乡、章（《春草轩为毗陵华以愚赋》），凉、方、翔、长、阳、香、玱、常、乡、装、囊、芳、尝（《送道士张宗岳奉贺正旦表朝京竣事还龙虎山》），强、桑、旁、裳、茫（《京城杂言六首·其四》），茫、王、扬、亡、阳（《送慈上人归雪窦追挽浙东谔勒哲都元帅四首·其三》），乡、慷、裳、疆、旁、翔、肠、徨（《发大都》），凉、裳、瀼、桑（《云仙台》），郎、堂、王、凉、章（《赠谢尚礼归盱江·其一》），傍、长、粮、良（《陵州》），阳、梁、章、凉、望、堂（《寄河南赵子期参政》），狼、墙（《无锡山中留题》），苍、忙、狂、乡（《赠陈章甫》），凉、光（《龙眠十六贤图》），香、囊（《送邵从圣官临淮四首·其三》），长、郎（《节妇马氏二首·其二》），长、狼、羊（《河湟书事二首·其一》），霜、黄、乡（《送胡古愚还越四首·其四》），觞、长、郎（《和王左司韵三首·其一》），觞、长、郎（《和王左司韵三首·其二》），觞、长、郎（《马祖常和王左司韵三首·其三》），颃、忙、梁（《诮燕两首·其二》），房、长（《赠道士谢草池》），光、方、长（《官曹供冰》），阳、光、王（《春风御马图二首·其二》），光、香、商（《枢府书事》），光、阳（《绝句十六首·其七》），光、肠（《绝句十六首·其十二》），长、香、堂（《忆江南》），长、光、伤、羊（《卢师山下过郝景文参政墓》），堂、羊、行、光（《五言九首·其五》），旁、羊、黄、堂（《次韵咏石》），旁、杨、光、觞、郎（《寄王继学待制》），堂、乡、觞、长、琅（《寿故相秋谷》），霜、凉、黄、觞（《和张蓬山司农韵》），墙、郎、香、床、章（《贡院忆继学治书》），墙、郎、香、床、章（《贡仲章待制宠和次韵》），光、香、壮、长、乡（《送史秉文祠岳读还家》），张、杨、堂、霜、章（《送胡震亨巡检》），裳、方、光、章、乡（《送毛真人还山》），乡、梁、航、荒（《赠里人别因寄祖义祖烈》），响、光、房、伤、堂、墙、详、乡、香、偿、凉（《题惠崇画树林》），光、阳、香、

258

囊、颃（《赋王叔能宅芍药》），光、香、黄、郎、裳（《次前韵·其二》），光、香、黄、郎、裳（《无题·其二》），塘、苍、荒、伤、行（《挽刘子谦》），墙、郎、光、床、章（《治书宠和误用光字仍再次韵·其一》），墙、郎、光、床、章（《治书宠和误用光字仍再次韵·其二》），郎、光、上、行、光、羊（《赠都省椽金世用》）。

耕阳：长、墙、庄（《淮南田歌十首·其三》）。

钟东：雍、东、风（《次韵赵祭酒城东宴集·其二》），峰、东、重、空、中（《送僧》），封、宗、秾、纵、雍、容（《秦元卿嘉庆图》），逢、红、松、童、工、笼、桐、宫、聪、峒（《项子虚炼师归旧隐》）。

钟冬：峰、龙、宗、容（《寄铉宗鼎》），逢、松、侬（《和王左司柳枝词十首·其七》），容、冬（《和王左司柳枝词十首·其九》）。

江阳：邦、涨、窗、双、腔（《宋显夫内翰挽诗》），窗、江、幢、嶂、降（《逃禅室解嘲》）。

[-n] 与 [-ŋ]

清真：径、尽（《四爱图——菊》）。

3. 入声韵与入声韵

[-t] 与 [-t]

薛月：雪、月（《天冠山二十八咏之寒月泉》）。

[-k] 与 [-k]

锡昔：壁、石（《天冠山二十八咏之玉帘泉》）。

沃烛：鹄、躅（《天冠山二十八咏之仙足崖》）。

药觉：削、幄（《天冠山二十八咏之石人峰》）。

药铎：酌、落、乐、鹤（《阳明洞丁元善尊师携酒招省郎穆萨君过余夜饮》）。

[-t] 与 [-p]

缉薛：雪、立、湿（《寒林积雪田》）。

［-p］与［-k］

昔缉：湿、碧（《雪中登郡城西亭·其九》）。

［-t］与［-k］

月铎：壑、箔、跃、薄、阁、落、乐、郭（《赋环波亭送杨校勘归豫章》）。

二 古体诗

（一）独用

1. 阴声韵

齐部：低、溪、凄（《三峰山歌》），低、啼（《赠钱唐骆生》），西、鼙、黎、鹈、碑、氐、笄、稽、跻、奎（《饮酒·其五》）。

宵部：悄、小、消（《京城燕》），摇、哮、朝、苗、遥（《观郑高士坐图》），小、少、笑（《蔡州妓赵氏坠崖以死自誓，作诗讽俗》），绡、翘、摇、消、飘、招（《古意》）。

豪部：老、道、恼（《赠骆自然》），好、老（《采莲曲·其四》），草、好、缟、考（《挽林彦栗秀才》），道、槁、草（《古乐府》），槽、嘈、桃（《前宛转曲》），道、草、好（《萧姓渊善鼓琴予尝为之作我思操今自和林归再任巡徽之职于江南比行又求予诗遂为赋汉铜马式歌以送之》）。

肴部：交、泡、猇、嘐（《苦寒五首·其三》）。

微部：闱、违、归（《送奉祠王良佐奔讣还兖城》），微、衣、归（《南方贾客词》），非、微、韦、饥、违（《新岁丁卯二首·其一》）。

咍部：台、载（《京城杂言六首·其六》），台、埃、来（《赠空谷山人徐君归武当》），哀、来、猜（《杨孝廉义乌》）。

麻部：者、下（《鹤斋为道士薛茂弘赋》），鸦、家、沙（《题余姚

第六章 韵谱

叶敬常州判海堤卷补先兄太守遗缺》），华、家、花（《送奉祠王良佐奔讣还兖城》），暇、下（《望云思亲图为王大使作》），泻、舍、下、者（《题画两首·其一》，下、诧（《次韵端午行》），华、斜、霞（《前宛转曲》），嫁、乍（《杨花宛转曲》）。

侯部：侯、后、口（《达鲁将军射虎行》），口、藕（《采莲曲·其九》）。

尤部：游、飕、秋（《巢湖述 寄四明张子益》），久、手（《采莲曲·其二》），秋、游、浮（《送奚仲瑛进士服阕朝京》）。

之部：子、祀（《题余姚叶敬常州判海堤卷补先兄太守遗缺》），士、起（《送奉祠王良佐奔讣还兖城》），子、诗（《行素轩》），滋、时、意、怡、兹（《蔓草不除》）。

支部：垂、驰、规、奇（《反铜马式歌送熊太古》），池、漪（《端午效六朝体》）。

脂部：至、出（《商学士万里图》）。

歌部：峨、歌、多（《北邙山歌》），歌、多、何（《赠骆自然》），歌、河、峨、何（《岁晏百忧集·其二》）。

虞部：驭、驱、歔、敷、涂、躯、腴、呼、芦、酥、殊、诛、输、趋、莩、符（《秋雪联句同袁伯长斌》），揄、珠（《闲题》），树、赋（《拟白头吟》），府、聚、主（《室妇叹》），肤、须（《缫丝行》。

鱼部：余、如（《养素斋·其二》），鱼、初、蔬、居（《西方泺二首·其一》），署、御、茹、着、助、庶、曙（《斋宿太社署五首·其二》），去、处（《问燕》），庐、车（《淮安路池山》）。

模部：堵、浦、吐（《题崇真宫陈练师壁间竹梅邀倪仲恺同赋》），路、暮、怒（《行路难》），殂、孤、姑（《乐节妇》），堵、古、鼓（《题余姚叶敬常州判海堤卷补先兄太守遗缺》）。

尤部：柔、修、收、裒、畴、谋、周（《春寒二首·其一》），州、

261

忧（《商学士万里图》），手、有、酒（《李后主图》）。

泰部：外、害（《养素斋·其二》）。

2. 阳声韵

[－m]

侵部：琴、林（《送道士袁九霄归金坡道院》），深、阴、寻、吟（《如带幽夏深窈盘隐居学道者可筑室偶赋》），深、心（《采莲曲·其五》），琴、心、深、吟（《岁晏百忧集·其一》），深、沉、林（《送周南翁之官池阳》），林、心（《画树》），金、琴（《拟白头吟》）。

谈部：蓝、酣（《霞川》）。

[－n]

先部：年、钱、天（《新乡媪》），年、田、边（《刘舍人桃花马歌》），电、眠、前（《赠戴原正》），天、贤、年（《送周侍郎定江浙赋税还大都代杭城父老作》），县、见（《送蔡士廉舍人奔讣还四明》），天、贤（《养素斋·其二》），然、钿、边（《古镜篇寄韩与玉》），烟、弦（《萧姓渊善鼓琴予尝为之作我思操今自和林归再任巡徼之职于江南比行又求予诗遂为赋汉铜马式歌以送之》）。

仙部：还、湲（《祖生求母》），鲜、转（《北歌行》）。

山部：山、间（《鹤斋为道士薛茂弘赋》），艰、山（《送奚仲瑛进士服阕朝京》），山、间、闲（《望云思亲图为王大使作》）。

真部：贫、人、亲（《新月行》），人、尘（《羽林行》），人、尘、巾（《赠骆自然》），辛、人（《乐节妇》），尘、人、真（《送铁佛寺益公了庵朝京游浙》），臣、亲（《过文著作家》）。

文部：云、纷、军（《行路难》），军、云、勋（《刘舍人桃花马歌》），坟、云、军（《岳坟行》），焚、愤、熏（《移梅·其二》），文、云（《垂纶亭歌为宋诚夫作》）。

魂部：昏、门、孙（《新乡媪》）。

谆部：匀、春（《次韵端午行》）。

[-ŋ]

庚部：平、镜、鸣（《离鸾篇为四明张孟善祖母祝节妇而作》）。

清部：清、城（《次韵端午行》）。

青部：溟、瓴、青（《赠玄溟炼师》），零、泠、翎（《蔡州妓赵氏坠崖以死自誓，作诗讽俗》），陉、腥（《垂纶亭歌为宋诚夫作》），零、青、庭（《湖北驿中偶成》），青、星、形、经、冥、听、庭、亭、醒、鹊（《伯长内翰与继学内翰联句赋画松诗清壮伟丽备体诸家祖常实不能及后尘也仍作诗美之焉》）。

蒸部：塍、陵、凝、兴（《王维辋川别业诗图》）。

东部：东、空、宫（《虚斋为四明王炼师赋》），宫、通、风、功（《长春宫》），东、雄、功（《达鲁将军射虎行》），风、功、宫（《新堤谣》），穷、宫、中、红（《逍遥楼》），同、宫（《送周侍郎定江浙赋税还大都代杭城父老作》），雄、筒、宫（《送铁佛寺益公了庵朝京游浙》），中、宫（《送赤土几巡检徐白任满》），穷、躬、冲、东（《送幼度御史南游》），痛、送（《北歌行》）。

唐部：鸯、房（《采莲曲·其六》）。

阳部：霜、翔（《送道士袁九霄归金坡道院》），方、舫、阳（《题怡乐堂为赠善夫良友》），方、常（《夜山图》），恙、庄、上（《黄鹤楼》），方、章、凉（《送周侍郎定江浙赋税还大都代杭城父老作》），丈、上（《环翠楼歌为余姚道士梁公作》），乡、长（《送僧净皓书童正思所作诗序后》），长、香、肠、狂（《礼部合化堂前后栽小松·其二》），梁、霜、舫（《息斋风竹图道士华山隐得之，命予赋之》），香、长、王（《上京效李长吉》），王、场（《兔窥蝶图》）。

钟部：溶、容、胸（《环翠楼歌为余姚道士梁公作》）。

3. 入声韵

[-k]

职部：力、恻（《踏水车行》）。

陌部：珀、客（《礼部合化堂前后栽小松·其一》）。

烛部：绿、浴、束（《赋鹦鹉送偰世南廉使之海南》），绿、曲、玉、缛、躅（《鹦鹉联句同王继学赋》），粟、玉（《息斋风竹图道士华山隐得之，命予赋之》）。

铎部：箔、阁、薄（《京城燕》），壑、郭（《紫芝山房为四明处士梦紫芝生于别野因置墓庐》），乐、壑、阁（《送奚仲瑛进士服阕朝京》），幕、橐、髆、薄、愕、索（《至治癸亥八月望玉同袁伯长，虞伯生过枪竿岭马上联句》）。

昔部：迹、绎（《书上都学宫斋壁》），迹、石（《宿兴化县界》），迹、石（《再赓前韵》）。

药部：噱、箬（《商学士万里图》）。

屋部：戮、屋、木（《孔林瑞槐歌》），哭、濮、筑（《新堤谣》），谷、服、熟（《赠空谷山人徐君归武当》），禄、屋、木（《所过》），目、畜（《兔窥蝶图》）。

[-t]

薛部：杰、绝（《送蔡士廉舍人奔讣还四明》）。

屑部：垤、血、节、啮、桀、劣（《都城南有道者居名松鹤堂暇日同东平王继学为避暑之游因作松鹤联句》）。

质部：帙、日（《闲题》）。

（二）合韵

1. 阴声韵与阴声韵

之支：谊、食（《刘蕡祠》），离、期、时、知（《奉怀九灵先生就次其留别旧韵·其二》），子、紫、齿（《赠相工宋忠臣姜才之孙姜奉先》)、士、止、豕（《送赤土几巡检徐白任满》)，熹、意、祺、施、疵（《春寒二首·其二》)，子、史、使、纸（《商学士万里图》)，兹、施、驰、为（《观耕者有言》)，时、持、嬉、累（《端午效六朝体》)，滋、枝、飔、宜（《初日诗·其一》)，思、期、垂、离、滋（《王继学同张学士寿宁宫祠宿奉寄一首》)，旗、锜、儿、蓸（《老将行送刘宗道总管》)，意、戏（《商学士万里图》）。

之齐：里、起、底（《虚斋为四明王炼师赋》)，时、祗（《春寒二首·其二》)，翳、字、霁（《壮游八十韵》)，底、起、眯、饵、里（《秋江钓月》）。

之脂：里、水（《桃花山水图为桃源屠启明题》)，水、里（《如带幽夏深窈盎隐居学道者可筑室偶赋》)，地、悴、弃、致、异（《送危助教分监上京》)，起、里、水（《新月行》)，水、里、履（《虚斋为四明王炼师赋》)，里、水、思、子（《巢湖述怀寄四明张子益》)，丝、时、悲（《北邙山歌》)，弃、丝、意（《采莲曲·其三》)，比、里、蕊、死（《秋冀》)，死、子（《乐节妇》)，水、起（《环翠楼歌为余姚道士梁公作》)，里、履（《环翠楼歌为余姚道士梁公作》)，腻、燧、饵、试、笥、饎、寺、志（《壮游八十韵》)，子、水（《秋江钓月》)，滋、私、资、诗（《报春堂》)，士、事、二（《田居二诗寄元参议·其二》)，水、里、兕（《题商德符山水图》)，饵、利（《拾麦女歌》）。

之支脂：思、吹、时、士、水（《题崇真宫陈练师壁间竹梅邀倪仲恺同赋》)，起、离、水、枳、史、子（《京城杂言六首·其五》)，水、喜、沚、驰、起、紫、雉、子、理、市（《还京道中》)，时、迟、碑（《万寿寺》)，姿、私、知、移、辞、帷、随、迟、丝、诗、师、仪、锥、奇、池、驰、思、麇、遗、时（《投赠赵祭酒廿韵》)，史、紫、死（《赠玄溟炼师》)，基、尸、池、利、私、士、资、悲、熙、意、知、痍、遗、驰、师、致、之（《赠医士乐孟杰》)，时、池、迟、碑（《万

元代少数民族作家汉文诗歌的用韵特点

寿寺》)、时、随、私、辞、为、欺、知(《饮酒·其六》)、水、离、倚、居、里、比、已、仕、止(《留别沂州张君仲》)、时、旗、垂、龟(《过钱塘》)、婢、弃、辞、事(《拾麦女歌》)。

之支脂微：赢、垂、湄、悲、围、熙、飞、衣、脂、饥、炊、死、眉、肌、驰、旗、治、罴、墀、稀、答、离、治、陂、厘、漪、水、崖、纪、痍、危、机、威、夷、怡、资、疲、持、子、疑、歔、期、时、辞(《颍州老翁歌》)、岐、巍、围、归、亏、死、悲、思、飞(《李陵台》)。

之脂齐：水、洗、喜(《古镜篇寄韩与玉》)。

之脂微：里、归、水(《送道士袁九霄归金坡道院》)、畏、辔、寐、里、意、至(《送危助教分监上京》)、水、比、篚、昏、史(《商学士画山水歌》)。

之支齐：知、奎、芝、诗、子、时(《耕渔轩文会》)。

之鱼：锄、渔、书、居、子、如(《题徐良夫耕渔轩》)。

之微：史、伟、士、事(《达鲁将军射虎行》)、归、飞、衣、子、威(《送蔡士廉舍人奔讣还四明》)、起、矶、晖(《巢湖述怀寄四明张子益》)、驶、纬(《壮游八十韵》)、崎、贵、慰(《登都北神山醉中题壁》)、飞、时(《杨花宛转曲》)。

支齐：蚁、底(《巢湖述怀寄四明张子益》)、洼、涯(《檐子洼》)、米、此(《静观阁早兴寄怀之先生》)、瑞、桂(《壮游八十韵》)、髻、堉、西、蹄、漸(《河西歌效长吉体》)。

支脂：脂、枝、骑(《题王虚斋所藏镇南王墨竹》)、愧、累(《湖上廉·其二》)、致、翠、知(《双溪草堂》)、瑞、愧(《离鸾篇为四明张孟善祖母祝节妇而作》)、仪、迟、知、驰(《送蔡士廉舍人奔讣还四明》)、地、泗、知(《送奉祠王良佐奔讣还兖城》)、至、治、致、智、备(《题碧梧轩为胡公鼎作》)、儿、榍(《问燕》)、宜、脂、龟(《春寒二首·其二》），施、私（《苦寒五首·其二》），死、弛、靡（《读陶潜诗》），技、义、醉、翅、赍（《壮游八十韵》），龟、悲、出、移（《商学士画山水歌》）。

脂齐：嗜、穗（《壮游八十韵》），荠、利（《壮游八十韵》），齐、诋、资（《饮酒·其六》）。

脂微：美、水、伟（《送周侍郎定江浙赋税还大都代杭城父老作》），器、气、秘、翠（《壮游八十韵》），饥、私（《观耕者有言》），味、媚（《移梅·其四》），迟、饥（《缫丝行》）。

脂祭：厉、至、袂、憩、备、辖、缀、汭、艺、地、毳、薇、悴、噬（《壮游八十韵》），脆、岁、翠（《移梅·其四》）。

脂灰：翠、背（《登都北神山醉中题壁》）。

微咍：裁、来、肥、衣（《古乐府》）。

歌戈：过、鹅（《联句》），和、罗、波、讹（《新岁丁卯二首·其二》），果、繁、堕、琐、伙、裸、荷、坐、笴（《录囚大兴府公厅书事》），裹、柯（《录囚大兴府公厅书事》），过、鹅、歌、螺、河、多、磨、蛾、鉈、驰、和、河、罗、波、莎、坷（《联句》），牁、讹、蠃、劚、摩、波、歌（《送郭用可教授云南郡》），波、罗、多（《前宛转曲》），何、波、歌（《巢湖述怀寄四明张子益》），多、过（《达鲁将军射虎行》），可、唾（《送僧净皓书童正思所作诗序后》）。

鱼模：呼、芦、酥（《秋雪联句同袁伯长斌》），胥、奴（《踏水车行》），度、所（《喜知经延蔡国张公至》），居、书、蔬、庐、圃、车（《挽清溪徐道士·其二》），路、误、去（《行路难》），鱼、租、徐（《新堤谣》），语、苦（《三峰山歌（并序）》），五、去、路（《竹林寺》），去、露（《植樗轩为天台吴处士赋》），素、娱、予（《养素斋·其一》）。

虞模：雨、浦、沽、取（《息斋风竹图道士华山隐得之，命予赋

267

之》），雨、舞、组（《蔡州妓赵氏坠崖以死自誓，作诗讽俗》），武、雨、堵（《三峰山歌》），途、殊、驹、树、壶、符、湖、朱、俱、刿、逾、衢、铢、凫、都、愚、酤、麈、盂、孚、迂、苏、枯、树、蒲、夫、敷、舞、驱、娱、梧、扶（《送达尔玛实哩正道监州归江南三十韵》），纡、壶（《巢湖述怀寄四明张子益》），古、雨、乳（《孔林瑞槐歌》），竖、虎、武（《达鲁将军射虎行》），隅、无、奴、树、路（《刘舍人桃花马歌》），傅、舞、土（《北邙山歌》），五、虎、舞（《羽林行》），古、舞、雨、住、墓、步、府、铺、土（《赠骆自然》），苦、堵、舞（《送周侍郎定江浙赋税还大都代杭城父老作》），都、愚（《题余姚叶敬常州判海堤卷补先兄太守遗缺》），素、遇（《行素轩》），古、舞、雨（《题管夫人竹窝图》）。

虞鱼：树、注、缕、雾、屿、阻（《春云》），梳、腴（《礼部合化堂前后栽小松·其一》），语、主、雨（《祝丹阳祠武当》），黍、驹、区（《上京书怀》），树、去（《桃花山水图为桃源屠启明题》），树、去（《送太尉掾潘奉先之和林》），疏、车、赋、如（《题画扇送兰石奉御游上京》），曙、去、树（《刘舍人桃花马歌》），曙、雨、府（《赠空谷山人徐君归武当》），府、举、楚、余、书、苴（《送奉祠王良佐奔讣还兖城》），侣、举、雨、殊、书（《望云思亲图为王大使作》），余、足（《竹林书屋》）。

虞鱼模：乌、雏、逋、狙、孤、呼、浒、隅、瘏、羽、珠、庐、舒、衢、虚、无、刿、疏（《书揭秘监所撰李处士墓铭后为孝子李思亲作》），路、雾、露、杼（《拟古》），御、涂、都、通、肤、夫、驱（《送袁伯长归浙东三首·其二》），圬、隅、恶、洳、枢（《初日诗·其二》），壶、铺、濡、蛛、苴、除（《斋宿太社署五首·其四》），树、雾、鹭、聚、御、儒、句、路、误（《史馆闲题·其二》），笞、取、步、暮（《拾麦女歌》），余、胥、虑、鱼、楚、舞、户（《寄题寿张

第六章　韵谱

堂》)、疏、庐、蓻、晡、驱、刍、途、曙、蹰（《榆林》)、路、雨、树、聚、据、惧、暮、去（《独石》)、路、去、住（《赠空谷山人徐君归武当》)、夫、无、舆（《岳坟行》)、曙、露、树、度（《奉怀九灵先生就次其留别旧韵·其一》)。

虞侯模鱼：与、牡、路、雨（《喜知经筵蔡国张公至》)。

侯模：雾、户（《南方贾客词》)。

侯豪：裯、簉（《新乡媪》)。

豪模：劳、晡、户、考（《离鸾篇为四明张孟善祖母祝节妇而作》)。

尤侯：收、侯、丘（《三峰山歌》)，宿、读（《桃花山水图为桃源屠启明题》)，侯、游、头（《送太尉掾潘奉先之和林》)，读、宿（《徐伯敬哀诗》)，愁、钩、楼（《新月行》)，宙、彀、守（《达鲁将军射虎行》)，稠、辀、浮、周、球、友、侯、洲、悠、流（《送王子克归金华》)，丘、头、秋（《新堤谣》)，侯、愁、流（《赠空谷山人徐君归武当》)，谋、侯、头（《羽林行》)，秋、侯、楼、游、秋（《黄鹤楼》)，秀、构（《紫芝山房为四明处士梦紫芝生于别野因置墓庐》)，流、州、侯、忧（《题余姚叶敬常州判海堤卷补先兄太守遗缺》)，楼、侯、游（《环翠楼歌为余姚道士梁公作》)，岫、构、秀、兽、茂、昼、寿（《白云精舍为诸暨上人作》)，秋、侯（《题管夫人竹窝图》)，偶、后、首（《离鸾篇为四明张孟善祖母祝节妇而作》)，流、修、篝、浮、留（《斋宿太社署五首·其一》)，廋、囿、候、鹫、后（《送袁伯长归浙东三首·其一》)，游、寿、讴、侯、忧、头、丘（《拟古·其一》)，修、投、周、游（《古诗三首·其二》)，沟、留、谋、流（《拟古·其二》)，柳、酒、斗、叟、久（《田间》)，牖、久、寿、后（《初日诗·其四》)。

尤侯幽：幼、右、岫、豆、囿、枢、走、救、踣、镂、兽、又、篓、耨、诟、谬、斗、溜（《寄六弟元德宰束鹿》)。

269

尤虞：酒、拊、武、友（《王继学同张学士寿宁宫祠宿奉寄一首》）。

宵肴：霄、蛟（《环翠楼歌为余姚道士梁公作》）。

宵豪：招、皋、霄（《鹤斋为道士薛茂弘赋》），杪、藻（《巢湖述怀寄四明张子益》），早、表、少（《行路难》），道、堡、杪（《新堤谣》），小、绕、道（《田家留客图为四明刘师向先生赋》），摇、绡、娇、袄、销（《拟古·其二》）。

宵萧：霄、潮、超、僚、萧、嚣、招、雕、飘、遥、摇（《奉和王仪伯参议龙门》），渺、袅、鸟（《淮安路池山》），鸟、小、晓（《赠陈众仲秀才缥云辞》），窈、窔、笑（《古诗三首·其一》）。

宵萧豪：嗥、摇、萧（《达鲁将军射虎行》）。

宵肴萧豪：照、料、豹、要、笑、溺、调、耀、报、少、哮（《长啸篇》）。

萧麻：鸟、家（《寄家书》）。

萧豪：媪、老、晓（《新乡媪》）。

豪肴：孝、道、乐、教、豹、皓（《题米孝廉诗卷》）。

2. 阳声韵与阳声韵

[-n]与[-n]

痕魂：根、樽、尊（《饮田家留题》），根、门（《画树》）。

元魂：论、存、喧（《饮酒·其三》），敦、繁、言（《饮田家留题》），喧、尊、温、原（《苦寒五首·其五》），喧、孙（《西方泺二首·其二》），翻、奔（《题赵承旨枯木竹石图》）。

元痕：根、翻（《西方泺二首·其二》）。

真谆：沦、珉、辛、循、伸、莼、滨、宾、姻、人、贫、轮、春、津、纶（《赠韩印曹归会稽》），仁、春（《赠戴原正》），亲、宾、春（《送铁佛寺益公了庵朝京游浙》），春、人、尘（《送蔡士廉舍人奔讣还四明》），春、亲（《送赤土几巡检徐白任满》），沦、亲、珍、因、滨、春（《移梅·其一》），轮、尘（《初日诗·其六》），轮、巡、尽、新（《北歌行》），臣、春（《送袁伯长归浙东三首·其三》），亲、身、仁、伦、因、民、巡（《饮酒·其四》）。

真元谆：鳞、津、峋、轩、身（《舟中望邹峰山》）。

桓元：烦、园、言、轩（《饮酒·其三》），愿、断（《拟白头吟》）。

痕真文魂：门、绅、云、论、姻、尊、真、恩、魂、珍、巾、文（《挽倪仲权处士》）。

真痕：旻、身、神、邻、绅、亲、陈、垠、臣、辚、恩、民、晨、瞋、宸、巾（《赠韩印曹归会稽》）。

寒山：间、残、山（《三峰山歌》），难、闲、山（《行路难》），珊、寒、山（《李夫人》）。

寒山仙：山、还、间、难（《耕乐为张处士赋》），坛、闲、还（《环翠楼歌为余姚道士梁公作》）。

寒先：汉、坚（《赋汉关将军印》）。

寒删仙：关、难、仙（《行路难》）。

寒先仙：年、仙、坚、然、贤、坛、玄、天（《竹林书屋》），年、禅、传（《送僧净皓书童正思所作诗序后》）。

寒删山：难、颜、眼、山（《赠相工宋忠臣姜才之孙姜奉先》），散、幻、雁（《送蔡士廉舍人奔讣还四明》）。

寒桓：乱、汉、玩、幔、半、诞、叹（《逍遥室为邹上舍赋》）。

先仙：连、前（《桃花山水图为桃源屠启明题》），联、然、边（《如带幽夏深窈盎隐居学道者可筑室偶赋》），烟、田、传（《虚斋为四明王炼师赋》），天、颠、县、箭（《鹤斋为道士薛茂弘赋》），然、烟、川、天、年（《京城杂言六首·其一》），钱、田、鞭（《新乡媪》），见、恋、徧（《巢湖述怀寄四明张子益》），箭、面、溅、天、穿、年（《达鲁将军射虎行》），边、椽、年（《新堤谣》），田、年、钱、传

271

元代少数民族作家汉文诗歌的用韵特点

(《北邙山歌》)，泉、前、边（《田家留客图为四明刘师向先生赋》），天、泉、烟（《羽林行》），见、面、羡（《赠钱唐骆生》），前、筵、怜、编、巅（《奉寄耕渔高士》），年、传、缘（《送铁佛寺益公了庵朝京游浙》），践、平、天、然、焉、然（《行素轩》），坚、旃（《养素斋·其二》），先、田、鲜（《移梅·其二》），筵、贤、千、先、编、妍、宣、联、然（《史馆闲题·其一》），联、玄、边、埏、肩、宣、拳、全、倦（《送别李彦方宪副之官》）。

山仙删：还、关、间（《送太尉掾潘奉先之和林》）。

山先仙：年、泉、田、编、眼（《秋兴一章录似良夫》），泉、湲、妍、旋、年、鲜、延、贤、篇（《菊泉轩》）。

山先：间、先（《送赤土几巡检徐白任满》）。

山删：山、间、关（《双溪草堂》）。

仙先删：宴、栈、雁（《李后主图》）。

仙删：栈、涧（《送道士袁九霄归金坡道院》）。

仙先寒山删：倦、箭、县、难、山、颜（《巢湖述怀寄四明张子益》）。

[-ŋ]与[-ŋ]

东钟：东、同、溶（《桃花山水图为桃源屠启明题》），东、龙、从、容、穷（《京城杂言六首·其三》），庸、风、宫、龙、中、踪、蒙、恩（《龙虎台》），公、封、风（《孔林瑞槐歌》），勇、陇、冢（《岳坟行》），容、蓬（《采莲曲·其十》），庸、忠（《送赤土几巡检徐白任满》），龙、宫、风（《祝丹阳祠武当》），蓉、笼、邛（《拟白头吟》），功、穹、种、隆、公（《斋宿太社署五首·其五》），桐、笼、红、蓉、东、风、蛩（《秋意》）。

庚青清蒸：镜、定、性、明、莹、静、应、圣、敬（《复渊》）。

庚清：名、晴、鸣（《赋鹦鹉送偰世南廉使之海南》），生、瀛、鸣

（《虚斋为四明王炼师赋》），清、城、倾、生（《京城杂言六首·其二》），生、城、清、旌、迎（《挽清溪徐道士·其三》），清、轻、鸣（《题王虚斋所藏镇南王墨竹》），清、影（《至正己亥四月廿二日宿翠峰禅室登留云阁数日与净莲公》），生、城（《紫芝山房为四明处士梦紫芝生于别野因置墓庐》），政、镜、静（《送奚仲瑛进士服阕朝京》），平、情（《初日诗·其六》），生、影、英、声、情（《初日诗·其七》），清、情、成、生（《王继学同张学士寿宁宫祠宿奉寄一首》），声、鸣、名（《所过》），清、明、精、盈、情、名（《赋海月送彭君教授九江》），鸣、成（《拾麦女歌》）。

清青：情、醒、冥（《赋鹦鹉送偰世南廉使之海南》），令、经（《缫丝行》）。

清蒸：升、征、陵（《紫芝山房为四明处士梦紫芝生于别野因置墓庐》）。

庚青：冷、影、艇（《题画竹》），萍、明（《杨花宛转曲》）。

庚清青：明、净、镜、莹、性、圣、境（《赠秋月长老》），清、宁、井、平（《三峰山歌》），清、城、明、楹、荣、英、情、盟、轻、缨、并、垧、觥、名（《天庆寺纳凉联句》），生、精、鼎（《商学士万里图》），英、盈、鸣、腥、馨（《古诗三首·其三》）。

庚清耕：耕、政、生、明（《送余廷心待制之浙东金》），英、嵘、轻、卿、行、名、荣、京、烹、笙、精、平、清、明、生、声、情、缨、觵、城、成、旌、倾（《大元特进上卿玄教大宗师饶国吴公全节哀诗二十二韵》）。

庚清蒸：塍、荣、成、征（《初日诗·其五》），京、并、并、清、情、声、塍、嵘（《昌平道中次继学韵》）。

庚清青耕：暝、冷、迥、影、岭、井、静、耿（《李老谷》）。

蒸清青：馨、胜、应、磬、静、定、听（《风泉清听为文极禅师赋》）。

阳唐：光、乡、凉、香、长（《和危太朴检讨叶敬常太史东湖纪游》），上、慷、嶂（《虚斋为四明王炼师赋》），张、堂、王（《寄题寿张堂》），上、浪、望（《巢湖述怀寄四明张子益》），当、郎、舫（《巢湖述怀寄四明张子益》），常、芒、翔（《孔林瑞槐歌》），郎、杨、堂（《达鲁将军射虎行》），梁、光、长（《植樗轩为天台吴处士赋》），裳、凰、乡、皇、舫、方、荒、昌、当、梁（《赋鹦鹉送偰世南廉使之海南》），筐、霜、墙（《竹隐图》），塘、肠、桑、张、冈、傍、强（《田居二诗寄元参议·其一》），光、藏、良、臧（《初日诗·其三》），光、芒、良、防（《拟古·其一》），光、香、锵（《息斋风竹图道士华山隐得之，命予赋之》），光、芳、塘（《蔡州妓赵氏坠崖以死自誓，作诗讽俗》），娼、阳、凰（《蔡州妓赵氏坠崖以死自誓，作诗讽俗》），傍、舫、梁（《垂纶亭歌为宋诚夫作》），床、凰（《拟白头吟》），忘、光、凉、方（《葆真观纳凉·其二》），光、香、堂、笃、凰、乡（《李仲渊御史万竹亭》）。

东阳：空、东、公、中、怅、宫（《读金太祖武元皇帝平辽碑》）。

东庚：命、凤（《垂纶亭歌为宋诚夫作》）。

东登：功、宫、等、风、翁（《送奉祠王良佐奔讣还兖城》）。

[-m]与[-n]

侵真：林、吟、印（《赋汉关将军印》）。

3. 入声韵与入声韵

[-t]与[-t]

薛月：彻、绝、月（《古镜篇寄韩与玉》），月、雪、裂（《新堤谣》），蝎、雪（《次韵端午行》）。

薛屑：雪、绝、咽（《送太尉掾潘奉先之和林》），裂、决（《新乡媪》），绝、设、裂、咽、蹶、穴、决（《龙门》），契、鳖、穴、热、结、潏、血、孽、竭、缺、杰、雪、切、决、劣、别、悦、辙、哲、咽、舌、玦（《赠张直言南归》），结、别（《采莲曲·其八》），裂、拙、崒、别、烈（《都城南有道者居名松鹤堂暇日同东平王继学为避暑之游因作松鹤联句》），穴、揭（《兔窥蝶图》）。

薛屑质：洁、阅、玦（《都城南有道者居名松鹤堂暇日同东平王继学为避暑之游因作松鹤联句》）。

术质：述、乙（《宿兴化县界》），述、乙（《再赓前韵》）。

[-k] 与 [-k]

昔职锡：色、惜、枥、力（《刘舍人桃花马歌》），尺、侧、壁（《题简天碧画山水》）。

药铎：漠、落、薄、郭、阁、泊、酌、乐、爵（《次上都崇真宫呈同游诸君子》），阁、凿、脚、壑（《至治癸亥八月望玉同袁伯长，虞伯生过枪竿岭马上联句》），薄、着、络（《上京效李长吉》），幕、柝、泊、作、弱、恶、诺、爵、蛰、阁、鹊、袀、薄、涸、怍、钥、若、却、着、郭、略、筰、铄、缚、玃、愕、鹤、雀、托、虐、错、嚼、鄂、骆、缴、疟、削、恪、壑、获、镈、廓、掠、脚、瘼、落、昨、箔、洛、铎、臄、跃、萼、橐、拓、噩、魄、漠、斫、幕、凿、谔、霍、约、狢、锷、搏、药、络、藿、钥、谑、寞、萼、镬、蒻、膜、属、蠖、鹗、嚯、灼、酢、酪、醵、骦、博、度、勺、蠖、酌、籆、柞、格、索、咢、爝、粕（《都门一百韵用韩文公会合联句诗韵》）。

药陌：拆、却（《至治癸亥八月望玉同袁伯长，虞伯生过枪竿岭马上联句》）。

烛屋：曲、肉（《采莲曲·其一》），麓、烛、复、竹、烛、屋、腹、玉、淑、目、菽、服、属、醁、蹙、速、掬、粟、哭、木、绿、渌（《徐伯敬哀诗》），束、轴、躅、缩、曲、屋、菽、属、麓、木、谷（《居庸关》），轴、玉（《环翠楼歌为余姚道士梁公作》），俗、屋、竹、玉（《竹林书屋》），竹、玉、躅（《竹隐图》），熟、鹿、束（《寄乡

275

友》)、屋、绿（《李夫人》)，服、赎、禄、足（《初日诗·其八》)，轴、续、哭（《踏水车行》)，曲、逐（《前宛转曲》)。

昔陌：客、宅、石（《北邙山歌》)，籍、额、襫、射（《老将行送刘宗道总管》)，石、白（《题太白睛碧图》)。

昔麦：帻、石（《葆真观纳凉·其一》)。

德麦：隔、得（《悼亡》)，隔、墨、得（《送蔡士廉舍人奔讣还四明》)。

昔烛屋：役、粟、屋、淑、鹨、谷（《六月七日至昌平赋养马户》)。

沃职：沃、域（《颖郡》)。

德陌：白、德（《四爱题咏》)。

[-t]与[-k]

质职：毕、极、日（《送铁佛寺益公了庵朝京游浙》)，一、息（《苦寒五首·其四》)，实、色（《李仲渊御史万竹亭》)。

锡质：涤、日（《葆真观纳凉·其一》)。

质职麦：实、日、食、获（《种桃》)。

质昔：一、尺（《萧姓渊善鼓琴予尝为之作我思操今自和林归再任巡徽之职于江南比行又求予诗遂为赋汉铜马式歌以送之》)。

陌屑：节、白（《四爱题咏》)。

[-t]与[-p]

缉质：及、荜（《书上都学宫斋壁》)，入、日（《题商德符山水图》)，湿、帙（《题简天碧画山水》)。

[-p]与[-k]

缉职：邑、息（《送赤土矶巡检徐白任满》)。

缉昔：集、夕（《苦寒五首·其一》)。

缉昔德职：黑、泣、石、食（《六月七日至昌平赋养马户》)。

第四节 畏兀儿族诗文韵谱

一 近体诗

（一）独用

1. 阴声韵

麻部：车、叉、家、琶（《蟠车》），嘉、家、花、麻（《敬臣以村居诗》），沙、家、花（《帅正堂漫成·其八》），霞、花（《吉州道中三首·其二》）。

之部：时、丝、师（《帅正堂漫成·其三》）。

咍部：台、来、开（《帅正堂漫成·其七》），来、苔、台、开（《送僧住惠山寺次邵民部国贤韵》），来、开（《罗汉峰》），苔、开（《题商德符李遵道合作竹树图》），才、开、哀、材、台（《寄太初翰林》）。

歌部：娑、何、多（《思亲》）。

尤部：浮、瘦、愁、秋（《岳阳楼》），秋、周、流、游（《潞公轩》），州、眸、秋（《吉州道中三首·其一》），休、州、愁、流、秋（《柴关道中》）。

微部：稀、微、归、依（《目疾无寐》），微、扉、归（《北山》）。

豪部：号、高（《山雨》），敖、劳、高、骚（《扶杖》），陶、遨、高（《东邻胡生柳》），高、豪、劳、搔（《出少因怀终南山居》）。

鱼部：余、疏、虚、如（《溪亭即见》）。

2. 阳声韵

[－m]

侵部：荫、心、寻、吟（《游北湖》），音、吟、心、琴、林（《神

277

州寄友》），深、寻、音（《闻乌鹊》），心、深、今（《静安堂诗卷》），寻、临、斟、岑、阴、心、沈（《苗氏园亭游瞩》）。

[-n]

文部：纭、云、群、分（《雪》）。

真部：秦、尘、津（《帅正堂漫成·其六》），滨、真、陈、因（《敬臣以村居诗》），新、真、民（《乐善堂诗卷》），尘、嚬、人（《春晚见小花》），苹、滨、民、新、人（《柳溪客舍》）。

魂部：门、存、魂、昏（《过故居》）。

寒部：鞍、难、寒（《赠月经历》）。

仙部：传、仙（《赠墨士》）。

先部：颠、烟（《身居》）。

[-ŋ]

东部：同、东、空（《赠道人郑子明》），穷、雄、中、红（《挽余廷心》），通、蒙、空、东、红（《初至江南休暑凤凰山》），功、中、风（《题张君八十诗卷》），功、通、同（《余庆堂诗卷》）。

清部：清、情、声（《寄兄》）。

阳部：凉、章、墙（《绝句》）。

青部：溟、青、形（《刻图书诗卷》）。

3. 入声韵

[-t]

月部：阙、月（《题赵千里〈夜潮图〉》）。

(二) 合韵

1. 阴声韵与阴声韵

虞模：聚、暮（《蟠桃》）。

尤侯：裘、秋、头（《寿阳道中》）。

之脂：师、指、耳（《井陉驿》）。

2. 阳声韵与阳声韵

[-n] 与 [-n]

先仙：天、烟、鲜、连、然（《黄山》），川、便、边（《汝阳道中》），蝉、泉、贤、悬、眠（《卧病读书岩闻蝉》）。

真谆：银、伸、淳、沦、春（《白鬓有感》）。

山删：山、还、闲、关、班（《春晓闻禽怀终南山居》）。

桓寒：宽、观、阑（《张氏寿母诗卷》），粲、玩（《青梅》）。

[-ŋ] 与 [-ŋ]

钟东：峰、通、风、空、中（《游瑞像岩》）。

清庚：更、繁、清、营、声（《拥被》），清、平、程（《宾鸡驿》），生、旌、明（《王氏五世同居诗》）。

唐阳：僵、廊、长、锵、望（《有怀》），浆、茫、凉（《梅雀缟扇》），阳、塘、肪、裳、凉（《题严子仁提举白莲》），凉、塘、香、忙、阳（《溪亭》），苍、床、长、荒、郎（《读书岩月夜》）。

二 古体诗

（一）独用

1. 阴声韵

豪部：草、老（《别离情》），髦、陶（《崔耀卿州判孝行诗卷》）。

模部：土、鼓、户（《题叶敬常祠下》），恶、暮（《七哀诗七首·其四》）。

脂部：谁、迟、后（《七哀诗七首·其一》），翠、泪（《别离情》）。

哈部：来、莱、开（《题陈北山扇五首·其二》），台、栽、开（《乐寿亭诗卷》），彩、宰、海（《墨水行》）。

麻部：化、下、诧、亚（《贞燕诗》），嘉、家、花、麻（《敬臣以村居诗》），家、霞（《致岩诗卷》），赊、葭（《闻蛙》）。

微部：衣、微、飞（《趣装诗》），稀、奇（《李氏寿母诗卷》），衣、归（《九溪道中》）。

尤部：留、搜、周、游、悠（《黄粹翁东归》），休、周、羞、流（《七哀诗七首·其四》），留、舟、游、羞、朽、久（《题叶敬常祠下》），游、羞、流、秋、手、丑、不（《君山行》），舟、留、优、愁（《嘉定舟中》），秋、舟、收、收、浮、由、游（《敬臣以村居诗》），俦、尤、丘、流、陬、洲、修、求、谋（《雨后怀终南山居》），旒、州、游、秋、牛（《寄酸斋贯学士》）。

鱼部：虚、书（《赠道人郑子明》），墟、庐、书、胥（《敬臣以村居诗》）。

侯部：走、口（《墨水行》）。

齐部：迷、啼（《闻杜鹃韵》），切、折（《赵仲达孝行诗卷》）。

歌部：驼、阿、多、何（《敬臣以村居诗》），阿、歌（《南轩城南书院诗》）。

之部：思、丝（《南轩城南书院诗》）。

皆部：怀、乖（《杨府判复职诗卷》）。

2. 阳声韵

[－m]

侵部：阴、深、心（《题陈北山扇五首·其三》），沈、衾、深、心（《美人篇》），音、衾（《秋夜以韦苏州独宿怀重衾为韵》），深、心、沉、音（《寄郑子文》），寻、任、心（《寄子文辈集张仲思家》），锦、饮（《辛夷》），心、深、吟、临（《舟中》），心、今（《弑笔》），深、吟（《舟中晓坐》），侵、林、琴、心（《敬臣以村居诗》），沉、心、吟、深（《南轩城南书院诗》），心、箴（《南轩城南书院诗》），临、深（《登临江驿草阁》），深、今（《崔耀卿州判孝行诗卷》），心、临、音

(《题吉安佑圣观山水胜处》),音、心(《桐角》)。

[-n]

山部:山、闲、间(《桃花岩》)。

先部:年、田(《题叶敬常祠下》),传、仙(《赠墨士》),坚、天(《敬臣赠青奴寄诗漫赋》),烟、眠(《南轩城南书院诗》),妍、然(《南轩城南书院诗》),先、田(《红梅花横幅钱雪溪画》)。

仙部:泉、圆、涎(《虎跑泉》),偏、传(《南轩城南书院诗》),虔、然、鲜、然(《题纪提学寿母诗卷》)。

魂部:温、昏(《美人篇》)。

真部:真、人(《弑笔》),身、真、滨(《致岩诗卷》)。

文部:云、曛(《南轩城南书院诗》),闻、军(《刻图书诗卷》),分、群、君(《孝友诗卷》),闻、君、云、军(《闻胡笳》)。

[-ŋ]

蒸部:称、惩(《邵教授赠诗卷》)。

东部:红、风、中(《散策家园有怀》),同、东、空(《赠道人郑子明》),风、融(《舟中夜坐》),穷、风、风、中(《南轩城南书院诗》),穷、躬(《宿盘车驿》),中、躬、穷、功、蒙、终、空、公、崇、翁(《惜阴斋诗卷》),穷、风(《石氏建学诗卷》),冲、空(《题吉安佑圣观山水胜处》),公、同、空、雄(《七哀诗七首·其五》)。

唐部:苍、簧(《野鸭驿舟中》),航、茫(《至通州登舟》),苍、皇(《南轩城南书院诗》),康、琅、堂(《题纪提学寿母诗卷》),光、茫(《海霞子诗卷》)。

清部:轻、声(《闻画眉鸟》),轻、声(《南轩城南书院诗》),清、盈(《南轩城南书院诗》),清、情(《南轩城南书院诗》),情、轻、程、城(《继善堂诗卷》),情、声(《别离情》)。

青部:醒、翎(《南轩城南书院诗》),亭、宁、停(《帅正堂漫

281

成·其一》)。

登部：登、层、藤、朋（《敬臣以村居诗》）。

阳部：床、香（《南轩城南书院诗》），亡、香（《南轩城南书院诗》），凉、阳（《南轩城南书院诗》），霜、肠、忘（《题梁卿迁茔诗卷》），凉、扬、强、将、翔（《读书岩晓坐效陶体》），响、长、痒（《美人篇》），凉、长（《筚篥乐为西瑛公子》），房、芳、场、张、香、乡、霜、梁（《石鼓书院》）。

3. 入声韵

[-k]

屋部：服、肃、禄、谷（《山谷守当涂方九日而被谤谪宜州遂作返棹图而系之诗》），竹、独、菊（《秋夜以韦苏州独宿怀重衾为韵》），竹、哭（《墨水行》）。

药部：约、酌（《趣装诗》）。

铎部：鹤、乐（《紫石驿舟中》）。

昔部：迹、石（《墨水行》）。

[-t]

月部：阙、月（《题赵千里夜潮图》）。

薛部：缺、桀、揭、节、烈、雪（《赵仲达孝行诗卷》）。

质部：吉、室、失（《寄干同知时得韦》）。

（二）合韵

1. 阴声韵与阴声韵

尤幽：秋、不、幽、留、搜、周、游、悠（《黄粹翁东归》），游、幽、丘、流（《十华观》），游、幽、飂、求、俦、谋、忧（《南轩城南书院诗》）。

尤侯：裘、酬、头（《帅正堂漫成·其十》），修、收、楼（《天风海云楼》），头、由、楼（《帅正堂漫成·其二》），游、楼、留、搜、鸥、眸、优、秋（《读书岩》），鸥、舟、愁（《梭堤道中》），沤、秋（《南轩城南书院诗》），秋、楼（《南轩城南书院诗》），头、愁、州（《过冈子铺》）。

尤幽侯：楼、州、幽、秋、裘（《上都登楼》）。

虞鱼：雨、语（《途中怀终南诸友》），鼠、雨（《蓬莱观》），舞、女（《观日行》），书、如、儒（《寄干同知时得韦》）。

虞模：孤、芜、无（《题岳阳楼》），误、腐（《七哀诗七首·其六》），暮、雾、区、浦（《桃花岩》），树、晤（《朱砂桃》），衢、隅、图、区、蹰（《读书岩晓坐效陶体》），暮、句（《日课》）。

虞鱼模：儒、居、虞、疏、墟、余、虚、竽、除、娱、枢、隅、鱼、雩、蕖、芜、途、畬（《绛守居园池》），务、居、呼、隅、雎（《次韵答》）。

鱼麻：余、书、车、锄（《敬臣以村居诗》），野、者、寡、瓦（《还金华黄晋卿诗集》）。

佳麻：涯、家、加（《题练川书隐壁》），嘉、花、茶、涯（《敬臣以村居诗》）。

之微：衣、肥、子（《春日绝句》）。

之脂：里、水、起（《君山行》），时、思、墀（《赠别肃政廉访云南》），理、水、里、喜、史、耳、鄙、美、起、址、已、旨（《张希贤别业游眺》），水、蕊、喜、士、履（《芙蓉盛开余题数语》），美、里、履、居、祀、姒、纪、史、始、子（《咏郑氏义门》）。

之支：之、随、为、亏（《敬臣以村居诗》），时、枝（《南轩城南书院诗》），垂、丝（《南轩城南书院诗》），弛、士、梓、尔（《董近礼北行》）。

之支脂微：痴、知、归、议、利（《七哀诗七首·其六》）。

之支脂齐：规、期、溪、漪、奇、羁、眉、颐（《明远亭诗卷》）。

元代少数民族作家汉文诗歌的用韵特点

之支脂：死、子、紫（《画龙歌》），崎、疲、迟（《皇度元年正月眼疾心惟口占二首·其一》），时、垂、枝、帷（《敬臣以村居诗》），水、蕊、喜、被、士、履（《黄粹翁和余芙蓉诗有赠无玉音未肯纳履之句因复用前韵送之》），师、宜、时、枝、期（《奉题见心和尚天香堂》），肌、师、之、奇、治、姿、斯（《送新笋干同知》），丝、姿、涯（《南轩城南书院诗》）。

之哈：材、识（《山行看木》）。

支脂：枝、姿（《白桃》）。

支微：累、归（《七哀诗七首·其一》）。

齐微：依、题（《题练川书隐壁》），栖、饥（《筸篾乐为西瑛公子》），低、依、飞（《临清道中》）。

歌戈：柯、科、阿（《答伯宗见赠》），阿、波、磨（《蒲剑》），娥、罗、波（《题陈北山扇五首·其一》），萝、窝、多、波、歌（《寄海粟》），阿、波、磨、歌、多（《蒲剑》），和、波、多、歌、过、阿、娑（《有怀子先经历》），柯、和、科、阿（《因韵再答伯宗》），柯、科、阿、柯、和、科、阿（《答伯宗见赠》）。

灰哈：回、台、来、杯、才（《至正庚寅重九登九日山·其二》），回、颓、开、徊（《中次伯高》），来、回、醅、栽（《敬臣以村居诗》），哉、杯、开、该（《敬臣以村居诗》），对、海、在（《台城客舍》），瑰、莱、来、杯（《寄答段惟有》）。

皆哈：怀、苔（《秋夜以韦苏州独宿怀重衾为韵》），怀、来、开、来、开（《梅消息》）。

肴豪：老、草、巧（《筸篾乐为西瑛公子》）。

豪宵：高、瑶、招（《答张仲思》），朝、涛、皋、从、来（《御河舟中》）。

宵萧豪：桥、遥、萧、朝、招、嚣、桃、醪、皋、超、标、高

(《游晋溪》)，毛、飙、调、霄、消（《宿磁州神霄宫》）。

2. 阳声韵与阳声韵

［-m］与［-n］

山凡：间、山、凡（《观日行》）。

［-m］与［-m］

衔咸：岩、缄（《寄简索彦宽送行诗》）。

盐添：炎、帘、添、檐、嫌（《彦清见赠依韵以答》）。

［-m］与［-ŋ］

侵东：心、临、音、冲、空、临、音、冲、空（《独清道士用韵赠复和答》）。

［-n］与［-n］

寒桓：官、寒、看、端（《相士陈晓山戏赠》），阑、欢、峦（《绵州道傍芙蓉盛开》），端、安（《南轩城南书院诗》），阑、盘（《南轩城南书院诗》），欢、兰（《承佑堂诗卷》），欢、安、端、兰、干、冠、刊（《焦节妇诗卷》），翰、官、难、看、丹（《御笔除康少卿诗卷》），肝、安、残、漫（《次颜子中都事韵》），干、看、盘（《题陈北山扇五首·其四》）。

寒桓元：晚、远、短、晏、饭（《古意寄金陵能仁长老逸日休》）。

寒桓山删：澜、间、欢、关、闲、攀、还、寒、兰、山（《赠刘弘道》）。

寒桓山先：晏、遍、换、间、璨、玩、贯、旦、干、案（《谢病后作》）。

寒山删：还、寒、山、珊、关（《清源洞》）。

桓山删：闲、山、还、观、山、删、闲、颜（《敬臣以村居诗》）。

山桓：间、峦（《三一庵》）。

山删：还、闲、关（《敬臣以村居诗》），班、颜、鬟、闲、间

285

(《寄柳汤佐徽政》),山、颜(《绵州道傍芙蓉盛开》),颜、山(《南轩城南书院诗》),山、班、闲、间(《题张金枢子惠西岩诗卷》),寰、间(《乐寿亭诗卷》),颜、关、山(《焦节妇诗卷》),关、还、山、颁(《谒天圣宫》),环、山、鬟(《宫词》),颜、山(《西岘山》),还、山(《君山行》)。

先仙：然、天、鲜、年(《秋晚怀杜陵山居》),传、年(《弑笔》),烟、边、牵、拳、然(《询事支郡新繁道中》),川、编、泉、边(《南轩城南书院诗》),渊、泉、巅、弦(《雪斋南亭舒眺分韵得泉字》),妍、翩、然、泉、跹、娟、延、玄、年、燕、前(《雨后怀终南山居》),贤、先、悬、然(《题木唐卿诗卷》),年、悬、编、泉(《张润甫题八十诗卷》),妍、年、毡(《落花》),巅、然、边、妍、年(《至正庚寅重九登九日山》),蝉、泉、贤、悬、眠(《卧病读书岩闻蝉》),缘、年、圆(《酸斋辞世诗》),年、坚、然(《七哀诗七首·其六》),年、前、仙(《桃花岩》),田、贤、延(《种德堂诗卷》)。

山仙：闲、还、山(《白塔道中》)。

魂元痕：尊、暄、恩、村(《曹希鲁见韵和答》)。

魂元：言、原、翻、孙(《敬臣以村居诗》),孙、存、门、源(《敬臣以村居诗》),屯、门、村、源、浑(《叉河道中》),远、本(《模远诗卷》)。

真谆：春、身(《皇度元年正月眼疾心惟口占二首·其一》),臣、纶、新、宸(《三垒道中》),滨、真、陈、因、春、新、匀、身(《敬臣以村居诗》),尘、筠、春、新(《万竹亭》),春、巾、真、尘、陈(《庭院闲步》),亲、春、伦、臻(《宗孟教授母寿诗卷》),银、伸、淳、沦、春(《白发有感》),尘、茵、身、贫、春(《芦花被》),尘、春、人(《题庐山太平宫》),贫、人、春、神、臣(《予凿一洞宾以诗贺因用韵答》)。

欣文：闻、云、焚、忻（《敬臣以村居诗》）。

真欣：辰、勤、身、辛（《七哀诗七首·其三》）。

真文：分、伸（《美人篇》）。

魂文：裙、孙（《美人篇》）。

谆痕：匀、痕（《美人篇》）。

[-ŋ] 与 [-ŋ]

青清：亭、屏、萍、醒（《敬臣以村居诗》），汀、声、青、成（《雁》），名、醒、青（《访山亭诗卷》）。

青庚：縈、经（《途中怀终南诸友》），青、生（《别离情》）。

清庚：行、鸣、横、盈（《潜江县舟中坐望》），荆、倾、横（《绵州》），横、成、明、鸣（《南轩城南书院诗》），情、惊、成、英、明（《览镜》），声、荣（《白云观竚仲礼》），名、明、生、成（《逸亭用发索赋》），声、明、行、名（《南轩城南书院诗》），程、鸣、城、行、声（《宿同戈驿》），程、惊、衡、平（《宿临江驿》），卿、名（《题梁卿迁茔诗卷》），情、更、声（《重十一日夜闻均垌读书》），轻、荣（《杨府判复职诗卷》），精、声、生（《刻图书诗卷》），轻、生、声、情、更（《秋江感》），明、名、生、行（《过乌山铺》），城、名、惊、清（《过豫章》），精、缨、生、明、声、成、名、情、平（《七哀诗七首·其二》）。

清耕：名、萌（《长者诗卷》）。

庚耕：鸣、莺（《帅正堂漫成·其四》）。

青清庚：醒、更、情（《至通州登舟》），行、京、青、平、楹（《题集贤待制周南翁悠然楼诗卷》），城、鲸、行、轻、成、馨、平、声、征（《塞河诗卷》），明、精、京、经、行、情、诚（《邵教授赠诗卷》），青、明、城（《和西湖竹枝词》）。

清庚耕：精、争、行、成（《敬臣以村居诗》），生、兵、倾、情、

元代少数民族作家汉文诗歌的用韵特点

耕、楹、诚、荣、鸣、声（《初孝子诗卷》），行、晴、成、耕、生（《皂林站泊舟》）。

青清庚耕：形、生、声、惊、轻、青、倾、平、迎、庭、灵、耕（《画龙歌》）。

青钟：萤、重（《秋夜以韦苏州独宿怀重衾为韵》）。

冬钟：钟、侬（《帅正堂漫成·其九》）。

登蒸：灯、冰（《画龙歌》）。

东钟：同、蒙、空、翁、慵、逢、龙、农（《敬臣以村居诗》），溶、风、龙（《蓬莱观》），风、封（《题孔路教真卿文集》）。

唐阳：良、觞、慷、方、扬、堂、茫（《书友饯别留赠数语》），傍、凉、长（《敬臣赠青奴寄诗漫赋》），香、觞、芳、长、苍（《雨中独酌酴醾花》），黄、香、长（《彭州草茅中见菊》），嶂、扬、浪、饷、丧、恙、上、怆、向、当、访、畅、谅、望、帐、状、放、怅、壮、妄、丧（《贞燕诗》），冈、香、长、光、床、房、乡（《下马》），长、徨、浆、光、床（《山居闲咏》），长、塘、香、央（《敬臣以村居诗》），忙、黄、香（《敬臣以村居诗》），方、光、忘（《中秋清水驿》），凉、床、琅、忙、杨（《南轩城南书院诗》），堂、忘、琅（《夜久闻余庆读书》），良、王、方、跄、康、光、傍、藏、忘、徉、香、长、茫（《栖窝诗卷》），香、扬、康、苍（《孙公祷雨诗卷》），阳、荒、伤（《帅正堂漫成·其五》），堂、长、肠（《采石歌》），堂、乡、苍、郎（《记梦寄简朝中故旧》），阳、行、刚、昂、冈、荒、傍、光、望、康、堂、梁、凉、慷（《登德风亭诗》），亡、光、芳、浪（《敬题范文正公所书伯夷颂卷尾》），房、芳、场、张、香、乡、霜、梁、凰、阳、藏、黄、凉、妆、裳、商、茫、翔、苍、浪（《石鼓书院》），苍、茫、忘（《题叶敬常祠下》），常、妆、康、芳（《妻杨氏贞节诗》），堂、昂、行、觞、塘（《寄崔参政郝廉使》）。

江清阳东：江、氏、章、崇（《咏郑氏义门》）。

3. 入声韵与入声韵

［-t］与［-t］

薛月：雪、阙、月（《题赵千里夜潮图》）。

薛屑：铁、灭、血（《筸篥乐为西瑛公子》）。

月黠：滑、月（《美人篇》）。

薛末屑月：拙、辙、脱、穴、月、阙、越（《柳道传借维摩经》）。

［-k］与［-k］

药铎：酌、托（《七哀诗七首·其五》）。

屋烛：福、足（《画龙歌》），玉、束、屋（《美人篇》）。

德陌：国、窄、北（《观日行》）。

锡昔：适、迹（《四月三日舟中》）。

［-t］与［-k］

质麦职锡：帻、逸、极、戚（《当涂郡有脱靴亭以谪仙采石得名乃绘之图而赞以诗》）。

薛职陌：色、雪、白（《采石歌》）。

薛职铎：热、色、膊、雪（《观日行》）。

缉质昔：泣、毕、碧（《别离情》）。

物职：物、色（《桃花岩》）。

［-p］与［-p］

叶帖：叶、蝶（《春梅》）。

4. 阴声韵与入声韵

微昔：尾、易（《题门屏》）。

麻麦：假、责（《七哀诗七首·其二》）。

第五节　契丹族诗文韵谱

一　近体诗

（一）独用

1. 阴声韵

齐部：齐、西、低、泥、溪（《王屋道中》），知、为、离、诗（《丁亥过沙井和移剌子春韵二首·其一》），溪、西、蹄、泥、齑（《赠蒲察元帅·其四》），题、迷、西、鸡、泥（《才卿外郎五年止惠一书》），堤、题、啼、梯、泥（《宴玉津园》），西、溪、啼、堤、蹄（《阆州海棠溪拟乐天》），迷、溪、齐、霓、泥（《赠坐竿道士》），嘶、西（《代人寄远》），题、啼（《过琼林园闻莺》），迷、堤、齐（《为人寿》），堤、题、啼、梯、泥（《宴玉津园》），啼、西（《代人寄远》），迷、嘶、啼（《次赵虎岩过玉泉怀古韵》），西、啼、低（《拟回文》），蹄、啼、齐（《春日怀王澹游禧伯》），提、题、低、啼、泥（《留题惠山》）。

麻部：牙、家、霞、差、车（《题西庵所藏佛牙二首·其一》），牙、家、霞、差、车（《题西庵所藏佛牙二首·其二》），沙、花、霞、家、夸（《和移剌继先韵三首·其三》），华、家、霞、瓜、沙（《赠蒲察元帅·其七》），茶、车、芽、赊、霞（《西域从王君玉乞茶因其韵·其一》），茶、车、芽、赊、霞（《西域从王君玉乞茶因其韵·其二》），茶、车、芽、赊、霞（《西域从王君玉乞茶因其韵·其三》），茶、车、芽、赊、霞（《西域从王君玉乞茶因其韵·其四》），茶、车、芽、赊、霞（《西域从王君玉乞茶因其韵·其五》），茶、车、芽、赊、霞（《西域从王君玉乞茶因其韵·其六》），茶、车、芽、赊、霞（《西域从王君

第六章 韵谱

玉乞茶因其韵·其七》），家、花、瓜、沙（《西域河中十咏》），家、差、麻、遮、沙（《松月老人寄诗因用元韵》），沙、家、花（《过天山和上人韵二绝·其一》），花、牙、家（《赠辽西李郡王》），家、沙、瓜（《西域尝新瓜》），茶、加、斜（《夜坐弹离骚》），家、沙、茶（《卜邻一绝寄郑景贤》），家、车（《景贤召予饮以事不果翌日予访景贤值出予开樽尽醉而归留诗戏之》），花、家（《读新乐府》），芽、茄、花（《又和林春日书事》），花、夸、家（《铜雀台》），沙、家、花（《莫春过故宫》），蜗、华、家（《魏焦孝然目其草庐曰蜗牛庐愚以行帐为行窝寻亦号为蜗牛舍云·其一》），华、霞、花（《彩霞亭睡起纪梦书画梦斋壁》），霞、家、花（《初上缙云五湖别业》），家、花（《故宫对雪·其一》），家、华（《故宫对雪·其二》），花、华（《故宫对雪·其三》），花、家（《雪中戏示汉臣》），芽、家、花（《牡丹》），家、花（《唐家红紫二色牡丹》），差、花（《芍药》），华、花、家（《杨花》），家、沙、花（《继韵为答》），霞、夸、家（《读刘宾客集》），霞、花、鸦（《又美人二首·其二》），斜、沙、家、花、鸦（《送子周行》）。

之部：期、丝、时（《和王巨川题武成王庙》），期、丝、时（《和王巨川题武成王庙又用韵》），丝、词（《正中来》），思、时（《十六对月》），诗、祠（《次韵阆州述事》），思、诗、时、辞、丝（《阅旧稿有出六盘时干戈旁午惊尘日书剑零丁去国时之句因足成之》），丝、思、时（《太和宫》），时、思、期（《寄赵虎岩》），思、时（《十六夜月》），时、辞（《重和惜春诗韵余时经始西园》）。

支：睡、丝、篱、时、诗（《思亲用旧韵·其一》），涯、儿、诗、之、丝（《思亲有感》），疲、奇、知（《和李汉臣韵·其四》），篱、奇、诗（《题古并覃公秀野园》），奇、枝（《题黄山墨竹便面》），耳、此（《和房长老二绝·其二》）。

歌部：歌、多、他（《弹秋宵步月秋夜步月二曲》），罗、荷（《池

元代少数民族作家汉文诗歌的用韵特点

亭睡起》），河、他、歌（《提葫芦沽美酒》），多、何（《和人韵·其二》），罗、荷（《池亭睡起》），罗、多（《立春口号》）。

灰部：回、灰、杯（《灵城元日》），梅、回（《对后园梅花简示诸公》）。

咍部：开、苔、鲐、能、来（《寄平阳净名润老》），陔、垓、来、开、台（《发凉陉偏岭南过横山回寄淑仁》），埃、苔、哀、来、开（《发药儿岭过永定关诗》），开、莱、来、台、胎（《绣岭宫》），在、改（《拟孟郊古怨》），埃、陔、台（《庭州》），开、苔、来（《过大明宫》），埃、开、苔（《重题燕都玄都观壁》），苔、开、来（《重题隗台玄都观壁》），台、开（《尝游北禅院鼓子花特盛邻观且有琵琶音后游其所赋此》），来、开（《春意》），开、台、来（《雷发声》），苔、台、来（《临春台》），开、台（《园中对雪》），埃、来、台（《站台雪霁》），开、台、来（《西园梅花》），莱、开、来（《早梅》），栽、来、开（《三月二十二日梦中咏琼花》），开、栽、来（《带将来》），开、台、来（《桃花马·其一》），开、来（《晨鸡》），胎、开、来（《早发清泠泉戏题行厨家僮名三老者》），哉、来（《醉去来辞·其一》），台、莱、来（《醉去来辞·其二》），欸、来（《醉去来辞·其三》），开、台、来（《醉去来辞·其四》），台、莱、来（《醉去来辞·其五》），开、莱、来、台、胎（《绣岭宫》），在、改（《拟孟郊古怨》），埃、开、苔（《重题燕都玄都观壁》），台、苔、来（《临春台》），埃、台、来（《月台雪霁》），来、开（《重酬修真宫炼师》）。

微部：闱、衣、依、飞（《思亲有感二首·其一》），飞、威、衣、非（《和人韵》），归、飞、挥（《薛伯通韵·其四》），稀、衣、违、挥（《用李君实韵》），违、归、微（《送侄九龄行》），稀、依、违、飞、晖（《和子文留别诗韵以贶行》），围、飞、归（《小猎诗》），肥、稀（《留别赵虎岩吕龙山》），非、归（《渔父答》），霏、归、非（《题霏香亭》),膏、熬、刀(《软玉膏》),依、归、飞(《送焦宝国》),稀、归、飞(《送田炼师行》),帏、衣(《闺思》),衣、飞(《题马元章水墨美人图》)。

豪部:老、到(《万松老人真赞》),遭、劳、毛、骚、高(《和薛正之见寄》),豪、高、骚(《和李汉臣韵·其三》),逃、牢、高(《送刘满诗》),毛、韬、号(《送宁朔》),桃、膏、袍、高、蒿(《汉宫》),老、草、埽(《过庖丁故》),骚、高(《白日》),袍、曹、逃(《题蓝采和图》),皋、涛、萄、豪、高(《泊白鲔江尘外亭高道士携琴相访》),旄、膏、高、涛(《题汉武内传》),膏、高(《玉窗歌》),骚、高(《白日》)。

肴部:郊、巢(《送宁朔》)。

鱼部:余、琚、虚、书(《赠李郡王笔》),初、余、如、书、居(《和王巨川韵·其五》),初、车、书、疏、鱼(《寄天山周敬之》),疎、书、除、如(《壬午元日·其一》),庐、鱼、书、如(《西域河中十咏·其二》),如、书、除、鱼(《西域寄中州禅老》),舆、渠、鱼、疏、书(《谢王清甫惠书》),余、疏、虚(《和景贤七绝·其六》),予、书(《和景贤二绝·其一》),予、书(《和景贤二绝·其二》),书、如、余、居、驴(《再和万寿润禅师书字韵五首·忧道》),疏、居、车、书(《寄郭隐君辅之》),疏、除、车、书、胥(《病起书事》),疏、书、鱼(《复次过玉泉诗韵·其二》),居、书(《复次过玉泉诗韵·其四》),疏、如、书(《寄人》)。

虞部:隅、夫、无、儒(《和王正之韵三首·其二》),夫、驱(《伯哩行》)。

侯部:楼、头(《天佑行》),钩、鸥(《嘲渔父》),楼、头(《寄李渊》)。

尤部:忧、流、牛、州、由(《感事·其三》),尤、流、牛、州、由(《感事·其四》),劳、号(《过金山和人韵三绝·其一》),流、秋、球(《过金山和人韵三绝·其二》),忧、秋(《和景贤七绝·其七》),秋、牛(《兼中至》),由、秋、羞、舟、猷(《和武善夫韵》),忧、收、流(《送燕京高庆民行》),愁、休、秋(《偶得》),牛、州(《入蜀口号》),休、悠、秋(《客中·其一》),舟、忧、休(《题合欢亭》),州、收(《雷电》),愁、秋、柔(《秋莺》),愁、柔、浮(《拟回文》)。

皆部:斋、排(《黄龙三关颂》)。

模部:都、衾(《伯哩行》),壶、图(《翠水别业即事》),炉、呼、租(《秋日田行》),乌、株(《姮娥》),途、枯、湖、图(《缙云五湖别业书事》),苏、途、无、孤、壶(《三月到旺结河有感》)。

宵部:霄、腰、潮(《山台》)。

2. 阳声韵

[-m]

侵部:心、琴、深、林(《寄平阳净名院润老》),沈、深、襟、林(《用万松老人韵作十诗寄郑景贤·其一》),沈、深、襟、林(《用万松老人韵作十诗寄郑景贤·其五》),沈、深、襟、林(《用万松老人韵作十诗寄郑景贤·其六》),沈、深、襟、林(《用万松老人韵作十诗寄郑景贤·其七》),沈、深、襟、林(《用万松老人韵作十诗寄郑景贤·其八》),沈、深、襟、林(《用万松老人韵作十诗寄郑景贤·其九》),沈、深、襟、林(《用万松老人韵作十诗寄郑景贤·其十》),音、琴、钦、林(《过云中和王正夫韵》),今、林、吟、琴(《过武川赠仆散令人》),深、心、沈、音、林(《和抟霄韵代水陆疏文因其韵为诗十首·其一》),深、心、沈、音、林(《和抟霄韵代水陆疏文因其韵为诗十首·其二》),深、心、沈、音、林(《和抟霄韵代水陆疏文因其韵为诗十首·其三》),深、心、沈、音、林(《和抟霄韵代水陆疏文因其韵为

第六章 韵谱

诗十首·其四》），深、心、沈、音、林（《和抟霄韵代水陆疏文因其韵为诗十首·其五》），深、心、沈、音、林（《和抟霄韵代水陆疏文因其韵为诗十首·其六》），深、心、沈、音、林（《和抟霄韵代水陆疏文因其韵为诗十首·其七》），深、心、沈、音、林（《和抟霄韵代水陆疏文因其韵为诗十首·其八》），深、心、沈、音、林（《和抟霄韵代水陆疏文因其韵为诗十首·其九》），今、心、阴、深（《追悼大人领省》），深、临、侵、吟、今（《和光祖诗韵一首》），林、阴、深、沉、音（《奉答翠华仙伯》），深、寻、侵、吟、沉（《次赵虎岩过玉泉怀古韵》），心、琴（《怀赵虎岩吕龙山》），临、深、心（《苍官台》），岑、心、吟（《送刘仲素行》），心、骎、襟（《读汲黯传》），林、心、深（《述所思》），琴、心、砧、簪（《秋夜对月赠唐臣》），沈、阴、深、心、林（《岳台怀古》），深、阴、心（《跋彭氏所藏书雁》），心、林、深（《忆尊大人领省二首·其一》）。

覃部：参、南、庵（《寄白云上人用旧韵》），参、南、庵（《再和西庵上人韵》），参、南、庵（《请倪公》）。

盐部：干、寒（《答王澹游冬日二色桃花诗》）。

[－n]

文部：文、勋、君（《和移剌继先韵二首·其二》），君、云、文（《槐安席上和张梅韵》），君、闻、群、文、云（《和景贤十首·其一》），君、闻、群、文、云（《和景贤十首·其二》），君、闻、群、文、云（《和景贤十首·其三》），君、闻、群、文、云（《和景贤十首·其四》），君、闻、群、文、云（《和景贤十首·其五》），氛、群、君、云、分（《赠卢隐君》），军、勋、云、群、闻（《贤王有云南之捷》），群、闻、云（《送赵伯玉行》），闻、熏（《题霏香亭》），群、云、君（《听琵琶·其二》），闻、云（《奉寄郭仲益炼师》），云、文（《题织成双禽》），云、闻（《初阅仙音乐》）。

元代少数民族作家汉文诗歌的用韵特点

真部：新、臣、尘、津、民（《和郑寿之韵》），辰、臣、人、新、津（《和王巨川韵》），神、身、辰、新、民（《和人韵二首·其二》），尘、人、仁、因（《寄德明》），真、亲、人（《题志公图》），伸、新、亲（《薛伯通韵·其三》），人、因、新（《和松菊堂主人照老见寄三诗·其一》），因、陈、人（《和松菊堂主人照老见寄三诗·其二》），真、人（《降句》），真、仁、人、民（《送西方子尚》），真、仁、人、秦、新（《送门人刘德真征蜀》），滨、尘、身、人、神（《用西冈老人留别诗韵以贶其行二首·其二》），贫、神（《钱币》），人、民、茵（《阿延川诗》），茵、津、人（《渡陷河》），津、尘、人（《翌日渡东陷河》），尘、津、人（《魏焦孝然目其草庐曰蜗牛庐愚以行帐为行窝寻亦号为蜗牛舍云·其二》），新、人、尘（《山市吟》），真、亲、人（《饮梅花下》），身、人（《嘲蝶》），珍、唇、人（《驼鹿唇》），秦、因、人（《和人台城》），滨、津、人（《秋日行次池上戏赠钓者》），神、尘、人（《送王彦高》），珍、身、真（《寄归·其一》），尘、真、人（《寄归·其二》），神、真、人（《又美人二首·其一》），尘、人（《春晓》），神、新、人（《十六夜月得人字》）。

魂部：孙、存、门（《送房孙重奴行》），温、尊、浑、门、昏（《即事》），浑、门（《春晚》）。

先部：悬、前、坚、边、天（《和武川严亚之见寄五首·其四》），天、年（《西北》），边、烟（《过长城》），天、年、前（《代书答征西将士抑绝所请》）。

仙部：偏、拳（《梦中赠圣安澄老》），圆、钱、禅（《黄龙三关颂》），钱、然（《橘隐堂为五湖别墅题》），仙、泉（《饮逸园》），钱、鞭、缘（《锦连钱》），然、泉、仙（《麚沆》），泉、烟、年（《复次过玉泉诗韵·其三》），仙、传、川（《贺子所寄》），仙、禅、篇（《醉读列子》），编、仙（《题姜尧章旧游诗卷》）。

第六章　韵谱

寒部：殚、难、安、残、寒（《武善夫韵·其一》），寒、安、檀（《请定公住大觉疏》），残、干、寒（《和延年所诵小诗》），难、安、寒（《题易安堂壁》），残、干、寒（《晓闻行宫迁居》）。

删部：颜、关（《题虚白斋》）。

山部：山、闲、间（《请岩公禅师诣天德作水陆大会》），山、闲、间（《请学庵主住翠微山宝林寺开堂出世疏》），间、潺、山、闲（《景贤作诗颇有思归意因和元韵以勉之》），闲、山（《题虚白斋》）。

[-ŋ]

江部：邦、撞、幢、降、江、双、釭、窗、庞、扛、缸（《和许昌张彦升见寄》）。

钟部：溶、慵、封、浓、逢（《欲雪》），踪、龙、锋、舂（《寄国范昌龄》），峰、浓、松、龙、胸（《松声》）。

东部：同、风、空、融、东（《题西庵归一堂》），工、中、空、红、东（《和王巨川韵》），公、风、东、终、同（《寄仲文尚书》），同、东、宫（《过太原南阳镇题紫薇观壁·其三》），东、宫、笼、空、中（《憩解州邵薛村洪福院》），穹、中、风（《和景贤又四绝·其三》），棕、工、风（《题张道人扇·其一》），戎、同（《和高丽使·其一》），空、东（《和高丽使·其二》），风、公（《和高丽使·其三》），珑、功、空（《跋定僧岩》），功、融（《和韩浩然韵·其二》），宫、鸿、公（《寄昌公堂头同参》），雄、同、风、忠、功（《和张善长韵》），中、宫、风（《请旭公禅师住应州宝宫寺疏》），宫、同、中（《题新居壁》），笼、风、功、宫（《春晓月下观白牡丹》），风、公、中、雄（《送李稚川·其一》），同、宫、鸿、风、东（《送李稚川·其二》），红、融、空、宫（《寄岩翁》），椴、融、风、功、宫（《西园席上招雪庭裕上人》），功、东、雄、蒙、风（《苍官台》），东、蓬、蒙、同、风（《马上偶得》），中、宫、空、工、东（《石梁》），空、绒、风、

297

元代少数民族作家汉文诗歌的用韵特点

功、穷（《谨次尊大人领省火绒诗韵》），宫、空、弓、风、红（《小猎诗》），雄、空、风（《雪岭》），工、瞳（《南征纪事》），空、风、公（《达兰河》），空、风（《癸卯春莫经驻跸院废殿》），通、同、东（《题庸斋》），中、功、风（《西园春事》），篷、终、同（《寄李稚川》），空、宫、风（《月宫游》），宫、风、中（《题扇头》）。

庚部：明、生（《题昭上人松菊堂》），兵、平、荣（《活分》），行、生（《赠东平主事王玉》），明、行（《雪后吟》），羹、更（《行厨》），庚、惊、生（《登叠嶂楼寄本庵粹中》），行、生、京（《四公子廋辞体四首·其四》）。

清部：情、城（《登叠嶂楼寄本庵粹中》），名、情、成（《读书楼赠道士》），情、城（《登叠嶂楼寄本庵粹中》），倾、声（《听苗君弹琴》），城、情、清（《少年行》），程、情（《绝句·其六》）。

青部：庭、经、醒、零、灵（《双溪书院对雪》），庭、腥、经、醒、蛉（《醉书双溪书院醉经堂壁》），亭、经、铭（《自笑》），屏、亭、醒（《题废馆醉仙像》），星、青（《绝句·其四》）。

阳部：浆、香、觞、凉、尝（《寄贾拄霄乞马乳》），常、凉、芳、香、阳（《和冲霄十月桃花韵·其二》），粮、霜、羊、乡（《西域河中十咏·其十》），量、亡（《活中死》），方、肠、常、狂、乡（《次韵仲贾勉酒》），芳、妨、香、量、霜（《拟咏落梅》），香、乡（《晓发牛山驿》），阳、长、羊（《夜泊青海》），乡、肠、阳（《客中次郭器之诗韵》），香、凉（《仁寿镇柳浪》），香、芳、张（《题恋春牡丹》），香、凉、张（《长春芍药同坐客赋》），凉、妆（《司春园五月五日黎花是日因事不果》），床、觞、章（《席上和光祖上金事寿诗韵》），妆、芳、香（《咏梅谨上尊大人领省》）。

登部：腾、灯（《因读史偶成即书》）僧、灯（《请柏岩俨公疏》）。

蒸部：鹰、蝇（《新鹰》）绳、陵（《因读史偶成即书》）。

3. 入声韵

[-t]

薛部：裂、折、泄（《早春歌》）。

[-k]

德部：得、北（《日将出》）。

（二）合韵

1. 阴声韵与阴声韵

之脂：师、迟、时（《诚之索偈》），师、祠、时（《邳州重修宣圣庙疏》），时、诗、迟、痍、辞（《继平陶张才美韵》），痍、时、诗（《送德润南行》），欺、伊（《黄龙三关颂》），师、时、辞（《回飞狐》），时、脂、谁（《路边桃花》）。

之支：枝、时、诗（《寄甘泉禅师谢惠书》），纸、棋、奇（《示忘忧》），枝、时、诗（《寄东林》），枝、时、诗（《寄甘泉慧公和尚》），时、知、诗（《寄光祖》），思、丝、枝（《寄家兄》），知、诗（《四公子廋辞体四首》）。

支脂：迟、奇（《因题诗卷》），知、迟（《风雨回舟路》）。

之脂支：宜、眉、时、思、枝（《送人》），枝、时、迟（《墙北桃树》），基、儿、迟（《题明皇思曲江图》）。

脂微：机、稀、违、归、霏（《外道李浩和景贤霏字韵予再和呈景贤》），衣、飞、帷、微（《秋闺》），扉、衣、机、稀、矶（《赠渔者》）。

之微：期、非、稀、归、飞（《和移剌继先韵二首·其一》），起、飞、衣（《春梅怨笛歌》），诗、归、飞（《送许大用还浑水》）。

支微：知、畿、飞、衣、围（《和人韵二首》），漪、围、飞、归、矶（《贤王有云南之捷》）。

尤侯：侯、游、秋、羞（《丁亥过沙井和移剌子春韵二首·其一》），筹、头、周、侯、舟（《又和仲文·其二》），周、酬、钩（《贾非熊修夫子庙疏》），秋、舟、愁、刘、头（《和赵庭玉子贽韵》），牛、头、流（《寄简堂头》），州、头、牛（《寄孔雀便面奉万松老师》），流、投、愁、头（《旅兴》），舟、流、收、头（《双溪月下戏赠触热冲暴雨者》），收、瓯、裘、秋、啾（《送子华行》），州、侯、由、俦、游（《寄李道隐之和》），州、楼、搜、忧（《从涣然觅纸》），休、头、愁、流、楼（《离宫词》），舟、楼、秋（《秋日宜都道中》），流、楼、游（《和光祖》），楼、头、愁（《次赵虎岩春思诗韵》），悠、楼、秋（《寄国范》），犹、求、楼（《忆尊大人领省二首·其二》）。

宵萧：朝、骄、桥、霄、箫（《游仙》），饶、挑、潇（《客中吟》），迢、霄、宵（《中秋不见月》）。

豪宵：摇、滔、高、鳌、涛（《大江篇寄上贤王以代谢章兼贺平云南之捷》）。

歌戈：和、诃、波（《为武川摩诃院创建佛牙塔疏》），波、那（《武川摩诃院创建瑞像殿疏》），皤、戈、何、河（《扈从旋师道过东胜秦帅席上继杜受之韵》），窝、何、魔、磨、摩（《题四娱斋》），河、波、涡（《金莲花甸》），波、罗、多（《立春口号》），诺、和、魔（《傩毕酌吟醉斋》），梭、多、沱（《代人作》）。

虞模：愚、途、枯、湖、图（《缙云五湖别业书事》），图、芜、无（《弹琴峡》）。

佳麻：涯、花、家（《沙渍道中》），花、涯、家（《睡起有寄》）。

皆咍：怀、台、来、开、莱（《次韵舟行次蓬州游历州境憩蓬莱堂》）。

灰咍：埃、灰、财（《补大藏经板疏》），开、来、台、杯（《送元遗山行》），台、来、堆、回、苔（《纵游壶天园》），莱、埃、台、恢、开（《郝侍中钓台》），杯、台、来（《登吹台凝翠亭偶成》），台、来、堆、回、苔（《西行留别诸人》），堆、开、来（《次卢希谢冬日桃花诗韵》),哀、杯、台(《送侯君美》)。

2. 阳声韵与阳声韵

[-m]与[-m]

侵覃合韵:心、吟、深、音、琴、淫、襟、沉、金、林、寻、参、今、阴、森、簪(《鼓琴》)。

谈覃:谈、难、参(《和景贤又四绝·其四》)。

[-n]与[-n]

文魂:醺、温、门、昏、樽(《过天山周敬之席上和人韵二首·其二》),君、魂、温(《和景贤七绝·其三》)。

真谆:神、陈、身、真、春(《赞李俊英所藏观音像》),尘、臣、春(《过青冢次贾挦霄韵二首·其一》),尘、臣、春(《再用韵以美挦霄之德》),尘、臣、春(《再用韵自叹行藏》),尘、臣、春(《再用韵感古》),尘、臣、春(《再用韵唱玄》),尘、人、篆、仁、春(《赠蒲察元帅·其二》),臣、麟、春、津、尘(《用盐政姚德宽韵》),臣、新、春、人、津(《用昭禅师韵·其一》),宾、巡、新、人、春(《河中游西园·其一》),伦、巡、新、人、春(《河中游西园·其二》),巡、新、人、春(《河中游西园·其三》),秦、巡、新、人、春(《河中游西园·其四》),春、陈、新、尘、人(《过沁园有感》),尘、新、秦、春、人(《和正卿待制韵》),旬、人、尘、春、新(《十七日早行始忆昨日立春》),秦、新、尘、春、人(《和王巨川题武成王庙又一首》),尘、春、人(《过覃怀二绝·其二》),尘、真、春(《偏中正》),人、沦(《识自宗》),身、春(《死中活》),新、春、津(《透脱不透脱》),春、尘、人(《武川摩诃院请为功德主》),茵、新、人、春、频(《西行留别诸人》),滨、尘、彬、春、津(《匏瓜亭二首·其二》),尘、真、神、人、均(《饮凤凰山醉仙洞有歌稼轩郑国正应来死鼠叶公原不好真龙瑞鹧鸪者因为赋此》),嗔、春(《莫春过刘氏亭》),

春、神、津(《玉津头》),春、新、神(《戏题所藏芍药花辞》),茵、新、人、春、频(《西行留别诸人》),尘、神、春(《咏雪》),神、尘、春(《护先妣国夫人丧南行奉别尊大人领省》)。

魂谆:春、魂、门(《和高冲霄·其一》),春、存、花(《游壶春园》)。

谆文:春、闻、熏、云、纷(《赠仙音院乐籍侍儿》)。

先仙:然、悬、贤(《外道李浩和景贤霏字韵予再和呈景贤·其二》),先、鞭、蝉、烟、然(《用薛正之韵》),眠、传、然(《和贾抟霄韵》),坚、然、钱、先、全(《用秀玉韵》),迁、前、边、钱、年(《旦日遗从祖》),然、烟、泉(《寄万寿堂头乞湖山》),年、贤、先、田、禅(《丙申元日为景贤寿》),年、禅、鞭、川、先(《送门人刘复亨征蜀》),天、边、然、烟(《戊申己酉北中大风》),穿、年、边、缠(《过东山县有怀》),缘、年、捐、船、钱(《重和惜春诗韵余时经始西园》),弦、连、天、毡、年(《谨用尊大人领省龙庭风雪诗韵》),天、烟、前、弦、仙(《游大翮山》),烟、川、鞭(《过怀来香山院》),仙、年、边(《天津早春》),筵、怜、眠(《对月吟》),天、边、然、烟(《戊申己酉北中大风》),穿、年、边、缠(《过东山县有怀》),禅、泉、弦、传、玄(《为曹南湖引阮摘赋》),传、前、连(《复过次玉泉诗韵四首·其一》),泉、烟、年(《复次过玉泉诗韵四首·其三》),篇、年、烟、眠(《仙人枕》),前、川、船、天、边(《妙成观掀篷和何宗姚韵》)。

元仙:源、缘、泉(《桃源》)。

寒桓:坛、鞍、端(《戏题近日所作诗卷末》),寒、安、难、冠(《再如番圻二首·其一》),阑、欢、宽(《书斋展西墙》)。

寒桓山:闲、残、栏、銮、看(《又登琼华岛旧址次吕龙山诗韵》)。

桓仙:园、传、钱(《咏苔》)。

山寒：山、干、安、残、难（《和薛伯通韵》），山、阑、干（《和薛伯通韵四绝·其一》），山、安、丹（《寄圣安澄老乞药》），山、寒、闲、难（《送李敬斋行》）。

山删：闲、颜、间、山、攀（《继武善夫韵》），间、班、山、闲、颜（《又和仲文二首·其一》），间、闲、关（《请希庵主住晋祠奉圣寺开堂疏》），关、斑、闲、还（《五湖别业新图》），山、间、关（《阳关》）。

寒山桓删：安、山、盘、还、干（《燕市送客归长安故居》）。

［-ŋ］与［-ŋ］

庚清：名、卿、明、平、生（《和王巨川韵》），呈、生、惊、更、鸣（《和李振之二首·其二》），呈、生、惊、更、鸣（《非熊兄弟饯予之燕再用振之韵》），情、生、惊、声（《怨浩然》），成、名、衡、明、生（《用梁斗南韵》），行、城、明（《和林建佛寺疏》），行、城、生、名（《再如番圻二首·其二》），京、晴、名（《和林雨大雹有如鸡卵者》），晴、清、明、情、声（《伤古城次友人韵》），兵、城、明（《和曹南湖故宫二首·其一》），行、征、平（《磨剑行》），迎、情（《绝句·其二》）。

庚青：荣、铭、经、刑、庭（《又索六经》），零、荣、明（《用昭禅师韵·其二》），更、星、醒、青、亭（《早行》），荣、灵、青、停、庭（《春旱郊园诸花犹盛醉归憩槐盖阴下》）。

庚耕：明、莺、争（《雏莺》）。

庚清耕：铮、惊、筝、兵、声（《松声》），晴、平、莺（《春晓》）。

清青：声、醒、庭、冀、荧（《赠云川张道人》），庭、情、经、名、亭（《题枕流亭》），庭、情、经、名、亭（《池亭用前韵》），庭、情、经、名、亭（《兰畹见和鄙语无尘亭复用前韵》），营、冥、灵（《丁灵二首·其一》），声、庭、铭（《赠御史》）。

元代少数民族作家汉文诗歌的用韵特点

阳唐耕：乡、庄、凉、香、皇（《秋日避暑尘外亭》）。

阳唐：冈、方、浆、姜、尝（《鹿尾》），黄、阳、浆、霜、床（《再过晋阳独五台开化二老不远迎》），黄、阳、浆、霜、床（《赠五台长老》），常、裳、香、妆、茫（《蜡梅二首·其一》），黄、妆、芳、香、忘（《蜡梅二首·其二》），郎、凉、芳、香、阳（《和冲霄十月桃花韵·其一》），塘、央、霜、章、凉（《早行》），堂、王、亡（《和景贤七绝·其四》），堂、装、尝（《请住东堂》），尝、堂、量、妨、方（《谢圣安澄公馈药》），芳、昌、杨、梁、荒（《赠侄正卿》），伤、光、浆（《瓠诗》），光、蝥、床、桑（《倦夜》），霜、量、尝、桑、舫（《送孟端卿》），舫、阳、塘、凉、量（《留别诸友》），堂、长、香、香、光、妆（《双头牡丹》），刚、芒、张、鸯、肠（《剪子》）。

钟东：重、宫、风、中、同（《还燕京题披云楼和诸士大夫韵》），终、墉、重、龙、慵（《河中春游有感·其一》），终、墉、重、龙、慵（《河中春游有感·其二》），终、墉、重、龙、慵（《河中春游有感·其三》），终、墉、重、龙、慵（《河中春游有感·其四》），终、墉、重、龙、慵（《河中春游有感·其五》），慵、蓬、风、中、公（《用刘润之乞冠韵》），龙、中、风（《请照老住华塔》），龙、宫、翁（《请奥公住崇寿院》），梦、钟、胧、容、踪（《春日怀赵超然》），浓、风、龙、童（《拟西昆体后阁》），慵、中、蓉、工（《无何狂醉隐三首·其二》），逢、同、风、红、东（《送魏隐君》），风、踪、缝、钟、容（《春晚怀吕龙山》），松、空、风（《琼华岛》），浓、空、风（《落花》），衷、从、丰（《烧香拨火》），容、红、风（《和德卿秋日海棠》），浓、风、龙、童（《拟西昆体后阁》），庸、风、穹、宫、从（《南口永明寺过街塔》）。

304

二 古体诗

（一）独用

1. 阴声韵

齐部：西、溪、蹄（《过阴山和人韵》《再用前韵》），西、蹄（《请严庵主住东堂出世疏》），西、梯、泥（《万寿寺创建厨室上梁文》），西、堤、齐（《和林城建行宫上梁文》），凄、泥、西（《中秋召景贤饮》），低、鼙、嘶（《后突厥三台》），堤、嘶（《婆罗门六首·其四》），桂、计（《对月吟拟诸公体》），齐、睽、低、鸡、梯（《献上贤王》），啼、西（《代人寄远》），嘶、啼（《次赵虎岩过玉泉怀古韵》），西、啼、低（《拟回文》），西、溪、啼、堤、蹄（《阆州海棠溪拟乐天》），梯、低（《蜀道有难易》）。

萧部：箫、了（《送人还镇阳》）。

豪部：袍、桃（《玉蕊花二首·其二》），老、草（《送玄之》），高、洮（《寄西平》），皋、涛、萄、豪、高（《泊白鲟江尘外亭高道士携琴相访》），皋、曹、高、鳌、骚（《秋日酌兰皋亭》），桃、旄、高、膏、袍（《琳宫月夜宴集》），桃、膏、袍、高、蒿（《汉宫》），膏、高（《玉窗歌》），道、老（《金微道》），桃、醪、骚（《西园仙居亭对雪命酒作白雪嘬》），号、高（《吊王文从之终于泰山》），老、草（《送玄之》），桃、膏、袍、高、蒿（《汉宫》），老、草、扫（《过庖丁故居》），号、刀、蒿、高、韬（《处州作》）。

灰部：罍、梧、馗、回（《西域元日》），雷、杯（《壬子秋日客舍纪事因寄家兄》），徊、杯（《和林西园站台怀吕龙山》），杯、嘬（《西园仙居亭对雪命酒作白雪嘬》）。

微部：衣、违、威、归（《和张敏之鸣凤曲韵》），归、肥、围

元代少数民族作家汉文诗歌的用韵特点

(《和景贤赠鹿尾二绝》),帏、辉、微、衣(《晚集瑶华殿》),微、非、归、扉(《贺人飞泉幽居》),飞、肥、非、晖(《暮春登凌云台》),归、飞(《去妇怨》),围、飞、归(《小猎诗》),肥、稀(《留别赵虎岩吕龙山》),非、归(《渔父答》),衣、飞(《南行寄呈尊大人领省》),衣、飞(《题马元章水墨美人图》),帏、辉、微、衣(《晚集瑶华殿》)。

哈部:改、待、采、载(《次韵黄华和同年九日诗·其一》),台、埃、哀、来、开(《和渔阳赵光祖·其二》),苔、来(《弹秋思用乐天韵二绝示景贤》),来、台(《请聪公和尚住山阴县复宿山疏》),台、开、来(《天山》),载、海(《后结袜子》),埃、苔、哀、台(《夜起来》),彩、待、骀、宰(《问真宰》),莱、开、胎、来、台(《寄隐者》),台、来、陔(《壬子秋日客舍纪事因寄家兄》),来、苔、台(《和林西园站台怀吕龙山》),开、莱、来、台、胎(《绣岭宫》),来、台(《怀高敞》),在、改(《拟孟郊古怨》),来、开(《重醉修真宫炼师》),台、来、开、栽(《题缙云山五湖别业》),苔、开、来(《重题隗台玄都观壁》)。

麻部:下、雅(《和陈秀玉绵梨诗韵》),华、哗、加、下(《还燕和美德明一首》),琶、家、花、茶(《和杨彦广韵》),霞、家、沙、赊(《戊子继武川刘抟霄韵》),者、马(《醉义歌》),夸、华、花(《和非熊韵·其一》),家、瑕、华(《和金城宝宫旭公禅师三绝》),下、厦、者(《万寿寺创建厨室上梁文》),下、厦、马(《和林城建行宫上梁文》),沙、家、槎(《送王璘行》),霞、花(《玉蕊花二首·其一》),华、拿、家(《着国华》),邪、蛇、车(《涿邪山》),霞、沙、牙(《白霞》),霞、拿(《婆罗门六首·其三》),车、邪、蚪、邪(《闻北耗诏发大军进讨》),嗟、麻、花、家(《责友人久不寄书》),华、家、霞、砂、花(《燕台》),花、华、葩、加、沙(《芍药》),

牙、家、霞、差、车（《题西庵所藏佛牙》），花、家（《独醉园寓兴》），花、家（《读新乐府》）。

侯部：侯、头（《过云川和刘正叔韵》），侯、头（《送张敬叔》），漏、叟（《五禽言》），钩、鸥（《嘲渔父》），楼、头（《寄李渊》）。

尤部：柳、手、酒、否（《和黄华老人题献陵吴氏成趣园诗》），游、舟、收、羞（《过云川和刘正叔韵》），秋、优、悠、游（《次韵黄华和同年九日诗·其六》），优、留、尤（《和谢昭先韵》），谋、周（《和刘子中韵》），秋、酒、首（《拟古》），忧、貅、秋（《金满城》），周、州（《不周》），秋、流（《谨上尊大人领省》），秋、辀、流、州、游（《送张寿甫尚书出尹河南》），州、留、流、休（《过无定河》），柔、浮（《拟回文》），悠、愁（《送王君璋》），首、酒、寿、久（《圣寿颂》），州、游、洲（《上云乐》）。

之部：诗、时（《从国才索闲闲煎茶赋》），诗、辞、时（《寄东林同参》），时、辞（《吉语》），时、旗、期（《前突厥三台》），志、意（《摘阮行呈吕西冈》），时、辞（《重和惜春诗韵余时经始西园》），思、时（《寄呈》），时、思（《寄杨子美》），里、起（《夏夜对月》），辞、思、时（《寄题一枝庵主人》），思、诗、时、辞、丝（《阅旧稿有出六盘时干戈旁午惊尘日书剑零丁去国时之句因足成之》），诗、祠（《次韵阆州述事》）。

支部：奇、知（《梅溪十咏·其八》），儿、氏（《前突厥三台》），枝、枝（《代寄》）。

脂部：锥、迟、椎（《筑城曲》），地、醉（《壶天园歌》），迟、私（《春日席上次高丽国使新安公诗韵·其一》）。

歌部：罗、歌（《雪香亭月下偶得名酒径醉为赋》），娥、多、何（《谨用尊大人领省十六夜月诗韵》），罗、荷（《池亭睡起》）。

戈部：窝、坡、和（《翁科》），波、螺（《雪香亭月下偶得名酒径醉为赋》），和、磨（《谨用尊大人领省十六夜月诗韵》），卧、座、堕（《摘阮行呈吕西冈》）。

鱼部：书、如、鱼、疏、居（《和景贤韵三首·其一》），如、居、书（《载赓赵虎岩诗韵》），余、书、鱼、徐、居（《元质先生美赴漕台成行有日要以赠言某以同僚之义不敢谦默乱构荒拙以叙别意》），旅、语（《对月吟拟诸公体》），车、虚、居、除、书（《戏书太极宫旧碑阴》），居、书（《次赵虎岩诗韵》），书、如（《读史》）。

虞部：区、朐、无（《战卢朐》），舞、主（《对月吟拟诸公体》），雨、主、鹉（《长相思》），句、树（《松声行》）。

肴部：交、梢（《寄西平》）。

模部：兔、路、古、苦（《对月吟拟诸公体》），路、误（《和汉臣秋月海棠》），土、古（《摘阮行呈吕西冈》），苏、途、无、孤、壶（《三月到旺结河有感》）。

2. 阳声韵

[－m]

侵部：深、岑、心、霖、吟（《和黄山张敏之拟黄庭词韵》），音、淫、琴（《爱栖岩弹琴声法二绝·其一》），心、琴（《刘润之作诗有厌琴之句因和之》），林、心（《凤林关》），金、心（《司约》），阴、心（《婆罗门六首·其一》），沈、岑、林、今、琳、音、襟、寻、心（《观友人所藏佛牙》），林、沈、吟、音、今（《送玄之》），今、心（《长相思》），心、暗（《瑞井行》），阴、心、今、金、深（《春日寓怀》），沈、阴、深、心、林（《岳台怀古》），侵、临、吟、深、心（《次张子敬游玉泉诗韵》），深、寻、侵、吟、沉（《次赵虎岩过玉泉怀古韵》），心、琴（《怀赵虎岩吕龙山》），阴、心（《金满城》），阴、吟、心、深、林（《春日寄怀魏隐君邦彦》），吟、心（《近体隔句赠人》）。

覃部：参、潭、庵（《过济源登裴公亭用闲闲老人韵四绝》），参、潭、庵（《再用前韵》），南、岚、参（《和林城建行宫上梁文》）。

盐部：蟾、帘、盐（《玉华盐三首·其二》）。

[－n]

先部：边、年（《过云中赠别李尚书》），天、眠（《和李世荣韵》），天、烟（《和南质张学士敏之见赠七首·其一》），边、天、前（《戊子钱非熊仍以吕望磻溪图为赠》），年、玄、然、天（《次韵黄华和同年九日诗·其七》），见、变、战、便（《次韵黄华和同年九日诗·其八》），年、天、延、编、传（《继宋德懋韵·其一》），边、天（《拟古》），天、渊、年（《南征捷》），天、前（《受降山》），玄、天（《桃花源别业重理旧稿戏题》），迁、年（《有以灵寿木为王子寿者辄献颂曰》）。

仙部：仙、川、缘（《过云中赠别李尚书》），缘、禅（《和李世荣韵》），权、川（《戊子钱非熊仍以吕望磻溪图为赠》），泉、钱（《梦中偶得》），钱、篇（《遗龙冈鹿尾二绝》），拳、泉（《和景贤赠鹿尾二绝》），毡、川（《咏雪二首·其二》），仙、钱（《桃花源别业重理旧稿戏题》），仙、篇（《自题拟乐天》），院、转（《闺怨》），仙、泉（《饮逸园》），筵、仙（《醉吟行》），然、仙（《题鹤仙梦惊图》），传、钱（《咏苔》）。

元部：言、源、婉、晚（《和孟驾之韵》），元、言（《过云中和张伯坚韵》），源、言（《爱子金柱索诗》）。

真部：新、鳞（《和陈秀玉绵梨诗韵》），真、人（《跋白乐天慵屏图》），真、伸、辛、人、亲（《和刘子中韵》），伸、臣、亲、陈（《继介丘穆景华韵》），贫、人、神（《梅溪十咏·其六》），宸、尘、人（《奇兵》），神、人（《科尔结》），真、身、尘、人（《沐浴子》），亲、神、人（《送玄之》），贫、人（《示子》），津、尘（《济黄河》），真、人（《游龙岩寺》），神、新、人（《十六夜月得人字》），人、神（《戏诸公省集》），真、尘（《读晋书书苍溪石壁》），新、人（《青山》），贫、神（《钱币》），颦、人（《重和惜春诗韵余时经始西园》），神、尘、人（《送王彦高》）。

谆部：纶、春（《和谢昭先韵》）。

文部：焚、云、文（《云中重修宣圣庙》），军、勋、云、群、闻（《贤王有云南之捷》），群、闻、云（《送赵伯玉行》），闻、分、云（《游龙岩寺》），闻、云（《奉寄郭仲益炼师》），军、闻（《明妃二首·其一》），闻、氛、君（《寄呈》），亲、神、人（《送玄之》），颦、人（《重和惜春诗韵余时经始西园》），闻、熏、云、纷（《赠仙音院乐籍侍儿》）。

魂部：门、尊、孙（《德新先生惠然见寄佳制二十韵和而谢之》），温、敦（《德新先生惠然见寄佳制二十韵和而谢之》），贲、昏、坤（《战焉支》），孙、论（《古意》），孙、门、昏、魂、浑（《春日和林寄赵虎岩吕龙山》），浑、门（《春晚》），尊、存（《曲延春》）。

桓部：坟、分、君（《西域河中十咏·其九》），卵、满、暖、短、缓、管（《春自来》）。

山部：山、间（《复用前韵》《再用前韵》），间、闲、山（《金莲川》），山、间（《婆罗门六首·其六》），山、栈（《述实录》）。

删部：关、环（《横笛引》）。

寒部：看、坛、安（《寄巨川宣抚》），干、殚（《干海子》），寒、看（《十六夜月得人字》）。

[-ŋ]

庚部：京、平、卿、鸣（《西庵上人住夏禁足以诗戏之》），行、明（《和润之韵》），行、生、京（《四公子廋辞体四首·其四》），平、盟、行（《九月道中遇雪》），鸣、惊（《松声》）。

清部：轻、城（《和孟驾之韵》），征、声、营（《枭将》），屏、情、成、清、名（《唐家牡丹》），情、声（《客中吟》），城、情、清（《少年行》），情、声、倾（《松声》）。

青部：星、腥（《婆罗门六首·其五》），醒、经（《西斋述事奉寄东都故人》），醒、庭（《无何醉隐》），屏、亭、醒（《题废馆醉仙像》）。

登部：灯、腾（《元夜读唐开元天宝故事》），腾、鹏（《放雁词》）。

蒸部：升、真（《晨诣香山禅寺观两阁前后玉簪》）。

东部：空、风（《和南质张学士敏之见赠七首·其一》），送、梦（《和孟驾之韵》），雄、通、同、功（《过阴山和人韵》《再用前韵》《复用前韵唱玄》），风、中、宫、空（《醉义歌》），同、东、穷、通（《醉义歌》），穷、同、东、空（《次韵黄华和同年九日诗·其三》），风、熊（《扈从羽猎》），东、功、中（《万寿寺创建厨室上梁文》），东、中、功（《和林城建行宫上梁文》），空、同、中（《丙申上元夜梦中有得》），功、风、通、空（《北行》），风、宫（《露布》），风、宫（《驻跸山》），风、中（《独乐河》），功、戎、骢、雄、中、风（《次韵赵德载大监饯行》），空、风（《松声行》），虹、风、骢、鸿、中（《送子文还家》），虹、同、中、骢、翁（《复次赵虎岩元韵》），翁、同、弓、公、功（《独醉园对饮》），宫、空、弓、风、红（《小猎诗》），东、中、风（《曲水游》），同、翁（《次赵虎岩诗韵》），空、宫（《次赵虎岩过玉泉怀古韵》），中、风（《天宝谣》），红、丛、风（《春词·其一》），风、红（《漫兴》），宫、空、风（《佳人惜梅图》），空、风（《松声行》），栊、融、风、功、宫（《西园席上招雪庭裕上人》），红、宫、风（《杨妃菊》），空、宫、风（《月宫游》）。

唐部：堂、光（《和孟驾之韵》《西庵上人住夏禁足以诗戏之》），荒、苍（《送人还镇阳》），凰、塘（《寄高仲杰》）。

阳部：方、乡、场（《西庵上人住夏禁足以诗戏之》），凉、香、阳、乡、伤（《醉义歌》），上、匠、样（《万寿寺创建厨室上梁文》），上、壮、仗（《和林城建行宫上梁文》），商、羊、浆（《遗龙冈鹿尾二绝》），肪、妨、香（《寄岳君索玉博山》），场、王（《降王》），像、丈、阳、长（《送人还镇阳》），床、长（《寄高仲杰》），乡、阳、妆、香、肠（《杨妃菊》），场、亡（《登广寒殿故址》），霜、肠（《客中吟》），乡、香（《答客问》），场、长（《送行人·其二》），香、昌（《因阅乐戏赠友人》），场、章（《信笔》），方、常（《元日上尊大人领省阿钵国夫人寿》）。

钟部：胸、龙（《和孟驾之韵》），浓、溶（《复用前韵》），封、容、峰（《军容》），茸、丰（《次韵赵德载大监饯行》），慵、蜂、浓（《四公子廋辞体四首·其三》），庸、龙（《太宗马图》）。

江部：降、江（《金奏》）。

3. 入声韵

[– t]

月部：阙、月（《送胡寿卿南归》）。

薛部：灭、绝、裂（《遗侄淑卿香方偈》），折、热（《效古》），绝、别（《摘阮行呈吕西冈》），裂、折、泄（《早春歌》）。

物部：物、土（《摘阮行呈吕西冈》）。

末部：活、阔（《五禽言》）。

[– k]

陌部：伯、客、宅、喷、白、窄（《舟中读仙伯诗歌》），客、白（《摘阮行呈吕西冈》）。

职部：测、色、侧（《舟中读仙伯诗歌》）。

烛部：束、辱、触、粟（《和刘子中韵》），束、玉（《对竹引》）。

屋部：独、菊、复、熟（《次韵黄华和同年九日诗·其二》），宿、谷（《对竹引》）。

(二）合韵

1. 阴声韵与阴声韵

尤豪：有、高、牢、毛（《醉义歌》）。

尤侯：斗、首、口、友、九、取、朽（《和黄华老人题献陵吴氏成趣园诗》），久、手、走、口、垢、搜、厚、右、酒、有、叟、酉、首、后（《过济源和香山居士韵》），秋、投、牛、欧、筹（《过天山周敬之席上和人韵二首·其一》），丘、游、头、忧、留（《过燕京和陈秀玉韵五首·其一》），亩、友（《醉义歌》），钩、由、侯（《继希安古诗韵》），州、流、头、投、楼（《和非熊韵·其二》），沟、游、留、求、州（《过深州慈氏院》），休、牛、秋、头、收、由、留、楼、流、犹（《随堤田家行》），藕、柳、手、久（《同心结》），头、愁、蟒、休、鸥（《病中述怀》），邱、收、州、楼、流（《中统庚申诣阙寓居宫东寺口号》），州、楼、搜、忧（《从涣然觅纸》），留、休、头、楼、舟（《对城南池莲招曹南湖》），侯、游、头、休（《饮独醉园牡丹下戏题》），休、楼、流、秋、留（《次赵虎岩游香山见故宫诗韵》），楼、秋（《寄杨诚之》），游、秋、头（《马上偶得》），收、秋、钩（《客中次人韵》），愁、头（《客中·其二》），休、愁、头（《过刘氏园》），楼、舟、头（《白莲池》），秋、头（《席上》），州、头（《曲水游》），愁、秋、头（《白石山》），舟、楼、秋（《秋日宜都道中》），走、吼、柳（《松声》），流、楼、游（《和光祖》），楼、头、愁（《次赵虎岩春思诗韵》），游、筹、头（《即日拟乐天作》），沤、头、秋（《答李仲玉白发叹》），留、求、头（《送丁仲华》），悠、楼、秋（《寄国范》），楼、愁（《读史》），流、头、舟（《读王浚传》），秋、愁、头（《征妇怨》）。

幽尤：幽、愁（《寄杨诚之》），幽、愁（《夜坐》）。

模侯：酺、酥、母（《醒酺》）。

元代少数民族作家汉文诗歌的用韵特点

模虞：隅、涂（《和孟驾之韵》），隅、腴、奴、铢、无（《谢禅师□公寄闾山紫玉》），乌、夫、愚、徐、图（《和连国华三首·其一》），徒、蹰、驹、苏、夫（《和冲霄韵·其六》），武、古（《和谢昭先韵》），符、拘、无（《和金城宝宫旭公禅师三绝》），须、枯（《和谢昭先韵》），吴、乌、驹（《定三吴》），符、都（《德胜乐二首·其一》），区、都（《德胜乐二首·其二》），虎、雨（《松声行》），浦、府、苦（《秋莲怨》），虎、雨（《松声行》），浦、府、苦（《秋莲怨》）。

模鱼：驴、醑、炉、无、沽（《西域家人辈酿酒戏书屋壁》），娱、庐、书、鱼（《思亲·其一》），庐、无、疏（《过覃怀二绝·其一》），虚、无、驴（《请真老住华塔》），炉、初、虚、予、书（《从万松老师乞玉博山》），湖、除、鱼（《战芜湖》），庐、途、糊、孤、无（《途中值雪》），居、苏、都（《忆李东轩》），图、居、虚（《题寿人八十卷尾》），图、书（《谨次尊大人领省怀梅溪诗韵》，如、图、须（《题张道人扇二首·其二》）。

虞鱼：区、隅、庐（《华塔照上人请为功德主》），主、斧、语（《题黄梅出山图》），书、予、庐、余、符（《寄圣安澄公禅师》），儒、书、居（《周敬之修夫子庙》），住、去（《摘阮行呈吕西冈》），去、住（《去妇怨》）。

模虞鱼：胥、衢、酥、奴、图（《赠蒲察元帅·其六》），府、隅、酥、阻、图（《西域河中十咏·其三》），初、都、趋、图、无（《观瑞鹤诗卷独子进治书无诗》），驱、车、书、壶、都（《过太原南阳镇题紫薇观壁三首·其一》），趋、车、书、壶、都（《过太原南阳镇题紫薇观壁三首·其二》），路、处、醑、澍、谕（《醉义歌》），无、珠、书（《和金城宝宫旭公禅师三绝·其三》），树、缕、处、雾、路、去（《大道曲》），枯、夫、无、去、误（《苦旱叹》），图、书、珠、居（《仙居亭》），衢、居、珠、虚、壶（《中秋对月》），居、夫、庐、图、书（《凤凰山别业寄润甫儒医尤娴于摄生》)。

歌戈：河、何、波、歌、过（《和裴子法见寄》），阿、和、波、歌、河（《除戎堂二首·其二》），讹、和、歌（《和景贤七绝·其二》），波、歌、蓑（《不落死活》），歌、何、波、多（《醉义歌》），皤、羲、坡、河（《继孟云卿韵》），破、逻、贺、播、佐、卧、座、过、挫、货、课、轲、坐、和、唾、簸、惰、拖、磨（《和平阳张彦升见寄》），河、过（《和谢昭先韵》），我、座、磨、祸、趖、果、过、火、货、唾、破、个（《转灯》），歌、沱、皤（《拟古》），多、坡、戈（《嵝峇》），波、多、和（《恤降附》），过、河、多（《克夷门》），梭、何、波、过（《经扼狐岭得胜口会河战场》），多、河、坡、歌（《冬日即事》），波、过、歌、何、多（《春日西园招雪亭》）。

歌佳：呙、陀（《处月》）。

微支：漪、围、飞、归、矶（《近闻贤王春水因寄》）。

微脂：归、帷、衣、稀、飞（《思亲用旧韵·其二》），机、生、非（《和秀玉韵》），归、私、遗（《门有车马客》），扉、衣、微、帷（《迎风馆》），迟、稀（《漫题》）。

之微：时、归、衣、闱、飞（《送文叔南行》），归、痴、诗（《戏刘润之》），味、意（《五禽言》），诗、归、飞（《送许大用还浑水》），起、飞、衣（《春梅怨笛歌》）。

之鱼：书、如、余、居、驴（《谢万寿润公和尚惠书》），书、如、余、居、驴（《燕京大觉禅寺奥公乞经藏记既成以诗戏之》），初、居、鱼（《和吕飞卿》），书、字、事（《自赞》），书、如、余、居、驴（《寄万寿润公禅师用旧韵》）。

之脂：李、死（《和南质张学士敏之见赠七首·其一》），志、器（《和孟驾之韵》），迟、眉、时、诗（《和景贤十首·其九、其十》），时、锥（《寄休林老人》），时、锥（《背舍》），醉、戏、弃（《醉义歌》），期、篱、谁、诗（《次韵黄华和同年九日诗·其四》），类、志（《和谢昭先韵》），怡、姿、师、贻（《和谢昭先韵》），志、字、似、死（《勉景贤》），时、遗、诗（《弹广陵散》），私、辞、时（《玉音》），里、起、己、水（《送润甫行》）。

之支齐：知、诗、医、衰、宜（《寄景贤》），知、诗、医、衰、宜（《再用知字韵戏景贤》），知、诗、医、衰、宜（《复用前韵戏呈龙冈居士兼善长诗友·其一》）。

之脂支：诗、迟、师、奇、思（《和武川严亚之见寄五首·其三》），司、宜、帷、知、之（《和孟驾之韵》），基、奇、私、诗（《和移剌子春见寄五首·其四》），机、期、陂、痍、诗（《和琴士苗兰韵》），期、迟、时、奇、为（《游河中西园和王君玉韵·其二》），期、迟、时、奇、为（《游河中西园和王君玉韵·其一》，期、迟、时、奇、为（《游河中西园和王君玉韵·其三》），期、迟、时、奇、为（《游河中西园和王君玉韵·其四》），时、眉、知（《题平阳刘子宁玄珠堂》）垒、水、倚、李、耳、蚁、里、已、里（《纪梦》），事、奇、知、眉、疑（《司春园》），辞、思、时、师、枝（《寄题一枝庵主人》），移、知、丝、谁（《书三乐轩壁》）。

之支：知、宜、诗、漓、时（《题平阳李君实吟醉轩》），枝、诗、知（《赠抟霄笔》《再用韵寄抟霄二首·其一》《再用韵别非熊》），池、危、诗、垂（《和王正之韵三首·其一》），丝、篱、时、诗（《思亲有感二首·其二》），诗、辞、知（《录寄新诗呈冲霄》），枝、时、诗（《寄万寿润公禅师》），枝、宜、诗（《梅溪十咏·其三》），辞、衰、期、思、离（《门有车马客》），蚁、李（《谨上尊大人领省》），枝、时、诗、思（《寄人》），辞、时、枝（《经丽珍园卫绍王兰香殿故基》），思、立、时、期（《七夕》），旗、规（《炭山窖子店大风后有回风数月不已》），篱、离、思（《杨妃菊》），诗、思、赀（《乞花》），痴、知（《渔父叹》），思、丝、枝（《寄家兄》），知、诗（《四公子庾辞体四首·其一》）。

之齐：啼、丝、西、蹊、泥（《西域有感》），期、西、栖、低、蹄（《清明》）。

脂齐：栖、梨、溪、脐、西（《寄清溪居士秀玉》）。

之脂支齐：事、棋、诗、慈、漓、斯、随、芝、为、骓、基、施、夷、衰、期、嬉、郿、丝、师、丕、维、思、岐、儿、糜、私、知、驰、尸、时、丽、漪、湄、疲、欺、姿、罴、旗、辞、羁、规、悲、司、姨、迟、眉、移、嗤、仪、卑、资、篱、追、尼、熙、篪、奇、笞、涯、危、遗、兹、垂、姬、词、淄、宜、亏、醨、痍、陴、狸、支、期、麋、麾、枝、箕、髭、咨、谁、蓍、绥、驼、怡、伊、罳、陂、骑、梨、匙、推、粢、埤、疑、持、之（《怀古一百韵寄张敏之》），西、洏、离、时、姿（《送诚之行》），为、之、窥、痍、医（《继宋德懋韵·其二》）。

支微齐：螭、玑、栖、依、稀、飞、桂、围、非、晖、机（《和张敏之鸣凤曲韵》）。

之支脂齐微：梯、扉、饥、颐、非、枝、迷、稀、晞、肌、衰、迟、漓、痴、衣、披、菲、薇、仪、漪、卑、疲、尸、诗、时、箎、期、栖、归（《和黄山张敏之拟黄庭词韵》）。

之脂微：味、悴、气、致、器、地、意（《对酒》）。

之支微：微、时、危、仪、熙（《和杨居敬韵二首·其一》）。

支脂微：飞、悲、枝（《戏景贤》），飞、悲、枝（《再用前韵·其一》），飞、悲、枝（《再用前韵·其二》），飞、悲、枝（《复用前韵戏呈龙冈居士兼善长诗友·其二》），微、帷、知、曦、吹（《太极宫》），飞、知、推、骓、碑（《和人黄龙冈怀古》）。

支脂：水、此（《过阴山和人韵》《再用前韵》《复用前韵唱玄》），悲、眉、为、资(《用李德恒韵》),篱、悲(《过平阳高庭英索诗强为一绝》),智、利(《示从智》),离、迟、时、儿(《送安善甫》),墀、迟、垂(《送正夫行》),迟、宜(《辛巳年二月初四日夜半后梦中作》),悲、知(《十六夜月得人字》)。

豪肴:高、梢、包(《和陈秀玉绵梨诗韵》),涛、毫、胶(《济黄河》)。

豪宵:霄、皋、高、毛、桃(《登燕都长松岛故基》),霄、庞、膏、高、涛(《题汉武内传》),摇、滔、高、鳌、涛(《大江篇寄上贤王以代谢章兼贺平云南之捷》),朝、劳、骚、刀(《挽皇太子词》),霄、皋、高、毛、桃(《登燕都长松岛故基》)。

宵萧:箫、聊、娇、消、条(《宫怨》),霄、消、苕、箫、桥(《侍宴万安园》),饶、挑、潇(《客中吟》),聊、条、桥(《水平桥》),朝、骄、桥、霄、箫(《游仙》)。

豪宵萧:道、寥、萧、韶、瓢(《过阴山和人韵·其二》),缈、晓、埽、表、鸟、草、岛、老(《真游挟飞仙》),晓、表、好(《谨上尊大人领省》),笑、老、了(《送人还镇阳》)。

灰咍:灰、回、才、来、陪(《和威宁珍上人韵》),灾、台、雷、开(《西域河中十咏·其四》),开、陪(《醉义歌》),灰、开、来(《梅溪十咏·其五》),来、猜、雷(《仰祝尊大人领省寿三首·其一》),催、来、回、开、杯(《立春二首·其二》),台、杯、开、来(《题四娱斋·其二》),槐、梅、开、雷、来(《题四娱斋·其三》),埃、梅、开、雷、来(《谨和尊大人领省雷字韵》),堆、灰、哀、杯、来(《谨和尊大人领省沙场怀古兼四娱斋韵》),回、开、灰(《野宿》),梅、开、杯(《早春宴上次高丽国使人诗韵》),回、洄、来(《立秋前一日》),堆、来(《和人茶后有怀友人》),来、开、杯(《和人韵·其一》)。

哈皆：界、概（《和谢昭先韵》），来、开、栽、能、怀（《寄东林》），怀、开、阶、来（《夜起来》），怀、台、来、开、栽（《题缙云山五湖别业》）。

泰哈：待、盖、带、外（《小垂虹》）。

哈皆灰支合韵：乖、雷、埃、梅、台、该、阶、猜、垓、开、台、栽、能、财、摧、来、埋、陪、斋、嵬、骓、灰、堆、徊、哀、涯、瑰、怀、谐、罍、街、回、恢、哉、媒、崖（《用张道亨韵》）。

麻佳：家、车、蛙、赊（《和松月野衲海上人见寄·其一》），家、茶、车、花、涯（《西域蒲华城赠蒲察元帅》），花、涯、华（《京华》），涯、家（《婆罗门六首·其二》），涯、花、衙、华（《无何狂醉隐三首·其三》），花、涯、家（《睡起有寄》）。

尤侯：沤、流、州、由（《感事·其一》），侯、流、牛、尤（《感事·其二》），秋、头、愁、修、收（《和冲霄韵·其三》），舟、钩、愁、头、州（《蒲华城梦万松老人》），楼、羞、忧、钩、游（《和薛正之韵》），州、钩、游（《过天德用迁上人韵》），秋、愁、楼（《薛伯通韵·其二》），秋、头、洲（《透脱》），侯、留、钩（《天德海上人寄诗用元韵》），侯、流、钩、头、楼（《寄张鸣道》）。

麻鱼：马、野、把、下（《次韵黄华和同年九日诗·其五》），野、社、瓦、泻、斝、把、雅、舍、写、下、马、者、也（《再过太原题覃公秀野园》），去、花、家（《克临安》）。

麻歌：华、家、蛇、花、裟（《寄云中东堂和尚》）。

2. 阳声韵与阳声韵

[－m] 与 [－m]

添盐：盐、甜、帘（《玉华盐三首·其一》），帘、檐、嫌（《玉华盐三首·其二》），厌、兼、帘、添、髯（《清明前一日月夜对酒招季渊饮》），嫌、帘（《春词·其二》）。

元代少数民族作家汉文诗歌的用韵特点

严添：淹、添、沾、嫌（《寄李征君》）。

谈覃：三、惭、谈、耽、庵（《和景贤见寄》），南、三、参（《贾非熊饯余用其韵》），南、岚、酣、参（《次韵黄华和同年九日诗·其九》），南、参、三（《万寿寺创建厨室上梁文》），南、骖、三、庵、参（《信之和余酬贾非熊三字韵见寄因再赓元韵以复之·其一——四》），谈、南、骖、惭（《南征奏捷》），贪、南、酣、探（《西征》）。

[-n] 与 [-n]

寒桓：寒、盘、观、干、看（《和王君玉韵》），欢、难（《和景贤七绝·其一》），安、寒、官（《梅溪十咏·其七》），残、寒、阑、鸾、看（《春寒代人有寄》），寒、盘、坛（《太极宫》），干、阑、端、寒、看（《咏雪二首·其一》），残、寒、阑、鸾、看（《春寒代人有寄》）。

寒山：悭、飡（《利道拔生》），寒、山、间（《过济源登裴公亭用闲闲老人韵四绝》），安、干、闲、间、山（《寄妹夫人》），安、山（《古意》），寒、山、悭、间、闲（《日南至》）。

寒山桓：山、鞍、残、官、餐（《谢飞卿饭》），山、鞍、残、官、餐（《再用韵记西游事》），山、鞍、残、官、餐（《再用韵赠抟霄》），山、鞍、残、官、餐（《再用韵谢非熊召饭》），山、鞍、残、官、餐（《再用韵唱玄》），山、鞍、残、官、餐（《再用韵》），闲、残、栏、銮、看（《又登琼华岛旧址次吕龙山诗韵》）。

寒删：关、干、残、安、斑（《壬午元日·其二》），关、攒（《言无过失》）。

删山：简、版（《和孟驾之韵》），关、闲、颜、悭、还（《和景贤还书韵二首·其一》《外道李浩求归再用韵示景贤》），班、山、颜、还、关（《过天宁寺用彦老韵二首·其一》），斑、颜、关、闲（《和李汉臣韵·其一》），山、间、斑、删（《次韵黄华和同年九日诗·其十》），颜、山、闲（《喜和林新居落成》），山、关（《金水道》），闲、

第六章 韵谱

还、山（《金山》），关、山（《后突厥三台》），关、斑、闲、还（《寄赵虎岩吕龙山》），班、闲、山、闲、寰（《题长春宫瑞应鹤诗二首·其一》），闲、般、闲、还、山（《哀长安》），山、还、攀（《荡子》），涧、山、还（《送人回游江南》），山、还（《湿水谣》），闲、寰（《拜书尊大人领省瓮山原茔域寝园之壁》），山、还、攀（《荡子》），斑、闲、悭、攀（《堠台》）。

删山桓：欢、闲、山、还、悭（《寄景贤一十首·其一》），蟠、闲、山、还、闲（《九龙谷》）。

寒删山：滩、山、闲、竿、蛮（《慕乐天》），寒、闲、寰（《玉溪》）。

寒删桓：班、寒、难、鞍、漫（《连国华饯予出天山因用韵》）。

寒山先：阑、闲、干、闲、烟（《炀帝》）。

寒仙山：难、还、闲（《送张敬叔》）。

先山：烟、间（《饮南园》）。

寒先仙：干、天、川、贤、联、权、肩、前、宣、埏、耕、船、编、烟、泉、全、篇、年、绵、传、边（《和冀先生韵》），迁、年、膻、禅（《元日劝忘忧进道》），传、先、贤、年、穿、缘、田、前、仙、蜒、膻、坚、蝉、翩、弦、烟、涓、钱、然、延（《谢西方器之赠阮杖》）。

先仙：篇、然、眠（《和景贤韵三·其二》），全、贤、先、川、传（《和吕飞卿韵》），全、贤、先、川、面、传（《再用韵赠国华》），天、连（《和孟驾之韵》），眠、弦、传、禅、边（《赠万松老人琴谱诗一首》），贤、天、悬、先、传（《和移剌子春见寄五首·其一》），贤、鲜、弦、仙（《用刘正叔韵》），然、年、钱、缘（《西域河中十咏·其八》），千、贤、泉、玄（《西域和王君玉诗·其一》），边、千、贤、泉、玄（《西域和王君玉诗·其二》），篇、千、贤、泉、玄（《西域和王君玉诗·其三》），年、千、贤、泉、玄（《西域和王君玉诗·其

元代少数民族作家汉文诗歌的用韵特点

四》),天、千、贤、泉、玄(《西域和王君玉诗·其五》),年、千、贤、泉、玄(《西域和王君玉诗·其六》),禅、千、贤、泉、玄(《西域和王君玉诗·其七》),年、千、贤、泉、玄(《西域和王君玉诗·其八》),权、千、贤、泉、玄(《西域和王君玉诗·其九》),年、千、贤、泉、玄(《西域和王君玉诗·其十》),千、贤、泉、玄(《西域和王君玉诗·其十一》),然、千、贤、泉、玄(《西域和王君玉诗·其十二》),眠、千、贤、泉、玄(《西域和王君玉诗·其十三》),天、千、贤、泉、玄(《西域和王君玉诗·其十四》),圆、千、贤、泉、玄(《西域和王君玉诗·其十五》),禅、千、贤、泉、玄(《西域和王君玉诗·其十六》),边、千、贤、泉、玄(《西域和王君玉诗·其十七》),千、贤、泉、玄(《西域和王君玉诗·其十八》),禅、千、贤、泉、玄(《西域和王君玉诗·其十九》),仙、千、贤、泉、玄(《西域和王君玉诗·其二十》),天、然、肩、缘、轩(《自叙》),玄、贤、年、笺、仙(《寄张子闻》),笺、先、绵、弦、轩(《寄用之侍郎》),年、鞭、然、眠、弦(《和北京张天佐见寄》),仙、年、禅、涎(《邵薛村道士陈公求诗》),然、传、弦(《和景贤又四绝·其二》),贤、然(《王屋道中》),先、仙(《题寒江接舫图》),年、传、禅(《和松菊堂主人照老见寄三诗·其三》),鄘、莲、前(《不背舍》),绵、扇、眠(《平常》),天、先、年(《乙未元日》),天、连、弦、肩、篇、前、编、贤、悬、绵、圆、焉、诠、间、迁、传、愆、拳、仙、平、烟、全、然、笺、禅、鞭、年、偏、涓、坚、穿、莲、先、筌、延、缘、钱、泉、镌、煽、眠、联、蠲、专、船、旃、川、千、缠、煎、痊(《琴道喻五十韵以勉忘忧进道》),千、贤、烟、年(《德恒将行以诗见赠因用元韵以见意云》),年、泉、然(《梅溪十咏·其一》),烟、仙、天(《拟古》),全、边、天(《益屯戍》),渊、然、前(《古意》),扇、殿、面、援、倦、宴、遍、面(《游仙》),燕、殿、啭、片(《真金不

322

死乡》），援、甸、炼、战、电、变、犬、箭、宴、展、辩、传（《密谷行》），连、天、边、眠（《送玄之》），年、边、全、烟（《老将》），坚、烟、年、仙（《圆福院竹》），烟、天、然、边、仙（《西园春兴因赠雪庭上人兼简张公讲师》），然、边、天、毡、年（《谨用尊大人领省龙庭风雪诗韵》），烟、连、天、年、怜（《和林春舍叙西园前宴招一二友生重饮》），砚、转、变、电、面（《送杨子阳南还》），玄、传、年（《自题拟乐天》），禅、泉、弦、传、玄（《为曹南湖引阮摘赋》），埏、妍、年、川、全（《征不庭》），仙、巅、然（《游果州凤山观》），天、年、钱（《观田》）。

先元：年、迁、天、轩、燕（《雪轩老人邦杰久不惠书作诗怨之》），原、吞、元、源（《德新先生惠然见寄佳制二十韵和而谢之》）。

先仙元：言、年、烟、先、天（《用刘润之韵》），轩、辕、煎、边、旃（《韩省干子平荐章应格朋友漠然未知忽改京秩作七言近体一首贺之》），变、转、殿、犬、展、远（《上云乐》）。

先仙桓：欢、然、年、天、篇（《和杨居敬韵二首·其二》），园、前、仙、莲、传（《小隐园拟乐天》）。

先仙文：然、渊、全、毡、弦、坚、悬、员、篇、肩、先、躔、权、传、川、年、前、千、胼、填、煎、还、悛、沿、联、贤、镌、捐、田、廛、馐、旋、鞭、泉、天（《和冯扬善韵》）。

真谆：臣、纯、纶、绅、仁、循、尘、人、身、春、彬、陈、民、均、真、亲、神、伦、诜（《和平阳王仲祥韵》），春、新、钧、申、人（《和李世荣韵》《再用其韵》），伦、臣、民、人（《和百拙禅师韵》），轮、身、人（《和王君玉韵》），春、新、钧、申、人（《和李世荣韵》《再用其韵》），钧、仁、新、春、身（《和解天秀韵》），真、迩、滨、频（《醉义歌》），宸、亲、均、春、新（《次云卿见赠》），宸、尘、人、春（《继柏岩大禅师韵》），尘、春、人（《付从究》），臣、纯、纶、绅、仁、循、尘、人、身、春、彬、陈、民、均、真、亲、神、伦、诜（《再赓仲祥韵寄之》），亲、民、春、人（《送完颜奏差行》），春、宸、神、人、驯（《春日即事》），新、人、频、春（《读新乐府集》），新、春、尘、榛（《穷庐篇》），贫、春、人、新、均（《立春二首·其一》），频、津、翚、醇、新（《侯家》），尘、滨、春、神、宸（《春梅》），神、真、轮、人、春（《咏阮》），春、人（《题西山早梅扇头钱柜》），尘、人、春（《桃源·其二》）。

真文：真、闻、君（《观唐太宗像》），人、闻、云（《明妃·其二》），真、云、文（《题织成双禽》）。

真谆文：君、钧、滨、寅、新（《和李德修韵》），分、茵、新、春、尘（《忆双溪》），云、春、人（《戏赠隐士刘仲明》），闻、春、人（《纪归梦二首·其一》）。

真谆魂：尊、仑、人、春（《西园仙居亭对雪命酒作白雪唯》）。

文魂痕：文、恩、阍、昆（《德新先生惠然见寄佳制二十韵和而谢之》），云、痕、昏、存、门（《炀帝故宫》），纷、根、孙（《听琵琶·其一》）。

痕魂：浑、吞、孙（《过云中和张伯坚韵》），门、痕、魂（《梅溪十咏·其四》），根、坤、昏、门（《居庸关》），门、魂、恩、坤、尊（《读甲子改元诏因叙怀留别诸相》），昏、痕、门、尊、村（《游奉圣州龙岩寺》），痕、昏、根（《烧桃树根》），孙、存、根（《圆福院竹甚茂盛幽都一郡所未有起上人云原有桃树百本余悉去之始植此君因为之赋》），根、坤、昏、门（《居庸关》），痕、昏、存、门（《炀帝故宫》）。

[-ŋ] 与 [-ŋ]

冬钟：封、慵、容、冬（《冬日即事》）。

东钟：东、中、蓬、钟、蓬（《再过西域山城驿》），空、溶、浓（《再用前韵》），空、溶、浓（《过济源登裴公亭用闲闲老人韵四绝》），东、龙、中（《扈从羽猎》），公、风、衷、终、镕、空、功、锋、通、中、熊、嵩、童、聪、庸、容、雄、逢、隆、从、忠、工、冲、龙、矇、同、封（《兰仲文寄诗二十六韵勉和以谢之》）、缝、冯、穷、终、翁、空、踪、松、逢（《祭侄女淑卿文》），龙、中、功、雄、风（《和太原元大举韵》），丰、空、宫（《太原修夫子庙疏》），锋、功、中（《制胜乐辞》），龙、笼、功（《烛龙》），中、冲、重（《征不庭》），风、锋、封（《析木台》），锋、空、弓（《高阙》），龙、穷、冲、庸（《次韵赵德载大监饯行》），重、松、中（《松声行》），冲、锋、龙、封（《平南将》），重、风、龙、空、峰（《夜宴壶天园》），东、重、痛、重、梦（《送张敬叔》），龙、同、翁（《次赵虎岩诗韵》）。

东钟冬：穷、翁、中、农、龙（《赠蒲察元帅·其一》），宗、风、从、通、胸、嵩、聪、宫、躬（《祭侄女淑卿文》），淙、重、松、中（《松声行》）。

庚清：名、成、平、清、情（《过阴山和人韵·其四》），营、声、惊、轻、情（《用李德恒韵寄景贤》），声、横、生、城、京（《思友人》），城、声、生、名（《释奠》），声、兄、行、卿、名（《赠贾非熊抟霄一首》），名、卿、城、荣、生（《和武川严亚之见寄五首·其二》），京、明、情、行、卿（《和邦瑞韵送奉使之江表》），城、情、名、明、声（《庚辰西域清明》），城、程、明、情（《壬午西域河中游春·其一》），城、程、明、情（《壬午西域河中游春·其二》），声、程、明、情（《壬午西域河中游春·其三》），青、程、明、情（《壬午西域河中游春·其四》），青、程、明、情（《壬午西域河中游春·其五》），青、程、明、情（《壬午西域河中游春·其六》），兄、程、明、情（《壬午西域河中游春·其七》），生、程、明、情（《壬午西域河中游春·其八》），名、程、明、情（《壬午西域河中游春·其十》），鸣、明、行、城、情、程（《和冲霄韵·其一》），惊、生、情、明（《和冲霄韵·其二》），惊、行、程、声、生（《和冲霄韵·其四》），倾、粳、生、程（《西域河中十咏·其六》），明、行、轻、城（《乞车》），成、声、情、明（《和郑景贤韵》），明、生、情、城、生（《寄武川摩诃院圆明老人·其一》），明、生、情、城、生（《寄武川摩诃院圆明老人·其二》），明、生、情、城、生（《寄武川摩诃院圆明老人·其三》），明、生、情、城、生（《寄武川摩诃院圆明老人·其四》），明、生、情、城、生（《寄武川摩诃院圆明老人·其五》），生、成、荣（《和高冲霄·其二》），平、声、兵（《过济源登裴公亭用闲闲老人韵四绝·其四》），平、声、兵（《复用前韵》），声、兵（《再用前韵》），城、生、名、轻、檠（《继宋德懋韵·其三》），兵、成、惊（《和董彦才东坡铁杖诗二十韵》），卿、缨、京、贞、城（《和冯扬善韵》），成、声、生（《弹秋水》），名、平、行、声、程（《送冯赟》），倾、行、赓、情、迎（《送韩浩然》），平、情、晴、生、轻（《寄尹仲明兼简卢进之》），英、清、诚、明、情（《呈鹏南学士》），鸣、惊、盈（《放雁词》），清、惊、生、声、情（《听琴》），晴、清、明、情、声（《伤古城次友人韵》），平、庚、倾、兵、名（《战三封》），更、声、鸣（《终夕风雨早起书待旦斋壁》），晴、明（《七夕》）。

庚清耕：城、名、耕、生（《西域河中十咏·其五》），名、萌、兵、城、惊（《除戎堂二首·其一》），声、名、铿、争、评、贞、明（《题万寿寺碑阴》），惊、明、萌、情、行（《三月和林道中未见草萌》），明、晴、莺（《又春日即事》），明、晴、莺（《春日即事》）。

清青：营、溟、庭（《还绨丝》），溟、清、声（《柔服》），庭、情、经、名、亭（《独醉亭》），净、泠、劲（《摘阮行呈吕西冈》），震、铭、城（《醉吟斋铭》），声、庭、铭（《赠御史》）。

庚清青：庭、名、惊、清（《过天城和靳泽民韵》），龄、程、明、情（《壬午西域河中游春·其九》），醒、清、行、情、生（《和李茂才

第六章　韵谱

寄景贤韵》），腥、诚、城、倾、铭、行、盈、聆（《题万寿寺碑阴》）、庭、生、城（《下龙庭》），庭、京、情、行、生（《送米君周还镇阳》），声、青、明、汀（《放雁词》），庭、行、情（《送杨子阳南还》），平、青、行、星、声（《猎北平射虎》），零、荣、诚（《灵州客舍春日寓怀》），庭、京、情、行、生（《送米君周还镇阳》），平、青、行、星、声（《猎北平射虎》）。

清庚蒸：京、名、鹰、明（《过白登和李振之韵》），城、行、冰、明、情（《辛巳闰月西域山城值雨》），庭、明、鹰、名（《张汉臣因入觐索诗》），净、镜、莹、咏、兴（《十四夜月》），蒸、生、城、情、清（《寓历亭》）。

清青庚登耕：城、名、成、精、经、清、盈、鲸、明、形、横、声、铿、鸣、荧、星、灯、盲、铭（《旦日示从同仍简忘忧》）。

阳唐：强、忙、阳、光、长、章、刚、黄、昂、纲、良、疆、方、王、忘、霜、昌、祥、戎、荒（《和李世荣韵》），常、惶、象、丈（《过阴山和人韵》），常、惶、象、丈（《再用前韵》），常、惶、象、丈（《复用前韵唱玄》），常、惶、象、丈（《用前韵送王君玉西征二首·其一》），常、惶、象、丈（《用前韵感事二首·其一》），长、藏、香、芳、扬（《又和橙子梅韵》），忘、苍、囊、妨、方（《和李邦瑞韵》），堂、常、脏、藏、方（《从圣安澄老借书》），郎、仿、方、堂、乡（《祝忘忧居士寿》），觞、堂、霜、香、忘（《赠蒲察元帅·其三》），忘、尝、长、黄、梁（《是日驿中作穷春盘》），阳、乡、黄、光、肠（《戏作·其一》），强、杭、香、商、乡（《戏作·其二》），商、忘、郎（《和景贤又四绝·其一》），凉、光、霜、阳（《武善夫韵·其二》），墙、香、忙（《咏探春花用高冲霄韵》），堂、装、尝（《和请住东堂疏韵》），茫、乡、尝（《戏陈秀玉》），香、忘、长、当、方（《从龙溪乞西岩香并方》），藏、香、量、扬、张、浪、铓、望、

元代少数民族作家汉文诗歌的用韵特点

臧、商、梁、忙、伤、王、良、场、翔、光、攘、霜、将、当、疆、狼、行、亡、傍、苍、凉、徨、装、肠、章、康、长、伥、肓、囊、尝、洋、忘、床、房、详、茫、阳、芳、狂、常、裳、昂、遑、浆、粮、刚、荒、强、方、糠、乡、唐、央、堂、墙、妨、惶、黄、羊、隍、郎（《和张敏之诗七十韵三首·其一》），藏、香、量、扬、张、浪、铓、望、臧、商、梁、忙、伤、王、良、场、翔、光、攘、霜、将、当、疆、狼、行、亡、傍、苍、凉、徨、装、肠、章、康、长、伥、肓、囊、尝、洋、忘、床、房、详、茫、阳、芳、狂、常、裳、昂、遑、浆、粮、刚、荒、强、方、糠、乡、唐、央、堂、墙、妨、惶、黄、羊、隍、郎（《再用张敏之韵》），藏、香、量、扬、张、浪、铓、望、臧、商、梁、忙、伤、王、良、场、翔、光、攘、霜、将、当、疆、狼、行、亡、傍、苍、凉、徨、装、肠、章、康、长、伥、肓、囊、尝、洋、忘、床、房、详、茫、阳、芳、狂、常、裳、昂、遑、浆、粮、刚、荒、强、方、糠、乡、唐、央、堂、墙、妨、惶、黄、羊、隍、郎（《读唐史有感复继张敏之韵颇有脂粉气息迁就声韵故也呵呵》），霜、黄、行、乡、香（《和王正夫韵》），强、忙、阳、光、长、章、刚、黄、昂、纲、良、疆、方、王、亡、霜、昌、祥、戕、荒（《再和世荣二十韵寄薛玄之》），傍、坊、庠、纲、房、香、章、梁、璋、糠、皇、殭、芳、扬、忙、商、煌、徨、苍、桑、羊、鹢、穰、粮、塘、舫、杭、浪、妆、浆、倡、裳、隍、量、藏、瓢、筐、糖、乡、忘、堂、廊、场、锵、行、唐、遑、汤、囊、惶、凰、滂、郎、肠、茫、妨、方、梁、箱、铓、如、枪、长、伤、疆、戕、亡、阳、殃、祥、详、王、黄、刚、狼、航、凉、姜、当、强、榔、张、昂、疡、狂、仓、央、昌、臧、康、荒、防、墙、霜、霜、床、良、光、冈（《赠高善长一百韵》），獐、狼（《和董彦才东坡铁杖诗二十韵》），让、当（《请文公庵主住王山开堂出世疏》），昌、良、樟、苍、王、阳、

328

廊、长、纲、航、康、方、忘、璋、光、强、行、裳、戕、亡、襄、堂、将、荒、扬、芳、囊、翔、当、藏、骧、伤、倡、霜、疆、梁、滂、商、量、乡（《云汉远寄新诗四十韵因和而谢之》），场、苍、量（《赵州柏树颂》），乡、光（《眩霜》），荡、上、惝（《漆城谣》），舫、苍（《谨上尊大人领省》），乡、茫、阳、霜（《泛太液池》），光、凉、裳、浆、妆、珰、肠、霜、黄、香、伤、祥（《采荷调》），凉、长、忙（《家园即事》），芳、堂、香（《蘅薄》），长、簧、强（《西园席上调元子不至》），黄、塘、场（《寒食日见花开》），堂、长、香、光、妆（《双头牡丹》），王、香、当（《题与牡丹同名芍药》），芳、郎（《冬日桃花同诸公赋》），央、忙、香（《惜花御史》）。

蒸登：冰、鹏、凭、成（《过闾居河·其一》），称、冰、鹏、凭、成（《过闾居河·其二》），称、冰、鹏、凭、成（《过闾居河·其三》），称、冰、鹏、凭、成（《过闾居河·其四》），棚、僧、陵、腾、鹰（《读汉书偶成寄李稚川》）。

清蒸登：情、绳、陵、腾、灯（《因读史偶成即书》）。

清青蒸：青、征、鹰（《过北村》）。

3. 入声韵与入声韵

［-t］与［-t］

屑薛：铁、雪（《和孟驾之韵》），雪、铁（《过阴山和人韵》《再用前韵》《复用前韵唱玄》《用前韵送王君玉西征二首·其一》《用前韵感事二首·其一》），雪、血（《扈从羽猎》），裂、铁、血、节、拙、杰、劣、绝、挈、灭、哲、设、契、雪、薛、舌、垤、阕、别、跌（《和董彦才东坡铁杖诗二十韵》）。

月屑薛：血、发、月、诀、雪（《哭尊大人领省》）。

［-k］与［-k］

药铎：略、索、漠、昨、烁、乐、薄、落、霍、雀、鹨、壑（《和移剌继先韵三首·其二》），铄、博（《和南质张学士敏之见赠七首·其一》），粕、却（《和孟驾之韵》），洛、约（《送玄之》）。

职德：北、力、德（《万寿寺创建厨室上梁文》），北、色、国（《和林城建行宫上梁文》）。

昔锡：尺、寂（《过阴山和人韵》《再用前韵》《复用前韵唱玄》《用前韵送王君玉西征二首·其二》《用前韵感事二首·其二》）。

昔陌麦：石、隙、隔、迹（《醉义歌》），尺、帛、积、赫、客、昔、格、责、隔、额、迹、宅、弈、骼、夕、摭、翮、谪、益、石（《子铸生朝润之以诗为寿予因继其韵以遗之》），役、驿、获、吓、石、索、虢、责、迹、碧、昔、积、惜、窄、籍、策、革、划、辟、客（《和裴子法见寄》）。

屋烛：目、玉（《和陈秀玉绵梨诗韵》），屋、曲、菊、速（《醉义歌》），菊、目、速、独、宿、绿、竹、鹿、局、熟、曲、玉（《送友人还燕然》），腹、曲、瀑、玉、哭（《摘阮行呈吕西冈》），六、曲、玉（《白云谣》）。

屋烛沃觉：竹、笃、录、束、逐、叔、曲、熟、目、玉、哭、木、福、沃、促、穆、速、服、菊、谷、局、梏、毒、屋、粟、肉（《冬夜弹琴颇有所得乱道拙语三十韵以遗犹子兰》）。

［-t］与［-p］

薛屑业月：竭、阕、雪、劫、月（《上云乐》）。

薛屑帖质：洁、铁、叶、咽、绝、雪、节、别（《送胡寿卿南归》）。

业叶帖薛屑月：业、妾、叶、澈、切、列、截、烈、杰、窃、哲、竭、胁、辙、劣、碣、灭、孽、决、节、摄、悦、接、折、雪、裂、阙、越、怯、舌、绝、楫、谒、捷、帖、设、折、歇、劫、月（《述实录》）。

［-p］与［-k］

锡缉昔职陌麦铎德：役、益、尺、奕、息、夕、百、拍、帛、戚、掷、立、笠、柏、涩、急、的、吸、雳、泣、貊、窄、褐、获、客、及、席、白、迹、璧、惜、格、昔、翕、绎、策、驿、隙、得、隔、逆、贼、侧（《弹广陵散终日而成因赋诗五十韵》）。

第六节 白族诗文韵谱

一 近体诗

（一）独用

1. 阴声韵（无）

2. 阳声韵（无）

（二）合韵

1. 阴声韵与阴声韵

模虞：符、吾、图、无、吾（《寄梁王诗》）。

2. 阳声韵与阳声韵

[-n] 与 [-n]

桓山：关、间、潺（《械送京师临行别故人梁朝彦》）。

二 古体诗

（一）独用

1. 阴声韵

鱼部：絮、去（《闻生子诗》）。

2. 阳声韵

[-ŋ]

钟部：峰、容、重、松、龙（《元世祖陟玩春山纪兴》），胸、重、逢（《别段宝诗》）。

　　东部：红、东（《别段宝诗》）。

　　3. 入声韵

　　［-k］

　　昔部：赤、怿、昔（《闻生子诗》）。

（二）合韵

1. 阴声韵与阴声韵

　　齐微支：闺、衣、菲、移、低（《别段宝诗》）。

2. 阳声韵与阳声韵

　　［-n］与［-n］

　　魂文痕：昏、云、痕、纷、分（《春日白崖道中》）。

　　桓寒：桓、残、寒、难、宽（《致傅友德沐英诗》）。

　　［-ŋ］与［-ŋ］

　　清庚：城、声、明、清、平（《凯旋诗》）。

第七节　党项族诗文韵谱

一　近体诗

（一）独用

1. 阴声韵

　　歌部：莪、娥、萝、歌、何（《凌孝女诗》）。

　　之部：意、辞、丝、祠、诗（《送李伯寔下第还江西》），知、时（《题果啰罗易之鄞江送别图》）。

　　尤部：柔、州、流（《别樊时中》）。

　　哈部：开、台、埃（《湖光山色楼》），栽、开（《咏井上桃花》）。

宵部：招、遥、饶、樵（《春暮约鲁客游雁湖》）。

鱼部：书、余（《夜雨》），庐、书、菹、舒（《谢尧章妻挽歌》），疏、初（《古长信秋词二首·其一》）。

微部：衣、微、飞（《赠山中道士善琴》），归、衣、飞（《南归偶书·其二》），晖、飞、微、威（《送李好古之南台御史》），翠、霏、围、扉、归（《题果啰罗易之四明山水图》），騑、衣、微、飞（《送王其用随州省亲》），衣、微、飞（《赠山中道士善琴》）。

齐部：迷、低、溪、凄（《山房秋夜寄鲁客》），携、低、啼（《别樊时中廉使》），题、堤、啼、栖（《和完学士晚出丽正门》），低、西（《昆明池乐歌二首·其一》）。

模部：孤、湖、姑（《题西湖竹枝词》）。

2. 阳声韵

[-m]

盐部：纤、帘、盐（《李白玩月图》）。

侵部：深、岑、心（《游雁湖》），岑、林、心、深、音（《至夕值月上闻梵声泠然有出尘之想》），沉、禽、深、阴、心（《赋得巨野泽送宋显夫佥事之南山》），深、沉、金（《古长信秋词二首·其二》）。

[-n]

文部：熏、云、芬、君（《有所思》），醺、云、分、闻、君（《送孙士元越州经历》）。

真部：辰、尘、真、邻（《饮散答卢使君》），身、贫、榛、巾、仁（《拟古〈赠杨沛〉》），宾、裀、珍、新、尘、陈、因（《安南王留宴》）。

山部：山、间（《昆明池乐歌二首·其二》）。

寒部：寒、阑、看（《题光禄主事虎仲桓海棠图》）。

仙部：虔、传、船、然（《送唐子华嘉兴照磨》）。

333

[-ŋ]

青部：江、青（《晚宿杨舟中怀鲁客》），零、灵、铭（《宋祭酒挽歌·其一》），音、今、深、阴（《宋祭酒挽歌·其二》）。

阳部：方、凉、阳、香、霜（《登太平寺次韵董宪副》），上、唱（《题溪楼》）。

清部：城、程、情（《南归偶书·其一》）。

东部：中、功、桐、蒙（《赋得君子泉送彭公权为黄州教》），宫、中、红、终（《宴晴江山拱北楼》），空、桐、中、终、葱（《大别山柏树》），红、虹、蓬、中（《题周伯宁画》），弓、宫、匆、中（《夜坐和成太常·其一》），中、功、桐、蒙（《赋得君子泉送彭公权为黄州教授》），功、东、终、弓、同（《送国王朵儿只就国》），通、童、宫、峒、风、昽、鸿、终（《琼林台为薛玄卿赋》）。

江部：江、窗、缸、庞（《送张有恒赴安庆郡经历》）。

3. 入声韵（无）

（二）合韵

1. 阴声韵与阴声韵

鱼模：处、图、梧、炉、胡（《压雪轩》）。

支微：垂、骓、衣、微、飞（《送王其用随州省亲》）。

2. 阳声韵与阳声韵

[-n] 与 [-n]

真谆：春、唇、人（《题红梅翠竹图》）。

寒山：兰、闲、湲、间（《题叶氏四爱堂三首·其一》）。

桓寒：例：汉、烂、散、乱、欢、翰、粲、算（《八月十一夜直省中》）。

[-ŋ] 与 [-ŋ]

阳唐：荒、伤、阳（《题画葵花》），香、苍、凰（《题柯博士

334

墨竹》)。

东钟：龙、中、洪（《扬州客舍》）。

江阳：嶂、江、窗、缸、庞（《送张有恒赴安庆郡经历》）。

二　古体诗

（一）独用

1. 阴声韵

哈部：台、开（《姑苏台送友人之京师》），材、开、台、哉、来（《黄鹤楼》）。

宵部：翘、遥、霄、飘、娇（《待制张廷美姑阿庆诗》）。

尤部：柳、手（《乐府二章送吴景凉·其一》），羞、留、游（《秋兴亭》），游、流（《先天观》）。

鱼部：豫、去（《先天观》）。

微部：归、依（《十二月乐词·一月》）。

2. 阳声韵

[-n]

仙部：钱、传（《夜坐和成太常·其二》）。

文部：纷、文、熏（《送刘伯温之江西廉使得云字》），氛、分、纹、军（《题峨眉亭》）。

[-m]

侵部：沉、音、吟（《会故人程民同》），沉、深、阴、心（《赋得巨野泽送宋显夫金事之南山》），沈、岑、林、吟、浮、心（《题黄河清艮岑幽居》）。

[-ŋ]

阳部：香、赏、怅、肠（《十二月乐词·三月》），上、唱

(《题溪楼溪》)。

钟部：重、峰（《先天观》）。

3. 入声韵

[-k]

屋部：伏、谷、木（《虎丘山送友人》）。

[-t]

质部：室、唧、密（《芝云堂以蓝田日暖玉生烟分韵得日字》）。

(二) 合韵

1. 阴声韵与阴声韵

尤侯：悠、楼（《寄陈仲实》），楼、州、愁、母（《可惜吟》），流、楼、秋、舟、俦、羞、留、游（《秋兴亭》），求、丘、俦、流、周、楼、游、愁、谋（《题施氏西屿书堂》），稠、愁、头（《春日有怀柯博士二首·其二》），楼、头、浮、裘、留（《送客赋得城上鸟》）。

尤侯幽：楼、缪、秋、流（《送高起文归越兼柬陈伯昂、王梦强·其一》），幽、洲、流、楼（《吕公亭》），流、洲、幽、裘、侯（《送王开赴泗州行捕提举》）。

模虞鱼：与、渚、屡、吐、古（《友渔樵者诗为林伯景赋》），涂、疏、驱、吾（《送霍维肃令尹》），图、居、初、无（《题段吉甫助教别墅图》）。

虞鱼：墟、余、渠、书、隅、鱼、娱、初（《兰亭》），初、渠、隅、居、书、鱼（《送黄绍及第归江西》），如、虚、芜、书（《南山赠隐者》），书、车、居、蹰（《送周学士赴上都》）。

模鱼：橹、语、俎、绪（《送张文焕安定山长》），弧、渠（《送方叔高赋得长安道》）。

支脂：披、期、为（《山亭会琴图》），枝、迟（《题红葵蛱蝶图》），水、被、迟（《十二月乐词·一月》）。

之脂：死、子、耻（《自决》）。

之脂支：时、悲、宜、为、诗（《与和仲古心饮酒分得诗字》），谁、丝、碑、离（《葛编修挽歌》），思、帷、知、篱（《祝蕃远经历挽诗》），水、尔、纪、死、已、起、喜、旨、祉、理、此、子（《奉和旨南上人喜雨之什叔良虽不作诗不妨一观也》），谁、丝、碑、篱（《葛编修挽歌〈景光〉》），驰、陲、帷、时（《送孙教授》），眉、谁、时、离（《赋得蛾眉亭送王德常御史赴南台》）。

微之支：枝、飞、期、衣（《乐府二章送吴景凉·其一》）。

微脂灰：飞、水、辔、媒（《十二月乐词·闰月》）。

宵萧：条、萧、桥（《赠澄上人》），遥、桥、桡、雕（《赋得九里松送吴元振之江浙左丞》）。

歌戈：波、何、过、多、歌（《山居喜刘子中见过》），波、多、歌、何（《雨中过长沙湖》），多、波、过、河（《秋雨夜坐》）。

泰咍：裁、开、盖、莱（《十二月乐词·六月》）。

麻佳：家、涯、赊（《途中》）。

2. 阳声韵与阳声韵

［-n］与［-n］

寒山：间、干、兰、看（《嘉树轩〈为胡士恭作〉》）。

寒桓：阑、难、欢、安（《安庆郡庠后亭宴董金事》）。

寒删山：颜、寒、残、山、看（《玉雪坡〈为周伯温赋〉》），汉、残、颜、干、间、环、山、阑、难、安、澜、关（《安庆郡庠后亭燕董金事〈亭名天开图画〉》）。

删山：山、还（《题段应奉山水图·其一》）。

先仙：前、钱、全、烟、年（《赈宁陵》），莲、船、妍、传、边、旋（《乐府二章送吴景凉·其二》），天、悬、全、筵、仙（《送普原理之南台御史兼简察士安》），旃、泉、钱、边（《送危应奉分院上京》），甸、蒨、见、善、县、研、转、偏、羡（《杨平章崇德楼》），廛、前、虔、年（《长安陌》），天、圆、烟、弦、前、妍、篇、然（《赋得琵琶峰送人降香龙虎山》），天、悬、全、筵、仙（《送普原理之南台御史兼东察士安》），旃、泉、钱、边（《送危应奉分院上京》），渊、前、悬、然、泉、篇（《送观至能赴归德知府》），县、千、鲜、旃、妍、年、怜、年、前、埏、绵、宣、连（《九日宴盛唐门》），川、弦、迁、旋、年（《三月廿九日郡庠后亭燕卢启先金事》），甸、蒨、见、善、县、妍、转、偏、羡（《杨平章崇德楼》），廛、前、虔、年（《长安陌》），然、禅、泉、边（《游山谷寺》），边、船、贤、眠（《题西湖亭子寄徐复初检校》）。

山仙：山、间、还（《虎丘山送友人》）。

先仙寒：溅、涓、剪、练、干（《十二月乐词·七月》）。

山仙寒：间、山、还、兰（《汪尚书夫人挽诗》）。

先仙山：翩、山、弦、泉、川、玄（《龙丘袤吟赠程子正》），悬、鲜、山、旃、妍、年、前、埏、绵、宣、连（《九日宴盛唐门》），山、莲、妍、筵、泉、弦、牵、年（《云松楼》），山、莲、妍、筵、泉、弦、牵、年（《云松栖》），莲、闲、捐、年（《题叶氏四爱堂三首·其二》）。

真文：云、新、津、人（《四见亭》）。

文魂：门、分、昆、温、敦、论、芬、孙（《美浦江郑氏义门》），损、困、裩（《十二月乐词·二月》）。

魂痕：存、恩（《自决》）。

真谆：秦、轮、津、人（《赋得慈恩寺塔送李惟中赴西台侍御》），辛、春（《可惜吟》），旻、轮、闽、振、津、陈、人（《八月十五日处州分司对月》）。

真谆痕：鳞、伦、津、辰、垠、人（《鹤斋〈为薛茂弘道士赋〉》）。

文欣：氛、云、君、芹（《大口迎驾和观应奉韵·其一》），分、

第六章 韵谱

闻、欣（《大口迎驾和观应奉韵·其二》），纷、文、熏、殷、群、氛、云、分、勤、君（《送刘伯温之江西廉使〈得云字〉》）。

[-m] 与 [-m]

覃谈：毵、酣、南（《贾治安骑驴图》）。

[-ŋ] 与 [-ŋ]

东钟：葱、桐、涌、重、蓉（《十二月乐词·九月》），茏、红、空、中（《绝尘轩》），丽、丰、同、松、虹、嗊、工、宫、风（《题虞邵庵送别图》）。

庚耕：京、氓、牲、行（《伯九德兴学诗》）。

庚清：倾、平、城、横、情（《过化剑津有感》），菁、清、生（《题刘氏听雪楼》），缨、明、卿、声、行、营、情（《送方以愚之嘉兴推官》），横、成、明（《寄题环秀亭〈五祖寺〉》），征、行、旌、声、城、京、名、情（《七哀》），净、镜、性（《寄题湖口方氏木齐》），生、惊、英、清、情（《有怀玉文堂》）。

庚清耕：行、生、轻、耕、瀛（《和鲁客见寄韵》），缨、明、城、声、楹、筝、生（《白马谁家子》）。

庚清青：倾、明、冷、静、成（《十二月乐词·十月》），岭、鼎、笙、成（《先天观》）。

庚清耕青：形、城、旌、经、冥、荣、声、耕、精、明、兵（《自集贤岭入大龙山》）。

阳唐：王、梁、障、塘、张、床、霜、香、房、望、羊（《天门山〈保宁知府杨丹梓人作记〉》），阳、冈、霜、房、涨、舫、常、行、康（《九日鄂渚登高》），隍、茫、长、香、章（《竹屿》），芳、藏、房、霜（《祯祥菊〈为实喇卜院使赋〉》），霜、乡、光、苍、扬、行、芳、阳（《送胥式南还》），茫、行、荒、藏、床（《宋显夫学士挽诗》），霜、亡、堂、章、张、珰、芒、康、忘、行、荒、阳、芳、伤（《马伯庸中丞哀诗》)、横、方、杨、章、张、伤、康、疆、桑、行、傍、光、床(《送康上人往三城》)、翔、藏、霜、乡(《赋得春雁送司执中江西宪幕》)、皇、常、章、黄、堂(《郊祀庆成》)、凉、装、廊(《吴王纳凉图》)。

3. 入声韵与入声韵

[-t] 与 [-t]

薛月：阙、绝、别(《柯博士赋》)。

第八节　女真族诗文韵谱

一　近体诗

(一) 独用

1. 阴声韵

微部：衣、玑、非(《题公益答孙鲁斋帖》)。

2. 阳声韵(无)

3. 入声韵(无)

(二) 合韵

阳声韵与阳声韵

[-n] 与 [-n]

先仙：天、贤、川、泉、编(《晋祠·其一》)。

寒山：山、看、坛、丹、鞍(《苏山》)。

[-ŋ] 与 [-ŋ]

阳唐：香、疆、霜、浪、阳(《晋祠·其二》)。

钟冬：松、容、封、农、龙(《晋祠·其三》)。

钟东：埔、空、胸、红、重(《题德风新亭》)。

清庚蒸：横、敬、政、称、并、命、庆、兴、孟、行（《题卢贤母卷》）。

二 古体诗

（一）独用

1. 阴声韵

哈部：埃、开、来（《春日杂咏》）。

微部：微、依（《御宿行》）。

鱼部：处、去（《阅故唐宫》）。

2. 阳声韵

阳部：香、凉（《阅故唐宫》）。

3. 入声韵（无）

（二）合韵

1. 阴声韵与阴声韵

尤侯：州、流、楼、舟（《双清秋月·其一》），秋、头、流、牛、愁（《双清秋月·其二》），游、喉、丘、洲（《郴江》），收、洲、讴、手、眸、州、游、流（《蟾宫曲·咏西湖》）。

微脂：微、飞、归、衣、闱、辉、威、巍、晖、讥、围、扉、挥、菲、徽、薇、依、几、非、靰、骓、希、矶、腓、圻、稀、霏、晞、稀、霏、晞、机、歍（《范坟诗》）。

脂之支微：翠、炽、邃、气、弃、义、治、遂、祟、意、畏、避、辔、愧（《题周孝侯庙》）。

之支：熙、宜（《南镇庙颂》）。

脂之：水、熙（《御宿行》），迟、期、利、水（《一枝花·远归》）。

戈歌：波、戈、河（《阅故唐宫》）。

模虞：主、古（《阅故唐宫》）。

2. 阳声韵与阳声韵

[－n] 与 [－n]

先仙：川、先、天、干、前、埏、田、年（《南镇庙颂》）。

[－ŋ] 与 [－ŋ]

阳唐：铓、堂（《题周公益墨迹》），茫、香、妆、舫、簧、香、康、堂、杭（《太常引》）。

参考文献

爱宕松男：《契丹古代史研究》，内蒙古人民出版社2014年版。

《白族简史》编写组：《白族简史》，云南人民出版社1988年版。

白·特木尔巴根：《中国蒙古族作家传》，内蒙古人民出版社1986年版。

白朝晖：《萨都剌生年新考》，《古籍整理研究学刊》1999年第2期。

白·特木尔巴根：《论古代蒙古作家汉文创作的文献特点和庋藏形式》，《内蒙古大学学报》（人文社会科学版）1999年第3期。

白·特木尔巴根：《论古代蒙古族作家汉文创作的社会历史背景》，《内蒙古师大学报》（哲学社会科学版）1999年第6期。

白·特木尔巴根：《清代蒙古族作家博明生平事迹考略》，《民族文学研究》2002年第2期。

白·特木尔巴根：《元代诗坛巨匠萨都剌族属考略》，《内蒙古师范大学学报》（哲学社会科学版）2002年第4期。

白·特木尔巴根：《古代蒙古作家汉文创作考》，内蒙古教育出版社2002年版。

白寿彝：《中国回回民族史》，中华书局2003年版。

包晓华：《论元代蒙古族汉文创作中的民族文化情结》，《内蒙古民族大学》（社会科学版）2010年第5期。

陈垣:《元西域人华化考》,上海古籍出版社 1934 年版。

陈衍:《元诗纪事》,上海古籍出版社 1987 年版。

陈书龙:《中国古代少数民族诗词曲评注》,武汉出版社 1989 年版。

陈年高:《近代汉语语音研究简史》,吉林人民出版社 2005 年版。

崔彦:《〈全金诗〉韵部研究》,大连出版社 2011 年版。

邓兴峰:《升庵词用韵考》,《南昌职业技术师范学院学报》1997 年第 1 期。

邓绍基:《金元诗选》,人民文学出版社 2005 年版。

邓绍基、杨镰:《中国文学家大辞典——辽金元卷》,中华书局 2006 年版。

(元)丁鹤年撰,戴稷编次:《〈丁鹤年集〉附录校讹》,中华书局 1985 年版。

(元)丁鹤年:《丁鹤年集》,商务印书馆 1937 年版。

丁一清:《回族文学史》,民族出版社 2015 年版。

杜爱英:《北宋江西诗人用韵研究》,博士学位论文,南京大学,1998 年。

杜爱英:《"临川四梦"用韵考》,《古汉语研究》2001 年第 1 期。

段海蓉:《萨都剌籍贯新考》,《新疆大学学报》(哲学·人文社会科学版)2011 年第 5 期。

段海蓉:《萨都剌文献考辨》,新疆人民出版社 2012 年版。

多洛肯:《元明清少数民族汉语文创作诗文叙录》(元明卷),中国社会科学出版社 2014 年版。

冯继钦、孟古托力、黄凤岐:《契丹族文化史》,黑龙江人民出版社 1994 年版。

冯蒸:《〈尔雅音图〉音注所反映的宋代知庄章三组声母演变》,《汉字文化》1994 年第 3 期。

冯蒸:《冯蒸音韵论集》,学苑出版社 2006 年版。

傅丽:《白族古代汉文诗歌韵脚字的语音研究》,硕士学位论文,云南民族大学,2015 年。

高人雄：《古代少数民族诗词曲家研究》，民族出版社2003年版。

耿振生：《近代官话语音研究》，语文出版社2007年版。

耿军：《元代汉语音系研究——以〈中原音韵〉音系为中心》，中国对外翻译出版公司2013年版。

（清）顾嗣立：《元诗选初集》，中华书局1987年版。

（清）顾嗣立：《元诗选二集》，中华书局1987年版。

（清）顾嗣立、席世臣：《元诗选癸集》，中华书局2001年版。

（清）顾嗣立：《元诗选三集》，中华书局2002年版。

桂栖鹏：《元代蒙古族状元拜住事迹考略》，《浙江师范大学学报》（社会科学版）1997年第3期。

郭亚宾：《耶律楚材诗歌特质论》，硕士学位论文，河北大学，2002年。

韩荫晟：《党项与西夏资料汇编》，宁夏人民出版社2000年版。

何光岳：《女真源流史》，江西教育出版社2004年版。

胡蓉：《元代少数民族诗人耶律楚材、萨都剌诗歌用韵研究》，硕士学位论文，重庆师范大学，2005年。

黄谦：《汇音妙语》，上海书局1905年版。

蒋绍愚：《近代汉语研究概况》，北京大学出版社1994年版。

蒋冀骋：《近代汉语音韵研究》，湖南师范大学出版社1997年版。

蒋冀骋、吴福祥：《近代汉语纲要》，湖南教育出版社1997年版。

黎新第：《南方系官话方言的提出及其在宋元时期的语音特点》，《重庆师院学报》（哲学社会科学版）1995年第1期。

李锡厚：《辽金时期契丹及女真族社会性质的演变》，《历史研究》1994年第5期。

李葆嘉：《汉语起源与演化模式研究》，黑龙江教育出版社2002年版。

李立成：《元代汉语音系的比较研究》，外文出版社2002年版。

李言：《马祖常家世考》，《民族文学研究》2006年第2期。

李无未、李红：《宋元吉安方音研究》，中华书局 2008 年版。

廖才仪：《〈全台诗〉用韵研究——以清领时期（1683—1895）台湾本土文人为对象》，博士学位论文，台湾中山大学，2010 年。

林端：《历代诗韵沿革：外一篇》，新疆人民出版社 2004 年版。

刘浦江：《松漠之间辽金契丹女真史研究》，中华书局 2008 年版。

刘晓南：《宋代四川语音研究》，北京大学出版社 2012 年版。

陆志韦：《释〈中原音韵〉》，《燕京学报》1946 年第 31 期。

鲁国尧：《宋代辛弃疾等山东词人用韵考》，《南京大学学报》（哲学社会科学版）1979 年第 2 期。

鲁国尧：《鲁国尧语言学论文集》，江苏教育出版社 2003 年版。

罗常培：《中原音韵声类考》，《中研院历史语言研究所集刊》1932 年第 4 期。

罗贤佑：《元代民族史》，四川民族出版社 1996 年版。

罗贤佑：《中国历代民族史——元代民族史》，社会科学文献出版社 2007 年版。

（元）马祖常著，李叔毅点校：《石田先生文集》，中州古籍出版社 1991 年版。

麦耘：《隋代押韵材料的数理分析》，《语言研究》1999 年第 2 期。

门岿：《元代蒙古族及色目诗人考辨》，《文学遗产》1988 年第 5 期。

牧兰：《元代蒙古族汉文诗歌创作的社会历史背景》，《内蒙古民族大学》（社会科学版）2007 年第 3 期。

（元）乃贤著，叶爱欣校注：《乃贤集校注》，河南大学出版社 2012 年版。

宁继福：《古今韵会举要及相关韵书》，中华书局 1997 年版。

（清）钱熙彦：《元诗选补遗》，中华书局 2002 年版。

钱仲联等：《元明清诗鉴赏辞典》，上海辞书出版社 2002 年版。

荣苏赫、赵永铣：《蒙古族文学史》，内蒙古人民出版社 2000 年版。

钱毅：《魏源诗歌用韵研究》，《中南大学学报》（社会科学版）2014年第3期。

（元）萨都剌：《雁门集》，上海古籍出版社1982年版。

萨兆沩：《萨都剌考》，北京燕山出版社1997年版。

桑吉扎西：《中国少数民族文学》，商务印书馆1991年版。

尚衍斌：《元代畏兀儿研究》，民族出版社1999年版。

孙玉溱：《那逊兰保诗集三种》，内蒙古大学出版社1991年版。

（明）宋濂等：《元史》，中华书局1976年版。

王国维：《宋元戏曲考》，广西师范大学出版社1912年版。

王叔磐：《元代少数民族诗选》，内蒙古人民出版社1981年版。

王叔磐、孙玉溱：《古代蒙古族汉文诗选》，内蒙古人民出版社1984年版。

王力：《汉语语音史》，中国社会科学出版社1985年版。

王三北：《论蒙元时期蒙汉种族融合》，《甘肃社会科学》2001年第2期。

王红梅、杨富学：《敦煌与丝绸之路学术文丛 元代畏兀儿历史文化与文献研究》，甘肃教育出版社2015年版。

温斌：《民族文化交融与元代少数民族作家创作》，吉林大学出版社2015年版。

吴梅：《辽金元文学史》，商务印书馆1934年版。

鲜于煌：《中国历代少数民族汉文诗选》，民族出版社1988年版。

向丽频：《清代台南诗人施琼芳近体诗用韵考察》，《东海中文学报》2001年第13期。

谢秀岚：《汇集雅俗通十五音》，上海古籍出版社1996年版。

谢启晃等编著：《中国少数民族历史人物志》，民族出版社1989年版。

星汉、丹碧：《汉蒙合璧蒙古族古代诗词选》，新疆人民出版社2002年版。

（元）熊忠：《古今韵会举要》，中华书局2000年版。

徐子方：《元代诗歌的分期及其评价问题》，《淮阴师范学院学报》1999

年第 2 期。

胥惠民：《贯云石作品辑注》，新疆人民出版社 1986 年版。

阎福玲：《耶律铸边塞诗论析》，《河北师院学报》（社会科学版）1997 年第 3 期。

杨耐思：《近代汉语音论》，商务印书馆 1997 年版。

杨光辉：《萨都剌生平及著作实证研究》，高等教育出版社 2005 年版。

杨镰：《元诗史》，人民文学出版社 2003 年版。

杨镰：《元代蒙古色目双语诗人新探》，《民族文学研究》2004 年第 2 期。

杨镰：《全元诗》，中华书局 2013 年版。

（元）耶律楚材：《湛然居士文集》，中华书局 1985 年版。

（元）耶律铸撰，（清）李文田笺：《双溪醉隐集》第 6 卷，顺德龙氏知服斋 1892 年版。

耶磊、刘明：《冀宣明诗用韵研究》，《商洛学院学报》2010 年第 3 期。

（明）元戴良：《九灵山房集》，商务印书馆 1912 年版。

（明）元戴良：《九灵山房集附补编》，商务印书馆 1935 年版。

袁宾等：《二十世纪的近代汉语研究》，书海出版社 2002 年版。

云峰：《蒙汉文化交流侧面观——蒙古族汉文创作史》，天津古籍出版社 1992 年版。

云峰：《耶律楚材》，新蕾出版社 1993 年版。

云峰：《蒙汉文学关系史》，新疆人民出版社 1997 年版。

云峰：《元代蒙汉文学关系研究》，民族出版社 2005 年版。

云峰：《民族文化交融与元代诗歌研究》，内蒙古大学出版社 2013 年版。

（元）余阙：《青阳先生文集》卷 1 至卷 9，上海书店出版社 1985 年版。

查洪德：《20 世纪元诗研究概说》，《淮阴师范学院学报》（哲学社会科学版）2000 年第 5 期。

张晶：《元代后期少数民族诗人在元诗史中的地位》，《内蒙古社会科学》

（文学历史哲学版）1997年第6期。

张令吾：《北宋诗人徐积用韵研究》，《古汉语研究》1998年第1期。

张迎胜：《元代回族文学家》，人民出版社2004年版。

张建雄、周锦国：《历代白族作家丛书综合卷》，民族出版社2006年版。

赵荫棠：《中原音韵研究》，商务印书馆1936年版。

赵志忠：《少数民族文学在中国文学史上的地位》，《中央民族大学学报》2001年第5期。

赵相璧：《历代蒙古族著作家述略》，内蒙古人民出版社1990年版。

中国作家协会内蒙古分会编辑部：《民族文艺论丛》，中国作家协会内蒙古分会1982年版。

中央民族学院少数民族文艺研究所文学研究室：《少数民族诗歌格律》，西藏人民出版社1986年版。

周基校订：《诗韵集成》，上海春明书店1948年版。

周维培：《论中原音韵》，中国戏剧出版社1990年版。

朱永邦：《清以来蒙古族汉文著作家简介》，《内蒙古社会科学》1980年第2期。

（元）朱宗文：《蒙古字韵》，上海古籍出版社1996年版。

竺家宁：《古今韵会举要的语音系统》，台湾学生书局1986年版。

庄星华：《历代少数民族诗词曲选》，内蒙古人民出版社1985年版。

致　　谢

　　感谢我最爱的家人。他们虽然不懂我在研究什么，却一直竭尽全力地支持我。感谢你们对我的付出。

　　感谢康娜、李洋、马玥、张瑶、马沙木嘎五位同学帮忙搜集文献资料。

　　感谢国家社科基金项目"元代少数民族作家汉文诗歌的用韵特点"（项目编号：13CYY044）对本研究的资助。

　　感谢内蒙古大学学术著作出版基金对本书的资助。

　　感谢中国社会科学出版社的郭晓鸿编审以及中国社会科学院语言研究所的王冬梅老师，帮助我顺利出版此书。

王　冲
2020 年 1 月